U0939806

Staread
星文文化

思念成城

|君|子|以|泽|

作品

|典藏版|

浙江出版联合集团
浙江文艺出版社

图书在版编目（CIP）数据

思念成城 / 君子以泽著 . -- 杭州 : 浙江文艺出版社 , 2019.01
ISBN 978-7-5339-5523-6

Ⅰ . ①思… Ⅱ . ①君… Ⅲ . ①言情小说 - 中国 - 当代 Ⅳ . ① I247.5

中国版本图书馆 CIP 数据核字 (2018) 第 284266 号

SINIAN CHENG CHENG
思念成城
君子以泽　著

出版发行　浙江文艺出版社
地　　址　杭州市体育场路 347 号（邮编 310006）
网　　址　www.zjwycbs.cn

责任编辑　瞿昌林
责任印制　朱毅平
装帧设计　归　鱼
内文设计　程曼华

印　　刷　三河市嘉科万达彩色印刷有限公司
经　　销　浙江省新华书店集团有限公司
开　　本　710 毫米 ×1000 毫米　1/16
字　　数　350 千字
印　　张　22
版　　次　2019 年 1 月 第 1 版　2019 年 1 月 第 1 次印刷
书　　号　ISBN 978-7-5339-5523-6
定　　价　49.80 元

目录 Contents

请务必要珍惜那个深爱你的人。

或许今天你们还在为鸡毛蒜皮的事吵架，在冬夜的街道拉着手翻对方的白眼，在明暖的房间里事不关己地眺望窗外冷漠的黑夜。

回到相识的最初，那些逐渐进入你生活的细节，熟悉的气息，迷恋的目光，依赖的体温……这些你认定属于自己的一切，随便自己践踏的一切，或许都会在一个清晨，你睁开眼时，去到你再也触碰不到的地方。

你是否愿意某一天在熙熙攘攘的人群中走着，突然因为在光影中错认的一个轮廓而流泪?

建筑图纸

矗立在巴塞罗那中心的圣家堂，是世界级建筑大师高迪的毕生巅峰之作。从 1884 年开始动工，到 21 世纪的今天，都一直处于建造之中。

尽管如此，这不妨碍它成为联合国的世界遗产，也不妨碍它在西班牙人民心中崇高的圣殿地位。而充满神秘色彩的巴塞罗那，因为处处注入了建筑师的精神与智慧，也被人们称为“高迪的城市”。

希城上个月去了巴塞罗那，他说现在圣家堂还被塔吊围着，但四周人山人海，排队的排队，拍照的拍照，整个水泄不通的阵势。

大师不愧是大师，太令人敬佩了。

从小到大，我都希望能去一次西班牙，去看看高迪的作品，像他那样成为一位优秀的建筑师。即使做不到跟他一样誉满全球，也可以在家乡盖一栋楼，把喜欢的东西都镶嵌在这栋楼中。这样，每次路过它，我都可以这样告诉自己：那是我的作品，它代表了我，还有我的精神与梦想。

我要成为建筑师，盖一栋属于自己的楼房。

ps：文艺完了，继续做模拟卷吧，物理怎么这么难，这样下去考什么建筑系啊，复读吧，我去。

——申雅莉，黑眼圈垂到下巴的苦逼考生，写于高考前一百天

第一座城

背影

很多时候我们以为停下脚步，一切就不会改变，

就能留住我们珍惜的人和回忆。

实际并不是这样，不会改变的东西，只有死亡。

“你的微笑是最美丽的妆容”——这句话一度被许多女性认定是最甜蜜的情话。如今，法国某奢侈品牌打出广告语，撕碎了旧式的罗曼蒂克：热恋能令女性呈现出最美的一面，不过，买化妆品更加容易。冬季时装周到来之际，亚洲地区最被推崇的美妆风格，莫过于当下最流行的“携带黑暗气质的女人味”。这不得不归功于《死徒7：末日的王者》的全球热映，以及女主角的出色表现。

朝阳拉开了这座国际大都市黎明的帷幕，光芒从云层中张开巨网，把黑森林般的楼房一座座、一排排、一片片，染成璀璨的金。哪怕在飞机场的高速路上，都能看见维多利亚购物中心的巨大香水广告屏。随着太阳的升起，光线从海报上的迷彩裤一寸

寸往上蔓延，渐次呈现出女军人模特的模样：她一只手高举放到脑后，一只手抓着高领风衣的领口，大鬈发与嘴唇是绛红色，长发遮住一只烟熏的眼睛，露出半张低头俯瞰前方的冷酷脸孔。

海报挂了已经有三十二天，打破了维多利亚购物中心海报持续时间的纪录。但是，没有人想换掉它。它只会被擦得更加锃亮，让经过的车辆行人膜拜女神般抬头仰望。

这就是走在星光大道下最灿烂的女人。海报右下角的玫瑰色女身香水瓶下，有她帅气而潦草的签名：

申雅莉。

传闻希特勒一生五十六年爱过不少人，却不曾让任何人在他的房里过夜。即便是对相恋十多年的情人，他心中总有诸多的恐惧：怕她是外国间谍，怕她是敌对特务，怕她是反纳粹党派来的杀手，哪怕这个初遇时只有十七岁的女孩曾为他自杀过三次。他第一次结婚是在死前几个小时内进行的。当时，第二次世界大战接近尾声，斯大林指挥苏联红军轰炸了柏林，他让神父为他与情人完成婚礼，而后与妻子分别开枪、服毒自杀。直至最后一刻，他才完成了在一个普通人看来再正常不过的事。或许那时他才明白，爱是生命尽头唯一可以带走的东西。讽刺的是，当人们活着，在浮华世界中追逐着名利，一个深爱你的人，看上去就像是个乞丐。这也是一线女星长得最漂亮、身价最高、举止最大气，却总是嫁不出去的原因。普通男人她们看不上，但优秀男人想娶的，又偏偏是性价比颇高的网红。毕竟，没有哪个男人能忍受自己的老婆天天上头条，例如……

“申雅莉成为柏川新欢！是假戏真做，是旧情复燃？金导：‘姜还是老的辣！’”

看见八卦杂志娱乐版上的照片，申雅莉手中的电动睫毛刷电池耗尽一般，吱吱抖了几下，就从她手中滑落在桌面的剧本上。她一把抓过助理手中的报刊，眼睛瞪得巨大，神速转动扫完新闻：“柏川是基佬啊，基佬啊！人家都快结婚了还晚节不保，狗仔你们是不是疯了！”

旁边的李真掏掏耳朵，脸皱了起来：“雅莉，你应该对你的歌艺有着深刻的了解，现在是想让我在耳朵上都打肉毒素？还有，柏川不是要结婚了，他是要为新电影开庆功宴。”

申雅莉指着照片上依偎在柏川身上的自己：“这照片是我、他还有他老婆一起拍的啊，他俩坐在我左右两边，但这杂志只留了我俩……这这这这这……”

“你出道都多少年了，怎么还这么大惊小怪。柏川的性格你还不知道吗，到现在他还没出来澄清，多半是准备拿你当烟幕弹，毕竟他那庆功宴的本质你也知道，这样好保护浅辰嘛。”

“哦，是这样嘛。”申雅莉平静了一些，继续对着镜子刷睫毛，刷了一会儿，又把睫毛刷摔在桌子上，“瞎说什么鬼，他们这样做是要置我于何地？！”

“看开点，我想和柏天王传绯闻还没机会呢，何况大众对你俩的绯闻从来不反感，化妆吧你。”李真弄好头发，开始涂指甲油。

这一个月内，申雅莉接到两张喜帖。第一张来自影帝柏川。柏川的“喜帖”是电影庆功宴的邀请函，但圈内人都很清楚，这就是一场小型“婚礼”邀请函。柏川与他的同性恋人都是娱乐圈的巨星，两人很早之前就在国外领了结婚证。从他们恋爱开始，申雅莉就和他们关系不错。俗话说得好，Gay是女人最好的朋友，指的就是他们三个了。这种修成正果的大团圆爱情喜剧，简直就是她的最爱。相反，收到第二张喜帖，发帖者又是她的第二任男友，让她觉得意外又无趣。

“这男人，当初不是说非你不娶，要放你自由，等你回心转意吗？！”李真甩了甩指甲油还没干的手，翘起三根指头，用拇指和食指轻轻拈起那张喜帖，一脸的嫌恶，像是在捻一只死苍蝇。

“无所谓啦，反正这婚礼我也不会去。”申雅莉耸耸肩，把新人婚纱照的喜帖拿过来，扔到了垃圾桶里，“全心准备柏川他们的婚礼就好啦。小浅穿婚纱，一定很漂亮！”

“你在瞎说什么，他俩再是攻受分明，也不可能穿婚纱啊。”

“无所谓喽。”申雅莉仰起头刷睫毛，因为动作太高难度，说话时就像快要窒息的死鱼，“反正他俩都是帅哥，怎么穿……都好看……”

“好，就别说镶钻石的白眼狼了，看看人家影帝，俩男的，正经恋爱没多久都圆满了，你看看你，恋爱都五次了，怎么还……”说到这里，她的脸瞬间白了，清了清嗓子纠正道，“啊不，都四次恋爱了，怎么还没个定性呢？”

申雅莉却一点反应都没有，用手指压住睫毛等它定型：“因为他们都配不上我呗。”

李真郑重点头以表示赞同：“还好你不打算去白眼狼的婚礼，就我看啊，这没准就是一局鸿门宴。”

这就是这个时代的离奇之处。连男人都嫁了，女人却还没嫁出去。更离奇的是，在申雅莉看来，这种现象发生在自己身上，简直再正常不过。

黄昏时分，大红门栏上刚挑了羊角灯，红灯笼渐次高照，点亮了古城。楼榭中、窗栏旁、金龛前，香烛摇曳。申雅莉穿着一身墨绿旗袍，腿上披着碧绸小袄，拿着把圆扇，望向夕阳中渐渐靠近的高大身影。她的手指在圆扇上握了又握，金凤花染的指甲因紧张而轻轻发抖："端阳前是大好的出行日，收拾妥当便好长行了。下月初一早我便雇马车来追你，顺路贩些绫罗捎给小六子，他脑瓜子灵光，扣了关税也得拿好些利息。"她停了停，半垂着眉眼，腰背挺得笔直，背对着军官轻提一口气，睫毛上溢满泪水："你走吧。"

男人站在黄昏中，夕阳令他鼻梁的影子如此深邃，中校肩章令他有着令人肃然起敬的神采。他深情地望着她，半晌，终于张开了口……

"Cut！"导演从摄像机后面跳出来，皱着眉揉揉脖子，头扭了一圈，对年轻的男演员说道，"这幕拍完就杀青，你却拖着大家跟你一起拍了四个晚上，你是真打算跟我们叫板了？"

申雅莉把腿上的碧绸小袄裹在身上，抱着胳膊缩成一团避寒。助理化妆师围过来，补妆送水递衣服。

"导演，那是你要求太高了……"男演员满脸委屈，背脊松懈下来，气质烟消云散。

"我要求高？你最爱的女人明天就要去死啊，看看你演的是个什么玩意儿，是不是她快死了，所以你也难过得要死，所以变成了一具会呼吸的尸体？"

"我连恋爱都没谈过，怎么知道这是什么心情啊……"

"没恋爱过干吗走后门进剧组？现在全剧组就等你一个人，申天后哭得眼睛都脱眶了，这天气你让人家穿着那么薄的裙子拍戏，不把她拖出病来不开心？人家今晚通告还多着，还得一直看你这张僵尸脸，你这是什么企图啊你？"

正在喝水的申雅莉差点把水喷出来："导演，你别给我拉仇恨，我没事啊。"又转向男演员："你压力也别太大了。导演他一直都这样，刀子嘴豆腐心，习惯就好。这不还有半个小时吗，导演你慢慢开导他，搞定了随时叫我。"

手机忽然振动起来，打开一看，上面"白风杰"三个字像个贱人一样欢脱地跳动。

她默默把手机放回大衣口袋里，微笑着吃掉桌上的道具藕粉桂糖糕。手机不屈不挠地振了两三分钟，终于停了下来。对方又发了一条短信："雅莉，我婚礼你给个面子啊。若琪说一定要在婚礼上看见你，不然她就不和我结婚了。拜托了拜托了。"申雅莉差点被桂糖糕噎死。她与白风杰以前又不是单纯谈恋爱，现在他非要叫她去参加他的婚礼，这是在发什么神经。

在导演劈头盖脸一顿乱骂后，新人男主角演戏勉强过关，《北洋军阀》顺利杀青。不过申雅莉不像剧组其他人，可以留下来一起吃饭讨论庆功宴的事。她只是笑盈盈地和大家打过招呼，就在助理们的护送下离开片场。

七点半有《聆听心声》的采访，九点参加慈善晚会，十一点要赶到另一个新电影的片场，通宵拍戏，第二天的行程差不多同样密集。没有时间睡觉，只能在两个通告的空隙间小憩片刻。这样的日子已经重复了不知有多少年。不仅要赶电影通告、宣传新片、接代言、参加各式各样的活动，还要时不时发挥公关意识，竭尽全力挡掉负面新闻。虽然辛苦，但工作带来的成就感，多多少少能够抵消部分压力。最近心情更是好了很多，因为两个好友不但在国外领了证，在国内也圆满了。结婚到底是一件大事，完成以后，人生就算上升到另一个台阶了吧。从此以后，最亲密的家人就从父母变成了另一半。

坐上车以后，申雅莉匆匆忙忙啃了个三明治，又翻出柏川的邀请函看了看。酒宴日期是十一月二十日，和那个日子只差一天。这算是一种巧合吗？她失去的东西，以朋友圆满结局的方式补偿回来了。

太阳完全沉到地平线以下，城市边缘种满了郁郁苍苍的柏树，泰坦巨人守卫般遮掩了脚下的浮世繁华。游客们在街上来来往往，拍照留念，也会把市中心被银光照亮的申雅莉海报拍下来。偶尔看见有人用憧憬的目光看着海报，申雅莉觉得很难让别人理解，她与他们，并没有什么不同。霓虹透过车窗洒了进来，高楼与车辆快速移动，在她的侧脸留下层层影子，她靠在车窗上很快睡着了。

或许是那个日子快到了，她梦到了熟悉又陌生的人。

梦中她回到了大学时代。那时她还读着建筑系，叫嚣着要成为大建筑师。她靠在图书馆的角落里，一边吃薯条一边看专业书，被同系姐妹嘲笑是"都读大学了还热爱自己专业的异类"，她满不在乎地笑着看书，弄了满书的高热量油脂印。

很多时候我们以为停下脚步，一切就不会改变，就能留住我们珍惜的人和回忆。实际并不是这样，不会改变的东西，只有死亡。

生命像是一条流动的长河。哪怕是在深沉的梦中，也不会停止前进的脚步。

大概是真的过去太多年了，她等啊等，等啊等，等到后来，即便是在梦中，都大概猜到了这只是个梦。但是，依然希望能在虚幻的世界里等出一个结果，只是无声的黑白画面也好，只是一个背影也好。请让我再看看你吧。

梦中的她素面朝天，扎着马尾，趴在桌面寂寞地翻着书，抬头看着来来往往的学生。可惜的是，在以往以那个人为主角的旧梦中，他再也没有出现过，哪怕一次。

车辆的颠簸让申雅莉的脑袋撞上了玻璃，她从梦中惊醒。晃了晃脑袋，发现前方堵车了，她拍拍脸保持清醒，对前排的经纪人说道：“阿凛，我们到哪里了？没有迟到吧？”

“没事，这里堵不久，你再睡一会儿吧。”

“哦，好。”申雅莉重新靠回座椅靠背上。刚想合眼，却看见右边窗外另一辆车中的人影。离她近的是一个年轻美丽的女人，女人的右边坐了一个男人。

窗外下了小雨，雨滴密密地挂满车窗，缓缓地滑落。他坐在背光的地方，外形并不清楚。和女人说了几句话，他低下头去看了看表，略长的刘海盖住了眼睛，只露出秀美的鼻梁。申雅莉连眨眼的能力都失去了，拔了电池的玩偶般，一动不动地盯着他。半晌，她才回过神，赶紧摇开车窗。冷风灌进来，吹得脸颊发疼，雨珠也顺势飘落。可是，雨水恶作剧般模糊了那个人的侧影。时间过得太快，前方的交通很快疏通，轿车重新开动。那个男人仿佛也在赶时间，推开门走下车，撑开伞径直朝地铁站的方向走去，空留下一个高挑的背影。

“停、停车。”申雅莉拍了拍司机的靠背。

“申小姐，这里是不让停车的，这……”司机为难地看了一眼阿凛。

阿凛也有些莫名：“雅莉，怎么了？”

“停车啊！”她戴上墨镜和帽子，拉开门跑出去，甚至闯了红灯，冲往地铁站的方向去。

“雅莉，你在做什么，回来！这里是在大马路上，你怎么……”阿凛拉开窗子大叫起来，申雅莉却早就没了影。

这座城市里的人太多了，分明在第一时间追出去，分明看到了那个人，但到地铁站里面，视线越过一张张陌生的脸孔，与高高矮矮的人擦肩而过，看见满地雨水的痕迹，却没有看到一张相似的脸。

现在她依然记得，高中时也这样下过一场雨。自己狠狠地骗过他，他气得连话都说不出来，头也不回地进了地铁站，丢下她一个人面壁思过。当时她在地铁站哭了好久，最后他还是硬着头皮回来，把哭到被人围观丢死人的她带走了。大概是时间走得越快，回忆与现实的界限也会越来越模糊。这样的回忆让她产生了幻觉。让她以为，他总有一天还会回来，把哭到眼睛肿的她带走。

从售票处跑到了站台，又从站台跑回了地铁大门，可依然找不到，申雅莉这才迟钝地用袖子擦掉了脸上的雨水。更糟糕的是，有人在她身后悄声说了一句："你是……是申雅莉吧？"

她愣住。汹涌的人潮将她包围，无数人拿笔纸找她签名，手机咔嚓咔嚓的拍照声密集响起，白亮的闪光灯一次次打在她的脸上。

这一刻，她才总算从童话幻想中回到了现实。

怎么会这么傻呢，总觉得自己还是那个在地铁站流泪的高中生。除非是拍戏工作需求，流泪是很浪费时间的事。现在的自己，面对再多的困难，也只会保持理智和清醒，用最快的速度解决。

现实是这样。还是多年前的那座城市，还是和多年前一样的冷雨。但不会有哭鼻子的自己，也不会再有那个人。

申雅莉这才反应过来，拨通阿凛的电话，把墨镜摘了下来："哇，你们好厉害，我不过自己出来溜达溜达，这都能被你们抓到！来来来，要合影要签名都排队哦……啊，喂，阿凛啊，我在地铁站，迷路了你赶快过来……你们请不要挤，我快被推翻了，一个个来……"

因为她坦率接受了签名合照，周围的群众更热情了：

"申雅莉啊啊啊，我是你的影迷，给我签个名吧！"

"哇，雅莉姐，我从高中就是你的粉丝了！最近看了你的《死徒》，你太美了，好喜欢你啊！"

这件事申雅莉处理得不糟糕，阿凛事后威胁的话没少说，但没有太计较。申雅莉暗自捏了把冷汗，跳过了白风杰的婚礼，把接下来几天的通告都完美完成，和两个好闺密选好礼物，直奔浅辰和柏川的宴席。

周六，雪白的仪式堂矗立在草坪上，正午十二点的钟声响彻高空。申雅莉、李真和丘婕是当日最大牌的女星，却属于最早到场的一群人。刚拨通浅辰的电话，他就出现在了仪式堂门口，然后挂断电话大步朝申雅莉走来。他穿着一身白色，连皮鞋和领结都是干净的雪白，唯独胸前佩戴了紫色薰衣草，笑容却比阳光还耀眼。他就是柏川的另一半，拥有与柏川相反的开朗个性，为爱不顾一切，对恋人是又热情又任性，经常让申雅莉想到多年前的自己。收到请帖之前，他还专门请她吃过饭。当他有些别扭地说出“我和柏川可能会举行个小庆功宴”后，她愣了一下就反应过来，激动地一下抱住他，感动得哭了出来，蹭了他满衬衫的鼻涕眼泪。现在看见他穿着这一身衣服，申雅莉更觉得鼻子酸酸的。

“一姐！”他在老远的地方就朝她挥了挥手。申雅莉是皇天集团旗下 No.1 的女艺人，所以公司里的人都这么称呼她。浅辰以前也在皇天集团，所以保留了这个习惯。

申雅莉提着裙子飞奔过去，正面给了他一个大大的拥抱：“小浅，你太帅了，你穿的是白色衣服啊。我真不敢相信，你和柏川真的会举办这个宴会，这就是婚礼啊！”

太过激情的开场白，身后的李真被他们腻得打了个哆嗦，像吃下了一整片肥肉。浅辰挠了挠脑袋，笑得有些羞涩：“是啊，我也觉得好神奇，以前从来没想过这个问题……其实，有点不好意思。”

“阿辰，别不好意思。来，这是我们三人送你的礼物。”李真把一个包装好的白色大盒子递上去。

“谢谢！”浅辰勾头往下看了看，“这盒子里装的是……”

“别，千万别在这里拆，回去再拆吧。”丘婕连忙冲过去挡住。

远远地，柏天王也出来了。他同样穿着一身白色，胸前也有薰衣草装点，但相对浅辰西装的一般长度，他的衣服是及大腿的套白色长版礼服。他从台阶上走下来，在人群中高挑出众，笑起来牙齿洁白，右耳上两颗耳钉闪闪发亮，英伦绅士般风度翩翩：“雅莉，真高兴你这么早就来了，还有李真、丘婕，你们也进来坐吧。”

帅哥就是帅哥，他轻轻一笑，旁边的李真和丘婕都软成了一摊泥：“好……”

申雅莉给了她们一个“你们真没出息”的眼神，就挽着浅辰的胳膊，和他们一起朝仪式堂里走去。刚一跨入仪式堂大门，丘婕就把相机给助理，拽着浅辰拍照去了。李真也不甘落后，凑到浅辰另外一边。申雅莉原本也想过去，却被柏川叫住："雅莉，我有点事想找你谈谈。"

"怎么了？"

柏川把她带到一边，低声说："公司新投资了一部电影，我看过本子，以我的直觉来看，这片要拿奖很容易。你有兴趣试镜吗？"

柏川在皇天集团不仅是艺人，还是股东和制片人。而且，几乎只要他接下通告，就会拿奖拿到手软，和申雅莉同一个奖提名五次才拿下影后桂冠差别很大。申雅莉的出道过程很幸运，从选美大赛拿下第一名后立即被大导演看中，签约皇天集团，在巨星云集的黑道电影中饰演清纯的盲人女孩，从此一炮走红，正式踏入演艺圈。可惜的是，从那以后她的运气就不怎么好了。虽然绯闻很少，但她一直被挂上"花瓶""票房毒药""当模特比较适合"的标签，直到得了金龙奖最佳女主角，才算坐稳了现在的地位。因为这个奖拿得太不容易，她拿下小金人的时候哭得稀里哗啦，说话特别没逻辑，甚至还冒出一句"我觉得这样好对不起其他提名的演员，可是五次了，轮也该轮到我了吧"。当时全场爆笑，到现在视频依然广为流传。

见柏川一脸正经，申雅莉忍不住笑了："柏天王，你这工作狂的毛病还是改不掉，今天你结婚啊，放松一点好嘛！"其实对她而言，"有可能获奖"就是天大的诱惑。毕竟从那次影后之后，她接的都是商业大片，再没拿过奖。

"不是结婚，是庆功宴。"柏川一本正经地说着，嘴角却扬了起来。

"是是，庆功宴。"她笑了起来。

"试镜其实只是走个程序，这部电影的制片人和赞助商都很看好你，说女主角一定要请你，所以我才专门来问你。"

"居然会劳烦柏天王亲自来请人，是哪个神制片人投资的电影啊？"

柏川笑了笑，略过她的话："周一你直接来公司一趟，不用担心其他通告，我都帮你推了。"

"好，那就周一……什么，你你你你……你把我其他通告都推了？"

"这部电影要到西班牙取景，那些广告电影你没时间拍的。"

"一个月而已，回来我还可以继续拍啊。"

“与其没头苍蝇似的轧戏，不如专心拍一部好片，这部我帮你决定了。”柏川看了看门口，“现在人多了，我们回头再谈。”

“等等，柏川……”这时，浅辰已经和旁边两个美女闪了几十张照片，看上去很帅气，也很招打。看见柏川走过去把他拖走，申雅莉无力地朝柏川伸出手：“不要随便……帮人……做决定啊……”

仪式堂里的人逐渐多了起来，场面像是一张即将完成的建筑图纸。这座建筑内部与英国伦敦圣马丁室内乐团音乐殿堂风格类似，中殿天花板是桶形的穹隆，上面刻满了天使、云彩、贝壳、圣母玛利亚和挪亚方舟的壁画。十多米长的吊灯线悬着三座灯，让整个仪式堂都变成了华贵的金色。古典圆柱撑起拱顶，尽头烛台上烛光摇曳，旋涡式的窗栏像是一只望向天堂的神之眼。唱诗班的个别成员走到席上，后台弦乐队奏出零零碎碎的试音。

申雅莉在仪式堂内鉴赏建筑风格，留意到唱诗班席前的前排座位上，有个男人正跷腿坐在那里。他的头发和西装都是黑色，衬衫是血蔷薇的颜色，与他后颈雪白的肌肤对比鲜明。他的肩线平而宽阔，让他仅是坐着就有了美男子的架势。他膝上放着一个厚厚的本子，手里拿着铅笔在上面作画。其他宾客都在谈笑风生，只有他安静地坐在那里，反倒引起了申雅莉的注意。所以，她才能从他的背影中找到熟悉的感觉。

男人偶尔抬头，看看旋涡式的窗栏，仅有 15 度角的变化，也让她彻底无法听别人说的任何话。

周围的所有杂音都被心跳声盖过了。她看见男人站起来朝仪式堂的后门走去——那边是宾客饮酒等候的地方。她绕过李真等人，慌乱地跟了出去。但因为高跟鞋是新的，刚走出后门，就在台阶上崴了一下。剧痛让她当场就弯了腰，扶住自己的脚踝，再次抬头，朝她走来的一男一女挡住了视线：男人穿着香槟色西服，留着咖啡色的贝克汉姆头；女人留着中分鬈发，穿着低胸吊带紫色长裙，手里拿着一杯红酒，正含笑望着她。女人她并不认识，但她认得白风杰，所以旁边这位，应该就是他的新婚妻子若琪吧。

其实他们出现在这里也不稀奇，毕竟白风杰的老爸在演艺圈呼风唤雨。只是申雅莉以为他们婚后会去度蜜月，没做好和他们撞面的准备。申雅莉想了一下，站直身子，保持礼貌说道：“白风杰，好久不见。”

分手多年，她从来没叫过他全名。听见她如此称呼自己，白风杰怔了一下。而他还没来得及回应，一旁的若琪已经笑了起来：“申天后啊，没想到在这里都可以遇到你，你果然是大牌，真人和我想的一样，漂亮得不得了。”

申雅莉也大方地笑了：“恭喜二位新婚。”

白风杰欲言又止，只能低低说：“谢谢你，雅莉。”

若琪看了一眼白风杰，一双大大的眼睛弯了起来。她的声音细细的、嗲嗲的：“你别看他现在装成正人君子的样子，实际上我听说他以前是个混蛋。啊，对了，我觉得这可是雅莉姐的功劳。谢谢雅莉姐当年用青春为我调教了这么一个好老公。”

这么明显的恶意，真是想藏也藏不住。不过，这一天是小浅的好日子，申雅莉打算以和为贵，退步说道：“若琪，看你说的，都是过去的事了。”

若琪脸上还是笑着：“不过，对我老公，我还是很有兴趣知道他以前的小秘密。不知道雅莉姐能不能赏个脸，给我多说说呀？”

“晚点再说吧，我朋友还在……”

白风杰轻轻推了她一下：“去吧，我在这里等你们。”

这反应实在太不正常了。以前听到这种对话，他一般都会说“哇，你们要不要这么损，不行，我不让”这类任性的话。虽然他也卑鄙无耻过，但她一直觉得自己欠他不少。他们分手一个月后那个晚上，他抱着她像个孩子大哭的样子，也让她一直内心有愧——他毕竟是真的喜欢过她。

“行，来，我们底下偷偷说。”申雅莉豪迈地揽过若琪骨瘦如柴的身子，把她带到了一边。

若琪在红酒推车旁停下，拿起一杯红酒递给申雅莉：“雅莉姐，其实我一直很好奇，你为什么不来我们的婚礼呢？”

“我那天太忙了，真对不住。放心，你们的金婚银婚我一定去！”

“真是因为这个吗？”若琪比她矮半个头，自下而上的目光像小鹿一样惹人怜爱，“难道不是因为面对正房太太会觉得丢脸吗？毕竟你当初被我老公包养过，不是吗？”

完全没想到她会这样直白，申雅莉一时有些傻眼。若琪的脸上依然挂着笑容，但说话之前，她紧紧咬了咬牙，咬肌明显地凸了出来。可是，她说话的声音还是轻轻柔柔的：“你这不要脸的女人，被包养还混成了天后，还什么演艺圈第一朵白莲花，全世界的人都瞎眼了吧！”

申雅莉吃惊地看着若琪，正想着如何回答，若琪却推了一下她手中的红酒，洒出了半杯，把自己手中的酒泼到脸上。申雅莉警觉地看向她：“你做什么？”

“啊啊啊——”若琪把音量控制在楚楚可怜的范围内，抱着自己的双臂，瑟瑟发抖起来，“雅莉姐，你做什么啊，你、你为什么要这样对我……”

她的叫声引来在场所有的客人围观，就连刚从后门走出来的李真和丘婕也跑了过来。白风杰更是第一时间赶到她们身边：“怎么回事，发生什么了？”

她用力夹着胳膊摇着双手，靠在白风杰身上：“风杰，我、我也不知道发生什么了，我刚说了一句‘风杰以前喜欢吃什么’，她就、她就……”她指了指申雅莉手里的红酒，眼泪大颗大颗落了下来，却不再嘶喊，看上去更是我见犹怜。

白风杰抱住哭得瑟瑟发抖的若琪，又哄又劝，半晌，抬头冷冷地看了一眼申雅莉：“雅莉，你太让我失望了。”

申雅莉和白风杰曾经有过一段，圈内的人多少都有些了解，毕竟白风杰当初追她闹得满城风雨。但鉴于白风杰家和申雅莉背后皇天集团的地位，除了一些风言风语，没人会真的把它说开。这会儿大家看向他们，稍微了解情况的人，都围过去关心若琪，同时对申雅莉露出了有些鄙视的眼神。嫉妒的女人就是这样吧，现在很后悔了是吗？可是，谁叫你要这么抛头露面呢？男人都不喜欢女人太强势，太张扬。居然在别人酒宴上这样欺负前任男友的妻子，掉价。

丘婕和李真都很了解申雅莉的脾气，也知道她不会做这种事。李真悄悄在申雅莉耳边说道：“算了，息事宁人吧。这种委屈在圈子里还少了不成，你现在说什么都没用的。”

“我没泼她酒。”申雅莉抱着胳膊，皱眉说道。

“雅莉，你什么都别说了，我们都知道。”丘婕也垂下头，轻叹了一声，“你现在是不是特想希城？”

希城。

听见这两个字，申雅莉陡然睁大眼睛，心跳完完全全停住了。

李真厉声说：“丘婕你在瞎说什么，雅莉她现在已经很难受了，你还要火上浇油是不是？”

“我哪里火上浇油了？难道你要雅莉忘记顾希城，要她满脑子都是白风杰那个人渣吗？”

“这时候就不要提了啊。”

原本想自己欠了白风杰的人情，就这样算了。可一听见那个名字，心底最脆弱的地方被狠狠戳了一下。

是，她确实欠白风杰的人情。

可她欠顾希城的，却是一辈子。

而现在，她再没有机会补偿他。即便在下雨天、在婚礼上，看见一些相似的影子，她也只能把这些幻觉当成真实来安慰自己。现在唯一能做的事，就是像他还在时一样，把自己保护得好好的，让自己活得漂漂亮亮，才不会辜负他那么多的爱。

她可以辜负自己，但绝对不能辜负顾希城。

十年了，她一直这样告诉自己。

她深深吸了一口气，端着酒推开人群，走到若琪和白风杰面前。若琪哭得梨花带雨，旁人把她当公主一样哄劝。申雅莉抬起她的下巴，温柔地说道：“来，让我看看。”

申雅莉沾了一点她下巴上的酒，轻轻舔去：“Mouton Rothschild[1]。”

若琪完全没听懂她在说什么，只是莫名地看着她。她把白风杰为若琪端的酒杯拿过来，又品了一口：“你刚才喝的，和你头上的酒，都是法国的 Mouton Rothschild。”她晃了晃自己手中的红酒，又指向身后的红酒推车：“我这个是勃艮第。这一桌都是勃艮第。”

众人都露出了愕然的眼神，然后，目光都投向尴尬的白风杰和若琪。若琪的脸白了几秒，然后涨得通红。

“在专业演员面前演戏，你发挥得其实也挺不错。不过既然你这么喜欢勃艮第，”申雅莉举起手中的酒杯，“那么，Cheers。”

她淡漠地看着若琪，将杯子里的酒顺着若琪的头淋了下去。

她确实已经不再是有白马王子守护的公主。

而幸运的是，当一个女人变得成熟，最大的优点就是不需要王子，也可以保护自己。

---

(1)法国波尔多地区顶级红酒木桐·罗斯柴尔德。

婚礼

过去的记忆是沙漠中的巨大石像，
哪怕有再坚毅的轮廓，
最终都会被风沙模糊了容颜。
风沙的名字叫作时间。
任何力量、哀求、威胁、哭泣，也留不住……残忍的时间。

把尴尬的白风杰夫妇扔在后门外，申雅莉回到仪式堂里，看见李真和丘婕在浅辰身上蹭来蹭去，也看见了柏川眼中零下百度的视线。所幸丘婕话题转得快，双手捧心地看着他们，眨巴着眼睛说：“柏天王，阿辰，说说你们的感情发展史嘛！”

浅辰瞥了一眼旁边的柏川，大大咧咧地笑了：“其实我开始是他的粉丝啦，他比较赏脸，我们先是朋友，慢慢发展成这样……”

丘婕深沉地点点头：“那你们是谁先动心的呀？”

柏川和浅辰同时说：“他。”

众人默然。柏川无奈状：“小辰，今天我让着你，回去我再和你慢慢说。”

浅辰毫不留情地反击："别在大家面前说得像是在让着我一样，当初瞎吃醋的人是谁啊，你就是个大醋坛子。"

李真打了个哆嗦："好了好了，你们两个结婚当天还打情骂俏，肉麻死了。当你们感情升温、春色弥漫的时候，我们这些人的世界是冬天好吗？"

丘婕十指交叉呈祈祷状："初恋一样，太浪漫了。"

每次听见浅辰用欠打的口气说话，申雅莉都会觉得他只是个大男孩，难怪饱经世事的柏天王会这样喜欢他。难怪自己会这样喜欢他。因为，能从他身上看到自己昔日的影子。

随着年龄的增长，认识的人越来越多，可以联络的人却越来越少。每次打开手机，上千个有印象却陌生的联系人都令人茫然。发展的对象也有了一定数量。不过彼此都是成年人，懂得恪守原则、划清界限、为自己与彼此都留下充足的空间。遇到争吵，心照不宣地保持冷静，再做好表面功夫和好。所谓"古之君子，交绝不出恶声"，在当代社会的分手规律中同样适用。因此，相识与分别渐渐变得没有明显界限。减少见面时的热情，减少打电话的次数，生活中就自然而然又少了一个人。其实，肆无忌惮又张扬地爱着一个人，作死地伤害一个人之后又心疼，也不是没有过。

申雅莉想起大学寒假时发生过的一件小事。那时新年刚过，顾希城到她家玩。两个人的父母熟得可以直接叫爸妈，所以带了新年礼物，他就直接到她房间和她一起看电影。在他带来的一堆 DVD 里，她一时兴起选了《南京大屠杀》的电影。因为朋友对她说"这片千万别跟男友一起看"，她以为是感人的电影，这样顾希城说不定会做出扑到她怀里哭泣之类的傻事。

结果看完以后，愤怒感远远高过伤感。她抱着电脑一脸愤然："小日本不是人啊，我最讨厌日本了！"

顾希城点点头，继续翻手里的杂志，没有她想象中那么感性。她不爽了，扭过头说："你也要一起讨厌日本。"

"我对日本无感。"

她沉浸在电影的悲愤中，重重拍了一下键盘："不行！我讨厌的东西你也必须讨厌，你不讨厌就是不爱我！"

他叹了一口气："莉莉，你的强迫症又开始了。"

“我知道了，你肯定是因为喜欢岛国片才帮日本说话！虚伪，嘴上说什么那种事要结婚以后，实际上就是个大色狼！你……你朋友的电脑桌面还是苍井空！”

“我朋友的桌面和我有什么关系？我对日本真的没感觉，何况，你也不讨厌日本，只是现在看了电影情绪化而已。”他朝柜子上的帽子扬了扬下巴，“如果真这么讨厌，就不会让阿姨专门在日本帮你带那顶牛仔帽。”

她一声不吭地冲到柜子旁，抓着帽子就往窗外扔去。顾希城的脸都白了：“你喜欢那顶帽子，怎么因为赌气就把它扔了？”

“我说了，我讨厌日本。以后日本的东西我都不买了！”她坐在一边狠狠地说，心里却后悔得要命。

他看完手中一页杂志，一声不吭地走出门去。她心里更后悔了。本来是好好的新年，却被她这种臭脾气弄得一团糟。现在希城也被气跑，她只想扑在床上大哭一场。可是过了几分钟，希城回来了，手里还拿着她的帽子。他把帽子挂回原来的地方，重新坐回床上，继续看书，无奈地叹了一声：“别乱丢自己最喜欢的东西，不然找不回来，后悔都来不及。”

她委屈地坐在角落看他：“你又知道那是我最喜欢的东西了。”

“你每次买新衣服都把我当试衣镜，在我面前换了一套又一套，没有哪次穿牛仔裤不用那顶帽子搭配，在我面前还想撒谎，省省吧。”

她一下说不出话来了，笑也不是怒也不是，咬着下唇，眯着眼睛看他。他悠闲地翻动书页，也不抬头看她，平淡地说道：“别看我，很多时候我比你爸妈都了解你，比你本人还要心疼你。”

也不知为什么，她明明很想抱住他哭一场，却因为被戳穿心事觉得丢人，扑过去抱住他的胳膊，一口咬下去，逼他为完全不存在的错误道歉。

那时她的朋友们经常说：“申雅莉你就继续作吧，你记得，人品是有限的，你把他对你的好全部耗光了，将来迟早得加倍偿还，积点德啊。”丘婕甚至还说：“姓申的，我现在帮顾希城掐死你，是替天行道。”

想到这里，申雅莉有些出神。这都是什么时候的事了？久远得像与自己毫无关系。

仪式还有几分钟就要开始，新人居然开始闹别扭了。因为麻烦制造机丘婕提出一个问题：“一会儿要扔花束吧，那你们俩谁来扔呢？”谁知，柏川和浅辰又不约而同指着对方。一阵鸦雀无声的尴尬过后，柏川先疑惑道："小辰，怎么花束要我来扔了？"

"我说只要酒宴就好，你非要加这个仪式，那肯定就是你扔。"浅辰理直气壮得很。

柏川考虑对方面子压低声音说："我们俩之间，你才是'新娘'，不是吗？"

"两个男人之间还分什么新郎新娘，就是你扔。"

"这不符合逻辑，求婚是我来，带爸妈到这里是我来，戴戒指是我来，扔花束还是我来？这是我一个人在结婚吗？"

浅辰眼角余光扫了下周围圆鼓鼓的围观眼睛，脸有些红了："我不管，你扔！"

"你……"柏川眯了眯眼睛，捏了一下他的脸，看上去生气，眼神却宠溺得要命。

看见这一幕，连申雅莉都感到了浓浓的幸福。这到底是要多深的感情，才能让他们克服困难和旁人的眼光，最终顺利走在一起，成为一生的伴侣？可是，为他们感到开心的同时，心却像被揉入了破碎的玻璃。那些过去的人、过去的话，一直反复出现。和希城在一起时她年纪太小，隔三岔五就要吵一次。但他说的一句话，她却从来不曾反驳过："很多时候我比你爸妈都了解你，比你本人还要心疼你。"

还有：别乱丢自己最喜欢的东西，不然找不回来，后悔都来不及。

同一时间，她的包包振了一下。以为是有人打电话来了，她难得手忙脚乱地拉开包包拿出手机，但看见的是提醒闹铃。每年的十一月二十一日前一天，手机上都会有自动提醒。实际上，一年三百六十五天的日子里，她不曾有哪一天会忘记这个日子，却偏偏要设置闹铃来提醒自己。仿佛自己真的很忙，真的会忘记这一天。

她屏住了呼吸。

"雅莉，你现在是不是特想希城？"刚才，丘婕这样问她。她并没有做出太大的反应。

你现在是不是特想希城？

你现在是不是特想希城。

婚礼马上开始，掌声雷动响起。把手机装回去的时间都没有，申雅莉就随着大家用力鼓掌到手心发疼，和两个姐妹一起面带祝福地笑起来。屏幕上的提醒亮了一分钟。之后，上面一排字也随着变成沉寂的黑色：

明天为希城扫墓。

申雅莉念大一时，三十岁的表姐被华裔澳大利亚男友甩了，一气之下回国工作，却被传统的家人逼着结婚。表姐没从前一段恋情中走出来，情绪不稳定，每天下班都去酒吧买醉。有一天晚上，她被一个陌生的男人带到了宾馆，他却很绅士，没有碰她。第二天早上他们从床上醒来，她望着这个陌生男人呆了很久，跟对方说“我们结婚吧”，男人只说了一声“好”，两个人就闪婚了。这场婚礼举办之前，所有人都觉得不靠谱，毕竟连对方的底细都没查清楚。但婚礼上，当新人走向了神父，新郎居然说出了一个事实：其实他是表姐朋友的顶头上司。早在几年前，表姐还在澳大利亚时，他就在下属的社交主页上看见过表姐的照片，对她一见钟情，每天匿名追踪她的动态。所以，这场婚礼从某种角度上来说，是有预谋的。

这种只会出现在电视剧里的邂逅，把婚礼上的申雅莉彻彻底底感动了。再想想自己和顾希城的邂逅，真是一点都不浪漫——她刚进入高中教室第一天，同桌偷偷在她耳边说了一句：“那个男生学习很差，但家里特有钱，靠关系进了我们学校……你看，他长得就像女孩子一样。”她回头，看见了趴在桌上睡觉的顾希城。像是对她的视线有所感应，他抬头瞪了她一眼。

“你已经让我错过了浪漫的邂逅，不可以让我再错过浪漫的婚礼。”表姐的婚礼结束后，她这样对顾希城说，“说，你什么时候向我求婚？”

顾希城刚开了一瓶芬达，听见这句话呛得猛咳了几声：“我们才刚上大一啊，你这么早就想把我绑死？”

“早绑也是死，晚绑也是死，快招。”

顾希城横她一眼，本来想说点话来噎她，但想了一会儿，忽然认真地说道：“我不想用我老爸的钱给你买戒指，以后等我毕业有自己的事业了，再买戒指给你。”

“借口，都是借口。等你有事业了，肯定会第一时间把我甩掉。”

被她这样无故找碴的次数没有五百次也有三百次，顾希城已经很淡定了：“这样，先拿这个充数。以后我会换更好的给你。”

他摘下芬达易拉罐上的铁环，握住申雅莉的手指，把铁环套在她的无名指上：“现在的我就只值这个价，还望娘子不要嫌弃。”

申雅莉眨了眨眼，轻轻捏住那个铁环，其实已经笑得合不拢嘴，但还是傲气地说：“这叫长远投资。我等你升值，买最好的戒指，在九百九十九朵玫瑰花里跪下来跟我求婚。”

她不会想到，十年后的今天，再也没有机会等到他为自己换戒指。看着柏川和浅辰手指上戴着的戒指，申雅莉不由压紧了包包。在最里面的钱包里，有一枚小小的铝制易拉罐盖子。盖子后半截已经被摘掉，只剩下小小的铝环。宣誓过后，柏川走过去吻了浅辰。乐队奏响音乐，无数细细的擦弦声融合在一起，令人有一种圣洁的感动。目睹他们如此幸福的瞬间，申雅莉十指交握，眼眶变得通红。

仪式结束后，两个主角走到仪式堂门前的台阶上。所有宾客围过去，等待他们抛花束。之前在“谁抛花束”的话题上引发闹剧，众人兴致勃勃地讨论起来。

众人的脚步惊起了草坪上的白鸽。它们扑打着翅膀，一部分飞向高高的蓝天，一部分停留在仪式堂的尖顶上。一群穿着雪白公主裙的小女孩跑出来，小天使一样拎着花篮，把白玫瑰花瓣撒在阶梯上。与此同时，和煦的风自郊外吹来，将那些花瓣高高地拂入空中。花瓣雪花般漫天飞舞，间隙中呈现着新人与宾客们的笑脸。这样的景色太美丽，令人想要满怀激动地大声喊叫。这一刻，申雅莉提着一口气在胸口，抬头看着花瓣雨，总觉得时间的界限已经很模糊。好像变成了十来岁的自己，再低下头就可以看见身边的希城。然而，她刚低下头想对李真赞美这场婚礼，却看见斜对面台阶上的男人。

男人穿着黑西装，深红衬衫，皮肤雪白，侧脸的轮廓在阳光下深邃犹如峡谷。眼前的景象被猛地按静止键，再也没了声音。仪式堂上方白鸽抖翅的声音，也无法穿透停滞的空气，很久很久，才在耳膜中轻轻震了几下。在低音大提琴的伴奏下，唱诗班的赞歌与小提琴的和弦穿透石门，喷薄到阳光下，把他们所在的世界也洗涤得干干净净。

他原本和她一样，也在抬头看着那些花瓣。但她才看到他没多久，他也有感应般转过头，隔着人群与花瓣向她眺望而来。阳光在云层交叠处劈开一条静止的金色闪电，时间的沙漏被上帝悲伤的手掌捂住。他的脸颊线条舒适而优雅，眨眼时睫毛微微颤抖的瞬间，都像在影碟机中刻意放慢了。连同那些振翅的白鸽、救赎的音乐，也都不忍地放慢了脚步。他朝她微微一笑。

“希城……”

听见自己小声地念出这个名字，她连眼睛都不敢眨一下，推开人群，朝那个人冲了过去。

不要离开。不要再消失了。

虽然他只是对她礼貌地笑了笑，就把注意力放在了柏川和浅辰身上，但这回不一样了。他一直站在那里没动，如此真实，不像梦境。可她才走到一半，一道黑影在上方飞过，一团东西掉在了自己怀里。她迷惑地看着怀里的花束，又抬头看向台阶上的浅辰和柏川。他俩一起朝她笑了笑，好像是一起扔出来的，还是故意对着她扔的。

“啊啊啊啊——小浅你太偏心，我刚才抢得那么奋力你也不朝我扔，居然扔给雅莉！”丘婕在后方一阵惨叫，就和一群人兴奋地凑过来，把申雅莉围得水泄不通。

“恭喜一姐，下个结婚的人就是你啊！”

“哈哈，天后终于要找到归宿了吗？”

“恭喜！恭喜！”

“哇，申天后的新郎会不会就在今天的婚礼上出现呢？大家给她配个好男人呀，哈哈哈哈……”

柏川和浅辰进了仪式堂里。四周依旧是一片起哄的祝贺声。申雅莉还没弄清楚是怎么一回事，那个男人已走上台阶，也跟着走进了仪式堂。仪式堂的彩绘玻璃被阳光照得发亮，万花筒般五彩缤纷，却也和万花筒一样不真实。音乐没有停止，花瓣依然在风中乱舞。他的背影逐渐离开她的视线，逐渐变得模糊。

人们时常在囚徒的身上发现一种奇怪的现象：一旦他们刑满离开监狱，就会变得没有安全感，甚至想回到牢笼中。印度宗教中有个词叫 Moksha，意为解脱，彻底的自由。用这个词来形容他们的感受再恰当不过。这也是为什么人需要睡眠与做梦。梦是一种对恐惧的宣泄，能够让白天理智下压抑的东西完全解脱。睡眠科学研究者发现：一旦人们几天不睡觉，会先将他们逼疯的不是疲惫，而是精神的压力。

突然从梦中被唤醒的人，无一例外会心惊肉跳。所以，好不容易从人群中挤出来重进仪式堂，在人群里看见那个男人背影，心跳才会这么剧烈吧？申雅莉假装无所谓，兴致勃勃地走过去说：“柏天王，你就这么把小浅丢在外面，不怕他对你有意见？”

她在对柏川说话，也没有看那个男人，但知道他在看自己，她的手比第一次试镜时抖得还厉害。更糟糕的是，连牙齿和嘴唇都在发颤，脚也快站不稳了。如果不是因为人多，她虚张声势的痕迹被盖住，别人会以为她刚从玉龙雪山顶上下来。

“雅莉，你来得刚好，听说你对建筑感兴趣，我有个朋友可以介绍给你。”柏川指了指身边的男人，“Dante，你肯定听过他的名字。”

“Dante？不会是我听过的那个 Dante 吧？”

不要说她对建筑很感兴趣，普通人都听过“亚洲的安东尼奥·高迪”——扬名于欧洲，享誉世界的顶级建筑师，Dante。只是没想到会是眼前这个男人。头脑已经无法思考，申雅莉转过头，大方地朝他伸出手：“一直很欣赏你的作品，久仰大名。”

男人回过头，稍微愣了一下，也伸出手来：“这句话该由我来说才对，申小姐，你的每一部电影我都看过。”

和他握手后，脑中就真的只剩下空白。

虽然当年希城走的时候已经很不好看了，血肉模糊，四肢分家，但是是她亲自把他的遗体一处处拼好，又送入火葬场的。所以她知道，这不是希城。她知道。可是为什么……这世界上为什么会有长得这么像的两个人呢?

柏川笑了：“你还真的是雅莉的影迷。”

“可以这么说，电影与建筑都是艺术。申小姐很会挑本子，从来不接非一流的片，所以很凑巧，我都看过。”

他不仅个子高，身材比例好，脸孔也是对男人而言有些多余的美丽。当他微微笑起来，会让人想起与大海遥望的干净天空。可是，他和柏川后面说了什么，她再也听不到了，只是冒失地问道：“你真的是 Dante？那个建筑师 Dante？”

Dante 笑得更谦逊了：“很遗憾，不是意大利诗人 Dante。”

“你……我在杂志上看过你的简历，你、你一直在西班牙生活，最近才回国，是吗？”说这些话的时候，她已经完全语无伦次，手指发冷，脑中一片嗡鸣，耳朵也快要什么声音都听不到了。

“嗯，也是在国外认识柏川的。”

申雅莉点点头：“是这样啊，这么说，这么说……”

原本想要说“这么说，你高中、大学也是在国外读的吧”，但话说不完了。视网膜里有红色的东西在突突跳动，呼吸无法从肺部提起，沉重的钝痛压在胸口，脑中严重缺氧，眼前黑了一下。

柏川伸手来扶住她：“雅莉，你还好吧？”

申雅莉皱了皱眉，按着肚子坏笑：“还不是为了给你和小浅面子，才选了这条绝对不能吃早餐的裙子，结果面子有了里子没了。我饿晕了。”

柏川笑出声来：“真是太够朋友了。我找人帮你准备食物。”

“别，你们老朋友聚会我不好打扰，这就去骚扰你家小浅。”申雅莉按着肚子，朝 Dante 抱歉地点点头，“失陪，改天再找你们聊。”

她甚至连看他都不敢，就快速转过身去，听见他说了一声“好”。

人类真是一种奇怪的生物。小时候很幸福，却恨不得别人觉得自己是悲剧的主人翁。长大以后，哪怕丢失了最重要的东西，甚至一个人在空空的房子里号啕大哭，也要向别人证明自己的人生是个大团圆。

第二天清晨，申雅莉把一束百合放在墓碑前。这束百合和雪一样纯净，就像她前一天在酒宴上接到的花束。她随意地坐在墓碑旁，将头轻轻依偎在墓碑上，就像多年前，她曾靠在他的肩膀上：“希城，我来看你了。”

阴冷的墓园中，除了新坟前死者家人低低的抽泣声，就只有温柔而无情的风声。申雅莉拨开遮住脸颊的头发，疲惫地笑了笑：“昨天我看到了一个和你长得很像的人。你猜他是做什么的？建筑师。你曾经嘴上说最不喜欢的建筑。”

最早希城是个不知天高地厚的富二代，总觉得当建筑师不够酷，要当指挥建筑师的 Boss 才叫气派。她严厉斥责了他的三观，告诉他建筑师和医生一样，都是要很聪明的人才能担当的职业。还记得大二的冬季，她逼他去图书馆帮忙找建筑书，回来的时候，他整个人都冻得说不出话来了。他明明是学金融的，她却逼他和自己一起看图纸，不认真听她自说自话，她就嚷嚷着他不爱她。他的抱怨最多停留在眼中，偶尔生不如死地叹一口气，却从来没有真正责备过她。

“昨天丘婕问我，是不是特想你。这问题有些无聊呢。早就对你说过，我不配和你在一起，更没有资格想你。”

墓碑上，希城的黑白照片永久沉默着。可是他的脸如此年轻，散发着生命开端的光彩。

“希城，我接到花束了，这预示着下一个要结婚的人就是我。既然都快结婚了，这说明我真的不会再想你了吧。”她靠在他的墓碑上，从包包里取出易拉罐环，在手里转了几圈，“你看看，人生就这么长，转眼间那么多年过去，我也没有怎么样。现在的我很坚强，也活得很潇洒。所以，就算你如影随形，你带给我那么多沉重的东西，我也承受得住。”

她嘴唇有些苍白，抬头望着天空的眼睛却如此澄澈，湖水般装满了天的湛蓝：“还记得高中时我们一起聊过的梦想吗？你说十多年后我会变成一级女建筑师，每天戴着眼镜很专业地画图纸，而你会变成地产大亨，挥金如土，挥斥方遒，专门修建和炒热我设计的楼。那时我们还模拟过好多对话，傻得不行。而现在，已经十多年过去了……时间过得真快，真的很快……”

过去的记忆是沙漠中的石像，哪怕有再坚毅的轮廓，最终都会被风沙模糊了容颜。风沙的名字叫作时间。任何力量、哀求、威胁、哭泣，也留不住……残忍的时间。

可是，时间也有带不走的东西。或许回忆可以被遗忘，她却忘不了那些细小的感动。寒冷天依偎在他胸前，仿佛会融入自己身体的温热的体温；不经意侧头相望时，他凝视自己时温柔的眼神；坏笑着凑过去，轻含住他软软的嘴唇，他短暂惊讶后反应迅速地回吻……当被他拥抱在怀中，曾有那么一个瞬间，她幸福而又害怕地意识到，她已将所有感情都给了他，一点也没留给自己。

如果有一天失去他，她该怎么办？这个问题不是没有出现在脑海中过。但是，她连假设都不愿意做。因为她绝对不会失去他。她会永远和他在一起的。就是这样坚定。

申雅莉把易拉罐环套在了无名指上。

如此深爱一个人的意识，让她变成了畏惧自由的囚徒。就像是希城给她的铁环，轻轻地套在了手上，从此再也没有离开过。

回去以后，申雅莉打开电脑，半天才找到微博的密码。除了手机发出去的微博，她的微博几乎都是团队开会商量后发的。作为公众人物，尤其是女性，说话要特别小心，不然可能只是不带情绪地转发一条微博，或者赞同一下某个人的言论，都会被几十万人围攻。举例说明，有个性感女星多年来拿下多项电影大奖，被众多粉丝称为心中的“女神”，前段时间因为转发微博时不留心说错话，被网友和一些幕后团队翻出成名的艳照写真，在网上掀起轩然大波，逼得她不得不退出微博。

演艺圈是个大染缸，进来后就很难白着走出去。申雅莉成名早，性格豪爽，并没有演艺天赋，但特别拼，最终拼出影后地位，一直是圈内的励志典范。除了传过一些挨不着边的花边新闻，她最严重的八卦莫过于被男粉丝强吻，她也因此获得了“演艺圈最大一朵白莲花”的称号。但圈内有部分人知道，她的出道史并不是一颗无缝的蛋，白风杰的小妻子已经在婚礼上给她敲了警钟。所以，无论表面上如何大大咧咧，她实际上比任何人都小心。

登录微博，关注的人里多了几个制片人和编剧，首页上一如既往挂满了浅辰的刷屏。小浅这家伙不仅是超级大明星，粉丝几千万，刷微博的能力也是放眼演艺圈无人能及的，其程度夸张到了连吃什么饭、喝什么水、去什么公园、看什么电影等等，都要一一交代出来。最令人敬佩的是，今天是婚礼后第一天，他居然还刷了四五条。以他藏不住气的性格，微博里所说的“下楼梯扭腰了”后面三个字应该也是事实。看见这条微博，申雅莉偷笑了很久，然后在搜索栏里输入了“Dante”。第一个认证用户出现时，她忐忑地点开人名，看见认证信息下“西班牙 Fascinante 建筑工程集团总建筑师”时，居然雀跃到握紧双拳。

就是这个了。头像是 Dante 建筑设计师的个人 Logo。标签只有简单的五个：建筑设计、典雅主义、结构表现主义、Fascinante、Open。

她把他的微博从头到尾都看了一遍。他注册有两年多了，但总共只发了五十多条微博，有时甚至几个月才发一条。里面一张个人照片都没有，全是专业领域的知识，或者建筑图片、转发微博。转发微博的时候，他的话也很少，一般就只有简单的“转发微博”，或不带感情的一句点评，例如，“深交会让人忽略建筑的细节和造型”“棋盘铺地增加了空间伸展感”“女儿墙的文化细部是亮点”。他的粉丝数量远没有申雅莉的高，但转发率又高又稳定，评论也理性而有涵养。文化设计领域名人的粉丝通常比明星偶像的粉丝更冷静、更忠诚。

来来回回把五十多条微博都看了两三遍，申雅莉没能找到任何他的个人信息，有些失望地关掉网页，才意识到这样焦躁是犯了很大的错误。她曾经有两个最重视的东西：一是建筑，二是希城。二者是最让她着迷也是最矛盾的存在。她可以对一个绘制图纸的同系帅哥发花痴而气走希城，也可以因为长期啃专业书而变得格外想念希城。而 Dante，他容貌神似希城，还是年轻有为的国际级建筑师。他身上聚集了她少女时所有的梦想。

可是说到底，都与现在的她没有关系。

只是个有名的陌生人而已。以后也不会再见了。

试镜

记忆里你一直坐在当年小小房间的角落，手里翻着杂志，
有些轻蔑地看我一眼，淡漠地说，
很多时候我比你爸妈都了解你，
比你本人还要心疼你。

翻开最新的一期 Stylishwear，双页海报让人眼前一亮：左边页面名模李真留着欧式短发，纤长的身材被裹在一身灰色中性西装中，领结和手中的玫瑰是亮粉色；右边页面的模特是今年的新人王“李太子”，他留着空气卷刘海，流露出贵公子的禁欲气息，然而，灰粉色格纹衬衫只盖住了半边身体，另外半边是令人垂涎三尺的年轻肌肉。他手中拿着一把手枪，下面写着品牌复古新装系列的名字——Gun N Roses。

李真的造型申雅莉之前就已经看过，原来穿这么保守是为了突出右边这号人物的性感。再看看右边“李太子”的造型，不由感慨，男人的身体和他们的本性可不一样，是非常具有可塑性的。啃了一口芝士洋葱乳蛋饼，申雅莉刚想翻页，就听见后面传来

抱怨的声音："唉，今天早上的雨下得真攻。"

不用回头，不用分辨声音，她都知道，是丘婕来了。丘婕对事物的描述与常人不大一样。正常情况下，我们可以说这杯水很冷，那本书很薄，这盏台灯很亮，那盘子很小，等等。但是对丘婕而言，中文非常省事，所有的东西都可以用两个词来描述：

"靠，这杯水真攻，牙都快被凉掉了！"

"咦，这本书很受，两小时就看完了……"

"啊，这盏台灯好攻，是想刺瞎我的眼睛吗？"

"哦，这盘子超受，装两个橘子就满了啊。"

和她相处久了，申雅莉依稀明白这两个词差别在于描绘事物的强弱程度，可一旦她加上副词又不加以说明，例如，"这杯水真是腹黑鬼畜攻""这本书很温柔人妻受"，就会变得非常难懂。有时候，丘婕看见李真甩了男人，会颤抖着说一句："你再这样下去，小心变成黑洞受。"她脸色很难看，但李真白了她一眼，完全听不懂，所以也不能体会她话中的恐怖。这时候申雅莉知道，她是在说一件很恐怖的事情。

"啊，太子这张照片真受！"丘婕接过杂志，"真是诱受！"

从她的表情大致猜到这不是可以在公共场所高谈阔论的话题，申雅莉吞下乳蛋饼说："韩国这些年出了很多 Beefcake 式男艺人，有一部分肌肉都是打针打来的，也不知道'李太子'是不是真材实料。"

"不是吧，肌肉都能打针啊？你看他一直都是瘦瘦高高的，搞不好真是……不过也可能是电脑 PS 的啦，我前两天才看见他来公司，变化没这么大……"

"瞎说什么，脱了衣服很有料的好不好。"

接话的不是申雅莉，而是她们俩身后一个青年的声音。丘婕一脸遭殃的表情，先行溜入了皇天集团大厅。而申雅莉还未转身，青年已经绕过来，走到她面前，笑出一口白牙："雅莉姐，好久不见。"

除去衣着改变，眼前的人确实和杂志上差别不大。只是，她从来不愿意去想象他脱掉衣服的样子，因为从两人认识开始，她已是超级巨星，他却还是个未成年人。幻想未成年人裸体的样子是犯法的，哪怕他小小年纪就接触了很多社会名流。

"李太子"真名李展松，是皇天集团董事长李言的独子，四舍五入的话，比申雅莉小十岁。因为他从小就是她的粉丝，他们之间又有不可忽视的年龄差，所以她从一开始就把他当成小朋友对待。他偶尔说一些欠虐的话，他那堆“太子党”兄弟连续几次在她耳边煽风点火，半开玩笑说李展松暗恋她，她也没把它当回事。

直到李展松十六岁生日上，发生了一件事。那一天经过李家花圃时，以李展松为首的“太子党”们站在喷水池旁，学着李展松叫“雅莉姐”，朝申雅莉整齐地挥手。明明是一帮十五到十七岁的小孩，却个个打扮得跟日本花样美男一样。穿修身雪白西装和意式翘头白皮鞋的“李太子”，更是犹如少年花泽类。申雅莉一手提着生日礼物，一手提着裙摆绕花园小道走过去，老远就朝他挥了挥手：“阿松，生日快乐。”

“阿松，阿松，快点收礼物哟！”

“是啊，阿松，雅莉姐送的东西你不赶紧收下，掉了你赔不起啊。”

一帮男孩子都用手肘捅李展松。小孩就是小孩，无论怎么打扮，举止还是很幼稚。李展松不知怎么的，反应反而比平时拘谨一些，收下礼物后迅速说了一声“谢谢”，就扭过头继续喝香槟。“太子党”们面面相觑了一会儿，都笑出声来。李展松皱着眉说“不要笑了”。平时他要这么说，他们绝不敢多说几句，这一天大概大家都喝高了，非但没听他的，反而全部凑过去将李展松推出来。李展松使出全力抵抗，还是输给了他们几个人，脚下一个踉跄，和申雅莉撞了个满怀。这下撞得太狠了，申雅莉差点跌倒在地。李展松吓得伸手护住她，这个动作刚好把她抱在了怀里。待两人站稳，他反倒比申雅莉还要受惊，松开手往后退了一些。

周围的起哄声更大了。申雅莉明白他们在开什么玩笑，也察觉了李展松的尴尬，刚想开口调和气氛，一个长相神似小栗旬的帅气男生忽然说：“雅莉姐，刚才我们在讨论太子的初夜。你知道吗，这家伙当了十六年处男。”他话音刚落，其他人也跟着笑了起来。

现在的孩子都这么开放吗？申雅莉心里已经无语极了，还是笑着说：“哎，十六岁不是还早吗，你们替他急什么呀？”

另一个男生醉得满脸通红：“可是阿松他喜欢雅莉姐，他想把初夜奉献给你哦。”

申雅莉怔住。这玩笑开得稍微有点过了。不过男生到他们这年纪，如果让他们在非洲大草原上裸奔，他们也能对狂躁的斑马发情，更不会懂什么说话的分寸，所以也不是不可以原谅。

“我说，你们开玩笑也要注……”

她话未说完，李展松突然攥紧了拳头，朝着那个男生的面门挥过去！

“你活腻了！”李展松似乎也喝高了。栗色的刘海下面，一双漂亮的眼睛变得通红，他握住申雅莉的手，把她硬生生地往前拖了一步，“你们都给我听好，这个女人以后我是要娶来做老婆的！谁要敢再这么和她说话，我宰了谁！”

可以说，任何告白都没有李展松那一次令人惊讶。

她知道，他会成为她的粉丝，是因为迷上了她演的盲人女主角。但他不是那种拎不清现实和影视作品的孩子，因此不论别人说什么，她都没往这方面想过。如果是其他帅帅的小男生，她大概都会忍不住去调戏一下，李董的儿子却惹不起。所以自从那次酒后告白，她都对他很冷淡。后来他消失了整整一年，据说是忙考大学去了。没想到上了大学，他就这么堂而皇之地出道，当了新生代偶像。

“是啊，好久不见。”申雅莉朝他礼貌地笑笑。

“听说你要去试镜《巴塞罗那的时廊》？”他走近了一些。

他说的是柏川说的电影。只是嗯了一声，她就发现彼此之间的距离似乎有些太近。他们站在皇天集团的门口，身后并不是没有空间，但现在再后退，又有些刻意。眼前的男生不再是毛没长齐的小孩子，不论用“少年”还是“男人”来描述他，都不大适合。这种不上不下的独特气息，配上他的身家背景和“进娱乐圈只是玩玩”的态度，把全国少女到妇女都迷得跟嗅到巨大蛋糕山的蚁群似的。他比以前聪明了很多，知道自己长了一张讨女孩子喜欢的脸，也会主动地拉近物理距离以给人压迫感，激发雌性生物的被征服欲：“那现在就要上去试镜吗？”

问的是很无聊的问题，但话题本身已经没有意义。他把手撑在申雅莉身后的墙壁上，勾下头凝视着她，压低了少年清亮的声音，轻轻柔柔地说道：“太好了，雅莉姐又要拍新电影了。”

这一套或许对别的女生很有用，但对申雅莉来说……她抬头看着他的眼睛，眉眼有着孔雀般的美丽与骄傲。这是她拍时尚大片的经典表情，数年来一直被众多女星模仿追逐。然后，她扬起嘴角，漠然而轻飘飘地说道：“是啊，怎么了？”

李展松表情僵了一下，睫毛蝴蝶翅膀般颤了几下，恍惚地看向别处：“那、那太好了。”

申雅莉从他胳膊下钻走，翻了个白眼，低声吐槽：“姐姐已经很忙了，不要来添乱好吗，小鬼。”

皇天大厦一楼电梯门打开的瞬间，丘婕慌张地冲出来：“雅莉，你听我说，我遇到鬼了！我刚才在柏川的办公室看、看见了……”看见申雅莉身后穷追不舍的“李太子”，她翘起上下唇，刚露出一排整齐的烤瓷牙，最后只是做了做嘴型。

申雅莉走进电梯，眯着眼凑过去：“什么？”

丘婕脸色苍白地靠在她耳边说了两个字，又清了清嗓子说：“稀饭，稀饭，我说我吃了稀饭。”

申雅莉眼睁睁地看李展松被电梯门夹了一下，才按了电梯按钮：“你说的人应该是 Dante 吧，柏天王的朋友。他只是和那人长得有点像。”

“呃，是这样吗？”丘婕认真严肃地往上看了看，思索了半天，“好像是这样，他长得更攻。美攻。”

电梯与一排排玻璃窗擦肩而过，毫无磨损的楼壁高耸入云，与周围的楼房对比，完全和蹉跎的时光隔离开了，永远保持着盛年最完美的姿态。申雅莉此时的感受，就像那些生来就会预知死期的大象，即将偷偷离开象群去坟场等死。柏川的办公室就是那个坟场。她默默吐了一口气，仰头喝了一口矿泉水。

“我想起来了，我们公司不是这几年才搬过来嘛。当时我爸说过，画设计图纸的是个有名的亚裔建筑师，只不过当时他还在国外，没有亲自监督。”李展松半天没能插入她们的话题，转过身来击了击掌，“那个建筑师就是 Dante！”

申雅莉差点一口水喷在电梯按钮上。

一直以来，只要进入这栋大厦，申雅莉就会觉得比平时更有安全感。不仅仅是因为皇天集团是经纪公司的龙头老大，还因为它的设计：方形水晶吊灯可以照亮房间每一个角落，半透明的玻璃门后面，总是有不停歇的职员在打字、总监们和各大媒体制作商通话、艺人们点头听着经纪人的行程安排。键盘声、电话声、低声谈话声被墙壁隔开，被迷雾罩住的列车轰鸣声般传向走道，把这栋楼变成二十四小时不断运作的巨型机械。大厅地面上的大理石魔镜般透亮，绘制着庞大的公司 Logo。Logo 与外面楼壁上的雕刻相互辉映，使得公司里的人都有一种骄傲感，就像基督教徒崇敬《圣经》一样。这栋大厦是卡梅隆电影的建筑版，让人觉得哪怕明天就是世界末日，只要待在这里面，都可以安全渡过难关，更不要说是小小的经济危机、金融风暴。这是 Dante

的风格，她居然没有一早发现。

办公室中，柏川、Dante 和女导演容芬坐在一起。柏川的黑衬衫配条纹领带十分抢眼，时刻提醒了别人他在演艺圈的崇高地位。而他对面坐着的 Dante 打扮就随性很多：白衬衫、V 领格纹羊毛背心和半卷露出修长手臂的袖子。他手里拿着剧本，瞳仁虽像冰一般的质地，却有着广袤而温和的包容力，和柏川一起向申雅莉看过来。她避开他的视线，对柏川和容芬笑了：“柏天王，容导，我来……”她发现 Dante 张了张嘴，似乎打算和她说话。一时又后悔又紧张的感觉充满了身体，她赶紧继续说道：“我来试镜了，我们在哪里开始？”

容芬起身走过来，把一张纸递给申雅莉：“雅莉，你用五分钟时间准备一下。”

“啊，这么快？我连剧本都没看过。”

“不好意思了雅莉，就是不能给你看剧本。这部电影里爱情戏多，女主角的演技很重要。你的演技我们都知道很不错，外形也适合，但我也知道你演感情戏有一定程度的障碍……感情不能给你时间准备，这个真要看天赋。”

申雅莉看了一下纸上的内容，上面只有一行字：在这次试镜里，电话能通向天堂，给你一次机会，让你给死去九年的男友打电话，做最后一次爱的告白。

看见申雅莉一脸茫然，容芬知道自己这步棋没有下错。她也不想逼天后，只是制片方都想内定天后当女主角，而她作为导演，可以辜负任何作品，唯独这一部不可以。她要与他们对抗到底。

容芬去年才和丈夫离婚。前夫是小她六岁的男演员，相貌英俊，身材高大，出道时间算是有资历的，也有了作品数量的积累，却离更上一个台阶还差那么点火候。作品比不过实力派老演员，相貌又拼不过诸如“李太子”这种新生偶像，半红不红，停在了一个很尴尬的位置。和导演兼编剧的容芬结婚后，他接拍了她为他量身定做的电影，在之前人气的累积上，蹿到了一线男星的行列。只是大红之后总是树大招风，各种风言风语一夜之间接踵而至，他和导演的婚姻也被传得乱七八糟。容芬想过他心里会不舒服，毕竟男人总是要面子的，但没想到，这样一个老实而忠诚的男人，竟会屈服在流言之下，和一个靠 PS 性感照片出名的二十一岁网红搞在了一起。

柏川近些年重心都在音乐和制片上，他的空窗期是其他男演员角逐影帝的最佳时机。离婚后，前夫一口气接八部电影，主角配角都有，对来年电影大奖的野心昭然若揭。

而她，怎么可能让他再拿奖。

《巴塞罗那的时廊》是她压箱底七年的撒手锏。女主角的原型取的是她到北海道旅游时认识的寡妇导游。她耗尽心血把这个现实的故事写成剧本，找到最好的合伙投资者，耗费重金出国取景，请大腕，专门请台词打磨小组调整剧本，无数次在深夜里喝咖啡把稿子改了上百遍……若是放到战国时代，恐怕都会练就又一个勾践。所以，这部电影的女主角，一定得是完美无缺的。

但到目前为止，这些女演员没一个让她满意。有演技的没外形，有外形的没演技，二者皆有的年纪又太大了，不能饰演女主角少女时的模样。

申雅莉是她最后的选择。如果不是制片方的偏爱，她压根不会考虑申雅莉。天后确实大牌，但她并不适合这部电影。申雅莉是《62 分钟》里性感美艳的特务，是《死徒》里冷酷帅气的军人，是《剩女与奢侈品》中漂亮霸道的女强人……但她不是《巴塞罗那的时廊》为爱压抑一生的女主角。所以，这次试镜选在柏川的办公室，她的目的有两个：第一，让柏川看清楚申雅莉不适合这个角色；第二，这里人少，掰掉以后天后不会没面子。

“怎么样，这个段子不是很困难，对吧？”嘴上虽然这样说着，容芬心里已经在考虑要重新会面某个实力派女演员了。

那个演员比她所要求的胖一些，但打电话那一幕的演技可圈可点。

“喂，亲爱的，是你吗？”女演员先是微微一笑，沉默了一会儿，两行细细的眼泪从眼角滑落，声音颤抖起来，“九年了呢，你离开我以后，我在这边过得很好，你在天堂也要照顾好自己的身体，不要挂念我。”

她顿了顿，用手指拭去眼角的泪水，哽咽着说：“人生就这么长，只有几十年而已。你要等我。”等了漫长的十多秒，她终于呜咽出声：“你一定要等我。”

演到这里的时候，容芬不由得在心中悄悄鼓掌——非常自然的演技，对白也很自然。相比那些花瓶女演员滴眼药水都挤不出伤心的表情，实在是好太多了。

这时，申雅莉看着纸上那行字，喃喃说道：“不难。”

容芬把手机递给了申雅莉：“拿这个电话演吧。需要再花两分钟时间想想吗？”

“好，我想想。”申雅莉握住手机，认真思考这一幕该如何表达。

这部片要到外国取景，应该带有一定的文艺元素。那么，对白就不能太冷硬，要稍微诗意一些。文艺片她演得不多，但入行这么多年，她对各种类型影片、各种角色演技的把握是非常娴熟的。哭戏和台词要搭配得恰到好处。台词方面，不适合说太多话，但要情到深处，要感人。先说两句，流下眼泪，断断续续地说会比较合适。琢磨好了以后，她从容地把纸张递给容芬："我准备好了。"

她把手机拿在耳边，朝在场的人笑了笑，示意自己要开始演了。

老戏骨在演戏之前，都会有个习惯，就是在开拍前想想这一幕要表达什么，在脑中快速回放一次剧本和对话，以防NG。申雅莉也有这个习惯。

"如果电话能通向天堂，给你一次机会，让你给死去九年的男友打电话，做最后一次爱的告白。"

想起这句话的同时，她做了一件让她接下来后悔万分的事——她下意识地抬头看了一眼Dante。

他正注视着自己。和她的视线对上以后，他露出了鼓励的微笑。她慌张地挪开视线，更加用力地把电话贴紧耳朵。想要集中精力回想安排好的戏路，但那个笑容和记忆里希城的笑容重叠了。她完全被打回原形，把这么多年锻炼的演技也全部驱逐了，只留下了当年那个傻得出奇的任性姑娘。

意识到情况有些失控，她被严重干扰了。她晃了晃脑袋。不不，应该集中精力。最初应该从哪里开始呢？是哪里呢……

这种关键时刻，她居然又想起了一件小事。

当时整个大学宿舍的人都在减肥，她也嚷嚷着要减，每天都只吃一两个水果，结果过了一段时间胃痛得不得了，经期也不正常。她心情很郁闷，发了一条短信给正在备考的希城，吐槽说自己减肥好失败，体重没减少，反而饿出了胃病，大姨妈一个月还来了两次。

希城立即打电话过来了。

"申雅莉，你又在折腾什么！你不是小孩子了，怎么一点也不知道照顾自己？"

"可是，我这不是想瘦一点，你会更喜欢嘛……"她不屈不挠地撒娇。

"不要每次都拿我当借口，你就是自己臭美！臭美连命都可以不要了吗？你现在去吃东西，然后躺下休息！别老让我觉得自己是在跟个幼儿园小朋友谈恋爱，对你自己负责一点……"

她不开心地挂断了电话。原本以为他会像以前那样哄自己开心，没想到会挨上这么一顿劈头盖脸的训斥，真是气得快吐血。就算后来希城在女生宿舍楼下等了她一个晚上，她也没能消气："我要的是男朋友，不是老爸，你真是讨厌死了！"

真是被宠坏的小女孩。让人又讨厌，又嫉妒。

后来因为连夜拍戏晕倒在片场，导演和工作人员们摇醒她寒暄的时候，她因低血压脑中一阵阵空白，就曾这样想过。住在最昂贵的 VIP 病房，配最好的医生，有一群人轮流守着打点滴，却再也没有人会在排队等医生时给自己买新鲜的包子，硬塞到自己嘴里说"维持一下你那可怜的小生命"。在病房里，当所有的灯盏都熄灭，半梦半醒的时候，总觉得睁开眼再一伸手，可以碰到那个人趴在床上的手臂，滑滑凉凉的短发。

可是，没有。

冷冰冰的病床上，没有人的体温。只有输液瓶高高挂在金属架子上，顺着塑胶管子往她的静脉里滴落冰一般的药水，把血液都快冻住了。助理在角落里盖着被子睡着了，医院苍白的灯光照入病房，走廊中脚步回声来来往往。长期昏迷后她觉得想呕吐，但输液针插在血管中，令她不敢动弹。她用强大的意志力拼命吞了十多次唾液，逼得自己流了一头冷汗，才强把呕吐的感觉压回胃里。她重新躺回病床上，用单只手背擦了擦额上的虚汗，闭着眼长长叹了一口气，只想早点好起来，离开医院这种该死的地方。

那是她最恨过去的自己的时刻。到底是怎样一个作死的女孩，才能对顾希城那样完美的男孩说出"你讨厌死了"这种话？想到这里，她忽然意识到，医院是生与死的交接点，每天都有人在这里出生，在这里死亡。而在多年前，他就早已经不属于这里。她绷紧正在输液的手，尚且能感到疼痛，感到生命的脉动。在多年前，他的生命就已经永远消失在了世界上。

这世界上，真的有天堂吗？

如果有机会，可以打一通电话到天堂，做最后一次告白，我该对你说什么呢？

是"我爱你"？

是"谢谢你"？

是"对不起"？

还是，"再见"……

在场的人都错愕地看着申雅莉。

她从拿起电话到现在，已经超过三分钟了。这三分钟里，她没有说一个字，没发出一点声音。除了沉重的呼吸声。但她深深埋着头，眼睛完全睁不开。热泪像开了匣的洪水，从通红的眼眶中涌出来，甚至连眼睛周围的妆都从最开始的黑乎乎，到后来被泪水洗涤得干干净净。这时的她一点也不美了，连耳根和脖子都充血地红着，丢了玩具的幼儿园小孩般，浑身不受控制地发抖。

终于，她张了张口，声音沙哑得都不像是她自己：

“忘记我吧。”

极力压抑还是带着哭腔的声音，不仅让柏川、容芬怔住，连 Dante 都握紧了手中的笔，一动不动地看着她。

如果这样的事发生在你的身上，什么祝福，什么告白，都是假的。

人是如此自私的动物。如果那个人真的死去，却还一直停留在你的生活中、睡梦中、记忆中，你只会希望摆脱这种痛苦，只希望自己能真正开心起来。

如果他只能让你难过，只能在你人生低谷的时候把你显得更悲哀，谁愿意永远记住这个人？

“忘记我吧……”眼前的人影已被泪水模糊，她看向那个神似希城的男人，哀求道，“然后，也让我忘记你。求你，我不想再这样下去了，太痛苦了。”

头已经沉重得快要撑不住，她身子晃了晃，后跌了两步，背却重重地撞在了墙上，像是被逼到了绝路。她身体缩成一团，长长的鬈发垂下来，盖满单薄的肩。崩溃而无声的哭泣，把悲伤的表情永远留在了脸上。

依稀听见椅子撞到水晶桌的声音，也看见那个男人猛地从椅子上站起来，还有容芬惊诧地上前一步的样子。

但这些都已不再重要。

重要的是，希城不在了。永远不会回来了。

那是她发誓绝对不会失去的人，发誓会和他在一起的人。他永远不会再回来了。

记忆里你一直坐在当年小小房间的角落，手里翻着杂志，有些轻蔑地看我一眼，淡漠地说，很多时候我比你爸妈都了解你，比你本人还要心疼你。

——所以，你才有资本这样狠毒地、彻底地报复我？

希城，真的够了。

如果真的有这么一个电话，能通向天堂，我只想对你说……

已经过了这么多年，是时候放过我了。请放过我，让我忘记你，从你的牢笼里走出来吧。让我平平淡淡地活下去，得到一份平平淡淡的爱情，最后平平淡淡地老去、死去。

这是我最后一次向你索要的东西，最后一次任性而自私的请求。

请给我自由。

唯一的，也是最后的自由。

初恋

后来很多年里，每次他们闹矛盾又和好的时候，

他总会忍不住捏着她的脸说：

“一定是因为当初我太好追了，所以你现在才这么践踏我。”

这一句玩笑话，在她真正甩了他之后，他却再也没有对她说过。

奥修曾说过，这个世界其实是悲伤的，每个人的内心深处都有很大的痛苦，但我们不能为之感同身受。因为一旦我们也变得悲伤，就加入了他们的世界，进而创造更多的悲伤。所以，我们必须尽力让自己快乐，因为这种快乐会感染并且帮助这些不开心的人。必须让别人知道，在这个悲伤的世界也可以幸福。

“啊，我的眼睛……”在周围的人都僵成木雕的时候，申雅莉伸出两只手的无名指，轻轻按揉着眼角，“眼睛痛死了。我的妆全花了吧？”

容芬又僵硬了片刻，才擦掉眼角的泪，赶紧去扶住申雅莉：“雅莉，你把我吓死了，从刚开始我的心就一直在咚咚乱跳啊。以后别这样了，我的心脏啊……你还好吧，没事吧？”

“没事，就是我这妆……早知道要演哭戏，我就裸妆来报到了。”申雅莉把手机打开，调成自拍模式，左右上下扭了扭脸，“哦，还好，都洗干净了。”

“你刚才真的只是在演戏？不是想起什么伤心事了？”

“看上去很像真的是吗？”申雅莉笑开了花。卸妆后她看上去没那么艳光四射了。一直用最高档的保养品，所以皮肤明亮又有光泽，但因为常年加班拍戏，总有淡淡的黑眼圈。这时的她看上去不像明星天后，倒有点像考前恶补的大学生。

“那肯定啊，我都快被你弄哭了。”容芬红着眼睛拍了一下她的背，“保持这个状态，这部片肯定会大热的。”

这时，一阵清亮的掌声响起。柏川朝她伸了个大拇指：“雅莉，今天真是对你刮目相看。很好，进步非常大。不光是表演方面，连心理揣摩都很厉害。”

“柏天王的挑剔举世闻名，居然给我这么高的评价，我有点受宠若惊。”

柏川想了想，嘴角勾起了一抹浅笑：“你也可以当是我对贺礼的贿赂。”

申雅莉想起早上浅辰发的短信：“一姐你真是好样的，我是男人啊，送什么不好送婚纱！”随即笑出声来：“我就知道礼物小浅未必喜欢，但你一定喜欢。对了，Dante 怎么会在这里？”

一直在吃惊的 Dante 这才回过神来，朝她笑了笑：“我来帮忙。”

柏川补充道：“《巴塞罗那的时廊》讲的是女导游和建筑师的爱情故事，涉及专业知识需要男主角掌握。刚好 Dante 马上要回西班牙，所以我专门请他来帮忙指导。”

申雅莉稍微有些惊讶：“去西班牙取景的时候，Dante 也会跟我们一起？”

“只要申天后不嫌弃，是的。”

连她这个读建筑系的都可以搞定这些电影知识，他们居然让最年轻的普利兹克奖得主来指导，也不知道该感慨杀鸡用牛刀，还是柏天王果然乃演艺圈第一大牌。只不过，Dante 大概是她见过最有礼貌的名人。这种礼貌不仅仅只是言行举止，连眼神都是，只是与他对望都能察觉他的笑意，与傲慢如同月上霜的顾希城截然相反。不过，一个是在欧洲受过高等教育的成功人士，一个是被爹妈宠坏的独生子，从本质上就差了不知几个档次。

其实，希城也是有机会成长的。离开人世前，他经历了人生第一个重大的波折，按理说只要之后有人陪伴，有人鼓励，就能重新站起来，成长为真正成熟的男人。但她没有陪着他。在他人生低谷的时候，她离开了他。

一想到他连长大的机会都没有，就以一个大孩子的模样彻底消失在这个世界上，就觉得力气被抽空了。只是人生如戏，却是一场没有机会倒带重来的戏。做了令自己后悔的事，就不会再有机会弥补。所以，现在的每一分每一秒，她都小心翼翼，连表情和台词都预先设计过。她扬起眉毛，笑得很开心："大建筑师，你这话说得真是……我以前上大学的时候念的可是建筑系，还怕你嫌我烦呢，因为我可能会问很多对你来说是学前儿童级别的问题。"其实心里完全不这么想。她不想再看见他，不想再看见这张脸，不想再看见他凝望自己的眼睛。

"你居然读过建筑系？这对演员来说实在太罕见了。那后来为什么会想着当演员呢？"

为什么会想当演员？

这句如此寻常的问话，一下唤醒了所有最痛苦的记忆。

那一年，选美大赛结束后几天，申雅莉准备接受一个采访，在卧室里对镜化妆。顾希城坐在她身后，透过镜子看了她很久，忽然说道："莉莉，不要进演艺圈。"

她从镜中看了他一眼，仰着漂亮的脸庞，自顾自地刷睫毛。他停了停，又继续说道："先不说这个圈子有多乱，你这种直来直往的性格，进去肯定会吃亏。而且，你也不想当明星，你想当的是建筑师。"

她叹了一口气："你怎么知道我不想当明星？很多人想当还没那个资本呢。"

"你是不是被媒体一捧就头晕了？你一点演技都没有，哪怕是选美冠军，也只能当花瓶，吃青春饭。过些年，更多年轻漂亮的女孩入行，你就会被遗忘。"见她没有反应，他站起来，从她的书柜里拿出了厚厚一沓图纸，放在她面前，"看看你的成绩，你是全 A 的优等生，学习比我好多了，你是未来优秀的建筑师，不要放弃。"

她连看都没看那些图纸一眼，挥挥手说："你真是操心太多。建筑这一行嘛，只要有底子在，过多少年都可以做。等我当够了明星，如果还想搞建筑，再回来做就是了。"

"你怎么会变得这么散漫？你现在是想要休学去干这一行啊，之前所有的努力都打算放弃了吗？"

他抓住她的肩膀摇了摇，想要把她摇醒。可是，她只是不耐烦地拨开他的手，刷好睫毛后，把口红拿出来："顾希城，你别操心我了，先管自己的事吧。"

他站在她的身后，沉默了很久，终于不确定地说："莉莉，难道你是因为我爸爸的事……才想当演员？"

"什么？"她皱了皱眉。

"如果是因为这个，我可以明确告诉你不需要。我爸死了，但我没死。等毕业以后，我也有赚钱能力，到时候还是可以养活你的。"

她愣了一下，忽然笑出声来："希城，你怎么这么可爱，简直就像琼瑶小说的女主角一样会对影自怜。我家虽没你家有钱，但也不是吃不起饭，我爸妈又这么喜欢你，就算你真一穷二白了，他们也会收你当干儿子养着你的好不好。当明星是我自己想的，你别瞎想了。现在你该多去为你爸爸守灵，比起他，我进不进娱乐圈真的不是那么重要啦。"

能伤害你的人，永远是最亲密的爱人。

但你也不会知道，他们伤害你以后，同样会感到难过。

看见他勾着嘴角笑了一下，转身离开房间，又听见门关上时冰冷的声音，她闭上眼睛，颤抖着吐了一口气，继续补妆。然而，当视线不经意扫过桌子上的建筑图纸，她还是没忍住，把它们拿起来一页页翻看。有一张黑白效果的建筑图纸，虽然再看都会觉得漏洞百出，但上面每一块黑白阴影都是由千万条细线组成。每一条线，都是在寒冷的冬夜，戴着框架眼镜，腿上盖着希城递给她的毛毯，她用尺子比着，用针管笔一笔一笔描出来的。

被硬生生逼回去的泪水涌出眼眶，她抱紧那堆图纸，哭了出来，但是不敢大声，怕希城还没走远，会听见。当时大概怎么都不会想到，那之后没多久，到这一辈子结束，无论自己怎么哭，哭得再大声，他都听不见了。

"为什么当演员啊……"申雅莉故作思考着迟疑一会儿，其实心中早已有了熟记于心的答案，"其实只是巧合。当时选美大奖拿了冠军，抱着试一试的态度来演戏，没想到真心爱上了这个行业，所以就一直做到了今天。"

如果换成是其他人，遇到了和她同样的事，看见了和那个人如此神似的容颜，大概会像当年的她一样失声痛哭了吧。可是，多年的演艺经验，却能让她伪装所有的情绪。

《巴塞罗那的时廊》的试镜顺利结束了。演员名单很快定了下来，主演影后申雅莉和国际巨星浅辰。除了这两个闪亮的招牌大明星，其他配角甚至路人甲的饰演者也都是在圈内有头有脸的实力派。在发布消息的同一天，容芬也亲自操刀，将这个故事改编成小说，与合作方洽谈周边版权事宜，预备在电影上映期间，大张旗鼓地令与它有关的消息都铺遍各大城市，让《巴塞罗那的时廊》红遍全国。拿到剧本后一周，制片方举办了新闻发布会，宣布电影三周后开机，届时剧组全班人员直飞西班牙进行取景拍摄工作。

被无数闪光灯闪了一个晚上，才总算坐上了回家的车。阿凛在前座为申雅莉发布新微博，然后说："雅莉，你认识 Dante？"

申雅莉心中一凛："Fascinante 那个总建筑师吗？打过照面，不是很熟。"

"哦。"

等了半天没下文，申雅莉睁开眼睛看向他："怎么了？"

"他转了你的微博。"阿凛顿了一下，对着屏幕滚了滚鼠标，"转发量还挺高的。不过是有人圈了他，他才转的。我们需要跟他道谢吗？"

"……拿给我看看。"

接过阿凛递来的 Mac，显示的是 Dante 转发的微博。原本微博内容是这样的：

今天晚上，我们剧组发布了《巴塞罗那的时廊》即将开机的消息。谢谢 @容芬 @浅辰&大橙子 @卓天华 @嘉默 @Cheryl @金鹰影业 @皇天集团 @皇天高云泽 @遥辰 娱乐今晚和大家的给力配合！相信接下来我们一定能合作愉快！

Dante 转发后的内容是：

不客气，我很喜欢这个本子。祝电影拍摄顺利。//@皇天高云泽：恭喜一姐还有剧组，终于要开机了。这次一定要提一下 @Dante 先生，有这样高端的专业人士指导，片子的质量绝对会更上一层楼。我和柏先生代表皇天集团向你表示由衷的感谢。

申雅莉看了看 Dante 的首页，他并没有关注她，而且这条微博只是回复柏川的经纪人，并没有回复她。可是，后面又跟了一句“祝拍摄顺利”。这到底是在祝谁呢？是剧组，是她这个博主，还是高云泽或其他人？一般情况下对方转了自己的微博，为表示感谢应该也转发这条微博回复，或者私信对方致谢。可是现在转发的名人这么多，单独感谢 Dante 会得罪其他人，私信向他道谢不太正式，专门让柏川去联系他，更显得有些刻意。她想了半天，迷惑地看了一眼阿凛：“这该怎么办？”

“我也一直在想这个问题。不知道 Dante 是太聪明还是不会玩微博。”

“那就这样放着不管？”

“其实如果他是年长的资深建筑大师，我们可以直接关注他。他有那样的资历，即便不理睬我们，我们殷勤一些，也只会显得你谦虚又敬重前辈。可是他这么年轻……”

说到这里，阿凛把网上的资料调出来。照片上，Dante 穿着西装站在白色办公桌前，一手撑着桌面，一手拿着笔，略微弯腰，低着头在一张图纸上勾画。

“而且长得很帅。”阿凛放大了那张照片，摆摆手，“算了，还是别理，虽然他很低调不爱公开亮相，但一旦和你扯上关系，肯定会传绯闻。”

申雅莉轻轻嗯了一声，目不转睛地看着那张照片。阿凛摸摸下巴：“不过，传绯闻未必是件坏事。”

“啊？”

“这部电影里你不是演一个和建筑师谈恋爱的女导游吗？如果放出和 Dante 约会的消息……”阿凛推了推银边眼镜，镜片在黑暗中闪了一下，“对啊，这肯定不会是负面新闻，到时候可以制造一定话题。这时间不能太晚，不然观众会知道是故意的，我看在电影杀青前一段时间弄一张……”

申雅莉连忙打断他：“别别别，你饶了我吧！我不想传绯闻，别一天到晚想一些馊主意，怕死你了。”

之后几天，申雅莉一直记挂着那个微博转发，而且悄悄去看过评论。大部分网友都惊讶于世外高人 Dante 居然会关注转发国产电影，只有少部分人提到她。以前她从来不刷微博，但最近她没事就抱着手机刷一会儿，还时不时去 Dante 的主页转一转。四天过去，她没事又刷新首页。Dante 极具个人特色的 Logo 头像忽然出现在一堆明星头像中间：

Dante：柯娜音乐厅 B 区图纸搞定的同一天，餐厅老板打电话问我要不要办张白金卡，难道我最近外卖真的叫太多了？[疑惑]

看见底下的转发量，申雅莉简直快晕过去。评论刷新速度就像火箭上月球：

“笑疯了！”

“Dante，弱弱地问你一句……你这是在卖萌吗？[挖鼻屎]”

“难道这就是传说中的技术宅男！”

“大师，你的形象……[擦汗]”

“亮点总在最后，天然呆萌物，我来给你做饭吧，太可怜了啊，TT……TT……”

“居然是宅男！真哈皮，笑死哥了！！！”

……大概真是因为到了晚上，人也变得空虚无聊。申雅莉没打电话问阿凛意见，就转发了这条微博，附上大众最多的评价：“技术宅男 V5！”

只能说阿凛有一双堪比悟空的眼睛，早看出了他俩有绯闻炒。微博发出去不到五分钟，申雅莉就后悔得想删掉，可是删掉问题会更大。于是，只能眼睁睁地看着 Dante 那边的留言量又翻了一倍：

“哇，我们‘梨花’里也有很多学建筑的，都很喜欢你的作品哦！！”

“啊啊啊啊，尖叫，以前从来不知道 Dante 这号人，你们快去搜他的资料，不仅是帅哥，还很有才！国际建筑师啊！”

其中有条热门让申雅莉恨不得撞墙死掉：“Dante 好帅啊，去演《巴塞罗那的时廊》男一号吧，和天后有床戏哦！”

这下闯祸了。她把头埋在被子里，不敢再看手机。明天肯定要被经纪人骂死，也没有脸再面对 Dante 了。消沉了五六分钟，她完全没觉得好受，但还是迫使自己重新坐起来，打算联系阿凛处理这件事。但是，不小心点了刷新，看见手机上出现了一行字：

Dante：申小姐过誉了。宅男担当得起，技术还欠点火候。//@ 申雅莉：技术宅男 V5！

申雅莉呆住了。她顺着点开 Dante 的页面，上面出现四个字“已关注我”。

脸颊莫名地有些发热。手指停留在半空中许久，她触了一下他头像旁边的“关注”。

待上面的按钮变成了“互相关注”以后，她用手捂了捂脸，察觉自己脸上的肉因为笑容鼓了起来。她打开阿凛给她看的那张照片，照片上的他站在办公桌前，领带轻垂在桌面，半低头时，他的轮廓如此深邃，长长的睫毛阴影覆盖了双眸。在背后光芒的对比中，形成了略显伤感的剪影。

终于，所有的温度从脸上散去，笑容也凝固在了她的脸上。

他并不是顾希城。从什么时候开始，自己昏头到了这个地步……

明明三周后就会忙得天翻地覆，但申雅莉这种天生劳碌命还是没闲下来，在这个空档期接了一个珠宝广告拍摄工作。广告拍摄的主题是旧式酒馆小巷和戴着珠宝的美人。宣传片中，女模特一个人从酒馆走出来，穿着一身普通的黑纱长裙，拎着普通的包包，但手腕上戴着白色珍珠手链，因而引起了阴暗巷子中颓废醉酒男子的爱慕眼神。

这样需要拍摄全身的工作，申雅莉当然不敢怠慢。和所有在减肥与美食中挣扎的姑娘一样，她的体重浮动是很大的。饿的时候可以被人夸身材真好真苗条，但偶尔失控暴食，站在体重秤上的瞬间都会心痛到想流泪。这一点，绝不能和时尚界那群Twiggy(2)的宗族后代相比，她很有自知之明地在家里挨饿，早上起来跳绳跑步啃黄瓜，一到晚上胃里空空的就让她心慌得走来走去，必须得通过按压下巴后面的穴位才能有所缓解。拍摄广告当日的早晨，她连水都没有喝，就顶着凹陷的双颊去了广告公司。刚一进入拍摄现场，广告公司的总经理大老远地就朝她挥手，一路小跑过来：“哎哟我的申天后，你怎么瘦成这样了，看了真是让人心疼。”

分明提出瘦身要求的人是他们，现在反倒这样嘘寒问暖。隐约觉得这开场白不对，申雅莉不动声色地等待他下一句预设好的话。

“唉，我们这里有件事，可能处理起来会有一点点困难。”

申雅莉笑道：“请说。”

“是这样，昨天突然接到的消息，这次广告拍摄你的角色可能要换人，对方是赞助商的女儿……”

他说这些话的时候，申雅莉的肚子很不合时宜地叫了一声。

两人对望了一眼，都有些尴尬。申雅莉从助理那里接过矿泉水，不紧不慢地喝了

(2)原名Lesley Hornby，英国模特。20世纪60年代改变全球女性审美、增加了全球模特薪水收入的“世界第一个超模”，她出现以后，人们才停止了对梦露式丰腴的追逐，认定了模特一定要瘦。

一口："我懂你的意思了。"

这样的事不是没有发生过，在这圈子里，你换我我换你都是很常见的事。不过到成名之后概率越来越小了，资历和实力摆在那里，外加这几天饿得快得抑郁症了还被如此对待，多少有点不开心。但当人站在了这个高度，不管面对成功还是失败，哪怕是个细微的差错都得格外警惕，不然蝴蝶效应可是会全方位应验的。

忍耐，忍耐，不能爆发。那些啃黄瓜跳绳瘫死在地上的夜晚，就让它随风去吧……

"现在联系阿凛处理后续工作。"申雅莉对着广告商微微一笑，转过身对助理说，"我先回去了，失陪。"

"等等，等等！"总经理又追了过来，在他油腻的额头上拭了一把汗，"唉，我也不愿意来当这个黑脸，换掉了主模特不代表就不让你拍不是……现在广告的创意改过了，会变成两个女性角色和一个男性角色……"

经过他的一番解说，申雅莉大致明白，她的情况没比换下来好到哪里去，甚至还要更糟：那个赞助商的女儿，即将饰演她的角色，而她将扮演新增加的角色——站在颓废男人旁边对女主角露出嫉妒眼神的女友。

可笑的是，这个修改要求居然是赞助商女儿提出来的，而且这个女孩知道原本的女主角是申雅莉。这不是明摆着来挑衅的嘛。申雅莉脸上挤出一个官方的笑容，露出两排闪亮的牙齿："不好意思，不感兴趣。"

但这时，阿凛打电话过来。

"雅莉，于董打电话给我，让我劝劝你不要推掉现在的工作。他说他就那么一个女儿，已经被他宠成了娇贵的公主，是吃不得一点苦的。你就当卖他个人情……"

"等等，我头晕了。现在到底是什么状况？"

原本脑子乱得像一团搅在一起的毛线，但看见不远处的两个人后，所有问题迎刃而解。她记得很清楚，白风杰的请帖上写着新娘的名字"于若琪"。她三两句打发了阿凛，然后挂掉电话。于若琪和白风杰站在摄影师旁边，似小声讨论着什么事情。他们身边的沙发上坐着三个十来岁的孩子，每个人手里都拎着巨大的购物袋子，上面都是花花绿绿的名牌商标。其中一个戴黑框眼镜的男孩把购物袋放在地上，神情有点愤怒："你怎么好指责我呢，你不是早就知道我花钱大手大脚的，现在说这些有意思吗？再说了，你花钱不也很厉害嘛。"

他身边的女孩看上去文文静静的，但说话也带着一股怨气：“问题是我爸妈给我十万，我总不能只花个几千块吧？我每次还存两万呢。”

“那我和你不一样啊，他们给我还没你爸妈给的那么多呢，那么点钱剩一万已经不错了。”

“你真是的，和阿威根本不能比啊，阿威起码还能打工赚点钱，你是一点都不赚的。”

“他那是赚一百花一万，赚没赚又有什么区别呢？”

一旁的女孩子把包包“咚”的一声扔回购物袋里，不耐烦地摆摆手：“行了行了，你们别为这个吵了可以吗，不是跟若琪姐过来看那个被包养的大明星的吗，谁有兴趣听你们吵这些有的没的。”

他们说到这里，白风杰不经意回头，目光正巧与申雅莉对上。他别开视线，对那个孩子严厉说道：“你们几个不好好学着挣钱，天天和人攀比花钱多少，像什么样子！”

那女孩子吐了吐舌头，皱皱鼻子：“所以我最讨厌回国了，在国内总有那么一堆人管闲事，我爸妈才不会介意这一丁点儿钱呢。”

“对啊，还要陪人看什么明星。我连Rihanna、Justin Bieber的亲笔签名照都扔了，现在一心就想学建筑，谁有兴趣管这些娱乐圈乱七八糟的东西。”

“那也等你们有能力养活自己了再说。”

男孩子抱着胳膊说道：“姐夫，我们学校的土木工程可是世界闻名的，我以后搞不好就是第二个Dante，成为成功人士是迟早的事。如果不是若琪姐非要拍广告，我才不会来看明星呢。”

白风杰原本还想说什么，于若琪却忽然走过来：“好了，风杰，你也别跟他们计较。阿楠是过分了点，你是男生，应该想着该怎么挣钱，别乱花钱了。”

男孩子扁了扁嘴：“玩什么性别歧视。”

“至于女孩子嘛……还是要富养，她们要什么就给什么，能满足的就满足。”于若琪看了一眼申雅莉，有些傲气地扯着一边嘴角笑了笑，“这样，她们才不会因为有钱男人拿钞票在面前晃一晃，就跟着跑了。”

两个女孩子先是一脸幸福感激的模样，很快一起看向申雅莉，又互相对望，眼中露出一种别样的优越感。之前一直玩包的女孩故作世故地点点头：“我懂我懂，包养什么的嘛。”

听到这里，申雅莉明白了七八成。她径直走向白风杰：“你都说了些什么？”

白风杰的嘴唇抿得更薄了一些，却没有回答她，也没有看她。于若琪挡在他面前，像在保护他不被枪林弹雨伤害的正义女神：“申小姐，你这是在做什么？”

申雅莉没有理睬她，只看着他又一次问道：“白风杰，这些话都是你跟她说的？”

白风杰抬头，略微慌乱地说道：“不是，我……雅莉，别说了，若琪她没有在说你，她说话一直这样，有点冲，等气消了，会老老实实跟你道歉的……”

于若琪不可置信地看向他：“道歉，你要我向你包养过的女人道歉？白风杰，你疯了是吗？”

申雅莉已经不知如何继续对话，只能失笑地看着白风杰。他一如既往有着温柔深情的眼睛，却再也不敢直望她。她不知道他是怎么跟于若琪和这群孩子说的，但已经不期待他会站出来说句真话。

她还记得三年前某个夜晚，她第一次把他叫到自己家里。他打扮得十分帅气，喷了最好的古龙水，兴高采烈地进门，想给她一个大大的拥抱。她却坐在冷冰冰的长桌旁，快速签下了一张支票，站起身把那张支票递给他。

“你看看数字有错没有。”嘴上是这么说，她却已经盖上笔帽。这笔数字她记得很清楚。十倍连带利息，连小数点后面的数字都确认过无数次。

他看清支票上的字迹后，身子晃了一晃，差点没站稳：“雅莉，你不能这么对我。”

“别客气，这是我们一早就说好的事。”她开朗地笑着，但眼中的感情比山上的积雪还冷。

他站在她面前久久沉默着。分明有着高大的身材，眼睛却红得像小白兔。如果换在很多年前，她一定会被这样的情景感动，说不定一个心软就答应了他。可是，时隔多年，所有的爱情、同情和纯真，早已随着希城的死烟消云散了。

别人都说，人的一生可以喜欢上无数个人，但真爱只有一次。所以，成年人在恋爱的时候会越来越谨慎，大概是本能不让自己把唯一的爱情浪费掉。那自己是不是在十六岁的时候，就已经把这次机会消耗掉了呢？

曾经她也是做过蠢事的傻孩子。高中时，顾希城是全校毫无争议最好看的男生。他会打篮球，会耍帅，高二就开始飙车，气质却干净得让人对他无法不卸下防备。遗憾的是，高中三年，学生们自发评选校草，他却次次落榜。主要原因还是他学习成绩不好，却有个好老爸。在中学时代，学习成绩几乎决定了一个学生的所有品质。成绩好与坏的学生之间，有一道肉眼看不见的巨大鸿沟。如果家境不好，大家可能还会表示一些同情。如果家境好，简直就是人神共愤的“靠父母出钱盖学校混进来却没本事的差生”。

所以，即便有女生偷偷喜欢他，也绝对不会承认自己对他有好感。只不过提到他时，总会多说几句，说他天天迟到，说他上课睡觉，说他长得像女孩子，会给他取一堆和美女挂钩的外号，例如“校花”“顾小受”“希希公主”“白雪公主”，大胆的女生甚至还会当着他的面这样叫，非常享受看见他有些不爽地说“别给我取女人外号”的样子。丘婕和申雅莉是高中同学，并且从高中时起就有了对食物分出攻受的能力。对于顾希城，她却犹豫了很久：“他的脸很受，身高却很攻，这不科学。”对于认不出属性的东西，她一向自动划为受，所以，“顾小受”这外号其实是她取的。那时，申雅莉的成绩名列前茅，还是班长。她和顾希城在一个班，高中前两年几乎天天都会说话，但所有对白来来回回就四句：

“顾希城，你的作业怎么又没交？”

“忘记写了。”

“怎么每次都忘记，你不交我记你名字了啊。”

“记吧。”

后来，顾希城的爸妈又向校长施压了，让他们一定要把儿子的成绩提上去。班长同学自然而然就被发配去监督他学习。没和他相处不知道，这家伙的性格比看上去还要难搞。别说看教科书作业本，甚至连正眼也不给她一个，就只会趴在桌子上睡觉。她被他无视了多日，气得向丘婕吐苦水。丘婕阴森森地打了一个响指：“小受都是欠虐狂，需要找个小攻调教调教他。记得隔壁班那个‘黑马王子’吗，冒充他的名义写一封情书给咱们的‘顾校花’吧！内容要炽热，语句要露骨，吓死他！”

申雅莉是真气糊涂了，居然同意了她这个馊主意。她搜刮了一肚子的墨水，改变字体，一气呵成一篇三千多字的情书，署了“黑马王子”本名把信塞到顾希城的抽屉里。可接下来三天内，石沉大海般杳无音信，顾希城也还是和以前没什么两样。眼见第四天又到为他补课的时候，她正感到有些失望，却没料到，最糟糕的事发生了一顾希城并不是唯一看到信的人。那封情书，落到了同班同学的手中。

“哇哇哇哇……‘希城，你的眼睛是那么美，以至于每次和你对视时，我都忍不住沉沦，却又不敢多看，生怕你会讨厌我……’”

申雅莉呆了一阵，心脏怦怦乱跳起来——完蛋了完蛋了，这下该怎么办！

“后面还有，后面还有！‘我知道，你那么帅气，喜欢你的女孩子那么多，你一定不会多看我一眼的。可是，我喜欢你打完篮球站在树荫下喝水的样子，喜欢你坐在窗边对着外面世界出神的侧脸，喜欢你握着铅笔打转的修长手指，喜欢你放学后背着单肩书包在操场边慢慢行走的身影……’”

他们念得越多，那种世界末日的感觉就越明显。虽然当初写这些内容都只是为了恶心顾希城，可是被这样赤裸裸地念出来，她竟有一种被曝光隐私的错觉。几个同学围在一起，你一句我一句地念着，到最后一句时，异口同声道：“‘我有一个小小的请求，不知道你愿不愿意答应呢？那就是……’”

她的脸一阵红一阵白，迎来了最后一句话：“‘请你和我在一起，希城，我——喜——欢——你！’”

她把脸埋在桌面上，辅导课本上的方程式晃得她眼花。她知道，接下来“黑马王子”的署名就会被大家发现。男生给男生告白的流言肯定会引起校方注意，说不定学校会调查始作俑者……真是后悔到快哭了。

然而——

“咦，怎么信被撕了一截？”

“真的耶，好像是署名被撕掉了，这是怎么回事……啊，我好想知道这封信是谁写的啊。”

这时，顾希城的声音在教室后方响起：“你们在做什么！”

他三步并作两步走过来，把情书从他们手里抢过来：“你们怎么偷看别人的信？走开！”

他和几个同学争执不休的时候，丘婕在申雅莉前面的椅子上坐下，转身趴在申雅莉的课桌上，意味深长地说：“雅莉，你是不是真的喜欢上顾小受了？”

申雅莉大惊：“瞎说什么啊，怎么可能，那封信我是照着爱情小说瞎写的！”

“原来如此。我就说你这标准工科生的文笔怎么突然这么情深意切了……”

丘婕很好打发，顾希城却明显难对付得多。下午教室里又只剩下了他们两个，申雅莉把笔记本拿出来，对着课本帮顾希城勾重点。翻页的时候，他忽然冒出一句：“你说，那封情书到底是谁写的？”

“不是‘黑马王子’吗，那还能是谁？”刚说完这句话，她的脸就变得惨白，心快要跳得炸开，提上去的呼吸再也无法释放，手指的哆嗦程度已经不是自己可以控制的。

所幸顾希城并没她想的那么机灵，似乎没有想起大家看见的信没有署名。他撑着脑袋，黑玉般的碎发落在白皙的手指间，横着漂亮的眼睛看她：“是吗，可我老觉得不是他。”

“这不重要，现在先学习吧。”尽管松了一口气，过度紧张的情绪还是让她的手抖了一下。

皮肤快速擦过书页，短暂的缓冲后，鲜红的血珠从指尖溢了出来。

“割，割破了……”

她刚想咬住手指止血，手指却被顾希城夺走。他握着她的手，低头含住了她的指尖。

“啊——”申雅莉大惊，把手抽回去抱在胸前，整个人都往后缩了一大截，“你、你、你、你、做什么啊！”

“给你止血。”他一副理所当然的样子。

“止血也不用这样，男女授受不亲啊。”

“男朋友也不可以吗？”

申雅莉愕然地看着他：“男……男朋友？什么男朋友，谁是谁的男朋友？”

顾希城怔了怔，指了一下装信的课桌抽屉：“你给我写的情书里，不是要我当你男朋友吗？”

后来的很多年里，每次他们闹矛盾又和好时，他总会忍不住捏着她的脸说：“一定是因为当初我太好追了，所以你现在才这么践踏我。”

这一句玩笑话，在她真正甩了他之后，他却再也没有对她说过。

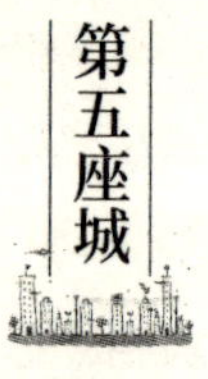

第五座城

雨夜

触觉是幸福的，视觉是悲伤的。

手指所能记忆的东西，

是你的拥抱、手心的温度、熟悉的脸部轮廓。

而眼睛所能记忆的画面，

是你在被我放弃后受伤的表情、在灰暗光线中转身的背影，

还有，现在这张除了相似便与你毫无关系的容颜。

从化妆间走出来，申雅莉已经变成了另外一个模样：头发被烫成小卷，全部梳向一边，穿着低胸衣、热裤和渔网袜，嘴唇也被涂成了鲜红。

刚看到这个造型时，助理十分郁闷，说申小姐咱们这工作能不能不接，原本公主的角色居然换成风尘女郎，这也太欺负人了。说实在的，申雅莉也有跳起来想掐死造型师的欲望。造型师低眉顺目地说："天后啊，不是我想故意把你弄成这样，你长得太漂亮了，不丑化你怎么衬托那个姿色平平的大小姐啊。你看看，你穿上这么难看的衣服，这魔鬼身材都掩藏不住……唉，这工作原本安排得就不合理不是……"

申雅莉的三围原本非常火爆，但从来不爱穿太暴露的衣服。即便是低胸衣，也只

会选Ｖ领不会选开领。女人活到一定岁数都会明白，暴露不等同于性感。在一个美丽生物聚集的地方，赢家不是异性苍蝇般飞扑围住的赤裸甜点，而是只有优秀群体才会带着敬意靠近的精美礼盒。这一天，于若琪被造型师从小美女包装成黑暗中盛开的牡丹；她却因为造型师的折腾，硬生生被弄出一种艳俗的气质。在这样外形差异的对比下，于若琪不动声色地瞄了她一眼，嘴角露出一丝笑，炫耀羽毛的金丝雀般撩了撩满肩黑长直。跟她一起来的孩子们望着她，眼里写满了“真是很衬你的打扮”这类的赞美。广告公司总经理却很紧张，一边是于董家的千金，一边是皇天的一姐，得罪哪边自己都没好果子吃，他脚下有一堆踩扁的烟头，现在手里又点了一根新的。

“准备好了我们就开始吧！”监制朝工作人员们挥挥手，示意大家开始动工，顺便把男模特也叫到了阴暗的巷子里。

会暴跳如雷的人，永远都只会是弱者。申雅莉心中在意，却不愿因此动怒。她拿走助理帮自己提着的链子包，经过总经理身边时，夺过他手中的香烟，大步走到酒馆门前。于若琪站在台阶上，低头看着台阶下的她，像是在说“你想怎样，后悔了吧”。她把烟叼在嘴上，包往肩上一挎，就把红色鱼嘴鞋踩到阶梯上，弯腰在大腿部分的渔网袜上撕开一个洞。于若琪吓得往旁边缩了一下：“你做什么？”

申雅莉皱了皱眉，叼着烟含混不清地说：“管好你自己的事。”语毕，又在渔网袜上撕了几个洞，挎着包走到男模身边说：“可以开始了。”

几个小孩一脸茫然，不理解她为什么还嫌自己不够风尘，居然撕破袜子。

拍摄开始。银色灯光从酒馆的木牌上打下来，摄影机和专业相机都靠过来，于若琪抱着胳膊，特别强调了手腕上的珠宝，仙子般轻盈地踏步走出酒馆。巷子里蹲着喝酒的男模原本目光涣散，也慢慢站起来，目不转睛地看着她，她从包包里拿出手机看看时间，摄影师也着重拍摄了她手中的珍珠手链，男模的眼中露出了爱慕的神情，像是看着可望而不可即的梦中情人，手里的空罐子滑落。空旷的巷子里，易拉罐掉在地上，发出“咚”的一声。

这时，申雅莉从他身侧站起来，穿着剧组提供的高跟鞋，她几乎和男模一样高。她看了一眼男模，又看了一眼于若琪，左手抱着右手手肘，右手手心朝上，指尖夹着点燃的香烟。浓浓眼妆的遮掩下，她眯着的眼睛几乎变成两团深黑色。然后，她狠狠咬了一下艳红的嘴唇，将烟送到嘴里抽了一口，手指紧绷在包的链子上，长长地吐出一口烟。黑暗巷子里的女人是嫉妒的、艳俗的，同时又是栩栩如生的。她焦急地抽着烟，在高像素相机的拍摄下，深深皱着的眉头更加放大了妆容的浓艳。相机“咔嚓咔嚓”响起，将三人在酒馆附近的每一个动作、每一个瞬间都定格下来。

灯光下的于若琪高贵出尘，申雅莉无比修长的腿上却穿着破烂的渔网袜。可是，在场的所有人，包括白风杰和那几个傲慢的孩子，目光都长久地停留在她身上。

宣传片一次过关。监制和摄影师等人围在一起看拍摄好的影片，都感慨申雅莉不仅完成了模特的使命，还完成了演员的本分。不愧是影后，连拍个广告都能发挥这么强大的演技。而于若琪站在后面看影片，看见申雅莉和旁边的人在讨论抽烟的细节，不时含着烟开玩笑，不知为什么心里很不是滋味。她闷闷地说：“你是故意的吧。”

申雅莉知道她在和自己说话，却当没听见。于若琪手撑在她身边的桌子上：“你是故意的吧，这样哗众取宠，谁还会留意模特手上的珠宝？你别忘记了，这是广告，不是电影。”

申雅莉仰头长长吐一口烟，把烟往于若琪放在桌子上的手摁下去。于若琪叫了一声，把手收回去。但申雅莉只是把它掐灭在烟灰缸里。她披上外套，头也不回地回到化妆室。于若琪抿着双唇，脸慢慢涨成了番茄色。

半小时后，申雅莉卸掉红唇妆，换好衣服走出广告公司。本想上车找个地方大吃一顿，却被白风杰的车堵在了停车场外。他从车上跳下来，快速绕到她面前：“雅莉，关于刚才拍的广告，我觉得，可能还是很难过关……”

“这种事找我做什么，跟广告商说去。”

她连看也不看他一眼就想走人。但他一想到车里的于若琪和孩子们在盯着自己，就如芒在背，为难地说：“可能广告商会很喜欢，但这效果不是若琪想要的。”

停车场后面有车开出来，却被白风杰的车堵住，礼貌地轻按了一下喇叭。申雅莉哭笑不得，只好扬眉笑笑：“哦，她想要怎样的？”

于若琪在豪车前排翻时尚杂志，两个孩子从窗子里探头，一个孩子从风挡玻璃后看着他们。白风杰压低声音说：“雅莉，我不是不想等你，我有苦衷。若琪她是有一些小小的虚荣，但她就是想要面子，你大人有大量……”

“你到底想说什么？”申雅莉不耐烦了。

白风杰沉默地看着她，仿佛真为这个问题感到迷惑，他的脸在夕阳中俊俏而哀愁。

认识申雅莉之前，他不仅擅长将自己名字写在演艺圈美女闺房里的鲜花卡上，还擅长用这样令人怜悯的表情使她们放下最后的防备。可是，申雅莉从来没买过账。他又一次挡住她：“雅莉，拜托了。”

“大哥你放了我吧，我也很忙的好吗？”

这时，后面轿车里走下一个年轻人，到他们身边说道：“请问二位可以先把车开走吗？我们的车出不去了。”

申雅莉往后退一步，指了指那辆车：“白风杰，你看你不光堵了我的车，后面的车也全被堵了。先把车开走吧，工作的事麻烦联系我经纪人。”

后面的车窗摇下来，一个男人探出头来。看见那个人，申雅莉怔了一下。夕阳用呼吸把城市染红，比日出时更浓烈的色彩孕育着生命，洒在那个人的发上。

“Dante！！”

第一个叫出他名字的人却不是申雅莉，而是白风杰车里的男孩子。他一点也不浮躁了，反而展现出他这年纪原本应有的天真憧憬：“若琪姐，你快看，那个人是Dante，就是我最喜欢的那个建筑师！他特别强大啊，我在国外上课，老师都拿他当过模本授课呢！”

头顶一列悬浮列车飞驰而过，带来一片嘈杂混浊的噪音。透过车节细小的缝，高空落下的红光碎片跳跃着，不断闪在Dante的车上。然后，悬浮列车消失在红雾中，那辆车后云集了大片建筑轮廓，像是一把把朝天扬起的巨大刀剑。风扬起Dante的发丝，更衬得他那双眼睛沉着而冷静。他的脸上却露出了温柔的笑意：“申小姐，没想到居然会在这里遇见你。”

心中知道，他不是希城。可是再度看见他的脸，脑中又会变成一片空白。

原来，触觉是幸福的，视觉是悲伤的。

手指所能记忆的东西，是你的拥抱、手心的温度、熟悉的脸部轮廓。而眼睛所能记忆的画面，是你在被我放弃后受伤的表情、在灰暗光线中转身的背影，还有现在这张除了相似便与你毫无关系的容颜。

隐约看出申雅莉正处在尴尬的状态，Dante给了她一个询问的暗示眼色。她小幅度地点头。他反应很及时，低头看了看表：“这样我们就不用定点碰头了，我们直接去吃饭吧。”

申雅莉对白风杰露出抱歉的眼神：“真不好意思，我和 Dante 先生约好了要去吃饭，我们有公事要谈。你太太的事我们改天再说吧。”

“当然，从私人角度出发，能和申小姐用餐也是我的荣幸。”Dante 轻轻笑了。他的司机训练有素地迅速归位，为申雅莉打开车门。

白风杰张了张嘴，原想说点什么，但申雅莉动作神速地钻进了 Dante 的车，不给他开口的机会。

申雅莉在车上长嘘了一口气：“真是太谢谢你了，我刚才真是跟看惊悚片被鬼上身似的。”

她发现 Dante 真是一个特别有绅士风度的男人。她上车后，他就自觉坐到了前排副座，为女性留了私密空间，又半侧过头回话以表示尊重：“怎么，他骚扰你了？”

“不是，他老婆比较难伺候。不过都是工作上的问题，不碍事。”申雅莉探头看了看前方的路，“麻烦你送我到前面那一站就好。”

“可能这样说有点唐突……”他看过来的眼睛是奢华的宝石，美丽、优雅，却有距离感。他看了她一会儿，眼神带着绅士独有的柔和：“既然刚才都这么说了，不如我们将错就错，一起去吃一顿饭？”

“……好啊。”申雅莉看着他的眼睛如此回答。说出这两个字的同时，也明显察觉到自己心底的触动。

随着夕阳的消失，几朵灰云填满了天空，酝酿了一会儿，雨水便淅淅沥沥落了下来。随着雨越下越大，夜色也悄悄降临。她坐在轿车后排，腿长长地伸开。车窗是挂在黑夜中的画框，窗外的景色行驶移动，变幻出一幅莫测的魔法水粉画。交通灯、导航灯、高架悬浮列车上闪烁的红灯被速度拉成一条条长长的光纹，划过潮湿的黑夜。她不时看看窗外的景色，却只是为了转动视线时有机会偷瞄他那让他颈项显得秀气而漂亮的黑发。

抵达目的地后，他让她待在一排人少的屋檐下：“我去买伞，稍等。”

这一幕让她忘记了时间的存在，想起了很多年前的事情。

中学的时候，好像每个男生的哥们儿都对这男生亲近的女生特苛刻。一旦发现二人有暧昧，就会变得十分喜欢捉弄她，以告知一种类似“你们女生别想影响我们男人之间的友谊”的幼稚宣言。顾希城班上的好朋友也是这样的人。他是个双子座的男生，有一张薄而快的嘴，因为随时把游戏机和电池带在身上，和顾希城又是班上的“田径双雄”，永远能量十足，所以外号叫“电池哥”。电池哥对顾希城的感情很复杂，混合了下属般的忠诚和情人般的占有欲。因此，丘婕对着这两个人幻想了不下三十种罗曼蒂克的故事。顾希城似乎在他面前没有秘密，因为情书事件后，他看申雅莉的眼神就带了几分玩味。申雅莉和顾希城从最开始相处就没自然过，那件事一过，外加电池哥的眼神骚扰，她更没办法好好和顾希城说话了。

有一天，申雅莉、丘婕和一群女孩在角落里聊天。丘婕谈起追的新番动漫，简直有一种岳飞写下《满江红》的慷慨激昂。申雅莉在旁边心不在焉地听着，却听见身后传来了电池哥的呼喊声：“顾希城！”下意识就扭头的申雅莉没有看见顾希城，反而看见了一脸嘲讽的电池哥。他扬扬两条剑眉，嘿嘿笑了一下：“班长，我在找顾希城，你回头看什么呀！”从他的表情中，她看见了他在打败自己中寻到的满足感。她超级讨厌他，连带也讨厌顾希城了。

电池哥最让人头疼的其实不是擅长挖苦人，是很会惹麻烦。有一次期中测试，她的英语只拿了七十多分，爸爸把她禁足在家里背单词，她唯一的期盼就是周末和班上同学去野炊。好不容易盼到周末，顾希城、电池哥和另外一个女生来她家里叫人。她收拾好了准备下楼，但爸爸没看到在小区外等候的女同学，只看见走入小区的两个男同学。申爸爸盯着顾希城很久，拦下她问道：“那两个小子都是你同学？”

“对。”

“那个拎着篮球的高个子男生是谁？”

“顾希城，就是前段时间老师叫我辅导的学生。”

“家里很有钱但学习不好那个？”

“啊，老爸你别这样说人家啦，他人还是挺好的。”会开口帮他说话，连她自己都有些意外。

谁知刚和爸爸聊了一会儿，他居然冒出了一句：“今天你别出去了，在家看书吧。”

申雅莉大吃一惊，可是之后无论怎么哀求耍赖，申爸爸态度都很坚决。想到自己这几天一直被关着背书，却连唯一放假的机会也失去了，她一时难过得哭了出来。过了好一会儿，楼下的两个男生都无聊得开始投球玩了，她才洗过脸下楼。见她出来，顾希城收回篮球，走到走道里。她不想让他失望，在他开口问话前就先说：“我考试考差了，爸爸不让我出去，你们自己去吧。”

虽然她洗过脸，眼泪也擦干了，但还是看得出来哭过。顾希城像是想靠近，却站在原地没动，只敢静静地凝视着她。他站在背光的角度，光线用金子纺织的线将他的轮廓细细描绘出来。

电池哥忽然走过来，沉重地拍了拍顾希城的肩膀：“心疼了吧？”

一般被同学开涮，顾希城的第一反应都是有些恼怒地说：“别瞎说。”可是，这一次他什么都没解释，只是跟她简单道别，和电池哥一起离开了。虽然他还是和以前一样爱耍酷，但她心情忽然好了很多，并且维持了一整天的好心情——直到当天晚上丘婕来了一通电话，开心才变成了惊吓。

“雅莉，你不是来真的吧，你和顾小受到底是怎么回事，你和他是在恋爱，还是你单恋他啊，现在众说纷纭，我整个人都混乱了，还是直接来问你吧！！”

“什，什么？”申雅莉傻眼了。

“今天下午他不是和电池哥一起去找你嘛……”

经过丘婕一番解释，申雅莉明白了。他们离去的路上电池哥一直在跟顾希城说她的事，说什么“班长不能和你一起出去就哭成那样，真是喜欢你喜欢疯了”，结果被同行的女生听到并传遍了全班。第二天申雅莉硬着头皮早早去了学校，进入教室，她把黑板上画在“班长”“校花”四个字上面的情人伞擦掉，冷脸对教室里嬉笑的同学说“不要开无聊的玩笑”，然而并没什么用。对于学习压力巨大的高中生而言，这种谁和谁谈恋爱的八卦，就跟兴奋剂对体育运动员一样提神。第一节课过后，全班同学都沉浸在围观班长和校花的乐趣中。

一堆男生把顾希城围住，推推搡搡起哄。他只是不时淡淡地看一眼申雅莉，并不多话。也不知是为什么，在顾希城面前，她总有着比平时更多的尊严。一听到别人说她喜欢他到不能和他出门就哭鼻子，她就觉得被羞辱了。直到有女孩子跑过来笑嘻嘻地说“班长班长，昨天的事我们都知道了哦”，她终于猛地从桌子旁站起来：“不是这样的，我是因为考试没考好被爸爸批评了。我不喜欢他，你们不要再乱说了！”

可能是积压的怨气瞬间爆发，导致她这话音量不小，起码教室里大半同学都听见了。顾希城也从男生群里朝她投来了不带感情的目光。内心像是漏气的皮球，但她作为班长，又不得不强硬起来："我们明年都要高考了，大家别谈影响学习的事。"说完这些话，她不敢再直视顾希城，只知道接下来一整天，他都趴在桌子上睡觉，课间拖着懒洋洋的身躯去饮水机旁接了一杯水，大口喝了几口，又回去睡觉。

放学后本来应该有她为他补课的安排，他却提前拎着书包离开了。那一天下了一点小雨，她心里十分低落，连撑伞的力气都没有，从校门口走到地铁站花了近半个小时。进入地铁站时，她头发上、书包上全是雨珠。然后，她看见他站在站门前玩手机。

"顾希城……"她惊讶地看着他，"你、你怎么在这里？"

他把手机放回牛仔裤兜里，平静地抬头看着她："我就想问你一件事。"

"什么事？"

"你今天把话也说得很明白了，那么，当初写那封信给我，动机是什么？"

心又怦怦跳了起来，她头皮一阵阵发麻，连语言能力都变弱了："那个……我……当时我也……我、只是觉得好玩……"

"是因为好玩。"他想了想，点点头，向她投来了冷漠的目光，"我知道了。"

他把外套搭在肩膀上，背好书包，转身走入地铁站。

完全没想到他会就这样掉头走人，申雅莉彻底傻眼了。想要跟上去，但脚被钉在地上般无法动弹，直到他高挑的身影即将消失在人群中，她才忍不住冲过去："顾希城，你等等！"

"什么事？"他回头。

冰一般的眼眸让她一时忘了要说什么，内心的尊严又一次很可恶地作祟了。她故作轻松地笑了一下："你生气了？同学之间开个玩笑，没必要这样小气吧？"

"我到底是为什么生气，你心里清楚。"

申雅莉再一次哑然。他却不给她机会多说，又一次转身。她立即拽住他的白T恤一角，焦急地说："你、你不要这样……你到底想要我怎样啊……"

其实对一个青春叛逆期的独生女孩来说，她的语气已经很软了。她不能再做更多妥协。可是，他却只是扫了一眼她拽着自己衣服的手："放开。"

她彻底呆住，从头到脚都凉透了。他冷冰冰地命令道："叫你放手，听不到吗？"

松开手目送他离去的背影后，身体里的发动机也在一点一点熄火。最后，整个人变成了冰冷的、停止运作的机器。地铁站外的雨越下越大，将整座城市都淋成了烟灰色。

只有细细滑落的雨丝是银珠链，在灰白的世界里闪烁出千万道微光。申雅莉走出地铁站，如同迷失在异乡的孩子，不知接下来该往哪里去。热泪在冷风中迅速凉透，小刀子般割痛了脸颊。她擦着眼泪在雨中徘徊，最终漫无目的地回到了原来的地方。上百个行人从她身边走过，还有人留下来问她要不要帮助，她都只是摇头继续哭着。

他为什么会这样对她？那样说话的样子真的好凶。他一定很讨厌她。

她被顾希城讨厌了。

越想越委屈，越想越绝望，她蹲在角落里呜咽起来。

忽然，有个阿姨叹息道："现在的男孩子怎么都这么傻，把女朋友弄哭了还只是站在旁边看，赶快上去哄哄啊。"

一只手捉住她的胳膊，把她从地上拽了起来。她抬头看见了顾希城不悦的脸。他琢磨了半天，最终只是硬邦邦地说道："我送你回家。"

阿姨这才笑盈盈地说："这才像样啊，把你的小女朋友牵好，别走丢了。"

他有些不耐烦地看了一眼阿姨，但还是牵住了她的手，拉她往地铁站外走去："我去买伞，你等等。"

她却不肯松开他的手，使劲摇摇头，还哭得更厉害了。

"好了好了，我知道了。"

他把书包上的外套取下来，罩在两个人的头上，让她撑着右边，自己撑着左边，然后又一次在外套下小小的世界里牵住她的手，和她一起走入雨中。

那个下雨天，他和她一起回家。那时候，他们并没有正式在一起。但抬头看着他在外套下近在咫尺的侧脸，手指感受着他掌心的温度，她却如此清晰地感觉到，她喜欢这个男孩子。

长大以后，人的喜欢分很多种。可以是对方给了自己利益而感激的喜欢，可以是对一个人实力、性格欣赏的喜欢，可以是比爱少一些带着好感的喜欢，可以是没感情相亲的夫妇长期培养出犹如习惯的喜欢，可以是彼此为共同的事业目标奋斗衍生出的喜欢……随着年龄增长，人们会越发清晰地认识到，人的感情原来可以这样复杂，这样多变，连喜欢的方式都有几百种。

可是，再也不会有那一年那一种的喜欢。

那是人生中第一次和男孩子牵手。

是第一次那么近地和男孩子站在一起，闻到了亲人以外异性的气息。

是第一次让她心跳加速的，后来熟悉而让她怀念的，只属于希城的味道。

那是第一次的喜欢。

Dante 带申雅莉去的地方不像餐厅，倒像酒窖。它建在最高的一栋摩天大楼顶楼，进去却需要从楼梯上走下来。餐厅空间很狭窄，沉沉的屋顶压得极低，让人有一种站起来就可以用肩扛起它的错觉。高靠背皮座是半开式的，深陷在被时光洗练的灰色石墙中。墙壁上没有一扇窗，只有砖块间细缝中漏入的星光。这家餐厅的名字叫 Puttin'on the Ritz。名字取自弗雷德·阿斯泰尔演唱的经典爵士乐 Puttin'on the Ritz。因为伦敦和巴黎有 Grand Ritz 酒店，纽约有 Ritz-Carlton，所以这首歌的标题意指穿着高贵，歌词也演绎出二十世纪三四十年代资本主义社会的奢华与品位。古铜色唱片机在角落里转动，播放着懒洋洋的萨克斯曲。唱片机上挂着电子仿真相框。相框中悬着的是阿斯泰尔头戴大礼帽的枯瘦肖像。餐厅生意并没有太红火，但零零散散坐着的都是打扮入时的年轻人，以及一些西装革履的外国老人。

“你可能不会喜欢这里。”Dante 接过侍者递过来的菜单，放在申雅莉的手上，“不过我想了很久，觉得只有来这里吃饭，别人才不会尖叫着把你围起来。”

申雅莉翻菜单的手停了一下，撑着下巴朝他笑笑：“为什么觉得我会不喜欢这里？”

其实并没有不喜欢，只是看过菜单上的价格，不由感慨室内品位这东西就跟时尚界的高跟鞋一样，越虐越受宠。

“我没有冒犯你的意思，只是因为你看上去……”

“很‘申雅莉’？”她含笑咬着吸管，嘴角扬出了有些自嘲的形状。

成为明星最让人觉得懊恼的事，大概就是所有人都会觉得他们很肤浅。而且在很多人看来，有了外貌、金钱和声名的女人，如果再有深度，那是很不符合宇宙运转规律的。

“一般像你这样时髦又漂亮的女性，喜欢这种风格的确实不多。”

“可惜要让你失望的是，我不仅喜欢这里，还知道你为什么喜欢这里。”

他来了兴趣：“申小姐居然知道我喜欢这里？”

她指了指屋顶、餐厅门口、转角的洗手间，还有窗台上一个铜铸的船舶："吸引你的是这些吧？"

他身体往前倾了一些，十指交叠在桌面，桌下的孟克式皮鞋也往前挪了一段。但脸上的笑容还是礼貌的、毫无侵略性的："愿闻其详。"

"餐厅门口篆刻着字母C，下面缠绕着图书装订线雕刻，象征了这家餐厅的老板查尔斯先生姓氏，以及他以前从事的是图书发行行业。洗手间门把的装饰虽是自然主义风格，但把手形状很像二十世纪的绅士拐杖，与这家店的名字与风格结合得很好。窗台上的船舶象征了远洋船的船头，查尔斯先生转行后做餐饮业，不仅将餐厅开满了全球，也将美酒从大西洋运送到太平洋、印度洋。船舶朝着窗外的蓝天，既有事业再起航的隐喻，也暗指1946年的电影《碧云天》，这部电影刚好用了Puttin' on the Ritz这首曲子。你喜欢风格与主题完美融合的建筑。"她指了指上方，"至于这屋顶，拱形结构和装饰性线条是你设计风格里用得最多的元素。"

Dante愣了许久，忽然笑了："真有一种被赤裸裸看穿的感觉，申小姐很博学多才。"

这时，侍者端着前菜上来了。是Dante的英国西部乡村切达干酪土豆泥，他把它往前推了推："你饿了一天，要不要先吃我的？"

"好，谢谢。"

这时候出于礼貌应该百分百拒绝，然而饿了那么多天，她早就神经衰弱了。她把碗拨到自己面前，大口大口吃起来，不到三十秒就把碗都吃空了，擦擦嘴说："我不是博学多才，只是也对建筑有兴趣，这家餐厅如此别出心裁，我一早就看过它的介绍，设计我完全不行，鉴赏方面却不会输给你。"

他看了她半天，惊讶道："申小姐，你吃饭速度好快。"

她眨眨眼，看了一眼空碗，摸摸自己的喉咙："我有不咀嚼就吞食物的技能，羡慕吗？"

他终于忍不住笑出声来。

他平时说话的声音是低沉而带金属感的，就像他的眼睛一样，有着玻璃般的冰冷。或许也正是因为这样的特质，哪怕他的态度再温和有礼，也会给人一种不敢靠近的感觉。可是一旦他笑起来，这种隔阂就烟消云散了。他声音的温度上升了几十度，像一把揉在手心的温暖流沙，让人很想靠近，很想触摸，很想了解一下他的体温是否也如此温暖。

她看着他的笑颜，出神了很久很久。

哪怕长得不像希城，这个男人也应该很迷人吧，起码是她喜欢的类型：个子高，腿长，身材略瘦却不单薄，皮肤白，头发多却柔顺，有着可以称之为美丽的脸庞。

可是，如果不是像希城，她也绝对不可能盯着哪个男人看这么久。

这时她的汤也来了。她抬碗喝汤，把整张脸都埋在热气腾腾的碗中，把热烫的汤统统吞入喉中。一旁的西方侍者看见她这样用餐，脸拉得又黑又长，跟戴了古罗马军官的镀银面具似的。Dante 却很欣赏她的直率，笑着为她递上纸巾。之后两人一起聊着聊着，主菜也上来了。英国虽以黑暗料理扬名于世，但这家居然能把英国传统餐点和农舍美食做得十分地道。索默塞奶酪鸡芝士入味七分，配着苹果酒味道堪称一绝。西餐大部分不及亚洲菜精致，却有着入腹后的饱胀满足感。申雅莉狂吃了一个小时，正在琢磨着要不要不顾形象加餐，就看见 Dante 把他点的大虾推到她面前。

“饿了吧，多吃一点。”他微微一笑，“你刚才不是说为拍广告减肥吗，其实我觉得你还是丰满点好看。”

“谢谢了。”

她继续不客气地吃他的菜，心却随着最后那一句话泛起了涟漪。

希城在上大学之前一直都很瘦，而她在上大学之前一直都有婴儿肥，还是全身级别的。每次和希城站在一起，她总觉得自己就是个小胖猪，抱着他也会觉得自己浑身是肉，好自卑。所以，减肥是终生目标，节食是日常习惯。而这恰恰也是希城最不喜欢的地方。他生气的时候甚至会说“你现在十来岁还在发育就减肥，到时候胸减平了，长大想长都长不出来”，每次听见他这么说，她都会尖叫着说“你这变态大色狼，不准想恶心的事”，使出全身力气捶打他。有一次物理课复习万有引力定律，老师说，任何两个物体都会相互吸引，引力大小和物体的质量成正比。如果其中一个物体的质量加倍，两个物体之间的引力也会加倍。听讲的时候，她收到后面同学递来的纸条，同学说是你家希城给你的。纸条上写着：“听到没有，万有引力定律说了，如果你的质量增加，我们之间的引力也会增加。所以老婆乖啊，别再减肥了。”她笑着回了他的纸条：“看在你认真听课的分上，我就再减个十斤。”说是这么说，从那以后除了大学时跟风凑凑热闹，她就真的没再减肥了。到这么多年后的今天，除非工作需要，她都会把自己喂得好好的，就算长胖也不会亏待自己。

用餐结束后，两人一起离开餐厅，朝停车场走去。

夜空是一座惆怅美丽的大祭坛，城市是一片被雨水灌溉的黑色深海。人们被夹在一排排高楼大厦中间，细小一如悬崖峡谷里的尘埃。公车是一只只奔驰的野兽，竭力呼啸着，溅了路人满裤腿冰凉的水。申雅莉在伞下行走，在关闭的商店橱窗上看见自己的影子。那个女性穿着帝国式高腰裙和发亮的小马皮长靴，双手插在灰大衣的口袋里，领口高高地立起，雨伞在脸上投落深邃的影子。小时候看过不少漫画，曾默默地羡慕过那些成熟优雅的男女主角。现在的自己，就是当年幻想中未来最美好的样子。当然，当年的她为未来构图时，也不会忘记在未来的自己身边摆上那个成熟了的、更加迷人的恋人。

她在橱窗里看见了自己身边的人影。阴冷细密的雨丝中，他撑着伞站在自己身边，穿着同样价格不菲的黑色风衣，苏格兰羊绒围巾一丝不苟地藏了一半在衣领下。他体贴地把伞往她的方向倾斜："现在换季，容易感冒，小心不要被淋着了。"

她看着他暴露在雨中的肩部，大衣的肩带扣子在雨光、灯光中闪闪发亮，觉得有些不好意思，推了推伞柄："可是这样你会被雨淋……"

"没关系。"他还是和她保持着一段不远不近的距离，坚持把伞往她的方向靠。

交通工具的轰鸣声穿梭在街道，灯光是翻滚的浪涛，射在街道交叉路口的大玻璃窗上，使它看上去像码头即将起航的巨轮，即将远离这座钢铁铸造的城市，航向远方。光辉同时照亮他的轮廓，干涸的嗓子试图吞一口唾沫，她却只能听见怦怦的心跳。她低垂着头，朝他身边挪动了一些，面无表情地说道："这样就不会……"

一群喝醉的大学生冒雨路过，嚷嚷着把一个壮壮的男生推到一边。那男生刚好撞到申雅莉身上，她径直扑到 Dante 的怀中。他连忙伸手去扶她的手，同时斥责那几个人道："你们走路小心一点！"

"对不起对不起，我朋友喝醉了……"

男生道歉的时候，其他人还跟着一起大吵大闹。申雅莉却好像什么都听不见了，所有的注意力都集中在 Dante 身上。他黑色风衣上略微潮湿的气息、淡淡古龙水的香气、那只握住她手的手每一个指尖都与她的皮肤轻轻相触、让人想要永远靠着再也不离开的胸膛。

仅仅是这样，就已经不行了。

想要紧紧拥抱他，想要大声哭泣。

其实心里知道，他们有着不同的性格、不同的说话方式、不同的生长环境、不同的感情……他们是不同的人。

“对不起，你还好吧？”

可是，他迅速放开她后，她还是会在摇头说话的空隙，去偷偷看他的容颜。他的话不多，但脸上一直都有着淡淡的笑。

触觉是幸福的，视觉却是悲伤的。因为画面会通过晶状体投射到视网膜上，再通过感光细胞神经纤维输送到大脑里，变成人们的记忆。他的黑发、眼睛、鼻子、嘴唇、微笑、手指、怀抱……每一个细节，每一个瞬间，都完完整整记录在了她的脑海中。

他看着前方，忽然低低地说道：“虽然有些为时过早，但还是想问一问，不知以后我还有没有机会再约你出来吃饭？”

“当然有啦。”她爽朗地笑了。

沉沦于这一场没有结果的感情，已经到了癌症晚期。知道爱情的生命已经流失，思念却不断扩散着癌细胞，随着时间的推移，总有一天会占据身体的每一个角落。吃再多的药，做再多的化疗，也只能以让自己难看的代价换来死亡延迟，却不会改变最终的结果。

皮靴沾满了雨水。申雅莉抬头看着黑色的天空。支离破碎的水声砸落在伞盖上，发出的声音是沙哑的，破旧收音机的音乐般浸入每一个撑伞人的神经。雨水从夜空中落下，让这座庞大、空洞而悲伤的城市，变成了一座流动着水光的玻璃之城。

酒宴

再光鲜靓丽的人，很有可能也只是没有自由的囚徒。

但让人无能为力的是，这座监狱是整个世界。

既然逃不出去，就在监狱里称王称霸好了。

雨果曾经说过，真正的强者是有自制力的人。

申雅莉接的新电影名字叫《黑桃皇后》，讲三十三岁的离异女强人和二十四岁的赌场大亨之子互相讨厌、使诈、折腾，最后欢喜团圆的女性都市爱情故事。这不是申雅莉第一次演姐弟恋，但看见演员名单后，她想，变成弱者也可行，她现在就去杀掉李展松。

以前她总认为，只要自己的演技够好，哪怕对方是新人，也有一定的带动作用。但自从和某人气小鲜肉演过一部《剩女与奢侈品》后她才知道，这世界上真有一种人演技可以蹩脚到这种程度，假笑挤出来比哭还难看，更不要说从眼中透露出什么复杂情绪。小鲜肉有后台撑腰，无法换人。她在那部电影中的精神损失，哪怕后来票房红火也没能弥补过来。从那以后，她最不愿意做的事就是和没经验的演员合作。没想到时至今日，“李太子”T台玩腻了进军影视圈，霜刃初开，挑的第一块磨刀石是她。《黑桃皇后》的开拍时间是在《巴塞罗那的时廊》取景结束后，时间非常紧急，她打算第一时间推掉。这公司里没一个人敢违逆李公子的任性，这事得直接找本人。

听说李展松也刚到公司，她准备直接去他办公室，却在该层电梯口撞见了丘婕、李真和几个女模特。李真朝她勾勾手：“雅莉，我们正好在找你。公司准备重拍官方宣传海报，叫我们去摄影，你也一起来吧。”

“我先去找一下李展松，有事要跟他说。”申雅莉扶着额头走进去，挥了挥经纪人递给她的剧本。

“难道是因为《黑桃皇后》？”

“你们知道？”

随着电梯叮的一声关掉，丘婕挤出来，拨了拨才染的红发：“现在整个公司都知道了！这部剧是弱受的爱情剧，但投资那可不是一般的攻啊！”

李真点点头：“没错，你运气真好，本来只是小投资的电影，太子爷看了剧本喜欢得不得了，说简直就是为他量身定做的。他昨天才让人把新剧本改好，突然多了一堆国外场景，像阿根廷的肉牛场、意大利的咖啡种植园，还有大面积的南非场景拍摄……哦对了，他下午和盛夏集团的夏二公子约好吃饭了，打算租用他们在伦敦的赌场一天，不知道是想要干吗。”

申雅莉张大嘴半晌，做了一个擦汗的动作：“这本子我真的不能接，马上就要去西班牙取景，我这把老骨头经不起跑那么多个国家的折腾……”

“你不用去，这些场景都是男主角去的。李太子说学校假期想出国度假，所以顺便取景。”

“这电影会亏的。”

“你认为他会介意这种问题吗？”

李展松和所有年轻人一样热衷熬夜，所以办公室里有床有浴室，以便他到公司来继续睡觉。他洗完澡，下半身裹着雪白的浴巾，赤足站在浴室全身镜前吹口哨、刮胡子，一旁的水晶架上放着《黑桃皇后》的剧本。他看着镜子里的自己沉默很久，忽然翻开剧本，拿起旁边的笔，在上面增加了一段话：“他对着达妮扬起嘴角微微一笑，达妮的脸红了，有一种爱上他的错觉，想要扑到他的怀中，被他保护，被他疼爱。”然后，他放下笔，对着镜子露出了蒙娜丽莎般恬静的微笑……

此时，申雅莉和一帮女星已摄影完毕，在经纪人的带领下，进入李展松的办公室。

“李先生还在浴室，请各位在这里稍微等等。”经纪人让人帮她们倒了水就出去了。

申雅莉坐在沙发上，两眼发直。女明星们围在一起看《黑桃皇后》的剧本，轮番发出感慨：

“这剧本我好喜欢！这种剧情对女人而言简直老少通杀啊。”

“达妮的台词太好玩了，怎么会有这样的姐姐啊，对她妹妹这么护短，简直就像怪阿姨……”

大家七嘴八舌了一会儿，浴室门被打开。她们一起抬头看过去，李展松哼着歌走出来，拿着一条毛巾擦拭湿润的脑袋，取下架子上的苹果叼在嘴里，同时关上了身后的浴室门。这下不光是申雅莉，其他几个女明星的眼睛都变成了一对对的手电筒。李展松意识到了不对，苹果还没咬下去，全身被点穴一样一动不动，就只转了转眼睛，慢慢看向沙发的方向。

六七个美女光鲜靓丽地坐在那里，看着只围了一条浴巾的他。整个场面像放影片时DVD卡住了机器，再也无法运转下去。他们面面相觑许久，他才用最缓最轻的动作松开口中的苹果，把头上的浴巾挡在胸前，朝着浴室的方向轻轻挪了一下脚步。

“哇……”丘婕发出第一个音的同时，他迅速撤退到浴室门口，用力拉了拉门把。没想到门却被反锁了，拉了几下都只有金属的碰撞声。

“李太子，你身材居然不是PS出来的耶。”丘婕眨眨眼，大大方方地把他从头到脚视奸了一轮。

“别、别看啊。”李展松转过身去，提着下半身可怜的浴巾，栗色的头发湿润地贴在小小的脑袋上，耳根子泛着粉色，胳膊上、背上的肌肉却因为拉门用力过猛更加明显地紧绷起来。后面一排女人哪里还听得进去一个字，全部维持一样的频率眨着眼睛，看着他身体露出来的部分。一个年轻的女星妖精似的捧心扭动：“啊，太子爷，你的小蛮腰诱奸了我的眼睛。”

随着李展松焦急程度的上升，他拍浴室门的声音越来越响，丘婕说出了一句话，让这一切都再次回归了宁静："你们发现没有，李太子腰部以下大腿以上的部分，不管前面还是后面，都像他手里的苹果一样饱满。"

"咚"的一声，苹果掉在了地上。

申雅莉按着额头，静待这一场闹剧结束……

过了半个小时，女星们都走得差不多了，她才终于有机会跟李展松说话："阿松，不好意思，这片我没时间拍。"

"你就要去西班牙了。"

"所以？"申雅莉疑惑地看看他。

他换好了银灰色的韩版西装，长长的领带衬得背脊挺直精神。但是，他看向她的视线却是自下而上、楚楚可怜的："临行前的送别聚会之后，我会有好长时间都不能看到你。"

这孩子虽然年纪不大，心思也单纯，但阅历可比不少人都丰富，也有过人的胆识。他会四种语言，英文和俄语与他的美俄家教说的一模一样，是不带口音、有涵养、咬字清晰却又不显做作的标准发音。十四岁生日时，太子党的一个公子哥儿送了他一艘快艇，他看教练在海面开了一圈，毫不犹豫就跳上船，子弹出膛般把它发射出去，在海面上抖拉出一条长长的白色波浪，将深蓝海面剪成了两半。他变成了他们那帮人里第一个开快艇的人。到现在申雅莉都还记得视频中逐浪狂驰的少年、一旁扯着嗓门快要哭出来的教练，还有快艇发动机突突震颤耳朵的声音。也许正是因为他有这种敢闯的个性，才总是挑战生活中的高难度冒险，例如，追求一个比他年长快两位数的女人。在他完全成熟之前，也只能用不太激发他叛逆情绪的方式躲开他。申雅莉把剧本推回他面前："也没有多长吧，很快就回来了。"

"这个剧本你看过以后，再考虑要不要推掉。"

"不是我不想接，是时间不够。我想专心拍好《巴塞罗那的时廊》。"

"你先把剧本收着，等取景回来慢慢看了再决定。"他又把剧本推回来，白净的脸庞上有着异常的坚定。

"好。"那就回来再推好了。

她心怀鬼胎，站起身打算撤退。但他忽然拉住她的手："你走之前，我想找你要个东西。"

“什么……”

他把她往自己的方向一拽，她重心不稳，坐在他的腿上。他捧着她后脑勺亲过来，她吓了一跳，朝右别开脸，他跟着凑到了右边，但还是没亲到。

“阿松，别闹了！”她推开他，想要再度站起来，可他直接把她按倒在沙发上压住了她，像哄婴儿一样温柔地说：“就亲一下，一下就好，轻轻的，我不会做别的坏事。”

他的头埋了下来，暗金色丝绒般的头发覆在她的黑发上。但是在两人嘴唇快碰到一起的前一秒，他吻到的是她的手背。她实在无处可逃了，只能用手挡住嘴巴。看见他没辙地笑了，她捂着嘴，迷茫地说：“为什么一定要亲？喜欢你的女孩子很多，找她们去不好吗？”

“因为我喜欢你。”他回答得这样快，让她一时间都无法反应。他认真地看着她，低声说：“雅莉姐，我一直喜欢你。”

成长真的会伴随着失去。年少时空气般透明的告白，在她听来，却是沉甸甸的包袱。

那一年，黑夜里下着雨，校园里的灯像是被浇了雨的炉火，一盏盏熄灭。孤零零的图书馆还通宵达旦地亮着灯，灯光自窗口打出来，为云朵镀上了一层银边。她在校门口逮住希城，却被他甩开了：“你不是跟那高三的男生天天在一起吗，别来和我说话了。”

“我偏要。”

“走开，别拉着我。”

“不走。”

“申雅莉，你这样缠着我到底是为什么？”

“因为我喜欢你。”

永远都不会忘记的，是听见这句话以后，他的表情是错愕，是惊诧，是长久的停滞。那一刻，连时间也不会再走。

告白其实原本是很美好的事，是将自己的爱意传达给了暗恋的人。可是，为什么告白之后反而会难过，反而会令对方震惊？

这个问题现在才想明白了。原来，恋爱中痛苦是多过幸福的，告白其实是在问“你愿意接受我的痛苦吗”。是一个将沉重负荷递给对方的过程。成为恋人，如果走向幸福的结局，这个负荷就会因平分而减半；如果走向了分离的悲剧，那它只会继续压在无法散场的人的肩上，越来越沉，越来越沉，直到再也扛不住，被它深深地埋在泥土里。

那一年，她只有十六岁，却本能地知道，或者预感到了，她与希城的结局是悲伤的。雨雾模糊了街景的阴影，她哭了出来。年少时的自己脆弱得多么可笑，那么害怕赤裸裸交出去的心被对方扔掉。在喜欢的人面前哆嗦着肩膀，恨不得消失不见。随着时间的延迟，心中的害怕越多，身体就抖得越来越厉害。想要逃跑，不敢再面对下去了。甚至不想再见他。

其实她等得并不久，只是太害怕了。他很快给了回答：

“……我也喜欢你。”

心像一下被掏空，世界也变成了空白。她低头试图思考，可是做不到，只能晃晃充血的脑袋，抬头惊讶地看着他：“真……真的？”

“真的。”他顿了顿，似乎也有些不自然，“我有事想告诉你，把眼睛闭上。”

“哦，好……”

她呆呆地闭上眼睛，把耳朵凑过去：“你说。”

其实不是那么傻的，她猜过下面会发生什么。可是，还是不大愿意相信这样的事可以发生在他们之间。因为……因为他是顾希城啊，他是那么冷漠又干净的男生，她怎么都想象不出来如果他……

但事情还是发生了。他的声音并没有在她凑过去的耳边响起。呼吸近了，嘴唇上传来温热绵软的触感。那一瞬间，热血都冲到了脑中，她差一点就跪在了地上。他含住她的下嘴唇，用舌尖辅助着轻轻吸吮。可是，她却除了腿软和脑中嗡嗡乱响，什么都看不到、听不到、感觉不到。

最后这个吻被她打断了。浑身哆嗦的程度比告白时严重十倍，甚至完全站不稳，身子摇了一下，直接往地上蹲下去。这太尴尬了，别人的初吻都是以唯美的对望结束，她的初吻却是下蹲着完成。

他也蹲下来，担心地看着她：“怎么了？”

“你……”她双手握在胸前，缩成一小团，却再也说不出其他字。

那时候的希城也是第一次接吻，完全不知道该给她一个紧紧的拥抱，反而是笨笨地蹲在她身边，自责地看着她，在纷乱的雨声中小声说着“对不起”……

“对不起。”看见她的表情，李展松渐渐松开了手，“我没有强迫你的意思，对不起。”

“没事，不是你的错。”

申雅莉迅速站起来，走出办公室，按了电梯按钮。

就连在十六岁那么单纯的年华，就连在那个与他献给彼此初吻的雨夜，她都不曾觉得，以后自己会再也无法亲吻他以外的人。她颓废地将头靠在电梯里的玻璃壁上，闭上了眼睛。真是空长了年龄，心却越活越倒回去。

上车以后，坐在前排的阿凛叹了一口气，转过头来说：“雅莉，刚才我都看到了。李太子虽然有点幼稚，但我从没见过他这样追一个女人，你丢那么难看的脸色给他看，他刚才看着你的背影都快哭了好吗？对个小男生都这样残忍，你真是……”

“你知道我为什么一直没结婚吗？”申雅莉抬起架着巨大蛤蟆镜的小脸，“因为我没什么同情心，心情不好，对婴儿都能发脾气。”

“啧啧，真可怕。”阿凛摇摇头。

申雅莉皱着眉指了指手表：“害怕就开车，十一点我有采访。”

再光鲜靓丽的人，很有可能也只是没有自由的囚徒。但让人无能为力的是，这座监狱是整个世界。

既然逃不出去，就在监狱里称王称霸好了。

周六晚，灯光透过高楼的落地窗射出，在一片深灰雨云中点亮了一点银白。写字楼是空旷黑海中的灯塔，向周围的摩天大厦叫嚣着“我们最高最富有，但我们的员工还是会有愉快的周末”这样挑衅的信号。

唯一亮着灯的房间是 Fascinante 总建筑师的办公室，在一楼前台值班小姐殷勤的注目礼下，一个高大魁梧的男人带着一个娇小的亚裔女秘书，大步走入电梯，直接送达那个办公室。听见房门被推开，坐在办公桌前的 Dante 头也不抬地说：“我说过，工作的时候不欢迎打扰。”

男人没有出去，只是笑着看了一眼墙上的巨大地图。那张地图受到了原装名画的待遇，被厚玻璃真空密封着，它和 Fascinante 巴塞罗那总部总裁办公室里那张地图一样，不过颜色褪得更厉害一些——它曾经和无数个克鲁兹家族御用首席建筑师走遍全球各地，也曾经亲眼看见他们坐在办公室前，绘制出一幅幅名扬世界的建筑草图。地图以巴塞罗那为起点，血管细胞般向五大洲四大洋扩散了无数红点，地中海的克里特岛都没有漏下。每一个红点都是一栋建筑，较大的红点是由首席建筑师所设计的标志性建筑。欧洲西南部和美洲是红点最密集的地方，东亚地区则是一条注入新血的大动脉，随着首席建筑师的调职，开始在这里扎根发芽、茁壮成长，在四面八方的版图上打上一个个十字军东征般的标记。

等了半天没听见关门声，Dante 下意识抬头看了看，而后用西班牙语说道："你不是在蒙特卡洛吗，怎么会出现在这里？"

"如何，看见老朋友不开心吗？"男人笑得更爽朗了，这才刻意炫耀着在秘书屁股上拍一下，把她哄出门去。他把一个黑盒子丢在 Dante 的办公桌前，大马金刀地往沙发上一坐，两条腿搭在闪闪发亮的茶几上："比起那种灯红酒绿的地方，还是来这里寻找励志动力比较有意思啊。"他低下头，神清气爽地点燃一支烟。

Dante 失去了多问的兴趣，埋头在图纸上绘制新建筑的雏形。嘴里含着烟，男人却一直把玩着打火机，不时"嚓嚓"地擦亮它："你不是会用 CAD 吗，怎么还老是手绘，这样多浪费时间。"

"草稿要用手画，这是习惯，改不掉。"Dante 漫不经心地说道。

"不看看我给你的见面礼？"

"晚点再看。"

"Dante，你还是老样子。"男人向四周看了看，"不爱出门，缺乏好奇心，我倒是很想知道，你这 otaku[(3)]哪里得来那么多灵感设计建筑？"

Dante 手上的动作停了一下。

这男人观察力敏锐，大致扫了一下这个房间，就看出了自己很少来办公室。他有着过人的智商，十四岁起投资的项目从来都是翻几番，从未失败，导致父亲把传播克鲁兹家族荣耀的希望都寄托在了他身上。但在母亲因为父亲浪荡不羁而朝太阳穴开了一枪后，他就对建筑完完全全失去了兴趣。他用精准的眼力将自己卷入无数场风投，每次都把对手打击得一蹶不振，再携款全身而退。他在波斯湾的豪轮上与《花花公子》杂志合办派对，赠送未婚女宾镶钻的比基尼或内裤，但条件是她们必须只穿他送的衣物。从他成年开始，他的名字和英俊的脸蛋就一直出现在各大报纸、电台的丑闻中，和金融杂志的封面上。他在一群记者中意气风发地说："钱赚来就是要花的，是时候

(3)宅男的日语发音。

让克鲁兹那些老家伙改一改生活态度了。”

“每个人都有天赋，就像你的天赋是用聪明脑袋在金融圈骗钱，我的天赋是不出门也能画房子。”Dante拧拧手中的笔，对门口扬了扬下巴，“新秘书是日本人？”

男人愣了一下，大笑起来：“你的脑袋也很灵光嘛！快点，快看我送你的礼物，里面有你想要的东西。”

过了好一会儿，Dante才放下手中的笔，打开了那个薄薄的盒子，里面放着一个黑色真皮包裹的本子。他狐疑地看了男人一眼，翻开本子，第一张就是一个女子穿着真丝睡裙坐在卧室里的起床照。她似乎没有意识到别人在偷拍，一条修长的腿搭在床上，海浪般的鬈发延伸至玫瑰红的低胸睡衣领中。面前的小餐桌上有一盘咖喱龙虾，她一手拿龙虾，一手端着葡萄酒，膝盖上放着一本时尚杂志。

看见他渐渐眯起来的眼睛，男人扬了扬眉毛：“你不是她的超级粉丝吗，怎样，还合你胃口吧？”

Dante一声不吭地往后翻，发现居然一个本子全是她的照片，而且穿着都很性感——其实很多女星出入公共场合都敢这样穿，但对她而言，这种尺度的打扮绝不可能公开。看着他渐渐暗下来的脸色，男人急忙说道：“我先说，这些照片只有摄影师看过，我连底片也买了，所以这个写真可是全球独家版，仅你拥有。对了，晚点在皇天集团的晚宴上会看到她吧？我也很好奇到底是怎样的女人……你这样看着我做什么？我觉得男人只要没结婚，就得玩个痛快，你别忘记我们可怜的Paz就好。”

Dante合上本子，不耐烦地说：“你别再转那个打火机了，我看着心慌。”

晚上是新电影开机的晚宴，亮晶晶的香槟杯和人工花瓣雨无处不在。在柏川的带领下，申雅莉走向旋转楼梯下方的两个男人，其中一个有着一张典型拉丁人种的脸庞，同时融合了古罗马人的魁梧与南欧男子的风情。在东方，贵气的肤色是象征足不出户的白皙；而在西方，富裕与情趣的象征是到海边度假晒出的古铜色。男人的皮肤是古铜色，眼睛是湛蓝的海色。他穿着开领西装，隐约露出些许胸肌。他身边的Dante和他一样高，却比他清瘦白皙许多。若说这男人是性感野兽般的好莱坞男星，Dante就是铅灰古堡中静听小提琴乐品着红茶的年轻贵族。奇妙的是，两人站在一起，却没有丝毫的违和感。

“这位是Marco van Cruz，西班牙Fascinante的副总裁。”柏川向申雅莉介绍道。

她果然没有认错人。这是大名鼎鼎的西班牙头号花花公子马克·凡·克鲁兹。他父亲是世界一流企业 Fascinante 的总裁，掌控着西班牙建筑的命脉，在 ECTP[4]扮演着重要的角色。他作为不大，曝光率却比父亲高多了。大概因为他乱七八糟的新闻太多，她总觉得相比夜晚的宴会，他更适合出现在巴巴多斯的小岛上，抱着《夏日惊魂》中身穿白裙的伊丽莎白·泰勒在海滩上旋转。

“叫 Marco 就好。”虽然名声不好，但男人笑起来还是电力十足。

“Dante，之前介绍你们认识过。”柏川又指了指 Dante。

“又见面了，申小姐。”

“晚上好。”看见他的微笑，申雅莉心悬了起来，甚至不敢直视他的眼睛，好像他们吃饭的事见不得人一样。

柏川看到了人群里的浅辰，拍拍 Dante 说：“小辰来了，你跟我过来一下，我跟你们交代一下电影拍摄注意事项。”

“好。申小姐，先失陪一下。”

留下申雅莉和 Marco。她正琢磨着要聊天还是离开，对方开朗地笑了起来：“申雅莉小姐，久仰大名。”

既然对方如此友善，她也大方地朝他扬起大拇指：“厉害，你的中文说得太好了。”

他指了指没走远的两个人：“那要多谢那个人了，中文口语我都是跟他学的。”

刚好一个端着餐点水晶盘的白衣厨师走过来，丘婕伸手拿巧克力香草奶油冻的手挡住了 Dante。他耸耸肩，干脆转过身无奈地说：“Anyway，你知道我说的是谁。”

申雅莉被他这动作逗笑了：“他不是在西班牙长大的吗，怎么中文说得这么好？”

“没错，他和我一起长大，但不仅语言，连想法都有一半依然很东方，大概是受父母影响的缘故吧。例如，无法忍受女人埋单、男人在家庭中一定要是一家之主等等。奇怪的是，不少女权主义的欧洲女性还对这种想法颇为赞赏，说这是负责任与男人味的体现。”

“你们一起长大？真好。”后面的话她并没有听进去。口头是这样说，心里却莫名涌起了失落感。

“是的。我这里还有以前大学毕业一起拍的照片。”他从怀里拿出皮夹，指向里

(4)指 European Construction Technology Platform，欧洲建筑技术平台。

面的照片，“看，我们都没怎么变吧？”

照片上的三个人都戴着黑色的硕士帽，站在大学校园门口。左边是文质彬彬的Dante，右边是少了几分狂野的阳光大男孩Marco，中间站着一个和Marco有几分相似的金发女孩。

“这是你妹妹？”

“是的，很漂亮吧？我只有她这么一个宝贝妹妹……”Marco的嘴角扬起了暖暖的弧度，指了指照片上的Dante，撇撇嘴，“可惜被这家伙霸占了。”

泛着酒味花香的空气，忽然凝滞了一下。

“霸占？”

“对。”

连反应都变迟钝了，这种显而易见的问题她居然听不懂，或者说，是不愿意听懂。她琢磨着语句，佯装认真地看那张照片：“他们是怎么在一起的呢？”

心底有一个卑鄙的声音在叫嚣着，让她有强烈的希望，他会告诉自己这两个人并不是情侣，只是自己的理解错误。那个男人是单身，他是希城的化身，或者干脆就是失去记忆的希城，像《冬季恋歌》里的男主角那样，带着连遗失记忆也无法掩藏的爱意回到了她的身边……可是，Marco用右手摸摸下巴，回想了一会儿：“当年在亚琛上学的时候，他们都是很优秀的建筑系学生，是彼此强有力的竞争对手。有人开他们的玩笑，问他们有没有可能，他们还没说话，其他人就先摇头否定。后来他们忽然宣布在一起的消息，把我都吓了一跳。你要知道，这小子真的很幸运啊，每个男人都喜欢我妹妹，偏偏被他追到手了。”

两个强势完美的人在一起，象征了西方世界中的男女对等。而不是她和希城那样，一个帮助对方学习，一个给予对方关怀，两个人都因为初恋这种不足挂齿的小事胸闷流泪过，拖拖拉拉永远只是孩子的样子。

她看着照片上的克鲁兹兄妹，当时的他皮肤比现在白很多，妹妹却已先于他晒出了古铜色的肤色。虽然穿着硕士服，站在德国著名的学府门口，天蓝色的眼中却透露出只属于女人的、充满魅力的自信。一看就知道，这女孩绝对不仅仅是个漂亮的书呆子。

“可能这张照片看不出来她的姿色。你等等，我这里有她的近照。”他拿出手机，把背景给她看。

照片上的女人穿着白色长裤，肩上挂着白色女士西服，里面却是真空。她的双手抱在胸前，再是刻意遮掩，也挡不住远远大过亚洲女性的胸部。这张照片中，她的头发剪短了一些，金色的大鬈发全部撩到一边的肩上，扬起轮廓分明的脸庞，宣告着不容置疑的美丽与大气。

“我问过不少亚洲的男性，似乎身材火爆过头的女性对他们没有太大吸引力。但 Dante 简直被我这妹妹迷晕了，好多嫉妒的男人还怀疑他搞不定我妹妹，但他们错了，很多女人都说他和我一样好。”他露出闪亮的牙齿，忽然换了语言，“I mean，in bed.”

脑中浮现出希城当年第二次亲吻自己时的眼神。那是澄澈的，有些害羞的，不带一丝情欲的。他甚至不敢深吻，只是在她唇上轻轻贴了片刻，就把她抱在了怀里，然后低声说：“对不起，以后如果你害怕，我就一直这么抱着你，直到你不怕为止。”那样的拥抱如此小心翼翼，捧着至上的珍宝般，就这样一直维持到他默默离开她的那一天。

“不会不会，亚洲男人是含蓄，嘴上说不喜欢，实际心里也喜欢辣妹。”申雅莉学他的腔调扬扬眉，意味深长地笑着。

其实，在圈里什么样的事几乎都看过听过了。男明星家里有一个，外面养两个，还被一个养，都不是什么新奇事。Dante 在西方长大，年轻又风度翩翩，不过是和女伴寻欢作乐，这样的事其实司空见惯。可是，就是接受不了。因为他是和希城长得如此相似的人。一旦他不那么干净纯粹，就好像连带希城也一起被玷污了。她下意识看了一眼站在阳台上与柏川、浅辰聊天的 Dante。他正借浅辰的火，为自己点了一支烟，自然地夹在手指间抽了一口，慵懒地吐出烟雾。

当年她也曾觉得女人抽烟很帅气，想要去学，希城却以分手要挟制止了她。她愤怒地说：“你要抽烟我也不会管你，你为什么要管我？”他说：“我也不会学抽烟，因为男人的平均寿命本来就比女人短，如果我早早死了，没人能照顾你。”

现在再看看 Dante，白皙而高挑的男人抽烟总有一种难言的诱惑力，可经过这样的对比，他与希城差异的裂痕被显微镜放大了的纹路般越来越明显，明显到催眠自己去无视都做不到。他比希城温柔，那份温柔却透露着过分成熟的自信。或者说，正因为自信，他才如此温柔。因为只要他愿意，任何女性都可以只是他的宠物。人对宠物总是格外温柔，只有面对真爱才会畏惧。他不是那个会因为亲吻喜欢的女生而担惊受怕的大孩子。

Marco 走近了一些，蓝眼睛看上去有几分多情：“原来如此。那我非常好奇，像申雅莉小姐这样的女性会喜欢不含蓄的西方男性吗？”

申雅莉小心翼翼地后退一些，赔笑道：“这个问题我没考虑过。”他是情场老手，一眼看出她的警惕，拍拍她的肩放松地说：“别担心，我只是随便问问，没别的意思。”

“把你的脏手拿开！”

随着这一声嚷嚷，整个聚会的人都如惊弓之鸟，纷纷转过头看着他们。一个身影冲过来，狠狠打开他的手，护在申雅莉面前：“这是我女人，你再碰她试试看！”

看见站在他们中间的李展松，申雅莉和 Marco 都呆住了。Marco 是柏川的客人，也是 Dante 的顶头上司，不是什么好惹的人物，这样下去恐怕……

她保持冷静，笑着给他们台阶下：“阿松，你误会了，克鲁兹先生只是在和我聊天……啊，你喝醉了，难怪说话这么傻气，快点，我带你出去透透气。不好意思，克鲁兹先生，李公子他年纪小，酒量不大行……”

“我没喝醉！”李展松往前冲了一步，“让我教训他！”

Marco 举起手：“Wow，李先生，easy。”

申雅莉拽住李展松的胳膊，他这才停了一下，看向她抓着自己的手。趁这个空隙，她拖着他往一个露天花圃走去。倒霉的是，白风杰和于若琪也在花圃里。李展松红红的眼睛瞥见白风杰，火气一下上来了：“雅莉姐，我就不相信你真是那么随便的人。”这里不光站了白风杰，甚至还能看见阳台上的 Dante 等人。看来李展松是存心想让她丢大脸了。

“阿松，别说了，你醒醒酒。”

夜深了，千万盏灯火在漆黑里无声地闪烁。远处的立交桥与悬浮列车轨道是银丝线，在无数黑色怪兽般的大楼间重叠交错着。他浅色的发梢被风吹乱，在星光下微微发亮：“你说，我喜欢你多少年了？在这些年里，你又换了多少个男人？”他指着大厅的方向：“你看看你找的都是些什么货色！现在连那个花到要死的老外也不拒绝！”

申雅莉不敢相信他会说出这样的话，严厉道：“李展松，你再这样说下去我要生气了！”

白风杰从孩子们身边走过来，声音也带着几分醉意："李太子，你说话请注意一点，什么叫'什么货色'？"

他话音刚落就吃了李展松一拳头，整个人摔倒在地上，撞坏了好几个花盆。李展松怒吼道："你这货色就是最人渣的一个！"

"阿松，你怎么动手打人？！"

怎么又是这种情况？她慌乱地拉住李展松，但他力气太大，很快挣脱她，想要继续揍白风杰。她忍无可忍，扬手用力朝他的脸扇了过去！

"啪——！"耳光声响彻高空。

树枝被风吹得颤抖。夜空被凝结成不会流动的庞大气层，又如静静燃烧的茫茫海面。他错愕地捂着脸。

"清醒了吗？"她冷冷道。

这一巴掌下手不轻，他的脸上很快浮起了一块红晕。可是，他的眼眶却比脸红得更快："你心里清楚……我才是最喜欢你的人，只有我对你是真心的。"他抿着嘴唇，从发怒的雄狮变成了可怜的小兔子："我天天到公司就是为了遇见你，每天都想给你打电话，但怕打扰你，只好一直等着。我改我们的剧本，像个白痴一样幻想你喜欢上我的样子……我哥们儿都说我已经因为你变成傻子了。为什么……你连对白风杰这种人渣都这样宽容，却对我这么狠？只是因为……我比你小吗？"

她尽量克制着，不让自己露出难过的表情，只是低头不说话。

"你懂个屁！"白风杰发狂般从地上爬起来，一头撞在了他身上，攥紧拳头就给了他脸上一击。

"我和雅莉之间的事你知道多少？！起码我和她在一起过，你呢？你连她喜欢吃什么用什么都不知道，你知道我们之间发生了什么？有什么资格评价我们？！你他妈才是该滚蛋的那一个！"

他一边吼着，一边又给了李展松一拳。李展松连擦脸的时间也没给自己，就再次愤怒地冲过去踹他的肚子："你懂，你懂就不会这样践踏她，为了钱跟那个什么于千金在一起！你就是个垃圾！"

就像两座一夜间喷发的活火山撞在一起，两个人激怒后，每一次给对方的拳头都使了全身力气攻击出去，每一次出拳都有人摔倒在地。他们扭打在一起许久，才勉强被人们分开，鼻青脸肿地坐在一旁让人擦脸。申雅莉走到李展松身边，从他的晚礼服兜里抽出手帕，弯腰帮他擦嘴角的鲜血，却被他别扭地打开了手。他侧过头，挺拔的鼻梁上有一道细细的划痕，看上去像摔了跤的小孩子。

“你想知道我为什么不和你在一起，是吗？我告诉你答案。”她轻轻叹了一声，“就是因为你是真心的。”

他的眼中有水光闪烁，然后快速抬头看向她。

“对不起。”她低声说道。

闹剧过后，阳台上的浅辰和柏川离开了。一群美女蜂拥而上，把 Dante 包围。Dante 对她们的态度十分得体，那样的教养，仿佛是经过维多利亚时期大英帝国熏陶而遗留下来的。刚才李展松和白风杰打成这样，他也只是投过来一个淡淡的目光，与她的视线有刹那的交集。原来，他看着她的眼神，打交道的方式，和周围的女性没什么不同。

当年喜欢希城的女孩子也有很多，但无论是谁和他搭话，他都会第一时间说出有女友的事实，用冰山脸把对方吓跑。他们在一起的几年时间内，他与她连深吻的次数都很少有，更不要说是最终的关系。其实在这个时代，大学生同居是很常见的事，同寝室的女孩子们也毫不忌讳地讨论和男友的“性福生活”。听室友感慨“和最爱的男人做那种事，真是幸福死了”，她的好奇心上升到了极点，和他独处时钻空子坐他的腿上，抱着他的脖子就是一阵乱亲。他被她吻得昏了头，手开始往她的裙子里伸。可是，听见她说“想和你有进一步的关系”以后，他吓得推开她，被电到了一样躲到墙角，说“你别过来，真的别过来”。她追着他满屋子跑，他穿着棉拖鞋就跑了出去，始终没让她如愿。

她把这件事告诉了同寝室的女孩子，她们都说你家希城长得那么帅，应该不会是那方面有问题吧。她还真的开始怀疑希城是某种功能障碍，所以从那以后再也不提了，以免伤了他的自尊。后来，同寝室的女孩意外怀上了男友的孩子，在男友的鼓动下去堕了胎，此后患上抑郁症而和男友分手，闹了几次自杀。到那时候，她才问了希城为什么不愿意和自己发生关系。他没好气地说：“这么多年都忍了，你就忍不到结婚吗？怀孕了怎么办，你想辍学去生孩子吗？”

她当时感动得一塌糊涂，但还是嘴硬地说：“难道你就不想碰我吗？”

他说："你怎么这么好色，这样，你先忍忍，真忍不了了我们就先去领证，然后你可以对我为所欲为，也有人为我的清白负责。"她说不出话，咬着嘴唇一头钻进他的怀里，再也不想出来了。

在名利场中，有昂贵的衣服、豪华的跑车、大量的金钱。人们挤破头，只为走到食物链上层，不惜一切代价，愿做任何事。对男人而言，只要有了金钱，即便在严寒的隆冬，也可以买到春季的樱花和脱光的女人。相比下来，初恋如此隐忍心酸，磕磕碰碰，是那么的可贵，又是那么的不值。

那个连拥抱都会让人心脏隐隐作痛的人，只不过是一条永不愈合的伤口，一个无法弥补的缺陷。

试问，有谁愿意与一个缺陷相伴一生？

第七座城

意外

可是天色还有些暗，玻璃窗上有车里一切的倒影。

他重新靠在椅背上，随手打开了手中的西班牙文报纸。

然后，所有人的脸庞都被外面的大雾锈蚀，

只有他的线条是清晰的，冰冷地刻印在深蓝如海底的倒影中。

飞机失事大概是所有交通事故里最令人害怕的一种。人们总觉得，当发动机坏掉，地球引力会将庞大的客机从空中拽落，让它摔得粉身碎骨。但实际上，喷气式发动机彻底坏掉后，飞机还能正常飞行三四十分钟。发动机的噪音降低了，但机舱外风声大，乘客们无法察觉。这个时候，机长会让他们把遮光板拉下，为他们放轻松的音乐和电影。如果有人打开遮光板，才会发现他们早已远离大气层。海洋、悬崖或者沙漠这么近，就像飞机即将安全着陆一样。

当年那一班客机，机长让空中小姐们为旅客们发纸和笔写遗书。据说有一名旅客睡得很沉，怎么叫都叫不醒，空姐轻轻推了他几下，他还在睡梦中挥手让她们不要吵醒自己，空姐不得不放弃。于是，他也变成了那次事故中唯一没有留下遗书，却走得毫无负担的一个死者。他叫顾希城。

十多个小时的飞行让人筋疲力尽，飞机降落滑翔在跑道上的轰鸣声都没有把申雅莉叫醒。剧组人员过去叫她，她都半梦半醒地摇手，导致最后没人敢多吭声，怕引爆天后的起床气。只有浅辰径直走过去把她摇醒：“一姐，快起来，到塞维利亚了！”

“够了，你这暴力小子！”肩膀都快被他摇散了。申雅莉晃晃沉重的脑袋，睁开蒙眬的眼睛，迷迷糊糊地打开手机，跟着剧组一起走出了机场。

电影前五分之一的剧情是女主角十来岁在巴塞罗那留学，与日本丈夫初识的回忆。后面五分之四的剧情分成现实和回忆两部分：现实中，女主角会带旅行团在西班牙游玩、与建筑师男主角相识并且恋爱；回忆中，将插叙她嫁到日本十多年的经历。短暂的十日西班牙旅行在巴塞罗那结束，她将随着男主角回到国内，最后揭示结局。所有室内剧情都将回国拍摄。因此，在西班牙吃苦的主要是负责饰演导游讲解的申雅莉。容芬不愧是工作狂，当天就把整个剧组赶到了塞维利亚的各大景点，开始搭棚化妆拍摄。申雅莉跟着导演、摄影师、工作人员、主要角色，还有一群浩浩荡荡饰演游客的群众演员迅速解决了斗牛场、卡门像，穿过玛丽亚路易莎公园，抵达了第一个重要景点。

眼前是一片金色的开阔地，半圆形的广场被皇宫式的建筑包围。同是半圆形的护城河将小广场围住，换上夏装的西班牙人在广场边缘摆摊兜售，大红摊铺上摆满蓝绿紫粉各色花扇。护城河是一块翠绿的宝石，反射着青瓷扶栏的桥梁倒影。当租赁的船只漂过河面，河面变成碧波荡漾的幔帐。木桨下流淌出珍珠色的水花，广场中央的喷泉迸出大片雪花。年轻的外国女孩们戴着色彩鲜艳的墨镜，对着最高的尖尖建筑拍照，她们不时窃窃私语，偷瞄喷泉旁坐着的男人。他拿着速写本在上面涂涂画画，卡其色窄版长裤裹着的腿十分醒目。一个女孩有些羞涩地过去对他说：“Could you take a picture for us, please？”

“Sure.”

男人笑着接过她们的相机，待她们摆好姿势，数了一二三按下快门。他重新回去坐下后，那群女孩中传来了很大声的“May I have your number please？”，其他人跟着爆笑起来，做了坏事的孩子般一窝蜂溜走了。其实西方女孩喜欢的是和他相反的粗犷黝黑型，每次遇到这种情况，Marco 就一脸不解地问“为什么为什么为什么”。

他的女友挽着他的胳膊，自豪地说：“美人不分国界。”

男人继续埋头作画，不一会儿，却听见了熟悉的中文。他迅速抬起头，一辆亮黄漆轱辘游览马车驶过，挡住了说话人的身影，只有温柔的女声混着潺潺水声和马蹄声传过来：“塞维利亚是西班牙第四大城市，早在大航海时代就已在历史舞台上扮演了重要的角色，1992 年的世界博览会曾经在这里举办过……”

马车总算驶过。站在喷泉另一头的女导游留着过耳短发，穿着朴素的紫粉色衬衫，腰间系着小包，后腰深深凹陷，很有“楚腰纤细掌中轻”的意味。她拿着小型扩音器，声音却依然细细柔柔，裸妆描摹着柔和的侧脸线条：“那次世博会同时也是 1492 年哥伦布发现新大陆的五百周年纪念日。现在大家站着的西班牙广场，是塞维利亚的标志性景点……”中途有人打断过她，她也是礼貌地点头哈腰。自由活动以后，她更是变成了万能客服：

“要买明信片是吗？待会儿自由活动我带你去找找附近的商店。”

“啊，拍照，没问题。”

“这是我帮您保管的钱包，请收好……”

可是，“咔”的一声响后，她忽然抓着自己的头顶，把假发从脑袋上拽下来：“妈呀，太热了！”

这一幕令他呆了一下。然后，那群游客作鸟兽散，身后出现巨大的摄影机，一群工作人员推着它前移。申雅莉把发网也拽下来，甩开瀑布般的大鬈发，叉着腰用手里的假发对自己扇风，指着某个方向：“喂，小浅，那是我的水，你拿错了！Apple 你看他都渴成什么样了，拿水给他，赶紧赶紧的。容导，赶快发盒饭啊，饿。唉，你别管我的妆，再拍再补就是了……”

容芬还是坚持带着化妆师过去给申雅莉补妆，一边补还一边说：“每换个景点都要摘一次假发，雅莉你这是多动症吗，就不能一直好好戴着它吗？”

“我早说了，把头发剪掉就是了。反正这部戏要拍很久。”申雅莉生不如死地悲叹。因为头发特别多，裹头发的发网只能选最小号的，不到一天她就快得了偏头痛，每次一开口就跟自己对自己念紧箍咒似的。

“不行！阿凛说了你这头发是要做代言的，别胡闹了。”

申雅莉无奈地耸耸肩。

如果不是公司要求，她早就剪短发了。因为以前每次和希城睡在一起，他都习惯性地用胳膊垫着她的脖子。她总会像个冬季寻到温暖的小动物，一股脑拱进他的怀里。煞风景的是她头发太长，经常都会被他压住，拉扯出她痛苦的悲鸣声。后来他养成了睡前检查她头发的习惯，但还是不能避免惨状的发生。有一次她终于受不了了，说要去把头发剪短，他却阻止她。她郁闷地说："是不是因为我剪发你会觉得不够女人味，就不喜欢了。"

"不是，头发是会吸取营养的，留长发会比留短发时反应慢一点、智商低一点。我喜欢你笨蛋的样子，这样比较好骗。"他居然一本正经地说着这种话。

而现在他不在了。她需要在社会上立足，需要和不同的人打交道。太笨的话，还是不好的吧。

想到这里，她不经意回头，看见了喷泉另一头的 Dante。没有哪里的天会比这里更蓝，太阳把荒漠中闪烁的成片金矿搬到了西班牙的领土上，用云层磨掉满世界的碎片，还堆建了金黄摩尔复兴建筑。视域里是一片干净的纯白、黄金、湛蓝，再无他物。他的身影是浓烈油画中的一抹水墨，在喷泉水雾中模模糊糊。他也抬头望着她，眼睛因为光芒眯起。

"Dante，原来你已经到了啊。"容芬拽过浅辰，把他带到 Dante 面前，"来来，现在刚好是休息时间，你们交流交流。"

她把他们留下，重新走回申雅莉身边。申雅莉小声说："Dante 为什么会突然出现在这里？"

"Dante 回西班牙有很多事要忙，刚好今天有空就过来了。过两天他会直接到马德里去等我们，总之雅莉，这部戏你真的要认真拍、好好拍。别怪我给你压力，你也老大不小了，不拿下第二个最佳女主角对不起你自己。"

申雅莉"噗"的一声笑出来："拿奖和老大不小有什么关系啊？"

容芬想了半天："没什么关系，反正你加油就是了。"

申雅莉明白她如此拼是因为什么，所以没再多说，只是用力点点头。

就如希城当年所说，这个世界上最关心她身体健康的人，只有他和父母。分明出国之前才回家看了爸妈，但这才刚到西班牙没多久，家里面就来了电话："宝宝，真的别太辛苦。你爸爸现在身体状况很好，所以，你只要多来看看他、陪陪他就好。钱这个东西，只要够用就好。女孩子家还是多考虑一下婚姻大事知道吗？你别太挑了，只要对方条件不错，就考虑交往看看啊……”

妈妈的叨念让她头疼。爱情这回事，真不是条件好就会有的。就拿白风杰的例子来说，从他在电视选美比赛中看见申雅莉，就搞到了她的联系方式，之后，每天都有浪漫又物质的事发生：大捧玫瑰插上镀金鲜花卡片；被西装革履的高大男人送到学校；不管出门还是回家，总有一辆锃亮的跑车等着她；她只要出现在服装店买下一个包，第二天所有一线品牌的同种类包包就会被装成大礼包快递到她家，等等。

她不知道别人怎么看，在她看来，这种行为无疑是一种羞辱。不管花多少钱，都改变不了把女人明码标价当商品购买的本质。但很多女生不这么想，她们被这种攻势征服了，一个劲儿劝她考虑考虑白风杰，毕竟希城爸爸死了家里负债累累，没法同时给她爱情和面包。现在这个时代，结婚前生活档次看自己，结婚后生活档次看老公，做女人要学会现实，该放手时就放手。她笑嘻嘻地说：“希城现在没钱没事啊，我先挣钱养着他，以后再要他养我。”

不管是参加选美，还是接下第一个通告，都是为了把爸爸的住院费挣到手，同时能够给家里困难的希城一些补贴。一旦第一笔通告费到手，就全身而退。所以，白风杰的电话她一个也没接，送的礼物全部退回。

妈妈说的话没错，金钱没人们想的那么重要。要维持一个幸福家庭的生活，一年赚一定数量就足够了，得到更多，就只会带来危险、灾难、病痛，以及同亲密人之间的隔阂与破裂。遗憾的是，只要这个世界还需要货币来维持运转，就说明它依然贫穷。或者说，总有那么一部分人，会因为没有金钱而失去幸福与尊严。

前些年有个小开追求她，对方长得不错，彬彬有礼，第一次约会就带她去奢侈品店，让她选她想要的衣服和包包。她嫌弃地把那些东西都扫了一遍，转身进了同一层保安很多、客户寥寥的昂贵珠宝店。当她找售货员拿来一条镶满钻石的白金项链，小开脸色变了。她又笑眯眯地说：“比起衣服包包，我觉得珠宝更有收藏价值，因为真金钻石永不贬值。”她从包里掏出信用卡递给售货员，下巴朝收银台偏了偏：“刷卡。”

小开脸色苍白地看着售货员给她打包。她摆摆手说别包了，直接把项链递给他，头发撩起来，指挥男仆一样说道：“帮我戴上。”

奇怪的是，她那天算是狠狠羞辱了他，但之后却从别人那里听说，他大赞她是他见过最有尊严的女人。当然他不知道，为了维持这样的尊严，她后来几个月都在李真家蹭吃蹭喝。李真翻着白眼说：“你如果哪天死了，肯定是因为死要面子。”

但她不认为自己做错了。就算一辈子都只是一个人也好，她要维持这样的尊严。

在曾经拉美船只储存黄金的黄金塔和 Cathedral 大教堂拍摄完毕，碧蓝的天忽然转阴，顷刻间下起了雨。欧洲的气象台向来都只是摆设，容芬把准备好的伞发给大家。两个人打一把，基本所有演员都不会被雨淋，但工作人员就比较倒霉了。申雅莉带了四个助理，但她那里只有两把伞。她正在想着如何分伞，Dante 的脑袋勾了下来：“伞给她们，你跟我打一把吧。”

“哦……好。”她眨眨眼，钻到他的伞下。

他把伞往她的方向偏了一些：“我们还真是和雨有缘，两次一起走都打着伞。”

她笑：“只不过是从遥远的东方，来到了安达卢西亚地区的老街道。”

大教堂四周种满小花，脚下是湿漉漉的石地，戴着西班牙圆帽的马夫驾驶着马车，蹄声嘚嘚响彻街巷。砖石堆砌的城门上镶嵌着雄狮与皇冠的徽章，走在城门下的阴影中，抬头就可以看见米色建筑大面积地覆盖了城市，令塞维利亚变成了一座从天堂沉落下的荣耀之都。欧洲的贵气与风情使人慵懒。他们沿着高高的城墙在前面走，比上次的着装休闲了很多，脚步也放慢了不少。因为这一次穿着旅游鞋，她比他矮了更多，说话时总是要抬起头，才能看见他的眼睛。

跟在后面的助理们讲了一路的八卦。

“你们看，他们的背影好配啊。”

“Dante 先生身材真好啊，腿好长！可惜他不是演员，不然让他来演回忆中的佐伯南肯定很适合。”

“对啊对啊，辰辰是很帅啦，不过总觉得太阳光，没有佐伯南那种沉默忧郁的气质。而且，让他一人演两个角色也有点敷衍。要不我们去跟导演说说，推荐他去演佐伯南？反正这个角色戏份台词都不多，也不需要演技……”

“别胡闹了，你想被炒鱿鱼吗？”

“什么胡闹，雅莉姐不是单身嘛，如果 Dante 先生喜欢她，他们在一起也很好呀。”

她们以为自己说话很小声，但每一个字都传到了两个人的耳中。Dante 对此没有评价，申雅莉也只能装聋作哑。纠结了好一会儿，她终于决定逃避现实，掏出手机翻着玩，假装什么都没听到。有一条未读短信。打开一看，原来是飞机入境时就收到的信息：“Welcome to Spain. It will cost you 0.49 euro/min to make 0.25 euro/min to receive calls. Send text for …”

“现在的话费比以前便宜很多了。”她来回翻看着那条消息，努力找话题消除尴尬，“以前我还在读书的时候，不要说是国际漫游，就是在国内市内通话都好贵……啊，不对，你是在西班牙长大的，应该感觉不到。”

“不会，以前话费在全世界都很高。只是当时除了和女朋友，我很少打电话，所以察觉不到。”

听见“女朋友”三个字，申雅莉的心沉了一下。

高二的时候和希城刚刚成为恋人，假期时想到他，连呼吸和身体都发了高烧。喜欢他喜欢到恨不得把自己撞晕了，好停止这种令自己脑袋发晕的热恋。因为太渴望听见他的声音，所以即便电话里跟对方说着“今天只聊五分钟”，最后还是会聊到三个小时以上。后来希城家里的话费超标，父母察觉到他在早恋，就锁了座机。不过他们都是大忙人，没时间管他，他很快充好了话费，用手机给她打电话。有一天他们聊到深夜，她趴在床上充满负罪感地说道：“对不起哦……现在我没有办法打电话给你，不过你放心，等我长大了会努力赚钱，赚很多的钱，我们就可以天天毫无限制地打电话了。”

电话那头的人沉默了一会儿，淡淡说道：“你不用赚这个钱。”

“希城你真好！我就知道你不会舍得我辛苦！不过这个钱我还是会赚的，电话我还是要打的，要男女平等啊，这样感情才稳定。”

“不是的，以后我们不用打电话。”

她呆了一下：“什……什么意思，为什么不打电话……”

“你爸爸妈妈每天回家会给对方打电话吗？”

“啊。”

她木木地看着床头的灯，慢慢把脸埋进枕头。原来，以后他们是要住在一起的啊……这太完美了。简直不敢这样去幻想。可一旦放纵自己去想，心里除了幸福感，竟还有一种略微苦涩的甜蜜。对方不过是平静地说着在他看来理所当然的事，当年的自己却如此感性，总会因为这种小事抱着枕头，悄悄地湿了眼眶。

一天的拍摄结束后，剧组安排大家用餐，同时欣赏弗拉明戈歌舞(5)。西餐的搭配信条是红酒配牛肉，白酒配海鲜。鳕鱼是完整的一条，上面切开的细缝小得肉眼几乎看不见，欧芹和芝士的味道却都一丝不漏地渗了进去。白酒是当地叫 Campoteja 的普通餐饮酒，但配这一盘鳕鱼，酒香和鱼味随食物入了喉咙，都久久不能在口中散去。背景是伊斯兰教的图纹，舞者们穿着长裙和高腰裤在木质舞台上踢出响亮的声音。餐厅里生意兴隆，女侍应生们来来往往，为客人们添菜倒酒。

申雅莉右边是 Cheryl，左边是浅辰，浅辰的左边是 Dante。申雅莉摇了摇手上的白葡萄酒，眼睛眯成一条缝："你们有没有发现一件事，西班牙的美女特别多。"

"美女！哪里？"浅辰眼睛圆溜溜的像条小狗，如果他有尾巴，现在一定在奋力地摇晃。

"好啦小浅，美女什么的，和你没什么关系……"

她这样一说，了解情况的人都笑了起来。浅辰死撑门面说："什么美女说出来让我们来鉴赏鉴赏。如果你说的是舞者，那当然很漂亮了，都上台跳舞了能不漂亮吗？"

"一直听说西班牙、葡萄牙还有意大利这些拉丁国家出帅哥，但还没怎么注意过这里的美女。雅莉姐是看到谁了才这么说？"说话的人是 Cheryl，是赫威集团旗下的女模特，和申雅莉关系不错，有一半法国血统，是个单细胞生物兼有钱大小姐。在《巴塞罗那的时廊》里，她饰演的是正义感强烈的大学生游客。

"看这个，金发的服务员，还有那个黑发的也不错，都是那种前凸后翘的性感型。"申雅莉露出一脸意味深长的笑，举杯喝了一口白葡萄酒。

浅辰看了看那几个女服务生，又看看申雅莉："我说一姐，你能不能不要像个变态色姐姐一样说话？"

"你是不是觉得我偏心她们不爱你了？你放心，我最爱的人永远是我家小浅浅。"她放下杯子，挽着浅辰的胳膊，黏黏地倒在他的肩上。

没过一会儿，大家开始聊起当日拍摄的各大景点。浅辰最喜欢斗牛场，Cheryl 和容芬都喜欢大教堂和富有南欧特色的古街，申雅莉喜欢的是西班牙广场。她吃着餐后甜点，认真回想着白天看到的东西："广场那些花花绿绿的墙壁很好看，不知道上面

---

(5)弗拉明戈歌舞源自罗姆人、摩尔人和犹太人的文化。一直以来西班牙政府为发展旅游业积极推广这项舞蹈，所以它渐渐变成了西班牙文化的一部分。

画的是什么，但细节很有亮点！”

Dante 接道：“墙壁上那些壁龛是西班牙各个省份的代表，融入了每个地区的文化艺术。”

“原来如此啊，如果我没记错，那些壁龛都用了装饰性彩绘砖块和线条形绘制工艺，对不对？”

他把刀叉都放在盘子右边，用餐布擦了一下嘴角：“是的，曲线形线条突出直线形线条的立面效果，而且色彩斑斓，和广场琥珀色彩风格刚好呈现正反两面。”

“不过那些彩绘壁龛的房屋宫殿效果都是绘制出来的，看上去就少了点什么……”她摇了摇手中的餐点汤匙，像是指挥家在指挥小提琴手的独奏，“没有蓝白色的陶瓷桥栏那么吸引我。”

“立面效果肯定比平面效果好，随心游乐园的太阳花立面就比维森斯之家的非洲金盏花装饰砖瓦生动。不考虑成本的话，壁龛不用彩绘砖块，用横向曲线形的雕刻工艺或玻璃瓷砖瓦会更好看。”

他们聊了片刻，浅辰忽然转过头来：“一姐。”

“嗯？”

“你们这样隔着我讲话不累吗？来，换位置，我听你们说，刚好也学习学习……”浅辰揉揉脑袋，觉得听他们对话跟听伊特拉斯坎文字(6)没什么区别。

申雅莉发窘地看了一眼 Dante，得到他鼓励的笑容后，老老实实和浅辰换了位置。但拉近的距离让她忘了原本想要说什么。坐在其他桌子旁的助理们转过脑袋，眼神辐射足以杀死百万只细菌，让她更加局促。他也不再继续刚才的话题，帮她把甜点也端过来：“还饿不饿，要加餐吗？我记得你挺能吃的。”

她垂下头，用力摇脑袋。气氛好像有些尴尬，他却很从容地转了话题：“怎么，还在想美女？”

她笑了：“我在想明天会去海边。”

“刚才听你们聊今天的拍摄景点，原来来西班牙广场之前，你们去了那么多地方。”

聊到这个话题，好不容易忘记的浑身酸痛又回来了。申雅莉揉揉脖子：“是啊是啊，就我一个人瞎念台词，真是累死了。如果只是旁观其实很好玩的，因为都是很出名的

(6)伊特拉斯坎文字，公元前 9 世纪至公元前 8 世纪，意大利半岛上伊特拉斯坎人的语言，至今无人破解。

景点嘛，可惜你都没看到……不对，你应该都去过了吧？我听容导说你明天不会跟我们一起，下次就直接去马德里和我们碰头了……”

“不是都去过，有机会我也跟你们一起去看看。”

“好呀好呀，加入我们吧。”

虽然知道这只是无意义的客套话，但听他说无意义的话也很开心。他的声音是冬季夜空下的薄冰，语调却带上了夏季草木的香气。她已经记不太清楚希城的声音了，却会想起高中时听见电话铃响时心跳加速的悸动，想起每一次被一些小小甜蜜感动到流泪的瞬间。遥远的记忆潜移默化中占据了她的生活，就像他的声音通过耳朵传遍全身的神经，点燃了深深的怀念，却只能换来身体的闷痛。

第二天一大清早，申雅莉睡眼蒙眬地跟着剧组上了巴士。想着到马德里之前都不会看见 Dante，情绪被劈成了两半。一半是失落，一半是大松一口气。刚一坐下来，她就发现窗外把小型行李箱放入行李舱的人。她的睡意一下散去，贴在玻璃窗上，睁大眼见 Dante 把外套搭在手背上，大步走上巴士。从他进入巴士门到走上来，她臀部都只沾了一点座椅边，整个人坐得僵直。他和容芬说了几句话，跟大家微笑着打了招呼，就在她斜对面的浅辰身边坐下。她看着他低头放衣服的侧脸、轻贴在靠背上的黑发、转过头和浅辰说话时笑着的眼睛……不经意间，那双眼睛看见了她。

“早。”他朝她笑了笑。

她焦虑地别开视线，看向窗外。可是天色还有些暗，玻璃窗上有车里一切的倒影。他重新靠在椅背上，随手打开了手中的西班牙文报纸。然后，所有人的脸庞都被外面的大雾锈蚀，只有他的线条是清晰的，冰冷地刻印在深蓝如海底的倒影中。

巴士开了一个小时，在一个车站停下。容芬让大家下车休息十五分钟。从地平线到高空仿佛是一片纯蓝的湖面，上面飘着棉花糖状的云朵。申雅莉伸着懒腰走下车，第一眼看见的是满目高大整齐如同士兵的椰子树，枝条上层是青翠的绿色，下层是毛茸茸的米色，叠在一起就像是士兵们穿着裘皮大衣。车站处有一个小型饮食购物中心，门上挂着巨大的皮制公牛头，牛头上面是狮子牙床般粉色的斗篷，象征着西班牙的国粹斗牛。不仅如此，里面也挂满了牛头。商人们正在贩卖利比里亚火腿、皮革刀具和雪莉酒。在购物中心里面闻到咸咸的火腿味，再次走出来，味道却被另一种腥味取代。申雅莉皱了皱鼻子，走向被剧组人员包围的地方。

随着娇嫩的一声尖叫，Cheryl从人群中冲出来，扑到浅辰身上将他紧紧抱住：“啊啊，好可怕，我受不了了，太恶心了！”

“咦，Cheryl你不是生在法国吗，应该是吃这个长大的吧？为什么会觉得恶心？”

“我没见过活的……”Cheryl眼泪汪汪地看着他。

申雅莉好奇地走过去看。随着那一股腥气扑鼻，她被眼前密密麻麻蠕动的物体吓傻了眼。很多女生明明被恶心得不行，但还是捏着鼻子，闭着眼睛，掏出手机对着这堆东西拍照。黑白条纹硬壳裹住的灰色蜗牛被装在一个个渔网中，放在一堆蔬菜水果中当食物原材料贩卖。申雅莉面无表情地看着这些食材，浑身发冷，鸡皮疙瘩在一颗颗立起来。浅辰眨眨眼，蹲下来近距离观察它们：“真神奇啊，咱们国内菜市场卖贝壳卖田螺，人家西班牙居然是这样打包卖蜗牛。”

他一边说着，一边用手指去戳它们的触角，看见它们把触角收回去，他还更来劲地往上面戳。而他戳得越厉害，那些无脊椎软体动物蠕动得越厉害，申雅莉的鸡皮疙瘩就起来得更迅速。后来有一只蜗牛从渔网里掉出来，浅辰把它捡起来递给老板，老板看他这么喜欢，笑着比比手示意送给他了。浅辰把它放在手背上把玩：“Dante，我听柏川说你的西餐做得堪比大厨啊。芝士蜗牛你会做吗？”

Dante撑住膝盖俯下身看着它们：“芝士蜗牛是法国菜，要用法国白蜗牛做才好吃。这个是西班牙乡村蜗牛，个头比法国白蜗牛小多了，都是野生的，在城市里也很难买到。它的做法有点像炒田螺，要用很长时间去洗，配辣酱做汤、配沙茶酱和黑胡椒来炒饭都不错。”

“原来吃蜗牛也有这么多讲究。”浅辰捧着他心爱的蜗牛站起来，却看见了申雅莉，喜笑颜开地朝她挥挥手，“雅莉姐，你看这里有好多蜗牛。如果不是要拍戏，我真想买一点回家！”

“你是打算买回家当宠物呢，还是做菜呢？”她强装镇定地看着他走过来，慢慢往一旁退去。

“当然是当宠物了，我又不会做蜗牛……咦，你退什么？难道你也跟Cheryl那个胆小鬼一样怕软体动物？”

“不不不，我才不怕。”她脸色苍白，用手中的纸巾擦拭额上的汗。

“我就知道嘛，一姐勇敢多了。”浅辰把蜗牛举起来，在她的视线中晃荡，“你看这触角，多可爱呀。”

半透明的软软触角在她眼前扭动，她感到自己的心跳加快，头皮发麻。他却用那只摸过蜗牛的手抓住她的手，她把手抽回去，抑制住尖叫的冲动：“别，小浅，你不是小孩子了，怎么还喜欢玩这些东西？这、这个东西不卫生。”

浅辰相当坚持地要和人分享这种乐趣，又一次把她的手捉起来，把那只蜗牛放在她的手背上：“玩过洗洗手就好，它在皮肤上爬来爬去痒痒的，很舒服哟。”

申雅莉瞪大眼看着那只蜗牛三秒，脑袋电视被拔掉电源般变黑。然后，她猛地一甩手，把那只蜗牛狠狠摔到了地上，颤抖着往后退了两步。她自始至终没发出一点声音，但周围的人都看出了她的异样。浅辰也呆住了。刚好这时耳边熟悉的声音响起：“怎么了？”

接下来，她重复了 Cheryl 刚才的动作，不过换成了静音版的。她转身扎进了身边人的怀里，捂着嘴不让自己失声尖叫，但还是难以控制地涨红脸，发出了呜咽声。

“一姐，你，你还好吧……”浅辰也慌了。

“别来！小浅你别过来，别过来！”她在那个人的胸前悲鸣着。

“小浅你也真是，女生没几个不怕软体动物的。你先去洗个手吧，她被你吓坏了。”就像是对欺负妹妹的哥哥训话一样，男人把浅辰打发走了，又温和得长辈般扶着她的肩，拍了拍她发抖的背：“申小姐，别担心，没有蜗牛了。”

她心有余悸，非常眷恋这个怀抱，想要伸手抱紧他以让自己感到心安，但最后那一声“申小姐”让她再一次凝结成了石块，脑中一下恢复了清醒。大概能猜到周围的人已经在看着他们。她在很短的时间内理清思路，想着接下来该怎么反应……她哆嗦着从 Dante 的怀中退出来，使劲甩着那只摸过蜗牛的手，捂着嘴一副快要哭出来的模样：“好恶心，我真的快要吓死了。Dante，麻烦你帮我拿一下包，我去洗手。”

她甚至没再看他一眼，就飞奔到了洗手间。其实，后面的表现全是演技。这样的反应，应该是最正常、最不会引起别人瞎想的。果然如她所料，后来上车了，大家都在拿她和 Cheryl 害怕蜗牛的事说笑，没有人发现她扑到他怀里的举动很不合适。她坐下来以后，浅辰乖乖地向她道歉。可是，Dante 一直看着窗外，也不知道是没发现她来了，还是故意躲开她。

他会怎么想自己呢？明知他有女友，还做出这种越界的举动。大概现在正在想方设法避开她吧……

随着巴士的开动，窗外标记着 1994 年的雪白建筑被抛在脑后。成排的椰子树眼花缭乱地移动，云朵在蓝天漂移，阳光普照在地中海包围的南欧大陆上。

第八座城

拥抱

当年希城刚开始叫她“老婆”的时候，

她曾经很感动，说这个称呼真美好。

他却低声说，“老婆”才不是最美好的称呼，

最美好的称呼是在这两个字中间加个“太”。

伊比利亚半岛南端有一条向南部延伸的狭长半岛，与西班牙南部相接。它叫直布罗陀，是日不落帝国没落后最后的英属殖民地，一个美得如同仙境的地方。

直布罗陀海峡就在车窗外，申雅莉对着巴士上的摄影机解说，却忍不住偷瞄外面的景色，总算明白为什么过去腓尼基人、希腊人、罗马人都曾经占领过它，多次为它改名。这片地中海没有马尔代夫梦幻般的浪花，也没有三亚汹涌澎湃的波涛，只有延伸至天际的平静深邃。海洋是深沉到发暗的蓝色，和淡到透明的天空形成了鲜明的对比，就像是一张发光的纸对半折叠，一边涂上颜料饱和的靛蓝，一边涂上稀释过的水蓝。色彩太过纯粹，连空中的白云也变成透明的，边缘融入了天空的颜色，底部倒映

着大海的颜色。这一天天气很好，所以天海交界处浮现了中和二者颜色的淡青色山脉，那就是非洲大陆摩洛哥。

欧洲和野生动物纵横的非洲只隔一片海，但欧洲大陆上只有一种猴类，那就是直布罗陀猕猴“Ape”。它们生长在直布罗陀的悬崖上，而且，都没有尾巴。导演、摄影师等人进入圣米高钟乳石洞取景时，演员们在外面围观这种猴子。因为没有尾巴，这些猴子坐下来时身体非一般滚圆。它们都已经被参观到麻木了，有人对它们闪照，它们的淡定气场可以 PK 好莱坞红地毯巨星。

申雅莉看中一只坐在高台上的猴子，对它拍了十多张照片，还用手机录影。无奈猴哥太淡定，她录了快两分钟，它最多也只是扭扭头，转转金褐色的眼珠子，抖抖松软的金色毛发。她咬着下唇瞪它：“真讨厌，你怎么这么呆？”

猴哥看了她一眼，闭上眼睛，嘴唇抿成一条长长的缝，身子和屁股安分守己地裹成半球状。她皱眉跟它对峙：“好歹摆一点好看的 pose 吧，你这球状物。”

“申小姐，要不要我帮你和它拍一张照片？”

听见 Dante 的声音，她转过身去点头：“好，好啊……”

把相机递给他，她站在猴子旁边，对着他举起的镜头不自然地笑了起来。他朝猴子的方向摆摆手：“可以靠过去一点，它不会咬人的。”

“好。”她靠近了一些。

“一，二，三……”他的眼睛被相机挡住，但嘴角扬了起来，按下快门。

接过相机看预览照片，她发现因为他的笑容，她笑得比刚才灿烂了许多。而且，个子高的男人拍照就是好，从上往下的角度，上镜，脸也会小很多。她满意地把相机调好，指了指猴子：“我帮你也拍一张吧。”

“好的，谢谢。”他拉了拉衬衫袖口，站在猴子旁边。神奇的事发生了——猴子睁开了眼，金色的眼睛还水汪汪地对着相机。申雅莉的嘴角抽搐了一下，这猴子，不是母的就是 Gay 吧。

拍完照，她和 Dante 一起往山坡下走，时不时蹿出来的直布罗陀猕猴让人眼花缭乱。接着，她看见大马路中央的两只猴子——那是一大一小的猴妈妈和猴宝宝，几个美国人围着它们，用夸张的表情和语调调戏着它们。面前停了一辆卡车，车里的人正在拿饲料，猴妈妈的手臂像是狗狗的前足一样缩在胸前。猴宝宝因为年纪太小连坐都坐不稳，只能用两只幼爪撑在地上，拧着小小的脑袋跟妈妈看着一个地方。它跟所有年幼的兽类一样，有着比妈妈更软更浅的毛发，而且不像妈妈这么坚守阵地，总是转动脑袋好奇地看向别的地方。猴宝宝背对着申雅莉而坐，她看见它小一号的圆溜溜后脑勺和屁股，觉得心都快化了。她蹲下来对着它们摁了几十次快门，无奈的是猴宝宝无论如何都不转过头，她也不好意思绕到饲料员身边拍，只好全方位地拍它圆圆的背影。Dante 也在她身边蹲了下来："申小姐喜欢这只小猴子？"

她点头如捣蒜，双手在胸前握成拳："这只宝宝太可爱了！好想养一只！"

他用手背挡着嘴，转过头去笑了："可惜这是保护动物，不然真的建议你去买一只。"

她第一次忘记了他的存在，十指交叉而握地花痴猴宝宝，直到导演叫大家上车，她才意识到自己只顾开心，把 Dante 都晾在了一边。上车以后，她掏出相机，翻到了自己和猴子的合照。忽然助理凑过头来，讶异地说："雅莉姐，你这张照片好漂亮啊！"

"是吗？"

"是是是，怎么笑得这么美……"助理看着她往前翻了照片，头靠得更过来了，"是天气的问题吗？这几张照片都美死了啊。"

"这些是 Dante 拍的。他是建筑师，应该很会拍照吧。"

"可是表情也很自然哎，简直是把最好看的瞬间都拍下来了……他好会抓拍。"说到这里，她偷偷看了一眼申雅莉，小声说道，"雅莉姐，我觉得 Dante 先生可能有点喜欢你啊。"

"啊？不可能啦。"申雅莉扇风似的摆手。

"我是说真的，刚才你们不是在那边看猴子嘛，你一直在逗那只小猴子没看他，可是他一直在看你，眼神真的好深情啊。还有还有，早上你被蜗牛吓得靠在他胸前的时候，他那个样子简直像是要心疼死了。而且我看见他的手想抱你又放下来……"

心怦怦乱跳起来，申雅莉连忙打断她："别瞎说，人家有女朋友。"

"啊，有女朋友了？不是吧……难道那些都是我的错觉？"

剧组的巴士顺着山坡往下开，透过一路移动的树木枝叶间隙，依稀可以看见下方深蓝的地中海。悬崖脚下的直布罗陀市沿海而立。由于大海太过广袤，建在海面上的设施，不论是堤坝、机场，还是高速公路，都显得毫无立体感，看上去像是画在海面上的大片方形地图，连海边的楼房都像和它们在同一个平面上。立体的只有远处海雾中高耸的山峦，它们将整个直布罗陀市四面包围，珍藏了这一片藏蓝色的人间宝地。

车开了一会儿，白色狭小巷子阶梯上出现了一个格子窗大红电话亭，电话亭上方写着英文单词“TELEPHONE”，上面还有一个银色的皇家徽章。这里所有建筑都是白色或者米色，忽然出现这么一个大红的伦敦象征物，看上去非一般醒目。除此之外，英国人在车站把米字旗插在直布罗陀和欧盟的旗帜中间，甚至连公厕上都印有乳白石雕英国皇家徽章，上面写着英国君主的格言“Dieu et mon droit”(7)。从这些殖民痕迹中能看出，曾经这是多么强大的帝国。只可惜盛极必衰，光辉总会随着岁月流逝，世间万物无一幸免。申雅莉翻到相机里 Dante 唯一的照片。照片里的他和那只不知是母的还是 Gay 的呆猴子站在一起，高高的个子，宽阔的肩，眼神如此温柔，就好像一直在凝视着自己。可是，即便是半个小时前在烈日投落的树荫下拍的照片，在她看来，也总像是黑白的。

他们穿过淡金色的阳光海岸，去了“白色山城”米哈斯。这是一座坐落在橄榄树山岭间的小镇，房舍都刷上了亮白色的漆，地面和墙壁上也都铺满白色的瓷砖。近处是白色蘑菇群般从墨绿树林中冒出的楼房，远处是蓝色的大海。山里有花花绿绿的驴车，路过驴棚时，驴的体臭和粪便的味道会熏得人晕过去。镇里所有的东西都是手工制作的，七彩陶瓷花瓶与绘花盘子挂在商店门前的墙壁上，图纹有紫罗兰、金菊、向日葵、石楠等，就好像是白墙的一部分。商店门前摆着各式各样的商品，有当地特制的橄榄油和橄榄油香皂、橄榄油润唇膏和藏红花，展览民族工艺般被装在小小的篮子里、摆在粉花的桌布上。

拍摄完申雅莉与浅辰的对手戏，容芬带着摄影师到其他地方取景。申雅莉跟在他们后面，却被一家商店前的画夺走注意力。那是对着街景绘制的立体画，白色房舍上的黑色古钟栩栩如生，木制的房门从画上凸了出来。她走进去看了看，发现店里商品都很精致，尤其是几个彩色鲜明的立方体艺术手工时钟。站了一会儿，留意到身边站了人，她转过头却被吓了一跳：“你怎么也进来了？”

---

(7)法语，意为“吾权天授”。英格兰王国格言使用法语，是因为威廉和金雀花王朝征服英格兰后，盎格鲁-诺曼语是英格兰王室和统治阶层使用的主要语言。此格言起初是理查一世 1198 年在吉梭战役击败法王腓力二世时的呐喊，从那以后，英国君主开始沿用这一格言。中古欧洲相信，军队较优的一方并非必然战胜，而是神把胜利赐予它较喜欢的那一方。因此，理查在战胜后写道：“不是我们所做，而是神和我们的权力所做。”战胜十字军后，理查对神圣罗马皇帝说出他心目中的真理：“我自生来，除神以外不认更高者。”

Dante 指了指那些时钟："喜欢的话就买下来吧，如果拍戏麻烦，我可以帮你先拿着。"

皮肤黝黑的店主大叔笑盈盈地对Dante说："Your girlfriend is very beautiful.[8]"

申雅莉觉得脸颊有些发热："Thank you, but we are not…"她话未说完，Dante已用西班牙语与店主说了几句话。店主先是一惊，笑着点点头，回到收银台去了。

"我跟他说我们只是来这里取景的，继续选吧。"

她看了片刻，买了一些工艺品，又选了一张明信片，打算寄到希城以前的住址。这是她多年来的习惯，每到一个陌生的地方，就会给他寄一张明信片。店主看了看她手中的明信片，说她眼光很好，因为明信片上的画是米哈斯小镇过去的典型场景：冬天，每家每户都会把白色的山羊放出来，让它们跑满城镇的小巷。

"Thank you. I'm sure my boyfriend will like it a lot."她小心翼翼地在上面先写上"希城"二字。

"Is this for your boyfriend？"

"Yes."她指了指上面的名字，说道，"This is his name. It means 'The city of hope'."

等东西都打包好了，Dante 才从另一个房间里走过来。店主把袋子递给申雅莉，对 Dante 竖起大拇指："I love your name. It sounds amazing!"

他和申雅莉都愣了愣。但道谢过以后，他们都没有多问，就一起出去了。

离开商店刚好遇到浅辰，看见申雅莉郑重其事地戴上墨镜和围巾，浅辰不由拭把冷汗："一姐，你这也太夸张了。晒晒太阳没什么不好，小麦肤色也很性感。"

"咳，我喜欢皮肤白一点。"身上的装备挡住了她所有的表情。

"女为悦己者容，男生也不一定只喜欢雪白的美人嘛。"

"可是我喜欢当皮肤雪白的美人。"

---

(8)"你女朋友非常漂亮。"
"谢谢你，但我们不是……"
"谢谢你，我确定我男朋友会非常喜欢它。"
"这是给你男朋友的？"
"是的。""这是他的名字，意思是'希望之城'。"
"我爱你的名字。真好听！"

“一姐威武！”

实际上阳光带给皮肤的影响，不仅仅是变黑这么简单，还有致使皮肤衰老的紫外线。演艺圈女演员有很多不老的神话。她们或许早已满了五十岁，有了六十岁的眼睛和迟钝的反应，但皮肤是四十岁的，身材是三十岁的，妆容和衣服却是二十岁的。有一半的人会羡慕她们的驻颜不老之术，有一半的人会骂她们是违反自然定律的老妖怪。女明星最大的天敌莫过于年龄。她想，等自己老了，大概会和她们一样。

曾经的自己是很随性的人，想剪短发，不怕晒黑，穿牛仔裤 T 恤素面朝天上街。夏天和家人去海边玩，回来一定黑得跟非洲鸡似的。这样的日子早已一去不复返了，随着岁月的流走，真是越来越怀念当年的自由与散漫。当年希城刚开始叫她“老婆”的时候，她曾经很感动，说这个称呼真美好。他却低声说，“老婆”才不是最美好的称呼，最美好的称呼是在这两个字中间加个“太”。

因为有他在。他只比自己大一岁，如果她老了，他也一定不会年轻。既然可以享受彼此最美的年华，最青春的笑容，那也能看见彼此眼角笑着笑着，就出现了岁月留下的深深皱纹。如果是跟希城在一起，她想，自己不会害怕变老。

一整天的忙碌奔波让人筋疲力尽，当天吃完晚饭后，申雅莉在托雷美利斯的海边宾馆沙滩散步。灰褐沙子踩上去是酥软的，鞋底很容易陷进去。海风在沙滩上把落日吹成金色的涟漪，椰子树延伸到了很远的地方。三排椰毛编织的大阳伞立在沙滩上飒飒作响，如同夏威夷女子牵动的草裙。海湾是稀薄的蓝，有一个白色的背影面朝大海而坐，低头看着膝上的东西。申雅莉加快脚步朝他走去。风自海洋远处高空中翻卷而来，掀起一阵阵潮湿的浪潮。他的黑色碎发被吹乱，白衬衫鼓满海风。随着脚步声靠近，他有意识地回过头来。她本来提着裙子想要吓唬人，也变成了玩定格游戏的孩子，露出亮晶晶的牙齿：“在做什么呢？”

“给下一栋楼构图。”他拍拍身边，示意她坐下。

她走过去坐下，探脑袋看了看他膝上的速写本，上面有一个楼房的雏形，草稿上还有一条小小的橄榄枝：“准备设计成人文风格的？”

“不是，这是一栋 IT 大楼，这橄榄枝只是画着玩的。”他把本子合上，“申小姐喜欢什么花？”

“风信子。不用理我，只管画你的。我平时工作多了，喜欢看别人工作，这样才觉得自己是在休息。”

“好。”他笑了，打开本子重新开始构图。果然是超专业级，以前上学的时候哪怕是教授也不会这么熟练精准地画出草稿。看着他修长的手在纸上快速移动，她有些倦了，低声说道：“Dante，你是一开始就想当建筑师的吗？”

“嗯。”

“你很喜欢建筑吗？”

“嗯。”他嘴角带起了一丝笑容。

“真好。”她抬起眉毛，但眼睛已经快合上了，“真好，可以做自己喜欢的事。”

曾经她也如此想要成为建筑师，遗憾的是，现实和梦想差距很大。大二那一年，爸爸的病来得太快太急，家里承受不起那么一大笔手术费。在她没有毕业的情况下，进入演艺圈似乎是最有效的挣钱方法。可事实是，超级巨星们看上去都很有钱，但真正入行的新人，日子是很苦的，哪怕是皇天集团的片约也一样。当年的丘婕考入了一流的戏剧学院，对演艺圈各大经纪公司的了解属于半桶水的程度，但皇天集团的名号，哪怕是圈外人也不会不知道。一听说申雅莉想推掉皇天的片约，她气得差点当场掀桌：“皇天集团？！那是皇天啊！演艺圈的龙头老大！票房最高的电影几乎都有他们参与，而且他们给钱也很爽快，你是疯了吧才不接受！”

“但这公司的规定也很死板，新人没有预付金，在电影上映前不会给一分钱片酬。就算给，第一部电影的片酬也撑不了多久。”申雅莉垂着脑袋，按住因为压力过大而突突跳动的眼睛，“我真的很需要钱。”

“你就不能跟他们商量一下，先支付一部分订金？大不了跟他们签长约。”

“他们很注重演员实力，除非答应进行两年的演艺培训，否则不会签长约。就算签了长约，在正式出道前也不会给太多钱，还不能接其他公司的通告。”

“可是，可是这么好的机会……什么事都是可以谈的啊，而且你是选美大赛第一名，再和他们谈谈看看？”

“婕婕，皇天集团不是赫威，他们讲究的是实力，门槛太高了。如果是你还OK，但我没有演艺功底，没有谈判余地。”

“那你试试赫威？”

“赫威更不行，他们老板是吸血鬼，只捧人不给钱，旗下的艺人比民工收入还低。”

丘婕提出了不下十个经纪公司，都行不通。新人在哪里都是白菜价，而且作品问世前不可能有片酬。几天后，丘婕把一个牛皮信封送到申雅莉家里："雅莉，这是我找爸妈要的，里面还有一部分我的存款。你先拿去用。"

接过那个沉甸甸的信封，申雅莉当场就哭了出来。她知道对丘婕来说这笔钱真的很多了，可丘婕也不知道，这些钱对医疗费而言不过是杯水车薪。

爸爸是个正义感很强的直肠子，曾经带着人去捉舅舅和情妇的奸，因此致使舅妈下定决心离婚。离婚后舅妈对他怀有感激之情，但妈妈的亲戚这边对他这种行为很不满意。尤其是外婆，她是个守旧的女人，不但重男轻女，还认定了不会包容老公外遇的女人就不是好女人，厌弃舅妈的同时，也对爸爸记恨起来。所以，听说他得病了以后，外婆这边的亲戚翻脸比翻书还快，满脸写着"这就是报应"的恶毒神情，压根儿没想过要伸出援助之手。申雅莉找遍了除了他们以外的亲戚朋友，零零碎碎凑到了一些钱，可是加起来还不够手术费的三分之一。舅妈家帮了不少忙，但到底心有余而力不足。如果换作以前，希城一定会尽力帮忙，可是从他父亲过世后，他家欠银行的巨额贷款数额申雅莉也有个数。她不愿意再给他增加负担，在迫不得已之时，只有去找那些因她选美慕名而来的追求者。他们看出了她不谙世事，但也不可能直白地说出自己的想法。答应她的事总是口头上的，却从来不会真正去实现。后来有一次她忍不住跟一个女星抱怨了这些人的言而无信，女星支吾了很久，才轻轻地说："雅莉，你这么漂亮，别说是父亲的医药费了，就算是豪车豪宅也很快就会有的。但你豁不出去。"

她一开始没听懂这句话的意思，回家独自思索了很久，渐渐感到震惊。她知道父亲是相当有尊严的人，如果她做了令他蒙羞的事而换得他的医药费，他就算痊愈，也一定会恨不得立刻死掉。所以，她到最后也没有做出任何出格的事。那短短的一个月内，她看尽了人情冷暖，也受尽了挫折坎坷。穷途末路时，她想起了那么多富豪小开难看嘴脸里原本最瞧不起的一张。

"找我借钱？"白风杰坐在跑车里，把上翻的全自动车门打开，好让她近距离观看自己与两个美女相拥的情景。他之前被她甩得太狠了，这一回没打算给她好脸色看。

"对。给我五年时间，我会还你十倍。"她的双眸明亮如星，却像没有看见他身边的美女。

"十倍，这还真多。"他对着地面抖抖烟，雪白裤腿伸出来，扬着眉毛往美女身上靠了靠，“可是，我凭什么相信你有能力挣十倍？”

“我写借条。”

“借条，过了五年你要还跟现在一样一穷二白，我也不能拿你怎样不是吗？到时候你拿什么还，你自己吗？别说你现在都不值这个价，五年后你会比现在还不值钱吧，你以为你的青春美貌是无期限的？”

如此的羞辱令她气愤，却没让她退却。因为，从他玩世不恭的表情中，她隐约看到了一丝愤怒，这一丝愤怒让她觉得，自己还是有希望的。可刚有这个念头，他就令她失望了：“申雅莉小姐，希望你弄明白一件事，我对钱的数目完全没有问题，就算还十倍，还不够我换一辆车，你认为我会稀罕吗？问题在于，我压根儿不想借你，之前为了你那个家里破产的男朋友把我骂得狗血淋头，现在又来板着脸找我借钱，你把我白风杰当成什么了？借钱也拿出点求人的样子。”

她张了张嘴，再也说不出话。她用一种惶然的表情看着他，像是被置身绝境，想要伸手去捉住保命的东西，却不知从哪里下手。希城把她宠得无法无天，她根本不知道该怎么求男生。这一刻，她急切地想要知道如何去讨好别人，眼中有剧烈的挣扎，但嘴角依然绷得紧紧的。这些青涩的反应在白风杰眼里一览无遗。他一直对她很了解，知道她的家庭背景，知道她有个变成穷光蛋的男友，知道她缺钱，知道她的高傲与单纯，却完全没法把她追到手。这也是他如此讨厌她的原因。而她此时的矛盾让他挫败感更强了，他浮躁地把车门关上，丢下一句话后猛踩油门绝尘而去：“找你的自尊心借钱去吧。”

车门的响声让申雅莉从睡梦中惊醒过来。

不知是睡前的回忆，还是一场噩梦。但不管怎么说，那已经不是现实。她迷迷糊糊地睁开眼睛，发现窗外天已经黑了，玻璃门外的沙滩在黑暗中被路灯照亮，残留下一圈圈金色的光晕。浪花拍岸声重复着低沉的忧郁，神经因短暂放松而变得倦怠，睡意将身体填满，也慢慢在宾馆的卧房中上涨。她又一次睡了过去。

这一次梦中出现的场景是父母的家中，大学之前她住了十八年的地方。

从爸爸住院以后，妈妈除了会回来为他准备食物或拿生活必备品，就没有在家里多待一刻钟。所以，客厅里也不再有看报纸的一家之主与他织毛衣的妻子，没有电视机播放球赛的喧哗声，没有他戴着角质框架老花镜慈祥的笑……窗帘太久没有拉开过，再走过去打开，窗台铁栏上的植物都已干枯到认不出品种。一只干扁的死飞蛾掉在地上，和一枚落满灰尘的图钉躺在一起。她被响起的短信提示音吓了一跳，打开手机一看，只有两句话：“借钱不可能。不过和你男朋友分手，再跟了我，就不用你还钱。”

握着手机的手垂了下来。全身装满了沉重又内空的大钟，使她同时感到压抑、空虚与秒针嗒嗒走动的慌促。阳光射入窗棂，更加暴露了屋内的狼藉与陈旧，照亮收音机上灰色的尘埃。她沉默地走到客厅门前，却听见餐厅处传来锅碗碰撞的声音。她大步冲到厨房门口，然后，她看见了熟悉到令人想要垂泪的背影。

“老婆，你回来了？”他模仿着父母说话的口吻调侃着，同时专心与锅铲做斗争，连头也不敢回一下，“我给你做了紫菜蛋汤和芹菜炒肉，你看看还想吃点什么，我再帮你做。”

“你做什么我就吃什么，只要是你做的，我都喜欢吃。”她目不转睛地盯着他的背影，肩膀线条生硬地僵着。

他没有停下手上的动作，快速回头看了她一眼：“怎么了，今天这么会给我灌迷魂汤？”

他有些感冒，声音带着沙哑的鼻音，却因缓慢温柔而格外好听。从父亲死后他才学会做饭，短短几个月过后，他已经烧得一手好菜。这段时间里，他戒掉了少爷脾气，并且学会为他人着想，对她更是超出以往十倍的好。

梦中的自己有着后来的记忆，更加清楚这时的他只是在强撑。他从青春期起和顾叔叔的关系就很尴尬，从没好好说过一句话。父亲的去世让他懊悔，他却从来不展露自己的悲伤。这时候的他只是纸做的城楼，再借助些许轻风细雨，就可以把他完全摧毁。

这一次是重新选择的机会吗？那她不会再像以前那样，只是看着他的背影发呆。

他是她父母以外最重要的人，是她生命中不可或缺的一部分。

她不顾一切朝他冲过去，只想再抱紧他。可是，厨房却隔了一道透明的门，上了坚实的锁，把她完完全全挡在门外。他把围裙脱下来，颇有成就感地拍拍手掌，朝她招手说：“汤做好了，你先过来喝一口。”

“希城。”

她焦急地朝他伸出手，却只能碰到冰冷的玻璃。

“希城，你过来，我在这里啊！”

微风带入满屋花瓣，他的白色衬衣是一双即将展开的天使翅膀，微微颤抖着准备张开般，要把他带到她永远够不着的地方。

“希城，不要走！”她大声喊着，用尽全身力气朝玻璃上撞去，“是我错了，求你原谅我，不要再走了，过来好不好——”

浑身剧烈的疼痛没有让她停下来，她反而后退几步，更加拼命地冲上去，撞在那道门上。这一回她觉得头颅几乎都要碎裂了，却依然撞不开。她狼狈地摔倒在门下，他慢慢走过来，在她面前蹲下来，将双掌贴在玻璃门上望着她。

痛苦的情绪太过强烈，睡梦中的申雅莉渐渐有些醒了。她知道，这不过是他离世后数千个日子里，一个窒息的梦。可看见现实光亮时，她却再次强迫自己睡过去。她要继续这个梦，因为，现实中不会再有机会停在离他如此近的地方。她不敢再出声，害怕把自己吵醒，只是把双手贴在他手心的位置，把额头贴在他额头靠着的地方。尽管中间隔着冰冷的玻璃，他却像是能触摸她一样，温暖地笑了起来。他的身影在飞舞的粉色花瓣中淡去，像迎接初春阳光的雪人，无声地融化成冰水挥发在空气里。空荡荡的房间里，又只剩下了她一个人。

浑身微微一震，申雅莉睁开眼睛。

眼角仍有滚烫的泪痕，心跳因震惊而撞得胸口发疼。她发呆半晌，用双掌捂住脸，像是一个刚被捞起的溺水者一样大口喘息，呼吸着来之不易的空气。

“做噩梦了？”

听见这个声音，她吓得差点撞了头。床边坐着的男人用手背贴了一下她的额头，又贴了一下自己的：“没发烧，我还怕你刚才吹着风睡着感冒了。”他还是穿着白衬衫，肩膀宽了许多，声音也更加低沉。可是，是多年来梦见的面容，是久久不能忘却的那双眼睛。

“希……”她几乎就要扑过去抱住他。但刚一张口，她就意识到他刚才的话，于是收住了手上的动作，用力拍拍胸口：“是做噩梦了……我现在是在哪里？”

“在我房间，我不知道你房间号。刚才你睡着了，我看你累了一天就没叫醒你。”

“是……是你抱我进来的？”

“嗯。没几步路，我房间在一楼。”他指了指门外的沙滩。

“这样啊，真是麻烦你了。我现在整个人都傻掉了，我先静一静。”

Dante 举起右手夹着的烟："我去门口把烟抽完。"

路灯照亮了夜晚的沙滩，大海是一片令人生畏的黑暗。白色巨浪自远而近，怒吼着从灯塔根部冲到了沙滩上。海鸥的唳鸣盘旋在宾馆屋顶，他叼着香烟靠在门前，低头翻看手机，身影像是离她异常地远。她看着他的侧影出神，他用长而灵活的手指取下烟支，在苍茫的夜色中吐出一抹烟雾。其实清醒的那一刻，她已经停止了哭泣，但梦中的一幕幕倒带般在脑中回放。希城的背影，希城无声的笑，自己隔着玻璃紧贴的他的手……哀伤的情绪却又一次袭来，不会让她再心跳失速，却又一次让她湿了眼眶。好像一定要再哭一会儿，才能把所有的悲伤完全排出体内。

梦中的痛楚遗留在了肩膀上，身体依然有些发抖，却心知不会再有人来帮助她，不会再有那个人的肩膀让她依靠。她催眠着让自己打起精神，抬头对 Dante 笑了："好晚了，我回去继续睡觉。"

Dante 把烟掐灭在烟灰缸里，重新走回床边："我送你上去。"

与他视线相对的刹那，她察觉到自己又要失控了，迅速低下头伸手揩了揩眼角。调整情绪花的时间越长，心里越焦急，可是越想阻止就越无法如愿，泪是细小不间断的溪流，怎么也停不下来。过了片刻，他在她身边坐下等候，没有开口说话。她的肩膀缩成一团，和脸颊一起被藏在长发下，她张了张嘴，声音也是哽咽的："不好意思，我很快就……"

话未说完，整个人被抱入了怀中。她错愕地睁大眼，身子缩得更小了。可是，他手臂环绕着她，拥抱变紧，体温炽热，与梦里冰冷的玻璃形成强烈的对比……她把脸埋入他的胸口，感受着他象征生命的心跳，压抑地呼吸着。

不过多久，他胸前的衬衫就全部湿透了。

他垂头抱着她，长长的睫毛盖住眼眸，始终没有说一句话。

冲动

那一瞬间，城市里所有的喧哗声都消失了。

世界变成了一幅浩大的黑白画，

只剩下了静默移动的车辆、行人，以及灰色的雨雾。

原来这个世界是冰冷的，以后也不会再有他温暖的拥抱。

阿尔罕布拉宫庭院中，烈日把白色石质地面照得会发光，长方形水池中倒映着宫殿的影子，水流与植物被风摇出的春之声是这里仅有的声响。容芬打量着面前浅辰的脸庞，忽然冷笑。

他有一双比同龄人更大更圆更炯炯有神的眼睛，极窄的胯骨让他看上去比实际身高要高，走路时步伐轻盈，简直像是充满活力的美国的牛仔——而且，不是骑士般笔直地坐在马背上的怀俄明牛仔，而是把身子顽皮不羁地往后倾斜的加利福尼亚牛仔。看见她的表情，浅辰的嘴角抽了一下："容导，你别这样。"

"我不是怪你，我是怪我自己。"容芬撑着脑袋，把最后一声叹息默默咽回喉咙里。

浅辰的演技一直很精湛，在《巴塞罗那的时廊》中扮演的年轻建筑师侯风就表演得可圈可点，任性、霸道、直来直往，有着艺术家的反叛精神，从试镜到这一路的取景拍摄，他饰演的效果完全就是她想要的。可是，当佐伯南的戏份出现，整部戏完全陷入了瓶颈。在这个故事里，佐伯南和侯风长得并不相似，会让浅辰一人饰演二角，是因为影片的重点在于女导游陈晓对佐伯南的思念之情，佐伯南这个角色本身并不重要。而且，剧本里对他外形、性格描述也不多：含蓄有礼，温柔忧郁，有梦中情人的气质。她一直认为，这个角色要的是意境，就像是《情书》里柏原崇饰演的藤井树，不需要演技，只要化妆、场景、摄影和后期处理得好，浅辰完全可以胜任。

可是，一到佐伯南的戏份，就状况百出。

这一场戏发生在剧中的九年前，也就是陈晓在巴塞罗那留学的阶段。她性格调皮又不爱学习，搭讪佐伯南就是为了让他帮自己做功课，他喜欢上自己后又消失不见。佐伯南在阿尔罕布拉宫参观，看见她和男朋友一起出游，知道自己暗恋无果，他心碎又失落，看着他们朝自己走来，就转身躲到了他们看不见的地方。这一幕戏无论怎么拍，都找不到容芬想要的感觉。造型师为他挑选了一件昂贵的紫罗兰色衬衫，把眼睛化细长，接长了一些刘海以打造忧郁的气质，结果就是把他从浓眉大眼的帅哥变成了路人甲。

“一定是天气的缘故。”容芬手背挡住额头，遥望伊比利亚半岛的天空。阳光太灿烂了，所以没感觉。

Cheryl端着一杯苹果柠檬汁，可怜巴巴地望着浅辰：“导演，你就别为难小浅了，我看他这样挺帅挺有感觉的，恐怕是佐伯南在你心中都没个具体定位，你才会觉得他不合适吧。而且，这一小块地的租金可是一点也不低哦……”

听见最后一句话，容芬焦头烂额了，开始往四下打量。这座建立在山岗上的“最美摩尔式建筑”有着古代摩尔人的灵气，也有着一百坛大马士革葡萄酒都无法媲美的韵味。它是岁月的纪念碑，写满了旧时西班牙皇族的高贵。

申雅莉站在一个半椭圆形的拱门下。她化了裸妆，换了休闲服，头发也拉直了散在肩头，看上去就是个明媚女大学生的样子，但心情却一点也明媚不起来。在处理男女关系上面，她一直都很有原则。她不在晚上八点以后接异性电话，如果有急事，也只是把重要的事说了，就淡淡地谢绝继续对话。前一夜的行为，简直是十年来最失去理智的一次。毕竟男人越老越坏，表面却会越无害。他们半夜安慰一个哭泣的女人，可不会像小男孩那样想“她哭了，真心疼，我该怎么做才能让她不难过”，而是会想“她伤心是因为什么，这样做是想要什么，我可以从中得到什么”，再为想要的结果做出相应的反应。这种情况下，大部分男生都不会放弃乘虚而入的机会。而Dante的反应非常绅士，她情绪稍微平静一些，他就送她回房了，没有做出任何询问。这样的反应，让她更加尴尬地意识到，她与他交浅言深了。这时，看着走近的Dante，她小声说：“昨天谢谢你了……”不知为什么，她对他有很深的信赖感，不怕他会把这件事说出去，可是他怎么看待自己，却意外地令她介意起来。她很怕他把自己看成经常做这种事的人。

随着云朵的浮动，从屋檐上落下的光线也暗了一些，他的鼻梁在脸上投下深色的笔直阴影，雪白西装外套披在褶皱式的墨蓝T恤外面，随性地垂在墨蓝色的长裤上方，把他的眼睛也衬成了锡兰岛的宝石。他微微一笑：“没事，演员压力很大，我明白的。有不开心的事就说出来，我可以随时当你坏心情的垃圾桶。”

“不行不行，昨天那件事已经让我想写检讨书了。”

“你是女生，没必要这样撑。适时感性一下没什么不好的。”

这样的话不是第一次听人说，但从他口中说出，意义就变得有些不一样了。她摇摇头：“以前我爸不让我进入演艺圈，但我坚持当了演员，他就告诫我说，既然做了，就要变得优秀。公众人物学会控制自己的情绪不是什么坏事吧，Dante先生。”

“在演艺圈变得优秀，那不是要过得很累？”

“我可是申雅莉，我能扛得住。”

“以后结了婚，养家糊口的可是老公，现在这么辛苦你觉得有意义吗？”

确认他不是在开玩笑，申雅莉微微张开口，半晌才有些好笑地用鼻子哼了一声：“Marco跟我说我还没相信，真看不出来，你想法居然这么传统。”

谁知他不怒反笑，用手背擦了擦扬起的唇角：“你们女生有时想法还真是让人难以捉摸，男人都说了要赚钱养家，反而还不高兴。”

“不能这么说，经济能力决定家庭地位，现在是男女平等的时代，你这样的想法是把女性扼杀在独立的摇篮里。”

他终于一副败了的样子：“好好，你说了算。”

原本还有一丝小小的得意，可仔细一想，话题怎么转到了这样奇怪的方向，简直就像是在讨论他们之间的主权一样。她有些尴尬地用食指挠挠脸颊，想着该怎么接下去才不冷场。

好在这时容芬出现，把剧本递过来："Dante，你把这段台词念给我听听。"

他一时没反应过来，看着手里的剧本，平铺直叙地说："虽然知道这样说很失礼，但是晓晓，明年请和我一起过新年，想每一年的第一秒都看见你。"

"不是这样！深情一点啊，看着雅莉说。"

申雅莉勾过头去看剧本："这，这不是佐伯南的台词吗？"

"对，我决定了，让他来演佐伯南。"容芬一脸向往地看向 Dante，"大建筑师，这个角色你能胜任吧？"

申雅莉连忙把容芬拽到一边去："导演，这样不好吧？他只是柏川请来帮助小浅的，怎么可以让他再当替补……"

"不是替补啊，这是换演员。小浅的形象啊，你知道的。"容芬闭眼摇摇手指头。

"可他会愿意吗？对他来说这点片酬不算什么吧。"

"片酬是不算什么，可这电影的钱他总要赚。只要是有利于电影的，他肯定会接受，放心。"

申雅莉有些茫然："什么电影的钱赚不赚……"

容芬无视了她，风风火火地拽着 Dante 进行现场试镜。事实说明跨圈工作是没有好结果的，让一个专长是设计摩天大厦的男人来演忧郁的王子，更是完全错误的。Dante 仅花几秒就把台词记住，一字不差地念出来。但无论是对着镜头还是私下试镜，他的脸都跟花岗岩一样华贵而僵硬。容芬很绝望，同一句台词试了一个小时不见对方有任何提高，只好坐在水池角落看着流水发呆。

Dante 对自己蹩脚的演技却丝毫不感到羞耻，只是认真地看了一会儿浅辰说："容导，小浅应该只是造型的问题，紫色衬衫和温莎结领带虽然是优雅的搭配，却不适合他。而且佐伯南那时候只是个快毕业的学生，打扮这么正式也很违和。"

"那该怎么办？"

Dante 找到一个工作人员："麻烦把你的外套给浅辰试试。"

十多分钟后，浅辰从化妆师那里回来，取代刚才一身正统打扮的是灰色的卫衣和中长的鬈发。少量发蜡将鬈发打理成自然的弧度，黑框眼镜盖住了过于明亮的眼睛。他手里配上道具师临时送上的一本书，整个人都发生了脱胎换骨的变化。容芬和其他演员一起盯着浅辰看了很久："……Dante，你真厉害。"

"后面的拍摄应该没有问题了，继续加油吧。"Dante 终于完成了他的使命，到一旁拍摄阿尔罕布拉宫的照片。

工作结束后，剧组从山岗宫殿中离开。这一段拍摄效果大家都觉得很好，但重放无数次这一段的影片剪辑，容芬却怎么看都无法习惯。申雅莉前一个晚上没睡好，刚在车上坐下来，就头顶着前排座位靠背睡着了。一群助理都跑到后排去吃小吃，她身边的座位空了下来。Dante 拿了相机在她旁边坐下，想要给她看刚才拍摄的照片，但发现她已经睡得很沉，便把白色外套脱下来盖在她肩上，伸手去关旁边的窗子。这时巴士兽类般暴躁地咆哮发动，她身子往后倾倒，脖子压住了他正在关窗的手。感受着她的长发压在自己的手臂上，他怔了几秒，怕把她吵醒，维持着这个姿势没有动。

沉睡时比清醒时更容易感到冷。申雅莉缩在外套下，在睡梦中抱了抱胳膊，往窗上靠去。司机开车横冲直撞，靠了一会儿，额头就在玻璃窗上颠簸得有些发疼。她往靠背中心挪了挪，可没过多久巴士拐了个弯，脑门又一次撞到了玻璃上。这一下撞得一点也不轻，可她睡得不是一般死沉，一直皱着眉，却怎么也没能醒过来。他有些看不下去了，揽住她的肩，让她的头靠在自己的肩上，顺便用外套把她裹紧了一些。同时寻找到温暖源和舒服的枕头，申雅莉松开眉头，嘴巴还像在吃东西一样动了动。他垂头看了她一眼，收紧胳膊，把她抱得更加严实。她也舒服地贴近他，露出了惬意的表情。不过多久，她就不再感到冷了，额头上还渗出薄薄的汗。汗水将香水味挥发，更加明显的味道，是属于她的淡淡体香。他把外套松开一些，缓慢又谨慎地呼吸着。

这时，依然在纠结拍摄的容芬转过头来，想要跟申雅莉讨论一下接下来的剧情，却不小心看见了他们。窗外是灰金的石墙和建筑，巴士带状的玻璃窗连成一片。阳光穿透玻璃，在他们身上留下了金光和阴影。

容芬忽然想起与前夫相恋的种种。她也曾经想要当个小女人，就这样完全卸下防备地依靠在他的肩上。可不知从什么时候开始，彼此见面就变得和上战场一样。前夫的懦弱让她憎恨，让她马不停蹄地向完美主义深渊奔去。就是因为想要打败他，让他和不要脸的第三者永远翻不了身。可是，看见小心翼翼照顾着申雅莉的 Dante，她心中的恨没有缘由地少了大半。Cheryl 说她在心中对佐伯南没有定位，实际上并非如此。那个影像在脑海中一直很模糊，现在却比明镜还清晰。她掏出手机，发了一条短信。

感受到裤兜里手机的振动，Dante 拿出手机打开短信箱：

“我还是坚持要你演佐伯南。不要拒绝，好好演，不然我就把你喜欢雅莉的事告诉她。别试图否认，目前你擅长的领域里没有涵盖演戏这一块。”

看过短信，他忍不住笑了，慢悠悠地单手回复她的信息：“我对申小姐是很有好感，她应该也能感觉出来。你要是告诉她，那还真是荣幸之至。”

如此大方磊落的回答，哪怕是没有看到本人，也能猜到他说出这句话时的表情。相比下来，容芬反倒像是个玩“不和我玩就告诉她你喜欢她哦”游戏的幼稚小学生。不过，她对工作的坚持堪比蚂蟥，总呈现出一种固执到难缠的韧性：

“OK，是我错了，这部电影一切都很完美，唯一的缺陷就是佐伯南。浅辰有演技但外形不符，你是外形符合但没有演技，你总不能让人家浅辰在西班牙当地整容了再来演。”

“如果演技能整容，我也很乐意去整一整。”

“大建筑师，你别逗我了，好歹再试试吧。刚才你抱着雅莉的样子就很好，不需要做出过多表现。”

“我就算真是演员，也不会抢朋友的戏。容导你别为难我了。”

容芬没有再回答，但两分钟之后浅辰却拧过头来，从座椅缝隙中阴森森地看着他：“Dante，佐伯南这角色交给你了。”

“可是柏川……”

“你不用担心他会有意见。如果他知道我还驾驭不了一个配角，以后在他面前就很难抬头了……等下，你这样抱着一姐是怎么回事？哦，是睡着了。”浅辰带着严肃的表情点头，转过身去坐了一会儿，但很快又扭过头来看着他们堆了一脸笑，就像是戴上了 V 怪客的诡谲笑脸面具。

不知过了多久，巴士在科尔多瓦城外桥梁的一头停下，申雅莉也从睡梦中醒过来，翻了翻沉重的眼皮，看见窗外的城墙连接着米色堤坝，幽绿的瓜达基维尔河水夹着白色浪花，浸泡着通往尽头的桥梁。阳光铺在发冷的身体上，近在咫尺的体温有早春的温暖，夹着茂盛草木的气息环绕着她，令她眷恋。稍微一抬头，男人的侧脸在阳光中变得如此清晰，被细细的光线描绘出了轮廓。他也察觉到了她的动作，将视线从杂志上转过来看她。随着这个转脖子的动作，他和仰头的她距离更近了，嘴唇只三四厘米的距离。平时只觉得他肤色偏白，有着难得古典贵气的美貌。这样近距离观察后发现他还有很多特质，例如睫毛很长，唇色很淡，却很饱和，泛着朦胧的光泽。

希城离去以后，她曾经试图与别人接触，但每次到有亲密行为的苗头时，都会下意识逃开，她还数度怀疑自己成了灭绝师太。从来没有哪一刻，会想这样直接凑上去品尝一双嘴唇。

“醒了？”他把手里的杂志放了回去。

他微微张开了嘴唇，又轻轻闭上，温和地说着这两个字。每一个细节的变化，每一个瞬间的流逝，都让想接吻的冲动变得更加强烈。而那双嘴唇离她这样近，只要稍微把头往前伸一点点，就可以碰到了……

“……怎么车上就只有我们两个人？”她揉了揉眼睛说道。

“容导看你很累，就先带剧组进城门取景。对了，她还是要我演佐伯南，叫我跟你沟通一下……”

他说了什么，她完全没办法听进去。

洗脑一般的妄想让人害怕，但已经无可控制地占领了此时所有的思维领域。就连他把话说完，她都没能将耳朵听到的言语转化到大脑皮层并加以理解。窗外的阳光令她的额上微微冒出细汗，可越是对自己的念头感到焦急，就越想要做错误的事。想拽住他的衣襟，想更了解他的体温，想知道他嘴唇的触感。

然后，在一片混乱的思绪中，看见他的头往一边歪了一些，嘴唇微张着靠过来，含住了她的下唇。

头皮完全麻痹了。神经被浸泡在胡椒水里一般，除了一阵一阵的酥麻，完全失去了其他感官知觉。好歹脑袋还会运转，她脸色苍白地别开了头：“不，不能……”

他用手掌扣住她的后脑勺，声音比平时低沉暗哑，像是温热的流沙：“申小姐，我们只是练习演戏。”

刚一说完，再一次往前逼近。她下意识往后退缩，却被他逼到靠背和窗帘间窄小的角落里。她心如擂鼓地把头别到一边，他却以相当强势的姿态把她封锁在小小的死角中，顺着她的方向把头也歪了过去。

“下一次吧，我没准备……”

她慌得几乎快要哭出来了，但对方却趁着她开口说话张嘴的机会，直接用唇舌堵住了她所有的声音。

麻痹感从头皮一直扩散到背脊、四肢，甚至连手臂都抬不起来。随着这个吻越来越深，酥麻感也像是翻卷的海浪，一波比一波强烈。每次与他的舌尖碰触，心就会狠狠抽痛一次。交缠的时间越长，痛苦就越无法忍受，渐渐地，浑身上下除了心脏被刀绞一样疼，其他部分都已经不像是自己的了……

因为心脏难以负荷，热泪终于笔直地冲出眼眶，大颗大颗地落在肩头上，砸出沉闷的声响。

尽管如此，他却没有半点撤离的意思，也不让她逃脱，一直温柔却坚定地亲吻着她。

她不知道这个吻是怎么结束的，只记得结束之后，她凭着本能慌乱地说："Dante，你可能不知道吧，演、演员们对戏时是不会在私底下练吻戏的，何况陈晓和佐伯南并没有这么……"并没有这么激烈的吻戏。她说不下去了。

"对不起，我不知道。"他回答得很快，但顿了顿，又轻声说道，"对你来说可能是演戏。我到底不是演员。"

后面那句话让申雅莉思索了很久，却越想越混乱。不管他知不知道演员私底下是否要练习吻戏，刚才他吻她之前，都没有征询过她的意见，而是像凭冲动做了雄性本能想做的事。这算是被 Dante 占便宜了吗？可是，他为什么看上去一点也不开心……

大风从古城卷来，在水流沙地间的莽草被风拧得疯狂摇摆。两人一起下车，走过宽大的桥，经过四根罗马柱和顶上古罗马人的雕像旗帜，进入城门。石路广场中央立着一根灰白长柱，一只天使手握仪杖坐在它的上方，遥望清真寺的方向[9]。道路两旁都被数十米高的淡金城墙围住，随着太阳的移动，城墙为彼此留下大片黑色阴影，任何人走在下方，都不过是峡谷中的细小蝼蚁。城墙下，戴着白色头巾的男人正在用琴锤演奏打击乐器。乐声悠扬，如珠落玉盘，却又带着中东西域的风情，回响在大峡谷般的古城中。而这一路上，他们之间没有人说话。Dante 表现得和以前一样淡然从容，但不知为什么，申雅莉就是觉得他情绪有些低落。她觉得再这样僵持下去不行，于是望着那个演奏者说："原来欧洲也有人弹扬琴。"

"这是德西马琴，发源于波斯，是后来流传到了中国才变成了扬琴。"好在

⑼科尔多瓦是西班牙安达卢西亚省的首府，从 11 世纪起被穆斯林统治过整整两个世纪，并且有一座伊斯兰教的大清真寺。后来基督教徒攻回科尔多瓦，将这座寺庙改建回基督教堂，但同时又保留了伊斯兰教红白条纹的建筑框架，所以，这座古城同时融合了两种宗教的文化。

Dante 回答得还算自在，还指了指男人踩着的踏板，“扬琴下面很少有止音器，而且会有镂空雕花的中国古典琴架做装饰。”

“真没想到你对东方文化这么了解。”

微风带来了一缕凉意，他脸上缓缓浮起一抹笑，像在拒绝回答，也像在表达自谦。他从口袋里拿出香烟和打火机，把香烟衔在口中，再熟练地点燃。

没过多久剧组找到了他们。申雅莉先是按照惯例，把当地的导游解说戏份拍完，然后就轮到了陈晓和侯风的吻戏。清理了周围的环境，容芬打响了场记板，申雅莉和浅辰站在拱形门下，清真寺大教堂被改建成钟楼的宣礼塔近在咫尺。她在拱门下踱步，等待其他游客自由活动时间结束，而他追随她的目光，就像是一根根细针拼接而成的探照灯一样，过于青春洋溢，带着年轻人藏匿不住的热情。

“母亲经常对我说，不要为遗失而悲伤，应该为曾经得到过而快乐。”他缓缓说道，“我觉得这句话送给现在的你，很适合。”

她看向钟塔的视线凝固了：“谢谢你，侯先生。”

“虽然我现在只是一个名不见经传的小建筑师，但我相信，我有能力为心爱的女人盖一栋楼。”

说到这里，他已走到她的身边。她略显好奇地抬起头，却正巧迎上了他垂头下来的吻，她整个人都呆住了……

这场戏一次通过，和她以前拍摄的所有吻戏一样容易。拍完了以后，浅辰捂脸假装很害羞的样子：“我亲了一姐！明天要被男粉丝们狙杀了！”

“少来这套。”她拧着他的脸蛋扭了扭，“我没被某个醋坛子杀掉就算不错了。”

他们随着剧组走回铺满金光的街道。咖啡厅的木制招牌迎送着来去的游客，镶嵌在城墙中的住户挂着格子窗，门前摆设着彩色的花盆，挂着黑白色的欧式吊灯，它们无处不在，尾随着古罗马的历史痕迹，点缀了这座南欧城市的旧式风情。但是，原本站在城墙旁抽烟的男人已经不在了。

过了一会儿，浅辰也察觉到 Dante 没了影儿，问了容芬才知道，他今天有事先去巴塞罗那了，说有佐伯南戏份的时候再打电话给他。

“居然都没跟我们说一声，真不够义气啊。”

看着浅辰愤愤不平的样子，申雅莉陷入了沉默。其实和浅辰搭戏的时候，即便是看着 Dante 含着香烟的唇，都会又紧张又尴尬，就像和初恋第一次和最后一次接吻一样，完全不知道把手往哪里放。毕竟对她而言，初恋的第一次与最后一次亲吻，都是甜蜜而苦涩的……

“申小姐，我说过，当初你把我甩这么狠，放了这么多难听的话，现在再找我帮忙，我就是开福利院的也不可能这么好心地帮你。

“要知道，我所有的哥们儿都知道我在追你，结果因为你当众给我难堪，害我不仅输掉了两辆凯迪拉克，还丢了好大的人，现在你是安的什么心，还来找我借钱?

“我说了，不借钱。你想要钱又不想被我包，行啊，我也给你一条生路——和你男朋友分手，名义上和我在一起，是否要和我真正在一起，等你父亲治愈以后再决定。但在这之前你必须乖乖听我的话，为我做一切和身体接触无关的事，我送你什么你都必须穿戴在身上。

“如果你实在不喜欢，咱们也可以商量。但是，必须甩掉你男朋友，唯独这一点不能妥协。记住，要么别找我要钱，要么就别偷偷跟他商量着合伙骗我，不然一旦被我发现，你不但从我这里拿不到钱，以后也别想从任何人手中拿到钱。”

当年她站在昂贵西餐厅的马路对面，脑中一直回响着白风杰说的每一句话，看着茫茫雨雾中来来往往的车辆和行人，看着已经指向三点半的手表，看着那家西餐厅。希城的背影在人群中是如此醒目，侍应生过来向他递送菜单，他第二次摆了摆手。他们已经半个月没见面了。这一日约好三点在这家餐厅碰头，她提前半个小时到，却发现他早已坐在那里。然后，她就一直在外面撑伞站了一个小时。她拿出手机打电话给父亲，但接电话的人是母亲。

“妈?什么，爸睡着了啊……哦哦，不用叫醒他，我只是来跟你说个好消息。咱们运气太好了，希城原来有个看着他长大的叔叔，那叔叔在美国和阿拉伯做石油生意发了财，最近回国还要希城和他一起做生意。所以，钱的问题他们都会帮我们搞定，你们就不用操心了啊。啊，别担心，我和希城你们知道的，谁跟谁啊。你以后可是他亲妈，他是该孝顺你的……”这样说应该是天衣无缝了。以后和希城分手了就告诉他们，希城做生意学坏了，开始玩女人，所以她就离开了他。

想到这里，她深吸一口气，走到马路对面，收好伞，进入那家餐厅。

希城安静地靠在椅背上看手机，只点了一杯水。他父亲在世的时候曾经有很多外国客户，也带他参加过不少应酬。餐桌礼仪他是东西贯通，在圆桌上畅快豪饮，在方桌上彬彬有礼，甚至还这么年轻，就知道了很多长辈不知道的内行信息。例如，欧洲人喜欢用法国酒来搭配肉食，用黑皮诺来搭配鹌鹑肉，用波尔多搭配嫩兔肉，他却会用二十世纪初澳洲的克拉斯葡萄酒来配鹌鹑，使肉味变得更加纯正新鲜。不少高鼻子大眼睛的西方人都对他称赞不已。可是此时，他却连这家餐厅的饮料都买不起了。看见她靠近的身影，他居然有些紧张地直起背脊："莉莉，你来了。"

申雅莉在他面前坐下，把印有巨大奢侈品标志的包放在餐桌上，正对着他。她向服务生要了两杯开胃雪莉酒，掏出才换的手机翻着玩："我觉得该说的话都已经在短信里说过了，你还有什么想补充的吗？"

她没有看他的表情，也不敢看。那条短信的内容是这样的："希城，我觉得很对不起你，但你也知道，我是个对自己要求很高的人，同时，也对我男友有很高的要求。如果你做不到变得比以往更优秀，要我降低自己的标准来迎合你，那我们还是分手吧。咱们好聚好散，不要再见面了。"

她听见他慢慢说道："你所谓的'优秀'，是什么意思？"

"什么意思？字面上的意思。"她依然连头也没抬一下，轻蔑地回应着。

他没有再接话，只是敏锐地扫了一下桌上的包、她脖子上的白色骷髅丝巾、腰间的大红鳄鱼皮带，还有手腕上的黄金镶钻手环，声音冷了许多度："你身上这些东西是谁买给你的？"

"哦，白成浩的儿子。"

他沉声说道："这些东西以后我会买给你，离他远一点。"

她百无聊赖地在手机屏幕上点来点去，懒洋洋地说道："都上过床了，你要我怎么离他远一点？"

"……你在开玩笑吧？"他声音冷静得可怕。

"你就当是开玩笑吧。"她用手心撑着精致的脸颊，歪过头笑盈盈地看着他。

长时间沉默伴随着空气的凝固。忽然，他用力拍了一下桌子，几乎把杯中的水都震出来！

"申雅莉，你发什么疯？！"

周围零零散散的客人投来好奇的目光。侍应生过来，小声而礼貌地叫他们安静一些。心都已经被撕裂成了碎片，但申雅莉还是故意摆出了一副无所谓的样子："你激动什么呀，这不是很正常的吗？"同时，她也是第一次看见他这样毫不遮掩地露出悲痛的神情。他父亲死后他曾经在她面前流过泪，不曾号啕大哭，但这一刻，这一年所有的痛苦累积起来，他的表情只剩了完全崩溃前的脆弱。

"是我从来没了解过你，还是你变了？"他的声音颤抖，几近哽咽，"你喜欢的根本不是我家里的钱，怎么到现在就……"

她的压力也非常大，可真正意识到这一天可能就是与希城永别的日子，她觉得自己也快要崩溃了。但路是她选择的，她甚至不能像希城这样坦率，一切痛苦都得自己扛。她咬了咬牙，把眼泪逼回去："没错，刚开始我喜欢你是和你的家庭没有关系，毕竟那时候我也不了解你。可是和你熟悉以后……这么说，你要我真心喜欢上你，而不是你的钱、你的家庭，那你倒是说说看，你有什么地方值得我喜欢啊？"

希城呆住了，他将脸埋入右手的掌心，刘海从指缝落出。趁着这个瞬间，她擦拭掉眼角的泪水，把钱包里的现金取出来扔在桌子上："酒钱算我的，我还有事，先走了。"说完一路小跑地冲到餐厅门外。

雨没有停过，从高空坠落，从屋檐上成串滑下，打在她价格不菲的丝巾上，顺着后颈流淌进衣领，变成死神冰冷的手掐在她的脖子上。有脚步声靠近，有人从身后紧紧地、无言地抱住了她。她身体僵直，指甲掐入手心的肌理。他低下头，贴着她的脸颊，还是没有说一句话。然后，陌生的滚烫液体沾在她的脸上。那不是她的泪。

她不敢相信这是事实。她宁可自己上刀山下火海也不愿意让他难过，所以才用这样无耻的形象来终结这一段恋情，让他讨厌自己，从而认定这个女人不值得他伤心难过。如果说还有什么私心，她只希望，以后还能有机会跟希城解释，只要那时他还愿意听，她愿意付出一切来换回他。

可是，他哭了。

她嘴唇发抖，双颊全都是和了雨水的眼泪："放手。"

他依然静默着，用嘴唇贴在她的脸颊上，持续了很长一段时间。

没等她第二次开口，他放开了她，然后背对着她，朝相反的方向离去。那一瞬间，城市里所有的喧哗声都消失了。世界变成了一幅浩大的黑白画，只剩下了静默移动的车辆、行人，以及灰色的雨雾。

原来这个世界是冰冷的，以后也不会有他温暖的拥抱。

她把借条写好，到邮局寄给了白风杰。然后，坐在出租车里机械地翻看手机里的短信。

有一条是前一天晚上发给爸爸的："老爸老爸，你身体要赶快好起来哦！我刚才在书上看到一句话，觉得写得真好，你看看啊：Some day I may find my prince charming, but daddy will always be my king. 它的意思是：有一天，我或许会找到我的白马王子，但爸爸永远会是我的国王。"

距离那条短信的发送日子，已经快要十年。

那之后爸爸的手术很成功，顺利出院，只是没过两年就因脑血栓半身不遂了。而从那以后，她的白马王子再也没有回来过。

第十座城

圣堂

看见他朝自己投来温和的笑，

她心里终于明白，梦想和现实的差距就像她和希城之间的距离一样。

可是，这又何尝不算是另一种方式的重逢呢？

高中被老师叫去为顾希城补课时，申雅莉曾经把抄好的笔记本送到他家里。他父母经常不在家，家政阿姨说他可能在房间里。敲了敲他的门，没有得到回答。她等了一会儿，把门推开一个小缝，走进去轻轻说："顾希城，你没在吗？"

她左顾右盼，没看到半条人影。那是一个雨后的下午，顾家后院正对一个幽绿的山谷，那里开满了杜鹃花。雨后的杜鹃花香比平时更加浓郁，花香夹在风里，抖动着桌面书本薄薄的白色纸张。原本以为他有认真念功课，她还有些开心。谁知走过去一看，发现那些都不是教科书，而是一堆名家建筑摄影集。桌面上的本子是一个写生美术本。平时的顾希城是对任何事都漠不关心的样子，没想到也会有兴趣爱好。她按捺不住好奇心，偷偷把本子翻开，发现里面画满了建筑写生。有的是照着名建筑临摹的，有卡拉特拉瓦的火车站、伍重的悉尼歌剧院、皮亚诺的文化中心等等。除去这些，大部分图一看就知道是画着玩的，因为构图并不严谨。但是……

“你在做什么？”顾希城的声音冷不丁地响起，害她回头时差点打了个哆嗦。他一看见她手里的本子，快步走过去把它抢回来，“你怎么随便偷看别人的东西！”

她眨眨眼：“很……很漂亮啊，虽然还有些稚嫩，但这些设计都太棒了！”

他看上去更窘迫了，脸蛋偏向一边，皱着眉说：“这些又不是我画的，是我爸爸画的，和我没关系。”

她本来想说“别撒谎了我知道是你”，但想了想又顺着他的话说下去：“那你爸真厉害，让他一定要尝试搞建筑设计，因为他很有天赋，他如果真的去做这个，一定会一举成名的！”

她还是第一次见他如此别扭，他垂下长长的睫毛，向下的嘴角有着少年人独有的倔强。他把美术本合上放在书桌里，用一块羊绒把建筑书盖住。她不喜欢勉强别人，所以这一天后没再提过他的建筑构图。等他们在一起后，原本以为他总有一天会跟自己聊起这件事，可他却一直绝口不提。明明画得这么好，为什么要害羞呢？直到有一天，她看见他新买的小提琴大师裴绍的CD被他父亲砸得粉碎，她才隐约有些明白其中的理由。后来他们一起聊到未来，他用听上去骄傲的语气说着自己要继承父业，她从他眼中读出了他自己都没发现的遗憾。

“你继承家业，不错呢。我喜欢建筑，以后要当建筑师。”

她这么说着，却真的开始钻研建筑，想要用自己的勇敢给他一些鼓励。可是对建筑了解越多，她发现自己也对建筑产生了浓厚的兴趣，久而久之，她都忘了最初学建筑是为了希城。当年高考前夕，她在试卷中挣扎到生不如死的时刻，他居然在百日冲刺的时候跑到西班牙去玩。他回来以后，带给了她很多南欧建筑的照片。

其中有一张，就和此时不远处的浅棕大教堂重合了。

随着巴士挪动，教堂的角度微微变换，金光从四座高耸入云的钟塔间隙中射出，因为过于耀眼而让人无法直视。即便是坐在车里也会不由用手背挡住眼上的阳光。周围有三架庞大的塔吊修筑这座教堂，它们和钟塔并列在一起，像巨人在城市正中央建立了神灵的住所，比周围所有的楼房都要高出上百米。1925年11月30日第一座钟塔修建完毕，安东尼奥·高迪曾经激动地说：“看，那根长矛把天空与大地连在一起了。”遗憾的是，这之后一年，高迪就逝世于有轨电车撞车事故，并没有看见它们全部竣工的样子。从 1882 年开始动工到现在，这座建筑仍未完工，但人们已经可以想象未来中央 170 最高钟塔完工后的宏伟景观。

这是圣家堂，是这座城市的圣殿，它身上每一个细节都刻满了人类文明灿烂的遗产，它的钟塔象征了耶稣诞生、耶稣受难、耶稣升天以及十二信徒。它的庞大令人震撼。因为有了它和安东尼奥·高迪其他的伟大建筑，这座城市才会被人们称为“高迪的城市”。

这里是申雅莉从小到大一直最向往的地方，巴塞罗那。

巴塞罗那果然和当年希城所说的一样，不论什么时候都是人山人海，游客如蚁。而圣家堂，实际上比她想的还要大，完全超出她的期望。教堂正门前站着一个男人，他正背对着她，抬头望着耶稣受难雕像的方向。圣家堂遮天蔽日，让蓝天都仿佛变成了苍白的灰。听见容芬的呼唤声，那个男人回过头来，第一个看见的却是她。

她不会忘记自己对这里寄托过怎样的梦想。想要成为建筑师的梦、想要看高迪毕生代表作的愿望、想要在家乡为希城盖一栋充满自己风格的楼房、想要和希城一起来到这个地方……看见他朝自己投来温和的笑，她心里终于明白，梦想和现实的差距就像她和希城之间的距离一样。可是，这又何尝不算是另一种方式的重逢呢？

“你们居然这么快就到了。”Dante 穿着白衬衫、卡其色短版风衣，涤纶和羊毛混织的黑色长裤。上半身是浅色的休闲俊逸，下半身是黑色的时尚严谨，这一身穿着哪怕给李真看，她应该也挑不出任何毛病。或许擅长设计和颜色搭配的人都很会穿衣。可圣家堂太过高大，遮天蔽日地拦截了所有明媚的阳光。短暂的惊艳后，进入视野的男人脸部轮廓又一次唤醒过去的记忆，将画面洗涤成了灰色。

“是啊是啊，巴塞罗那真漂亮，就是有点热，真不知道这里夏天会变成什么样。”

有经验的演员都知道，真笑和假笑的区别不在于嘴角的弧度，而在于眼睛周围肌肉的利用率。演戏实在演不出开心表情时，只需要把眼睛周围的肌肉都堆在一起。她这时就笑得几乎没了眼睛。

“西班牙的南部是很热，因为离非洲很近。关于南部的天气，我这里有个小故事不知道你听过没有。”

她摇摇头："嗯？"

"有一个西班牙大学生主修历史系，写了一个关于欧洲殖民和非洲移民影响的论文。他专门去机场，打算找黑人做采访调查，刚好看见一群黑人正在托运行李。因为欧洲人对种族问题比较敏感，他生怕选到了皮肤较黑的混血得罪别人，所以，就挑了一个最黑最非洲的黑人问道：'先生，我可以采访你一下吗？'黑人同意了。他说：'请问你对西班牙是怎么看的。'黑人说：'热。'他又说：'非洲和西班牙哪里热。'黑人说：'西班牙热。'他说：'可以问问你的年纪吗？'黑人被热得不行了，直接把护照摊开说：'你自己看。'他一看，说：'不对啊先生，这照片上的人明明是个中国人。'然后，那个黑人愤怒了：'老子本来就是中国人，是来了你们西班牙以后才晒黑的！'"

她笑得不行了，他还是很严肃地说："白人的色素很淡，吸收紫外线只会让他们皮肤变红、脱皮然后又变白。即便这样，西班牙人都比英法德的人皮肤黑，你就知道这里紫外线有多强了。晒多的话，真的会变成黑人。"

她吓了一跳："真的假的？我现在就去拿伞！"

"当然是假的。"她刚跑两步，他就在后面说道。见她一脸狐疑地转过头来，他才终于忍不住笑了："怎么说什么你都信，傻丫头。"

完全被耍的感觉。她咬牙切齿地冲过去，打算在他胳膊上乱捶一通。如果是希城，看见她那哥斯拉一般的气势，肯定会提前溜掉了，或者躲在朋友的背后继续挑衅她。可 Dante 就这样站着没动，他这样稳重，反倒让她不好继续前进。然后，他微微笑着说："有精神就好，刚才看你好像挺不开心的。"

被戳穿心事，她有些尴尬："我没有不开心。"

"是吗？那就是我的错觉。"他也不继续坚持，指了指身后的圣家堂，"也是，你这么喜欢建筑，没道理说看见这个还不开心。"

她抬头看了看因背光显得有些阴森的哥特式教堂，现在它还没有完工，没有最高钟塔的点缀，从远处不经意地看向它，它就像是一个被雨淋过的、下垂泥泞的负伤巨兽。但真正仔细看才会发现，那些坑坑洼洼的密集之处，其实都是由无数精雕细琢的艺术品构成：主教的象征、音乐天使、塔尖上印有 Hosanna Excelsis 的六角石块、三位一体的柏树装饰、象征永恒生民的白鹈鹕雕刻、六只脚趾的屠杀者、罗马士兵的头盔等等。如今的建筑大多很短命，杂志般被批量复制，撒遍全球各地，但总是昙花一现。只要有更新更高的楼出现，较矮的那一栋往往就会渐渐被人们忽视，在不久的将来被拆成千万块废砖。这种修了一百多年还未完工的建筑，恐怕以后不会再有。她拿出相机，想要把眼前伟大的一幕记录下来，可举起镜头才发现只能拍下十分之一。

“要不要我帮你拍？”他问道。

平时出去旅游，并不喜欢把人和景框在一起。因为觉得这种“本人到此一游，有此照片为证”的行为有点傻。可是他提出了这个要求，她居然想都没想就点头了。只不过他还没接过相机，就有路过的热心游客说要不要我帮你们两个拍。他怔了怔，转而看向她。

“好啊。”她爽快地把相机递给对方。

然后，他们并排站在圣家堂前面，游客朝他们挥挥手：“来，靠近一点。小姐，你往右边再挪一点。”她不自在地动了动脚跟，朝他的方向挪了挪。

“还是有点站太远了，再靠近一点哦。开心一点，笑一个。”

察觉到周围一些游客因为他们拍照而特意停下来，她觉得这样反而更尴尬，干脆一不做二不休贴着他的手臂站直。他很自然地轻搂住她的肩，她配合地绽开灿烂的笑容。拍完照片后，他过去拿相机并且道谢。一个人走过，朝她伸了个大拇指：“Perfect couple!”

这两个单词让她到吃饭时都还在走神。为什么这一路过来，别人总认为她和Dante是一对？他们真的有那么登对吗……

他点菜的时候，她找到机会低头翻相机，找到了这张合照。照片上，她的头顶高度和他的下巴差不多在一条水平线上。她穿着陈晓学生时代的衣服，化着很清纯的妆容，头发也散了下来，看上去还有几分紧张；他眼神温柔深邃，笑容沉稳文雅，虽然身穿浅色的衣服，却是连细节都驾驭得如鱼得水……看上去就像她和希城多年前的一张合照。只是，照片上的她还停留在青涩的十八岁，原本还有几分孩子气的“希城”却早已变成了一个成熟的大人。

“申小姐，你要喝点什么？”

听见他的声音，她藏住相机，清了清嗓子：“水，水就好了。”

点好饮料，一桌人聊了没多久，西班牙海鲜饭就端上来了。看着盘子里的大虾、扇贝、柠檬、金色珍珠般的米饭，申雅莉不由食指大动，大口大口地吃起来。容芬递上水："饿了是吧，来来，小心别噎着。"

申雅莉摆摆手，默不作声地吃完一盘饭，再次抬头发现大家也才刚动刀叉。她正在摇摆不定是否该加餐，Dante 已经把服务生叫过来重新递给她菜单，并且为她解释菜名："你看看要点哪个……看你这种速度，不了解情况的人还以为容导虐待你了。"

"今天是真饿了，而且这海鲜饭很好吃。"

"这一路上我就没看见你不喜欢吃什么，这种海鲜饭做起来多简单，你也太好养活了。我做饭还不错，回去以后你没事可以来我家蹭饭。"

"你会天天做饭？不是在微博上说你都叫外卖吗？"

"那是因为我一个人住，自己做饭自己吃多没意思。要多个人分享食物，我还是挺喜欢下厨的。"

"你一个人住？"

"嗯。"

那你的女朋友没和你住在一起吗？有其他女性来你家里蹭饭，她不会介意吗？本来想这样问，想了想他们没有熟到无话不谈的程度，还是不问比较好。她只能客套地说："蹭饭就太麻烦你了，不过有机会一定要尝尝你的手艺。"和他的距离到此为止，一定不能再近了。

高迪四十岁以后，作品具有了革命性的特征。哪怕是在一群华美的楼房中，他的楼不是最高或占地最多的，却总能在第一时间夺走人们的注意力。与那些冰冷刚硬的邻居比，巴约之家糅入了玫瑰花香和草叶，支架如同神秘彩色动物骨骼。整体看上去，不像人为建造的，像是从大自然中长出来的一般。大楼墙面采用了蒙缀特山上的沙石与陶瓷片、彩色玻璃和釉彩氧化工艺，立面充满印象画风格的质感。海蓝色的鱼鳞屋顶、神似骷髅面具的象牙金阳台、陶片与彩片玻璃混搭的漂亮烟囱……表现手法超越了建筑史上所有的楼房，迄今无出其右。巴塞罗那的格拉西亚大道上，刷上白漆大字"Barcelona City Tour"的大红敞篷双层巴士半掩着街道对面的巴约之家。申雅莉和 Dante 坐在大道的树荫下，拍摄最后一场对手戏。

"毕业以后，我就要回国了。"

"……是吗？"

“你呢？”

“我不知道，可能回北海道吧。”

申雅莉看着对面的巴约之家出神许久，Dante也沉默地抱着书本，看着人来人往的街道。终于，她往他的方向坐了下来，从他身后抱住他的腰，把脸埋入他的背心。

他有些惊讶地抬起头。“南，我会想你的。不想和你分开。”她眷恋地靠在他身上，声音细如蚊鸣。他把书本放在身侧，转过身扶住她的双肩，异常认真地看着她：“我有一个办法，可以让我们以后不分开。”

“嗯？”

“对不起，我什么都没准备。我不知道你会这么说，我也是刚才想到的。”他显得有些局促，但还是坚定地说完了所有的话，“我们结婚吧。”

“……啊？！”她眨了眨眼睛，“可是，我们根本就没有恋爱过……你怎么就直接跳过这一步……”

“Cut！”

听见容芬的声音，申雅莉的眼睛横成两条长缝：“又是太刻意了对吗？”

“雅莉，你这哪里有一点惊喜的样子？你这满脸就写着一行字‘我好惊讶，所以观众们你们马上要看到我们亲亲了’，过渡不能自然一点吗？”

“我也不想的，问题是你也要看是谁在跟我拍戏。Dante又不是演员，一想到他会觉得不自在，我也会不自在啊。”申雅莉耷拉着脑袋，很是无奈。Dante原本只是笑而不语，这时也赶紧补充说：“我没有觉得不自在，可能还有点期待。”

“你……”

“得到申天后主动献吻，是大多数男影迷的梦想吧。我只是个普通男人，不要对我的道德观期望太高。”

“影迷？你明明说过不是我影迷，只是喜欢的电影刚好是我主演。”

“那明显是在撒谎。”

真不敢相信一个人可以如此理直气壮地说这么无耻的话。她一脸无奈：“这有什么好撒谎的……”

他回望了她片刻，忽然嗤的一声笑了：“好笨。”

“又说我笨，你自己说话总是没点逻辑，怎么能怪我笨！”如果对方是浅辰，她已经扑过去掐着他的脖子摇晃了。容芬像是挥舞大旗一样挥舞着剧本："好了好了，你们两个，都可以打情骂俏，怎么演戏就演不好呢？再来再来！"

于是，刚才那一幕又重演。佐伯南求婚以后，到了之前NG的地方。奇怪的是，从Dante说了那句"有点期待"以后，她居然再也不觉得害怕了，演得更投入了一些："可是，我们根本就没有恋爱过……你怎么就直接跳过这一步开始求婚了？"

"我们结婚以后，有一辈子的时间来恋爱。"

阳光中的他微微一笑，就好像温柔的眼角都糅合了光线。她的惊讶是明显的，但这样也无法藏住眼底的喜悦。看见他握住自己的手，满腔的幸福终于溢了出来。她抬起头，凑过去吻住了他，他把手指插入她的发中，浅浅地回应着她。

"NG！"

两个人被这一声叫唤分开。容芬对Dante摇晃着剧本，走过来在他身边坐下："Dante，这次是你的问题，你回吻得太快了，佐伯南是第一次被陈晓亲，按理说是应该惊讶一下的，记得，还要反应青涩一点……"

看了一眼在容芬指导下点头的Dante，申雅莉借掏镜子的动作把头埋了下去，因为她也不知道自己的表情变成了什么样。第一次与Dante接吻时的紧张原来并不是错觉，也不是因为才醒过来被吓着了。这一次也一样，刚才碰到嘴唇的瞬间，她又明显感到浑身发麻。他回吻她的时候，那种感觉变得更加剧烈。这种融合了害怕、紧张，却又令人有所期盼的触动，实在有点妨碍她理性演戏。

"大概要几秒呢？"她听见他在身边问容芬。

"这种事都是水到渠成，不要太快就好了。"容芬无语地擦擦汗。

看见他一脸迷茫，申雅莉忍不住笑了，然后看他回头朝她点点头："等下演的时候我怕拖太久了，该轮到我出击的时候，你掐我一下。"

"好。"她笑得更欢乐了。

看见他温和的笑容，她总有一种他也很享受拍戏的错觉。不过没太多时间思考，就又一次打板了。照例念完对白，他握住她的手，两人的唇再一次贴在一起。大概是因为这一次亲吻之前，他的表情认真了很多，导致她再也没有心思去想别的，只细细地呼吸着，闻到了他身上清淡的香气。

这一回他略微睁大眼，也没有等她掐自己，就在短暂的错愕后微张开口，吸咬着她的唇瓣，虽然动作温柔，轻轻啮咬的动作也有些急不可耐。心脏有规律地高速跳动，全身的力气都快被抽空，她情不自禁地搂住他的颈项，稍微偏了偏头，试探一般小心地回应着他。然后，腰被对方强力地搂住。但因为导演说过，这场吻戏是不可以太激情的，一定要保留青涩感，所以他即便深深吻了下去，动作也很缓慢，带着压抑的侵略性，一丝一丝、一寸一寸地夺走她所有的呼吸……

拍完以后，剧组的人全都目瞪口呆地看着他们。摄影师摸了摸下巴，异常严肃地说："我觉得 Dante 在亲女孩子的时候，那感觉，啧……怎么说呢，说不上来……"容芬目不转睛地看着这一场吻戏回放，一脸的不可思议："太深情了。"

剧组人员全部围过去重放吻戏的时候，申雅莉为了避免气氛尴尬，已经溜到一边想要去找 Cheryl 看娱乐杂志。但刚坐下来，面前突然多了一捧淡粉色的花。是怒放的、鲜艳的、没有一点枯萎迹象的风信子。Dante 在她身边坐下："本来觉得蓝紫色你可能会更喜欢，但那种颜色太忧郁了，所以选了这种看了心情会好的颜色。"

"这、这是？"浓郁的香气扑鼻而来，她抱着大把鲜花呆呆地看着他。

"恭喜海外部分杀青，导游辛苦了。"

身后的容芬以及其他剧组成员也跟着一起鼓掌。心中涌起了难以言喻的激动情绪，她站起来，朝在场的人都鞠了个躬："导游带着大家玩得还开心吧！记得不光要给旅行社旅游费，还要给导游个人小费啊。待会儿我就过来挨个收，都别跑了……"大家都笑了起来。她的眼睛却看到了另一件东西——巴士站台背后，金发女郎性感美艳的半身海报。海报下方写的西班牙语她不懂，但是这张脸和下面的名字她却认得——Paz Cruz。

之后，周围人说的话，她都没怎么听进去。

回到宾馆，她看窗外黑夜中的巴塞罗那，躺下来无论如何也睡不着，干脆打开电脑上网打发时间。第一件事就是打开微博，搜到了 Dante 的页面。他没有更新任何内容，她把他的微博翻了一遍，却没有看到一点和 Paz Cruz 有关的内容。他为什么要把女朋友的事藏得这么好？难道他是个花花公子？

越想心情越低落，她点开 QQ，上下拉动着朋友名单，在上面看到了一个灰色的企鹅头像，名字备注是"希城"。打开他的资料，网名是"Hope"，星座是巨蟹座，职业是学生，除了这些近十年前的资料，和 QQ 上随着时间推移自动增长的年龄，其他资料全都随着服务器屡次更新而变成一片空白。她望着那只胖胖的企鹅头像出神很久，鬼使神差地打开搜索引擎，搜了一下他的 QQ 号。第一个出现在搜索页面的结果是知道的问答，用户名就是希城的 QQ 号：“初恋女朋友因为钱和别的男人跑了。我还爱她，应该去追她回来吗？”

她怔了怔，点开那个结果。下面出现了一长条各式各样的回复：

“兄弟，咱俩一样。这种女人分了是你的福气。”

“一个女人真爱你，不管你怎么贫困潦倒她都不会放手的。要么她是个现实的女人，要么她根本不喜欢你。那你无论做什么她都不会回来的，放手吧。”

“下次再遇到她，要么用刀砍了她，要么用钱砸死她！”

“既然是初恋，她肯定对你还是会有舍不得的，说不定只是一时被钱冲昏了头。最后试一次吧，去问问她，好好和她谈一谈，如果实在不行就放弃，一定会有更好的女人出现的。朋友，祝你幸福。”

最佳答案：“每个人都有自己的生活方式。尊重她的选择，默默离开吧。”

看看时间，是近十年前提出的问题。

她有些紧张地打开这个用户的资料，发现了其他问题。

“我女朋友胳膊上的皮肤过敏，有的地方会泛红，一到天气热就会特别痒，擦什么药都只能缓解不能痊愈，请问这是什么症状？ps：她死都不看医生。”

她忽然想起了，当时她胳膊上过敏发痒，又死活不肯去医院。他像个老妈子一样拉着她的手臂，在上面涂药膏，末了还狠狠拍一下她的手说：“你要不要吃饭也让我喂你啊，真的该去看医生了！”她甜腻腻地笑着倒在他身上，忽略了后面那句话：“当然要啦。”

后面还有这个用户的其他问题，时间凌乱不一：

“物理参考书上的题目，‘理想变压器原、副线圈的匝数比 n1 ：n2 = 4 ：1，当导体棒 l 在匀强磁场中以速度 v 向左做匀速直线运动切割磁感线时，电流表的示数是 12mA，则电流表的示数是什么？’有谁能帮忙解析一下过程吗？”

“谁知道《勇者之剑 Online》的公测时间？”

“求形容人悲伤表情的句子、描写冬天的句子。”

“连续好几天梦见自己对喜欢的女孩做了那种事。我没有跟她告白过，也没想过要冒犯她，现在感觉浑身不舒服，在床头罪恶了一个小时，觉得自己太坏了。”——她打开了这个。

这个问题回答的人很多，答案也是五花八门的：

“男人在性成熟以后有性幻想对象、做春梦都是很正常的。”

“不是吧，完全没想过？这是潜意识的幻想吧。”

“有什么啊，我男朋友还经常梦到和前女友 XXOO，真郁闷哦 = =”

“哈哈哈，现在怎么还会有这么纯情可爱的小弟弟，大姐打酱油的时候路过，顺便摸摸。”

不过，最佳答案是：“可能是你太喜欢她了。不过是个梦，别放在心上。”

第二天，申雅莉随剧组登上离开巴塞罗那的飞机。空中小姐和广播开始介绍氧气面罩的戴法，旅客们开始调整座椅靠背和小桌板。一场即将飞完半个地球的旅行，会把飞机带到万米的高空中，发动机的轰鸣像是一场蠢蠢欲动的、即将喷薄而出的灾难。

当年，爸爸刚好动完手术，她工作结束后，顶着通宵的疲惫身躯，直接去医院探望。到那时，她心底都还有那么一线希望，盼有一天能向他解释清楚。可同学来电说，希城和母亲从香港出发，两手空空地搭乘了飞往威尼斯的航班，去投靠在那边做生意的亲戚，可能会直接移民不再回来。过度的震惊令她不眠不休，她甚至想买下一班的机票追到意大利去。她给他发了无数条短信，可一直发送失败。半夜从床上惊醒，到网上去查航班到站表，前一天香港飞威尼斯的航班旁边却出现了红色的警报“事故”。她以为是自己看错了，揉了好几次眼睛，刷新了十多次网页，可无论怎么刷，那两个字都是新拉开的伤口，血淋淋地呈现在她面前。她打开 MSN 想要联系在意大利留学的朋友，弹出的头条新闻是“MD-11 客机冲入大西洋粉碎性解体，全机 243 名乘客 20 名机组成员无一生还”。

新闻配了三张照片：第一张是一架往下坠落的客机，乌黑浓厚的烟雾夹杂着金红的火，把白色的客机完完全全包了起来；第二张是飞机的残骸被塔吊拖到海岸边，零散的大批工作人员用绳子把其他小块的部分也拽上岸；第三张是消防人员对着飞机残骸喷雾，大量白烟升起，周围人山人海，都在目瞪口呆地看着失去皮肤已认不出原型的飞机、破败扭曲的线路和生锈的机器内脏。

这一切的一切，都与希城的尸体如出一辙。

“我是顾希城的女朋友，他爸妈都过世了，我是他最亲的亲人！你不相信问他们，他们都是他的亲戚，他们都认识我！你看，这是我们的照片，还有这个，这是他送我的戒指！这是我们的合照！还有这个……”

或许是自己当时的模样太绝望，或许是希城的亲戚都害怕这样的场景，也或许是那一场空难让警方都感到悲痛……她并没有怎么被阻止，就带走了他四分五裂的遗体。

这一刻，窗外的机场开始缓缓移动。

申雅莉捂住隐隐作痛的额头，最后看了一眼手机上的网页，上面是希城最早询问的问题之一：“喜欢班上一个女生，但我学习成绩是班上倒数，她肯定看不上我。而且每次看到她，我都紧张得说不出话来。”

高中生谈恋爱总是会被不少大人调侃。下面的回答依然有不少是来调戏他的。可是，希城选的最佳答案是：“兄弟，追女生这种事就是要大胆，不要怕被拒绝。我现在结婚五年了，很爱我老婆，但去年才知道，原来我当初高中暗恋的女生一直也喜欢我，现在想起来还是很遗憾的。所以喜欢就要上，不要别扭，不然以后肯定要后悔。”

问题补充：“谢谢！她现在已经是我女朋友了！”

她闭上眼睛，按住手机关机键。几秒后，屏幕变成了一片漆黑。

机身腾空而起，以惊人的速度升入高空。脱离陆地的感觉，把灵魂从沉重的肉体中甩出般，带着她飞向没有痛苦、没有悲伤的天堂。

难题

黄昏时时常出现的孤独感将她包裹，

是比这座闪着红色机械灯光的城市还要空旷的寂寞。

她听不见任何声音，像是第一次来到这里，

而且，整座城市里只有她一个人。

从世外桃源般的欧洲回到现代化的大都市，崭新闪亮的建筑钢箭般直冲云霄，遮天蔽日。人群与车辆在它们中间的水泥道路上飞驰移动，简直与微生物一样渺小。闹市区购物中心的电子荧屏上，最新珠宝的广告宣传片段无声地闪烁。影片中有从酒馆中走出的贵族小姐，有站在黑暗巷子中的浓妆女子。浓妆女子嘴唇勾勒出弓形线条，在黑色角落里描绘红唇，又把镜子挪远一些端详自己的妆容。她抱着修长的胳膊，展示出夏季工艺秘宠——木质首饰与七彩的珠宝。

“就是一尘不染的天使，内心深处都有变成坏女人的渴望。就像我这样。”字幕闪烁过后，背景变成一片漆黑，荧屏上的女人用戴着珠宝的手拨弄长发，重重地咬了一下红唇，同时手写体一笔一画浮现“申雅莉”三个字。

皇天集团的董事长办公室中，同样造型的海报被抖了一下，往下展开。申雅莉扶住额头，一副完全被打败的样子：“你叫我来这里，就是为了让我看这个？”这时她换上黑白豹纹的铅笔裙，脚踩粉色高跟鞋，完全是和海报上截然不同的风格。

李展松指了指海报上的她，一副无解的骄傲模样：“这简直就是性感的极致。”

“我还是先去工作了。”

她长叹一声径直走出办公室，但刚拉开门，就看见另一个男人走了进来。他身材高大瘦长，站在人群中总是鹤立鸡群。他有着高高的颧骨，留着一头黑白相间的精干短发，几道深而短的皱纹在眼角蔓延。他长相过于冷酷，总散发着一种不可靠近的气质，使得他曾在娱乐圈大起大落无数次，直至他成立了皇天集团。他叫李言，稳坐皇天集团的第一把交椅，大家调侃李展松时经常提到的“万岁爷”。

申雅莉收敛了之前的傲气，毕恭毕敬地笑着：“董事长。”

“雅莉，好久不见，西班牙那边拍戏结束了？”

“是啊，还挺好玩的。不过过两天还要继续开工。”

他看了一眼她身后的儿子，浅褐色的眼睛中写满了审视：“阿松投资的片子要辛苦你了。”

申雅莉回头看了一眼李展松，对方用嘴型说出“黑桃皇后”四个字。她迷惑地说：“这，我没接这个片子。最近打算专心把《巴塞罗那的时廊》演好，可能没有时间……”

“雅莉，这部电影指定了要你当女主角。”

不容置疑的口吻，让她张开了嘴巴却无法把话进行下去。然后，李言又淡淡补充道：“这两年电影市场不景气，大投资的电影不多。好好演。”

最后三个字让她走到电梯里还觉得很郁闷。其实如果因为不愿意和李展松拍戏而推掉这部片，在别的艺人看来就显得太矫情了，但她就是不满意李展松那种随随便便的态度。演戏对他而言就是玩票，但他不知道，演员的荣耀就是把自己制造出的形象，化作人们心中鲜活的真实。他看不到那些演员为了某一个细节而半夜爬起来对镜练习的辛苦，也看不到那些被残酷竞争刷下来的小人物的泪水。想到这里，她突然恍惚起来——这么多年来，她都很羡慕那些能做自己梦想职业的人，毕竟进入演艺圈不是她的本意。可从什么时候起，自己开始这么介意演员的敬业问题了？

一想到从事自己梦想工作的人，第一个进入脑海的人是Dante。她下意识掏出手机来看了看，上面依然只有一周前两条简单的短信：“我现在在外地出差，过几天回来联系你。Dante。”

“好，回头见。”

回国后，他把佐伯南在室内的戏份拍完，就留下这条消息消失了。他所谓的“几天”究竟是多久？他到底去了哪里？是不是又回西班牙找他女朋友了？还是说他女朋友飞过来看他？想了很多问题，到最后都会陷入一种有些低落的情绪当中——这些和她毫无关系。

其实，从人们步入社会起，很多看似重要亲密的人都不过是生命中的过客。不会再有社团、校园、小区里那种抬头不见低头见的缘分。世界那么大，如果两个人之间没有什么可以牵绊彼此的借口，那即便对彼此有着再多的好感，都会因为害怕尝试、觉得没必要尝试而放弃。Dante想来也是一样。他对她有好感是必然，但这样的好感有女友重要吗？每次想到这里，那种一头热的感情就会淡化很多。申雅莉按了一下关门键，一只手却按在了电梯门上，把门强制推回去——李展松冲了进来，在关门键上快速按了几下，然后按下P3键。她刚想伸手去按一楼，他就按下她的手，把她推到玻璃前的不锈钢栏上，垂下头来吻她。她吓得倒抽一口气，别开头，伸手去推他的胸口，他却用一只手捉住她的双手按在胸前，另一只手抱住她的腰让她贴向自己。她把头朝着另一个方向急道：“阿松你做什么啊！放开！”

“你在西班牙这段时间手机打不通，短信、邮件也不回……这是惩罚。”

她大叫一声，肩膀一缩，包包掉在地上。与此同时电梯门也咚地打开了。门外的说话声警醒了他们，却没能给他们足够的时间改变姿势。容芬的下巴像是“哐当”一下掉了下来，柏川和Dante也略显错愕地看着他们。两人迅速分开，李展松看了一眼电梯按钮，不自在地清了一下嗓子。申雅莉和他们面面相觑，就像脑门正中心被人打了一枪。然后她看见柏川迅速地看了一眼Dante，又用玩笑的语气说：“阿松好雅兴。”

李展松眼睛看向别处：“别笑我了，你又不是不知道我和她的状况，瓶颈那么多年了，总得有点突破。”这话虽然不是对着申雅莉说的，但明显是说给她听的。

Dante朝他们二人点头示意，客气得好像和她不相识。他手里拿着一卷长长的图纸，另一只手原本拿着手机，此时也把手机装回裤兜，和柏川一起进入电梯：“我不想耽误你太多时间，所以还是把这个项目简单说明一下。”

“你知道我最近忙着处理家务事，时间很充裕。”柏川学着他的样子礼貌又客套地微笑，然后轻笑着调侃道，“不想耽搁时间的人是你吧，这么拼命，是想赚钱结婚养家了？”

他嘴角保持着一如既往的放松弧度，却没有再接下面的话。电梯进入P2时，他们和容芬一起出去，临行前柏川向申雅莉和李展松打了个招呼，而他还是和刚开始一样只是点头示意就离开了。

电梯里又只剩下了两个人。李展松先打破僵局：“刚才我一时冲动，所以……对不起。”

“没事，下次别胡闹了啊。我的车就在那里，先走了。”

好不容易从微妙的环境逃出来，她上车以后掏出手机，却发现有一条未读短信。打开一看，发信人是Dante：“我回来了，不知道这几天申小姐行程如何，可否赏脸让我带你出去吃顿饭？”

发信时间是二十分钟以前。刚才他进入电梯时把手机也装到了裤兜里——是不是发出短信这二十分钟里他一直在等她的回信，所以才会把手机拿在手里？不，不能这么想，太自恋了。现在该怎么办？到底是要回信答应、婉拒，还是解释一下刚才在电梯里发生的事？她很想告诉他，李展松只是小孩子胡闹，那不是自己的本意。可自己有什么立场说出这种话，如果他只是想和自己吃顿饭，刻意解释那真是要犯尴尬癌了。而如果这时候婉拒邀约，得罪人也是必然的。

她想了很久，飞快地打了一行字：“好啊好啊，我们到哪里去吃呢？”想了想觉得不妥当，删掉重新输入：“好，什么时候见？”又想了想，改成了：“刚才没听到，不好意思，我们在哪里见呢？”再次删掉，改成：“吃饭没问题，等你忙过了打电话给我。”最后把“打电话给”改成了“联系”，闭着眼睛发出去。

然而，一整个下午对方杳无音信，让她除了工作需求，连话都不愿意多说，胸口一直像是有重物压着，无论做什么都提不起劲。好不容易完成了某门户网站的视频采访，只想早点回家休息，却临时接到了容芬的电话：“雅莉，你得赶紧过来，现在我们在和制片方和赞助方吃饭，对方指定了要你来。”

“行。”有气无力地回答着，她靠在轿车后座，长长吐了一口气。

再次看手机，忽然发现里面出现了两条短信。精神抖擞地坐起来，发现一条内容是“亲爱的客户有奖竞猜送话费”，一条是容芬发来的酒店地址，又一次缩回去看着窗外发呆。待了一会儿重新查看短信箱，和 Dante 的对话还是结束在自己那一句傻缺的“吃饭没问题，等你忙过了联系我”上。

春末的薄雾静静弥漫在无边无际的城市中。她干脆一鼓作气把手机扔回包包里，望着经过的火车站通道和纵横的高架，入夜的头几盏灯在笔直的钢架下亮起。黄昏时时常出现的孤独感将她包裹，是比这座闪着红色机械灯光的城市还要空旷的寂寞，她听不见任何声音，像是第一次来到这里，而且，整座城市里只有她一个人。

而在这种心情低落的时候，她还得做最讨厌的事，也就是混饭局，尤其饭局上还撞见了白风杰夫妇，只觉得心累。看见于若琪那一瞬间，若不是容芬已经站起来招呼她，而且李董也在场，她差一点就后退打电话说自己撞车送医院抢救了。坐下来以后，容芬先从她身边的人开始介绍，像是在说悄悄话实则声音不小，充满了恭维意味：“雅莉快来坐，我给你介绍一下，这位是汤世先生，Fascinante 亚洲地区的副总，才三十三岁，很年轻吧。”

“申天后，久仰大名。”戴着眼镜的男人站起来和她握手。他穿着一身笔挺的西装，从西服到裤子都是严谨的深蓝色。每一颗扣子都规规矩矩地扣好，窄领衬衫配平结条纹领带，看得出来是个挑剔又严肃的人。

“汤先生，同久仰同久仰！”申雅莉笑着同他握手，使的还是亲和力撒手锏。

这话绝不是撒谎，他几乎和 Dante 一样出名。汤副总举止从容且优雅，以超凡的成绩毕业于早稻田大学，非常注重领带与手帕的搭配，偏爱蓝灰色的古典建筑设计。他住在市中心靠江的单身公寓顶楼，室内装修成太阳王路易十四时的风格，从阳台上可以俯视全城。是他在西班牙总部的会议上提出将 Fascinante 发展到加利福尼亚州，并且取得了极大的成功。

“汤先生是我们电影的赞助商，待会儿我们可得好好和他喝两杯。”

容芬说完以后把酒杯递给了申雅莉，在她的腰上轻轻捏了一下。申雅莉懒得去猜她这个动作的暗示，举杯清了清嗓子：“那是当然！汤先生好眼力，这部片一定大火。我先干了。”仰头把一杯白酒一饮而尽。

李言击了击掌：“雅莉果然巾帼不让须眉，在哪都这么豪迈。”

容芬接着把在座的人都一一介绍给申雅莉认识，到白风杰夫妇面前，大家心知肚明，她打哈哈说“都是熟人就不多说了”，最后总算允许她坐下来。很快菜上齐了，鸡鸭鱼肉龙虾海鲜没有一道特别合胃口的，大家蜻蜓点水般吃了点菜，就开始例行一桌人你敬我我敬你喝成一片。只有汤世比较沉默，也只与人喝红酒。外企高层人士通常都有点傲慢，爱做实事，不爱玩酒桌社交这套。申雅莉欣赏这样的人，却不知道他来这里究竟有什么意义。

和几个赞助商喝过酒以后，李言端着一杯白酒过来，放在申雅莉面前，压低声音说：“雅莉，你知道今天我为什么要叫你来吗？”

“不是过来陪大家喝酒吗？”

“不，再想想看，最近你是不是得罪人了。”

她愣了一下，锁眉想了半天，还是老老实实地摇头：“老大，你忘了吗，我这段时间一直都在国外，怎么有机会得罪人？”

“再好好想想，你最近是不是有接什么广告的代言？”

话说到此处，她恍然大悟——是那个珠宝代言。制造商虽然开始内定要于若琪代言，可回来以后阿凛告诉她，对方上头因为太满意申雅莉的广告效果，把这广告的主角定成了她和于若琪，打算做成光明与黑暗两种风格。然而，无论对方怎么调整，于若琪站在她身边都显得非常黯淡，所以干脆把于若琪改成了龙套，让她再度担任唯一的代言人。因为演技精湛，她回来只花了不到一天时间就紧急拍好了新的广告影片，没有想过于若琪那边的问题。这时再回过头看于若琪，她也正看向自己，手里摇晃着杯子，翘着戴了钻戒的手指，仿佛一身戎装即将上战场的模样。一直都知道她有个好老爸，但没想到她家势力居然大到说动李言让自己亲自道歉。

“我知道了。晚点我就去跟她喝。”

听见申雅莉的承诺，李言拍拍她的肩，转身继续和其他人喝酒了。申雅莉没再看于若琪，只是默默地为自己盛了一大碗饭，刨了几口垫肚子，又在饭里加了小半碗热汤混着吃了一些，才举着酒杯朝于若琪和白风杰走过去：“于小姐，广告的事是我的疏忽，先给你赔个不是，希望咱们今晚一醉泯恩仇，都不再计较过去那点不快。我干了，你随意。”

她刚想喝酒，杯子却被于若琪的纤纤玉手挡住。

“我和申天后就是因红酒而结识彼此，怎么好喝白酒呢。来，喝这个。”她朝白风杰伸了伸手，见白风杰迟疑了一下，又狠狠朝他的方向戳了一下，才总算接到了一大瓶拉菲。她把空的高脚杯拿出来，倒矿泉水一样倒了满满一杯给申雅莉，露出白色荷花般的纯净笑容：“像申天后这种久经沙场的女艺人，这点小酒难不倒你吧？”

申雅莉开始喝了不少白酒，这样混着喝很难不醉。还好她猜到了于若琪可能会给自己难堪，所以吃了不少饭填肚子，待会儿回家再吃点醒酒药应该万无一失。

“当然不是问题。”她接过那杯酒，仰头一饮而尽，然后把酒杯倒过来，笑着回到了座位上。

回来以后，她趁于若琪没注意，把口中含着的一口酒吐在汤里，再用纸巾把汤遮住。但那么大一杯历史悠久的红酒一口气灌了大半，多少还是会有点晕。坐下来以后，她一直在看手机上的时间，盘算着什么时候才能离开。垂头时发现身边有人坐下，她下意识抬头看了一眼，发现身边的人是汤世。

“申天后好酒量。”

“见谅见谅。今天状态不好，不然再喝多也不是问题。”

“不过我觉得像你这么新潮的 lady，似乎更适合出现在鸡尾酒宴。”汤世严肃的脸孔上难得露出微笑，“下次和我一起参加 Fascinante 的公司聚会怎样？”

“好啊。”有点 high 了，她略显傻气的笑容绽了满脸。

“那方便留个电话号码吗？”

“好啊。”

两人交换了号码，汤世刚好接了个电话，然后下楼去接另一个制片人。申雅莉靠坐在原位，等待酒劲过去。可是没过多久，又有人在她身边坐下。她还没来得及抬头，就已看见面前摆了同样的酒杯。铝盖打开的声音响起后，白酒倒满了那个喝开胃酒用的大号高脚杯。于若琪端着小小的半杯白酒，再次朝她绽开了白净的笑容：“申天后，来，我敬你。”

申雅莉笑得有些尴尬：“于小姐，不用这么狠吧。”

“影后混到今天这一步，肯定更大的都见过。这时候何必和我谦虚呢？干了吧。”于若琪把她小杯子里的一点酒喝了下去。

申雅莉握了握拳，接过那杯满满的纯白酒。顿时周围安静了很多，大家都朝她们的方向看过来。白风杰咬住牙关，连脸部轮廓的线条都紧绷起来。或许他从来没有真正和申雅莉在一起过，但他自认为比她历任男友都了解她。无论在演艺圈打滚多少年，她总是改不掉爱逞强、爱自己一人乱做决定的坏习惯。这种习惯让她比一般女人更有责任感和尊严，却也比一般女人过得更辛苦。如果她当初肯稍微低一下头，示一点弱，凭她清白的历史，早就嫁给了条件优秀的男人，也不用现在在这里给别人陪酒赔笑。可她非要学 Coco Chanel，说什么“这天下富商的老婆成千上万，但申雅莉就只有一个”，简直可笑。

她现在这样自作自受，和当年没什么区别。当年他借给她钱以后，其实并没有打算让她还。因为他知道，这个圈子绝对不缺乏才貌兼备的艺人，她这种花瓶型的女艺人如果没人捧，多半一年内就会销声匿迹，所以他从来不认为她还得起十倍借款，只是准备留着借条，时不时给她点颜色看看。可是，没想到她真的没日没夜地工作起来。那时候他还在游戏花丛，一个新人演员和她刚好在拍同一部戏，他去接那个新人的时候，居然撞见她在片场晕倒，被担架抬进救护车。那天他头一次抛掉身边的莺莺燕燕，去医院探望一个与自己没有关系的女人。她躺在床上病恹恹的样子，和平时风风火火的大孩子判若两人。见他来了以后，她居然还绷着脸跟他说：“钱我会还你的，你别用那种可怜兮兮的样子看我。”他当着她的面撕了借条，跟她说这笔钱不用还了。她却冷漠地转过身，用瘦削的背影对着他，又一次坚定地说着，会还他。他一生中对人心动过无数次，但大部分时刻是怎么开始又结束的，他都不知道。那一刻他看着她的背影，很清楚地听见了自己心跳的声音。

多年后她还钱的时候，她已经不再是孩子气的模样。支票是从多哥皮白金扣的铂金包里拿出来的，手指上也有淡而性感的香水味。她的眼睛比以往深邃许多，眼神却冷漠而感伤。她一如既往不愿多说废话，简单明了地交代了他们一生的不可能。她说：“当年你让我离开我初恋男友后没多久，他就死了。”他当时哭得很厉害，却还是抱着天真的幻想，想着有一天要感化她、弥补她。

然而不到一年时间，父亲重病瘫痪住进了医院。他平时风流逍遥惯了，到了关键时刻，一窝蜂拥上来挑拨离间分财产股份的亲戚让他无所适从。在外面没了风光，他只能把自己封锁在家里打游戏，任家里落败得不成样子。他开始相信风水轮流转的道理，也开始相信这是逼迫顾希城的报应。那个可怜虫起码还有申雅莉陪着他，如果是自己，不知会有多少人来落井下石。他如此害怕变成一无所有的样子，害怕得只敢偶尔和母亲出去露个面——直到遇见了对他一见钟情的于若琪。

此时此刻，他看着申雅莉涨红了脸，痛苦地喝下自己妻子递上的一大杯酒，其实很想很想站起来制止妻子，拽着申雅莉离开这里。可最终他能做的，只有紧紧攥着桌布，直到手指上的青筋都跳了起来。申雅莉不知道自己是怎么把那杯酒喝完的，只是一杯酒下肚虽然动作是连贯的，中间却停了好几次，还差一点吐了出来。她看上去却完全没问题，还和刚才一样微笑着倒扣了酒杯。在场的人都在用力鼓掌大声喝彩，于若琪的脸色却不怎么好看。

她轻微含着一口酒，直到于若琪气愤地转身离开，才把那一小口酒吐在餐巾纸里。但这种程度的跑酒对那么大一杯白酒而言完全没用。头有千斤重，胸口有几千度高温的火在燃烧，胃中翻来覆去的只有呕吐感，难受得快要死掉。她一秒都坐不住了，必须得找人求救。她糊里糊涂地翻出手机，却看见容芬不久前发的短信："我说雅莉，你不是喜欢 Dante 吗，怎么今天下午跟李太子在一起，现在又给了汤世手机号码？我有点被你弄糊涂了。"

看见 Dante 的名字，久久不散的闷气又一次涌上来，让她不受控制地瞎打字："阿松只是小孩子调皮。Dante 长得又帅人又温柔，没有女生会不喜欢吧？不过这样的好男人一般都是有主的，所以真不想那么多。"

容芬回了短信："这么说，你还真是喜欢 Dante？"

"他有女朋友了啊。"

这一条发出去没多久，容芬就走到她身边坐下，拍了拍她的肩："雅莉，你是不是喝醉了？"

"哪有，我清醒得很。"她摆摆手，看上去相当正常。

喝醉装清醒这绝对是她的绝活。女性在喝醉了以后很容易被人钻空子，所以无论她醉成什么样都不会表现出来。如果实在撑不下去，她就会打电话找朋友救急。容芬盯着她看了很久，才不可置信地说："你这酒量真是深不可测啊，刚才那么大一杯都没灌倒你？"

"哈哈，我的酒量大家都知道的。"

实际上连坐着都快要摇摇晃晃了。她趁容芬转头和别人说话的空子，忍着捂嘴呕吐的冲动，掏出手机打了一条短信“快救场快救场，姐被灌了撑不住了，赶紧的”发给丘婕。

短信几乎才发出去，丘婕电话就打过来了：“雅莉你表妹专业考试满江红，现在在家里大哭说要自杀，你妈叫你赶紧回来。”

“什么，她学习不是很好吗，怎么会挂成这样？”她演得如此逼真，导致自己都以为表妹的前途真玩完了真要自杀，“你让她等着，让她别冲动啊，这才多大点事，怎么就要死要活的。我现在马上回去。”

挂了电话，她忧心忡忡地看向容芬和李言：“容导，董事长，恐怕我再过一会儿得先走了。我小妹考试失败在家里要自杀，丘婕现在马上过来接我。”

李言皱眉：“要自杀？现在的孩子怎么都这样。问题是你现在赶回去也来不及吧？”

“她就听我的话，所以她妈和我妈都叫我回去了。”她低低地深吸一口气，保持身体平稳转身拿包包，“我先下楼等丘婕。”

“等等，反正丘婕也没来。你再陪马上要来的制片人喝一杯，他很喜欢你的，你喝了马上走。”

“我真的没时间了……”听到“喝”这个字，她都觉得快要吐了。

“那不陪他喝，再陪我喝一杯。”

于若琪居然又一次走过来，提着白酒瓶就往刚才的杯子里继续倒酒。闻到飘出来的酒味，申雅莉觉得喉咙间直冒酸水，几乎当场就吐出来。李言也有些看不过去，但想起于氏和皇天集团新的合作项目，只好委屈自家人，拍拍申雅莉的肩：“那就陪大小姐再喝一杯吧。”

申雅莉差点气得跳起来骂他是老恶棍，就是一口气喝这么多水也得噎死，更别说是六十多度的白酒！她会当场酒精中毒死亡！

于若琪给自己倒了一小杯酒，用无名指轻轻擦拭下嘴唇，轻言细语地说：“那我先干了，申天后请随意。”

看她仰头将酒喝下，申雅莉揉了揉哆嗦的手指，维持着平静姿态朝那杯酒伸出手……只是，指尖刚碰到高脚杯，杯子就被人夺走了。她顺势朝那个方向看去。

“我来代她喝。”

申雅莉认定这是酒后的幻觉。Dante 出现了，面不改色地把那杯酒一饮而尽，连大气都没喘一下。

就算不经常混酒局的人，都能看出此人非等闲之辈。于若琪双颊通红："你，你凭什么代她喝？"

他微微一笑，眉眼的轮廓清晰而精致，好像刚才喝下去的一大杯液体真的是矿泉水："身为制片人，帮自己的演员喝两杯酒，应该的。"

也不知是不是醉酒的缘故，信息传递到大脑的速度比平时慢了十倍，申雅莉慢慢地眨着眼睛："……容导，他说谁是制片人哦？"

容芬看见救星一样跑到高高的 Dante 身边："咦，你到现在还不知道吗？要不是制片人，怎么可能那么多场取景全程跟随剧组啊。"

他没有继续接她们的话题，只把自己的高脚杯和于若琪的白酒杯都倒满，嘴角露出微笑："于小姐既然今晚如此有酒兴，我陪你喝。我喝大的，你喝小的，再来。"说完朝于若琪的杯子摊了摊手。

于若琪脸上的红色又加深了一层。平时纵横各种社交场合，别人对她说得最多的一句话就是"于小姐请随意，我干了"，这样让她喝酒的人，她还是第一次遇到。因为吃不得一点亏，哪怕现在离她酒量的极限还远着，她的眼眶也很快红了一圈。然而，她心里也清楚，自己用来收拾圈内人的方法对 Dante 没用。

每一天全球的原材料工厂都在源源不断地往世界各地运输合金、水泥、钢梁，发配到世界每一个角落的工地。而平均每一天新搭的工地里，就一定有六栋大楼打下了 Fascinante 的标记。作为这样推动世界前进的企业的首席建筑师，就连她父亲也很佩服的年轻男人，Dante 根本不屑和她打好关系。

"我老婆酒量不行，我来吧。"

听见白风杰的声音，于若琪如释重负地松了一口气，缩到他背后去小心地看着申雅莉和 Dante。

与其他人皆一身正装不同，Dante 穿的是法兰绒翻领休闲西装——领口处手工绣着他的个人 Logo，以及这回去西班牙买的科尔多瓦印花新皮鞋。他看上去是如此从容，好像这个包间甚至世界都是他自己的家。

"好。还是一样，我喝大的，你喝小的。"他把小杯子推到白风杰面前。

白风杰却仰头一口喝掉了那杯小的，把和他的同样大小的高脚杯推过来："男人

思念成城
君子以泽
Missing Becomes A City

TO最亲爱的读者：

世界是温暖的，也是冰冷的。任何人都可以选择接近自己感受到的那一面。

对于我而言，世界是温暖的。因为，你们的喜爱与支持是我看到最多的东西。尤其是多年陪伴的长情老读者，谢谢你们。我会一直写，一直在，把创作热情投入到每一部作品中。不负初心，不负你们的期待。

之间喝酒还礼让？别瞧不起人。”

于若琪看着自己的丈夫，眼中闪烁着崇拜、感动与另一种复杂的情绪——她果然没有嫁错人，白风杰是一个有担当的男人。只是，他的担当究竟是为了保护自己，还是另有原因？这种疑问直到白风杰喝酒前快速瞥了一眼申雅莉后，变成了彻底的愤怒。而这种愤怒，又在十多分钟后他脸红成猪肝色、佝偻着倒在桌旁时上升到了顶点。

“你这没用的废物！”她狠狠踢了一下桌子角，拿着手机冲出门去。

以前念书的时候不是没有上过酒桌，当年的申雅莉也被希城宠得无法无天，尤其是大学以后，她和希城的恋爱公开了，连当着长辈都不避讳。只要有饭局，他俩一定在一起，只要有人找她喝酒，希城一定会站出来替她挡掉。长辈们开着玩笑说“希城你还这么年轻就开始宠老婆，以后小心变成妻管严哦”，希城也只是敷衍着说“莉莉她不会喝酒，不让她喝”——就是因为当年被希城宠得太厉害，她刚开始混饭局时酒量完全不行，时常喝到烂醉，回家对着马桶吐上一个小时，带着妆在玄关睡到第二天天亮。

那段时间她经常想，如果希城还在会是怎样的情况。这个答案一直想不出来，但她确定不是 Dante 这样的。把白风杰撂倒以后，Dante 接过旁边人递来的雪茄，笑着说了一句“铝管的口感不错”，就衔着雪茄身子偏了偏，对上对方的雪茄喷枪，慢慢旋转着烟支把它点燃。接下来，他和一群同在抽烟的男人聊起电影赞助的问题，挥舞着雪茄说“没必要那么大费周章，就选新修的私人银行，重点拍铭牌”。在烟雾缭绕的环境中他没半点不适，两只手指夹着雪茄，用手掌挡住下半边脸的样子依然贵气，却完全没有希城干净的气息。

他是世故又复杂的男人，和她不是一个世界的人。可是，刚才也是他救了自己一把，应该心存感激。趁大家聊得开心，她走过去低声向他道谢，跟大家打了招呼就走出门去。然而前脚刚跨出去，后脚 Dante 就追了出来。他把外套扣好，径直走在前面：“我送你回去。”

“不用不用，丘婕来接我了。”

“不过跑个酒，没必要让她专门跑一趟，你们想被狗仔拍吗？跟她说不用来了，我送你回去。”

原本还在犹豫，申雅莉却在大厅门口看见了丘婕。丘婕一看见 Dante 脸色大变，鬼鬼祟祟地把申雅莉拽到一边小声说："我的一姐啊，你能不能不要再让这个家伙在你附近晃了？每次看到他的脸我都觉得是顾小受诈尸……"

"嘘，别说了。"

"他身材是比顾小受攻一点，但你看着这张脸心里不憋得慌吗？"

丘婕说完还回头看了一眼 Dante，却正面迎上他微笑着的目光："丘小姐。"

丘婕极不自在地耸了耸肩："Dante 先生你好。谢谢你送雅莉下来，我先送她回去了。"

"你让司机回去，我安排人送你们吧。"

"可是……"丘婕看了一眼申雅莉。

"司机也是人，让人家周末休息一下吧。我这边安排有人。"

最后她们俩还是没拗过 Dante。两人上了车以后，才知道他所谓的"安排有人"，就是汤大副总。

"在公司里敢把我当司机使唤的人，也就只有你了。"汤世一边开车，一边横了一眼副座上的 Dante。

"副总辛苦，下次我埋单。"Dante 从善如流地答道。

丘婕在后排小声吐槽说这男人谈吐很受态度很攻，不好对付。申雅莉本来就很晕了，被她逗得开心地笑了一路。很快送她到家，她再三嘱咐 Dante 要保证申雅莉安全。Dante 打开车窗说："我保证一定送她到家，看她进了家门才走。"

沉沦

不愿意被他牵着鼻子走，不愿意主动再前进一步。
可是这种距离就像是磁铁的南北两极，
只要保持在让它们想要靠在一起的范围里，
引力只会越来越大。

少了叽叽喳喳的丘婕，车里安静了很多，申雅莉把头靠在冰凉的玻璃窗上，看着摇晃飞驰的霓虹。Dante也没打算说话，车中的沉默维持了几分钟。后来，汤世先开口了："我发现国内酒文化真不像样，总是喜欢强迫人喝酒，尤其是对着女士，也太没风度了点。"

申雅莉哧哧地笑着："Dante真是海量啊，喝那么多都没晕。"

"我有点晕了，只是看不出来而已。"Dante手肘放在车门的扶手上，撑了撑额头。

汤世又一次向他投去鄙视的目光："你少装，这时候你也就能骗骗姑娘的同情心，实际上叫你再灌一斤都没问题。"

“一斤，这么厉害？Dante，你的酒量是天生的？”申雅莉惊讶地说道。

“差不多吧。”Dante 的回答却和平时一样，礼貌而疏离。

汤世不留情地揭穿他：“别听他的，有几个人的酒量是天生的？我听 Marco 说，Dante 小时候特别乖巧，但上大学的时候就突然疯起来了，抽烟喝酒都是一年里学会的……”

Dante 半侧过头来没好气地说道：“副总，你今天就是打算拆我台是吧？”

汤世笑得略显奸诈：“谁叫你老出风头。”

三人又聊了一会儿，车也停在了申雅莉住的小区里。Dante 送她走到家门口，她原本想再次道谢再转身走掉，却觉得一颗脑袋比上车时还要昏沉。在黑暗中和他的眼睛对望，也忍不住盯着多看了一会儿。然后，她身体晃了晃，略带酒意地说道：“你……你今天为什么不回我短信？”

他微微一愣，缓慢地说：“最近开始忙起来了，下午在忙一个我负责的工程。”

她笨拙地点头：“可以理解。那……我先上去休息了。”

“嗯。”

她刚走了两步，就又一次转过身来，指着他说：“《史记》里有一句话你听过吗？‘臣饮一斗亦醉，一石亦醉。’就是说，心情好的时候很不容易喝醉，心情不好时就很容易喝醉。下一次就算再忙，起码也看看手机啊。我一个下午都在查手机，弄得心情特别不好。你知不知道是谁的错！”

这一回他沉默的时间久了一点：“我知道了，抱歉。下次会回快一点。”

不管他走到哪里，似乎永远都是这样，即便感到惊讶也只是淡淡的，脸上的表情也是公式化的微笑与从容不迫，就像是一道紧锁在地底的金库大门，不管里面存放着怎样的财富，都让人觉得自己不可能打开它、感受它。看见他充满歉意的表情，她忽然觉得委屈，连道别也省了，小跑回家里。刚一跨进房门，她就把鞋乱踢到墙角，包包扔到地上，飞奔到房里整个人扎入床中。到底瞎说了什么话，讨厌这种感觉。老外很喜欢说的一句话“older and wiser”在她身上完全无法验证。不是小孩子了，还会说出这样幼稚的话，对象还是一个有女朋友的男人。太讨厌这样的自己了，讨厌，讨厌，讨厌……

被早晨的阳光唤醒已经是第二天早上，申雅莉揉了揉眼睛，看见满手脏兮兮黏着的睫毛膏，回想起前一天发生的事。情绪不再像睡觉前那么激烈，但还是很消沉。她抓了抓乱七八糟的鬈发，把铅笔裙脱下来，脸埋入双掌。说了那么失礼的话，Dante可能不会再愿意见到她了，唉。

很久很久，她随便披着一件睡衣起身，从包包里掏出手机，随便翻了一下，看见了一条未读短信，打开只有简短的一句话："明天晚上有空吗？我们去看电影吧。"发信人是Dante。

她有些混乱，快速打了一行字，却犹豫了很久才发出去："你不是最近在忙工作吗？"

不到半分钟时间，他就回信了："工作是工作，吃饭看电影的时间还是有的。"

她呆了很久，看向镜子里变成邋遢熊猫的自己，也不会看不顺眼了，反而激动地闭上眼睛，握紧了双拳，冲到沙发上乱跳了一阵，直到对面住户的阳台上有人出现，才跳回沙发上缩成一团。距离明天晚上还有三十多个小时，这段时间一定要好好工作。但正准备冲澡，她又回去翻了翻短信的发送时间，发现是前一天晚上差五分十二点。那这个"明天"到底指的是哪一天？她发短信过去问。

Dante又很快就回了："那是昨天发的，我的意思是今天晚上见。今天晚上你有空吗？"

今天晚上？申雅莉握紧手机，理智告诉自己，在这种情况下应该婉转一点，冷漠一点，告诉他今天忙，明天见，这是最基本的维持女性价值的技巧。可是一想到晚上就可以和他见面，她实在不愿意再度过一个日夜，她回复说："好的，晚上见。"

"下午你要去剧组吧，我直接到片场接你。"

这一天时间过得很快，又走得很慢。早上的通告结束后午休时，她收到了一条汤世的短信："申天后，晚上忙不忙，我请你吃顿饭？"

她只能照实说晚上有约，没办法。然后他们约好第二天晚上见。

白天的拍戏总算结束，她把衣服换好出去，他已经倚在门前朝她笑着挥了挥手。雀跃的情绪是流动的源泉，从心底涌出来。她一路小跑过去，也跟着笑了起来。如此想要和这个人亲近，甚至有伸手去挽住他胳膊的冲动。也不是没想过他有女朋友的事实，可是如果只是朋友的见面，似乎不用考虑那么多，反而破坏彼此的心情。坐上他的车，她的问题从来没有这么多过，甚至还会傻傻地说一句"你居然会开车"，让他终于忍不住笑出声。他有着独特的嗓音，平时说话带着冰的质感，笑起来又暖得似乎能将冰川融化。

他把车开了出去，大楼后方残留着深红夕阳，薄雾挂在工地的塔吊上、纵横的立交桥上，交通灯和商店逃遁似的被抛在脑后。申雅莉忽然觉得，这片高楼耸立的荒漠为她张开了怀抱。她把视线从窗外挪到他身上："对了，你昨天为什么走了以后才发短信给我，为什么不当面问我要不要出来看电影？"她知道这个问题很傻，可是已经困扰一整天了。她不是藏得住心事的人。

"你醉成那个样子，答应了也可能会记不住。"他的下巴朝手机的方向抬了抬，"现在有短信作证，不可以赖账了。"

"是这样啊。"她终于放宽心地点了点头，抿着一抹微笑重新靠在椅背上。

因为担心在人多的电影院会被粉丝包围，所以他们选择了一个私家小影院。不过在两个小时内上映的电影，只有一部连导演都没听说过的外国末日灾难片，买票的也只有稀稀拉拉几个中年夫妇。Dante双手插在口袋里，看着那幅看上去就不怎么吸引人的电影海报："这部你觉得看上去如何？"

"还不错啊。"她硬着头皮，挤出一脸笑。

"那就看这部了？"

"好呀。"

他去买了票，两人有些尴尬地悄声往地下影院走，等人都坐好了才到最后一排坐下。以她对电影的判断，只看海报和电影开头两分钟，就确定了是一部投资、口碑、票房"三无"的烂片。他也发现了这个事实，电影开始后十多分钟，一直保持着沉默。

第一次单独出来就选了这么无聊的片子，这开头真是太糟糕。她朝他的方向凑近一些，努力让自己看上去很享受："好像这个女主角我在一部美剧里看到过。"

银幕上有爆炸声响起，配的还是不能见人的劣质特效。他没有听清她在说什么，头朝她的位置靠了一些："嗯？"

黑暗中他的影子并不清楚，只有在大银幕灯光闪烁时，才能看见侧脸被银光照得亮了一下。心里有一种未知的情绪涌起，她在他耳边又一次说道："我在一部美剧里看过这个女主角。"

"叫什么名字？"

她说出那部剧的名字，又略显拘束地耸耸肩："我也不知道是不是，是很多年前看的了。"

"这一部电视剧我看过，你也喜欢？"

"是啊是啊，我对那个男主角印象特别深刻，他长得和米勒很像，不过我更喜欢米勒一点。"

"为什么？因为米勒和小浅像？"

"喂喂，米勒和小浅哪里像了，完全两个样好不好……"

"我是说，他们都喜欢和男朋友一起穿情侣装这点，很像。"

听他这么一本正经地说这种话，她噗的一声笑了出来，然后捂住嘴。所幸电影院里实在没什么人，她就是说话稍大声点，也没人会抱怨。她重新压低声音，朝他的方向挪了挪身子，以便两人更好对话："大建筑师，你比我想的要八卦得多啊。你怎么能说小浅和柏天王穿情侣装，人家那是夫妻装。"

"也是。好像同性恋也分男女的，在他们俩之间，小浅是当女方的那个？"

"什么女方男方，你好歹在国外长大，他这叫零号，就是妻子角色。"

"原来如此……"

看他想了很久，她略带调侃意味地戳戳他的胳膊："你在想什么，开始对同性恋感到好奇了？"

"嗯，有点。"他摸摸下巴。

"哇你不是吧，真的假的，难道想去试试？"

见他半天不回答，她的惊讶程度像温度计一样一点点上升，半晌说不出话来。直到他伸手在她面前晃了晃，她才摇摇脑袋，一副欲言又止的模样。他笑了："好了，逗你的，看把你吓的。我以前也不是没想去试男人，不过不行，是完全不行那种。"

"你……你真试过？"

"嗯，没试过你也不知道自己性取向是怎样的，对不对？不过就像我说的，完全不行，就是稍微碰一下同性，想象一下那个场景都会觉得浑身不舒服。"

申雅莉已经快窘得吐血了。

"为什么会这样？"她完全迷茫了。

"那时候乳臭未干，受了点小挫折就觉得天崩地裂，总想报复社会。"

她缓缓点头，想了一会儿小声说："那如果有一天你喜欢的女生变成了男的，你还会和她在一起吗？"

他毫不犹豫地说："我变成女人的话可以。"

"那如果你也要维持男人的身份，和变成男人的她恋爱，你还愿意吗？"

他皱了皱眉，一副相当痛苦的样子："这样真的很……但是，如果是真爱那个人，她变成什么样我应该都不会介意的。"

居然为了这个与自己无关的答案，小小的被感动了。她沉默了很久，突然抬头："等等，我们的话题怎么会转到这个奇怪的方向去了？"

"不知道，可能是电影太无聊了吧。"他无所谓地耸肩。

"哈哈，你也觉得这部电影无聊。我从一开始就觉得完全看不下去。"

看见他饱受折磨的模样，她放轻了自己的笑声，但很放松地张大嘴开心地笑，大银幕的银光照过来时，她的脸蛋瞬间被点亮，牙齿看上去比平时还要洁白。她的眼神是如此快乐，相比下来，他静默时看着她的眼，却深邃又略显忧郁。

电影结束以后，他们俩在沉闷的音乐中站起来，心情却没有受到任何影响。作为演员，她觉得这样做有点浪费，而且不尊重影片制作组；可头一次放松当一个彻底的观众，跟别人吐槽电影有多雷，感觉似乎也不错。他们一边离开影院，一边讲着自己还记得哪些剧情，两个人笑成一团。推门出去时，他回头说："第一次正式邀请你出来就选了这么难看的电影，不知道还有没有机会弥补？"

"你想怎样弥补？"她仰头看着他，眼神机灵而带着点期待。

"还记得我在西班牙说过要给你做一顿饭吗？"

"咦，你是认真的吗？"

"当然了。明天晚上你要有时间就来我家吧，我下厨给你做顿好吃的。"

第二天她和汤世约好了要一起用餐。而且，连续两天见同一个异性，也是很不符合男女交往的基本守则……可是，Dante 做的饭，还有他真的叫她去他家……

见她脸上露出了犹豫的表情，他说："如果你很忙的话，改天也可以。"

"不，我只是不确定明天晚上是不是有事，你等等，我问问我经纪人。"她掏出手机发了一条再次推迟见面时间的短信给汤世，还没等对方回复，就重新把手机放回包里，"如果明天晚上没事，我就过去膜拜一下你的手艺啦。"

这时他们已经走出了影院大门。温热的风迎面吹来，伴随着进入眼帘的是铁轨般伸展的街道与楼层。他的背影倒映在玻璃门上，讲究的衣着让他看上去有些遥远，像是冰天雪地里冷漠的贵族。他为她拉开车门，坐回驾驶位，把车开在纵横喧闹的街道交叉口，始终和她保持着那么一点点无形的距离。其实，她不愿意被他牵着鼻子走，不愿意主动再前进一步。可是这种距离就像是磁铁的南北两极，只要保持在让它们想要靠在一起的范围里，引力只会越来越大。

“最近我也比较忙，可能很难找出时间。下次有机会再约你吧。”这是第二天汤世给申雅莉姗姗来迟的回复，多半是对连续两次的拒绝知难而退了。申雅莉客套地说了一句“下次一定奉陪”，对方就没再回复。

忙了一个早上，和容芬一起到影视公司去办事，申雅莉在走廊上却遇到了一个眼熟的陌生男人。他有着年轻的皮肤和身材，深黑的眼睛却像是单向的镜子，只会把光芒吸收，再透不出一点光亮。他身上穿着昂贵的衣服，自己却没留意到这一点，好像他身边精明的女经纪人一手为他设计的。这个男人不仅是近两年红遍半边天的明星，还是著名导演的前任丈夫，关和。她下意识看了一眼身边的容芬，但容芬连用眼角看他的力气仿佛都嫌多余，淡漠地从他身边走过去。然后，他抓住了她的手腕：“芬芬……”

他话还没说完，容芬提起手中的水红镶白金包包，“哐”的一声砸在他的脑袋上！周围的人都倒抽一口冷气，停下脚步看着他们。关和捂着头，半蹲下身子。他的女经纪人也过去扶住他，故意放大声音说道：“天啊，阿和，你还好吧，怎么会打中脑袋了，这简直比走在街上被狗咬还倒霉啊。”她大呼小叫的声音让容芬更皱紧了眉，拽住申雅莉，踩着高跟鞋噔噔地走了。听见关和还在叫着容芬，申雅莉忍不住扭头看了看他，发现他捂着脑袋的手指缝隙中溢出了血，但容芬始终连头都没有回过一次。

和申雅莉坐上车后几分钟，容芬苦笑着说：“你肯定觉得我特泼辣又无理取闹。”

申雅莉摆摆手：“当然没有，你俩的事我知道一些。主要错在他吧，你做什么都可以理解。”

“他其实前段时间来找过我，我也有点心软，考虑要和他和好。结果你猜是因为什么？”她低头开始翻手机，等申雅莉露出疑惑的眼神后，把手机递到申雅莉的手里。

新闻里，关和跟一个染了亚麻头发的非主流美女搂搂抱抱，嘴角有着痞痞的笑容，与刚才在走廊上小狗般摇尾巴的可怜男人完全不同。容芬冷静地说：“这小姑娘资历太浅太差，想接大片来一炮走红。她太外行，演技也差，连《巴塞罗那的时廊》是我执导的都不知道，还不知天高地厚地来面试女主角。被我撵走了。”

“所以……关和是想请你帮忙？”

容芬却没有直接回答，只是拿出一支烟点燃吸了一口，对着窗外吐烟：“雅莉，其实我有时候挺羡慕你。你比我小不了几岁，但想法特别单纯，不大像是自己打拼过的。如果不是因为我了解你，肯定会以为你有后台。这个圈子太乱，你如果哪天考虑结婚，可千万别找圈内人，像李太子这些明显没玩够的小孩，劝你别浪费太多时间在他身上。”

想起手机里还躺着李展松才发过来的短信“雅莉姐，我想你想得发疯了，什么时候能见面 =_=”，申雅莉差点笑出声来。容芬又抽了一口烟，轻轻叹了一口气：“我觉得 Dante 挺好，真的。有女朋友又如何，他又没结婚，抢过来不存在道德和责任的问题。你要知道，单身的高富帅几乎是绝种动物，他们要么结婚了，要么就是 Gay，要么就是结婚了的 Gay。他喜欢你，你也喜欢他，光明正大地去抢吧。”

他会喜欢自己？其实不是很敢想这种问题。总觉得自己和他之间的阻碍太多。有女朋友是一回事，他随时可能会回西班牙是一回事。更重要的是，她根本不知道 Dante 是对她单纯有好感，还是因为离开西班牙了想找点乐子。如果是后者，哪怕可以努力一下让他喜欢上自己，她也无法容忍这样的感情。如果和一个长得像希城的男人有过一段不纯净的爱情，不如永远不和这个男人交往。没办法，希城在她心中太完美了。她宁可一辈子不再爱任何人，也要保留和他在一起的回忆。

这些问题她想了一整天，直到天黑以后 Dante 来接她，都没能放松下来。坐上他的车，她很快累了，也不愿意多说话。街尾高悬在空中的路灯上，球状玻璃中射出的光芒把黑暗晕开，照亮一排排建筑干净的玻璃窗和水泥人行道。沿江街道的尽头有一片高耸入云的公寓大厦，他们行驶的街道两侧挂满了那片公寓的宣传横幅“钻石盛夏”。一辆巴士朝着相反的方向驶过，挡住对面的街道，但在它涂满鲜亮油漆的车身上也印着“钻石盛夏”四个大字。她喃喃道：“房子没卖出去几套，广告倒是打得挺响亮的。”

Dante 笑了两声：“这是我们公司第二次和盛夏地产合作的工程。”

“是你设计的？”

“不是的，我只负责了前一项。”

她有气无力地应了一声，也无视了他有些担心的视线。没过一会儿，她的注意力被街边小巷子里一个小商贩吸引了：“你看那个人在卖什么？”

他把车掉了个头，开到小巷子里。他们一起下车，凑近了看发现原来是一盆绿油油的小乌龟。卖乌龟的是个摇蒲扇的年迈老太太，眼花到认不出大明星，笑眯眯地说：“小姑娘，喜欢就和你男朋友买两只啊。”

“他不是我男朋友。”申雅莉忙说道。

“哦，那和哥哥买两只乌龟回去玩玩。”

“他也不是我哥哥。”申雅莉窘了。

“不是你哥哥，不是男朋友，那这么亲密地站在一起是什么？难道是弟弟？”

“……”申雅莉默默地从 Dante 身边挪开。

Dante 被这固执的老太太逗笑了，蹲下来捏起一只乌龟壳的边缘看了看：“乌龟多少钱一只？”

“十块。”

“只要十块？”他有些惊讶，“你是说一只乌龟十块？”

还没等老太太回答，申雅莉也蹲下来用手戳了戳那只乌龟：“国内的物价没有欧洲那么高啦，当然便宜的东西质量相对也要那个什么一点。这乌龟就是给小孩子玩的，我表妹买过，回去玩了两天就死了。”

老太太用蒲扇指了指那盆拱来拱去的乌龟：“谁跟你说这乌龟会死了？像你这种就知道减肥维持苗条身材的小姑娘不吃东西，肯定就不喂乌龟饲料，才会把它们饿死。”

“老太太你怎么这样说话，我哪里像是会减肥的人了？那是我表妹买的，又不是我买的。”

Dante 把自己捏着的乌龟递给老太太：“这乌龟我买两只，麻烦拿两个塑料盒装一下。”

“我只卖给你，不卖给你的小女朋友。”

申雅莉怒了：“凭什么不卖，做个生意居然还挑顾客的呢？还有，都跟你说了我不是他女朋友……”

两人争来争去，最后还是 Dante 把两只乌龟顺利地买下来，让申雅莉选了第二只。可惜最后申雅莉和老太太也没能停止拌嘴，停在了“我家乌龟是可以长到三十斤的！”“一百年后长到三十斤吧！”这种尴尬的对话上。

上车以后，申雅莉提着塑料盒子，一只手隔着盒子戳那只婴儿乌龟：“都是你，都是你，害我被那固执的老太太教训。你说大建筑师到底是看上你们哪点了？长得这么笨还一直往上乱爬，给你取名叫笨笨好了。”

Dante 认真思索了一会儿，说：“其实我觉得老太太的性格和你挺像的，自尊心都特别强。”

“瞎说，你才和她像。”

“好好，我和她像。”

他这么让着自己，她反而有些不好意思，转而对他放在风挡玻璃前的乌龟说：“你和 Dante 像，都是呆呆的，给你取名叫呆呆好了。”

“笨笨和呆呆？”他无奈地笑着摇摇头，“雅莉，你取名字的本事还真是不敢恭维。”

听见他自然地叫了自己的名字，她稍微愣了一下。其实，同辈朋友几乎都叫她“雅莉”，但不知为什么，他这样称呼自己，她觉得有点不好意思，把视线转移到窗外。

一个小时的漫长堵车后，他们终于抵达 Dante 家里。Dante 最擅长的建筑风格是功能主义和典雅主义，他尤其偏爱后者，这让他冠上了“典雅主义建筑之王”的称号。他的房间布局很精巧，设计出自他手，却没有他作品的那些绚丽的风格。他家里空旷且一尘不染，除了不可缺少的家具，所有的东西都干净得会发光，而且简化到冷漠的程度，但家具的材料都非常讲究，室内电器也很先进，连厨房炉灶也是不会产生火苗和烟雾的电子触屏式，整个公寓像是修建在玻璃方城里的高品质发动机。见她往里眺望，他细心地补充道：“我去给乌龟换点水，这是卧室。”

卧室的书桌上有个插满图纸的大方盒，旁边是插在筒里的大量铅笔和针管笔，铅笔都是手工削成专业的细长尖锋，密集的箭矢般蓄势待发；墙壁上挂着一个铜质的普利兹克奖章，总统颁奖的照片却被他放在了书房里。这些事物提醒了他和一般建筑师的差距，也让她想起以前的大学生活：不论是学习还是工作做项目都是前松后紧，到快交建筑图的时期，连吃饭睡觉的时间都没有，都用来刷夜画图做模型渲染。又因为设计没有极限，只有更好没有最好，大家为了高分，或者以后工作项目中标，会抓紧时间无止境地完善设计，导致每年都有人猝死。所以，建筑系有个别称是“猝死系”，还有一句名言：“建筑师功成名就要等到 60 岁以后，但是活到那时候的不多。”

Dante 真是个奇迹。只有自控力超常的人，才能挨得住寂寞画出成千上万的设计图。这样一想，也自然觉得这种冰冷而理性的住处应该是他的风格。然而，她发现了一个细节：他的床头有个电子插板，上面接着手机连线、iPad 充电器、Kindle 连线、PSP、笔记本电脑、蓝牙鼠标、蓝牙耳机等等。这些东西都摆在他两米宽的大床一角，和雪白的抱枕放在一起，跟闪着灯的笔记本电脑一样，都让人觉得心慌。这个不修边幅的细节，与他房间里的其他事物形成强烈的反差——他喜欢赖床，还喜欢抱着枕头睡觉。撇开必须在桌子旁边进行的工作，他更愿意躺在床上娱乐。

她刚关灯想要出去，他却忽然进来了。他穿着围裙，嘴里叼着一个玛芬蛋糕，匆匆忙忙地打开笔记本电脑，飞快地打了一行登录密码。里面居然是一个全屏的游戏界面。他睁大眼，说了几个字，但因为嘴里含着东西说不清楚，她疑惑地嗯了一声。他取下玛芬蛋糕，看着屏幕笑了："我昨天打的装备才挂了一个白天就全卖出去了。"

居然还玩网络游戏，果然是个宅男。她盯着屏幕一会儿，忽然看着上面的人名说："蓝斯……你的人物叫蓝斯？"

《死徒》里有个主要人物是个半机械半人类的军用杀手，性格冷峻沉默寡言，是她饰演的女军人的恋人，曾为她吃过不少苦头，这个角色就叫蓝斯。他略显骄傲地用鼠标点了点那个人物："你要知道，《死徒》很火的，这游戏刚开服第一天我就进去注册了，不然抢不到这名字。"

她捂住额头，完全败给他了。但没多久她就慢慢坐直身子："你喜欢蓝斯？我以为你会喜欢安森。"安森是《死徒》电影里的男一号，也是成就柏川演艺事业的最大基石。

"安森我也喜欢，不过更喜欢蓝斯。当然，最喜欢的还是队长大人。"

他说的队长就是她演的女主角。她刚好抬头看他，听见这句话完全没心理准备，不好意思地别过头。但因为动作太明显，她为掩饰咳了两声："你知道吗，容芬说你是高富帅。"趁他还在怔忡，她又补充了一句，"实际我知道，你是白富美。"

他想了一会儿，认真地说："对，你才是高富帅。"

她眨眨眼，用力拍拍他的肩："你这话太得我心了！我就是高富帅，哈哈！"

一想到 Dante 喜欢玩网游，还穿着围裙做饭，她的压力就稍微小了一点。可是，当她出去看见他在餐桌上摆杯子的时候，她又蒙了。

"一，二，三，四……七个？我们两个人喝酒，怎么会用七个杯子？"通常喝白酒红酒香槟的杯子她能区分，勃艮第和波尔多的红酒杯也有区别，但这密密麻麻一片……

“这是你的杯子，我这里也有七个。”

看她一头雾水地看过来，他指着最大的杯子说：“这是喝水的。”指向稍小一点的：“开胃酒。”指向修长的杯子：“香槟。”指向杯颈较短的高脚杯：“白葡萄酒。”指向杯颈长的高脚杯：“红葡萄酒。”指向倒三角形的高脚杯：“鸡尾酒。”指向最小的杯子：“威士忌。”

“……你今天不把我放倒不罢休对吧。”

“这样做，只是想表示你是我最尊贵的客人。当然不用每一种都喝，稍微尝尝味道就好了。”他先为她倒了一点水和餐前酒，然后走进厨房。

大部分食物都做好了，他把菜热好就端了出来。前菜是意大利熏火腿薄片和小份的帕玛森奶酪脆鱼派。帕玛森奶酪是最古老的奶酪，产于意大利帕尔马。她吃下前菜第一口，就呼哧呼哧地把一盘量不多的菜吃完了，然后跑去厨房看原材料，发现产地真是帕尔马，吃惊地说：“你从哪里弄来的这些东西……”

“这个和红酒是公司同事从欧洲带来的，其他的都是超市买的。”

“超市也有卖西餐材料？”

“你果然不做饭。”

“是材料的原因吗，怎么会这么好吃？”

他没说话，只是轻轻笑了，把主菜英式烧鸡端出来。她像个第一次吃大餐的小孩子一样，一路跟他小跑出来，在他身边坐下：“你教教我怎么做吧，或者告诉我配方，我让别人做给我吃。”

“以后想吃就告诉我，我做给你吃。”

“这怎么好意……”

不等她把话说完，他已顺着鸡肉上的缝把它切开，叉了一小块肉：“这个你尝尝，应该比前菜好。我觉得脆鱼派奶酪放太多了。”

“哪有，很好吃好不好！嗯……”看见他递过来的鸡腿肉，她犹豫了一下，把它吃下去。

刚才切开鸡腿时，她就看见里面不仅有白嫩的肉，还有填充的柠檬和香草。果然，不但能品尝到新鲜的鸡肉味，还有一股淡淡的植物香，这令原本有些肥腻的整块食物精致清新起来。她还没从第一口的幸福感中脱离，他已喂了她第二口。铺垫在下方的培根、皱叶椰菜和熟芝士，提拉时黏稠而香味四溢，混搭起来自然是有着西餐独有的香甜。培根是酥脆的，夹心用肥肉、鸡肉混椰菜很是美味，培根搭芝士也是别有一番味道。

“再吃点这个看看。”

他刚想喂她吃鲜嫩的小土豆，她总算反应过来接过叉子：“没事没事，我自己来吧。”

他给她倒了一杯红酒：“鸡肉配白酒很好吃，但鸡腿肉可以配勃艮第葡萄酒，红的白的都可以，我觉得最好是甜瓜或苹果口味，你想要哪种？”

“都可以！”她顾不得慢慢品味了，只是努力让自己不吃得太狼狈，吃完还喝了一口他才倒好的红酒，就只觉得即便世界末日到来，也没什么遗憾了。吃完最后一口鸡肉，她意犹未尽地舔舔嘴唇：“我挺喜欢红酒，但以前都不怎么喜欢吃西餐，以后肯定会口味大转变。”

他把餐后的奶酪拼盘端上来：“其实大部分西餐是没法和亚洲菜比的，尤其是中餐。西方人只敢吃大块的食物，稍微能看出动物雏形的东西，像烤全鸭、鸡爪子都不敢吃，所以才浪费了精进烹饪水平的机会。”

“真的啊，鸡爪子都不吃？”

“就是爱逃避自己吃的是生命这种现实。你看，他们称牛肉为 beef、steak，而不是 ox，猪肉叫 pork 而不是 pig，就连袋鼠肉都不叫 kangaroo 而是 australus。”

“对哦，鸡鸭鱼好像是例外……”

一边聊天一边喝酒，吃各式各样的奶酪，很快他们就结束了用餐。他把餐盘和刀叉端到厨房，她也帮忙端进去放到水槽里，想往餐具上挤洗碗液。他拿走洗碗液：“我家有洗碗机，不用手洗。”

“洗碗机洗不干净的，尤其是不冲水，上面肯定会有一些食物的残渣，让我洗吧，我以前经常帮爸妈洗碗，这方面可是行家。”

她伸手去捞洗碗液。他却把洗碗液高高地举起来，难得严肃地说：“别闹了，你是客人，我怎么能让你洗碗？”

“你做饭这么好吃，就当是我对大厨的感恩。”

见她跳起来想要抓洗碗液，他打开碗柜就想把它放进去。她拽着他的手腕就往一旁拖，捏了捏他的脸：“你才别闹了，让我来。”他这回很容易被拉开了，手掌覆着被她触摸过的地方，刘海挡住了一只眼睛。她趁着这个机会把塑料瓶夺了回来，挤了很多洗碗液到餐具上。但刚拧开水龙头，手腕就被握住脱离了水槽，连同整个身体一起被扣到了墙上。

大片的阴影就这样笼罩下来，一双炽热的唇压在了她的唇上。

这一回和以前不同了，他非但没有离开她的嘴唇一毫米，反而连带身体也紧紧贴着她，直接粗暴地深吻下去。连喘气的机会都没有，两只手都被他不留间隙地扣在墙上，身体也被压住不能动弹。太被动了，她没有一点反击的余地，只能被迫地张口接受他失礼的侵略。心脏已经跳到快要破膛而出，只能听见龙头中水哗哗的声音和自己凌乱的心跳声。

好像快要窒息了。刚想开口说话，几乎深入喉咙的唇舌缠绵就让胸口变得刺痛起来。想逃跑，想尖叫，可是在这样热情的攻势下，她连咬他的胆量都没有。腰被他一只胳膊轻松地搂过去，以几乎折断它的姿态把她整个人搂入怀中。她的胳膊蜷缩着，被压在他结实的胸膛前。愈来愈高的体温几乎把人烧化，她只觉得自己像失去自我保护能力的动物，再用力一点，就会被碾碎在他强势的拥抱中。

到后来水龙头明明还开着，她却连水声都再听不见，只能听见紧贴时冲撞着彼此胸膛的心跳。终于，她放弃了抵抗，虚弱地倒在他怀里，放任自己沉溺在迷恋他的情绪中……

第十三座城

恋情

偷偷在意一个人是那么寂寞的事。
如果不告诉别人，每天仅仅和对方说几句话，
或者看看和他有关的东西，
就会像把整个撒哈拉沙漠的沙子都放在一个沙漏里，
让它们缓慢地流下，堆积的感情完全无法得到抒发。

手机铃声划破夜晚静谧时特别明显，两个人都明显僵了一下。Dante 抱着申雅莉的手也松开了一些。声音是从客厅茶几上的包包里响起的，申雅莉趁机挣脱他的怀抱，一路小跑过去接听电话。是阿凛的惯例不定时骚扰，她心不在焉地听着，眼睛望向窗外的夜景。

楼下的小区里有水池、桥梁、人工栽培的植物，均被淡金色的灯盏自下而上点亮。细微的光芒把大厦衬得更加高大，像是从空中俯瞰都市夜景的钢筋怪兽。在那片玻璃窗隔开的黑影中，她看见 Dante 在身后凝望着自己的身影。她看不清楚他眼睛是在看哪里，却知道他一直对着自己的方向，因此阿凛说了什么，从头到尾一个字都没有听

进去。一边希望电话早点结束，一边又害怕它会结束。似乎是通话时间太长，她只看见 Dante 有些不耐烦地揉了揉头发，单手插入裤兜里，弯腰提起了茶几上的乌龟。

阿凛终于说出“那明天联系”，挂断了电话，她才转过身去。他给乌龟换好了水，坐在沙发上隔着塑料盒子逗弄它们：“雅莉，你过来看看，这两只乌龟不知道是怎么回事，笨笨特别好动，老往上爬，呆呆不是很爱动，但是胆子大，刚才我换水的时候把它拿出来了，它居然连头都不缩回去。”

她走到他身边坐下，他一直低着头，嘴角略微上弯，唇角露出浅浅笑意。他穿着罗马产的浅蓝色手工衬衫，法式双叠袖口，这令他的侧脸显得古典而高雅，又因太阳穴下面一缕碎发和逗弄小动物的动作呈现出别样的温柔。从外表真是完全看不出来，这样的男人在接吻的时候居然会如此不绅士……申雅莉觉得头皮有些发麻，尴尬地说着毫无意义的话：“真的吗？它们看上去都一样。”

“不一样，你看看。”他指了指她的笨笨。

那只乌龟真是从一开始就没闲过，使了吃奶的力气用两只爪子往上刨。刨了几下掉下来，又继续往上刨——谁说乌龟爬得慢了？这种扭动的状态，比任何在森林里奔跑的四只脚哺乳动物都有活力。另外一只乌龟呆呆则像小猪一样，懒洋洋地展开四肢，趴在水里一动不动。不注意看它微微张开的鼻孔，还以为它已经断气了。她有些担心地说：“你买的这只是不是快死了？怎么气息奄奄的……”

“当然不是。”他把呆呆从盒子里拿出来，那只乌龟果然和他所说一样胆大，被人碰了壳居然都不缩脑袋和四肢，只是象征性地往里面缩了一点点，直到被放在地上，才全部缩进去。过了不到五秒，它就又伸展开来，在地上慢慢爬起来。

“宠物果然和主人一样，你看你的乌龟反应好迟钝，又不怕死。”

“……我很迟钝？”

“谁知道呢。不过迟钝也好，都说迟钝的人重情义。”

“是吗，那看看你这只不迟钝的乌龟会怎样？”

他把到处散步的呆呆装回盒子，把乱刨爪子的笨笨拿出来。神奇的是，笨笨几乎一被摸到壳，就神速地把四肢和脑袋缩回去，直到被放到地上也保持着这个状态。他们盯着它看了很久，可过了起码一分钟，它都像块石头一样，没有动静。她蹲在地上观察了它一会儿，又坐回沙发上：“不是吧，乌龟的个性居然会差这么多。这可是名副其实的缩头乌龟啊。”

“这才是正常乌龟的反应。耐心一点。”

等了起码五六分钟，那只乌龟终于试着把头伸出来。它左看右看，显然对陌生的环境有些怯懦，但还是慢慢地把四只脚伸着搭在地上，又过了大约半分钟，它爬了两三步，确定周围没有危险，居然又恢复了在盒子里的冲劲儿，朝着一个方向狂奔而去。她吃惊地说：“乌龟可以跑这么快？！”

他没有回话，但也被这乌龟的活力吓了一跳。但乌龟到底是乌龟，爬起来还是有些颠簸，他们目送它一瘸一拐地冲到墙壁旁，然后碰壁了，伸出两只前爪继续往上爬。往上爬失败以后，它就顺着墙壁一爪贴墙一爪贴地地爬行，最终卡在了墙角的死路上。到这个时刻，奇怪的事发生了——它没有顺着墙角走向另一个方向，而是像在之前的塑料盒子里一样一直往上爬，摔了又爬爬了又摔，无限循环……

他叹了一口气，摇摇头：“笨笨的名字真是名副其实。宠物果然和主人一样。”

被原话还击的感觉很不好，她冷目横了他一眼：“它只是找不到路，重新来一次就不会这样了。”说完一甩头，跑到墙角把笨笨捉回来，重新放在原来的位置。

五分钟后，和刚才完全一样的场景再一次重现。看着不断在墙角往上爬的笨笨，他转过头来朝她微笑不语。她最终无奈地撑住额头：“这不是笨，只是视力不好。”

“这是钻牛角尖。”他淡淡地笑着，把笨笨捡回来装进盒子里，“小动物也是有性格的，你看呆呆多好养，胆子很大又随性，别人遛狗，我们可以遛乌龟。但笨笨自我保护意识很强，其实是害怕受伤，也很容易想不开事情。这样的个性还是放在盒子里好好保护比较合适，不然它不懂拐弯，只知道往死胡同里撞，挺可怜的。”

他的每一句话都像一根刺，扎入她的心里。其实她又何尝不是这样，一出事就把自己藏在壳里消沉很久，等好不容易恢复了，自以为对事实看得很清楚，就又一头热地横冲直撞，最后还是撞进了死胡同。对希城的喜欢是这样，对希城的死是这样，就连对眼前男人一头热的迷恋也是这样。两人都是成年人，他作为名建筑师，也不可能做出低级的事，但她其实根本不了解他，也不知道他会不会伤害自己。她站起来，堆了一脸强笑：“Dante，现在也很晚了，我要回去了。你也早点休息。”

他看着墙上的钟，站起来拿起钥匙：“我送你回去。”

“不用，我叫车过来接我。”她顿了顿，礼貌而疏远地说道，“毕竟被狗仔队拍到会给你带来不少麻烦。”

他怔了怔，点点头：“好。”

等车的过程反而变得很漫长。她坐在玄关旁边的餐桌旁，双手捧着桌子上笨笨的盒子。它还是和刚才一样，一直贴着盒壁往上刨，不管摔下去几次，都坚持不懈地再次奋勇前进。这时，她察觉有影子出现在桌子上。

“其实我不想你回去。”

听见Dante的话，她忽然觉得指尖有些发颤。她低下头想让自己清醒起来，认真回绝他的问题，他的手却撑在桌子上，一个吻轻轻落在她的脸颊上。她伸手捂住被亲的地方，下意识回过头去看着他。

接着嘴唇又一次被袭击了。这一次只是碰了碰嘴唇，时间并不长。他拉开椅子：“你的车应该快到了，我送你下去。”

他在玄关等她拿包、换鞋、整理衣服。她走下台阶，在拉开门的前一刻，一个带着沉重呼吸的吻再一次印在她的唇瓣。他握着她的手，扣着她的后颈，轻柔缠绵地亲吻她。这一次比之前的强吻狡猾多了，因为太过温柔，吸吮着唇瓣的触感令她想要回应他，触碰她的手令她想要拥抱他……

这个吻却到一半戛然而止。他捂着眼睛，看上去很懊恼：“对不起，今天我的表现太糟糕了。”然后他先推开门，按下电梯按钮。

之后从他们在电梯里一直下沉，到进入轿车，他为她关上车门，她都一直在考虑着要不要主动亲他一次。可最终她什么都没做。这天晚上她失眠了，整夜都感到后悔，又觉得自己没有做错。可自己究竟是自制力好没有主动去吻他，还是根本没有胆量去做这件事——只要往这方面深想了，就更加没办法入眠。

第二天她收到汤世的短信。他问她要不要一起参加周末Fascinante的聚会，聚会举办方是西班牙总部和亚洲总部两边的董事会，除了总部的总裁克鲁兹先生，几乎有头有脸的人都会来。Dante多半也会去。她觉得在整理好心情前最好不与他见面，于是回信说自己再考虑一下。但是自那天从Dante家回来，他就再也没联系过她。时间拖得越久，她就越会反复想他的道歉，又一次掉入了死胡同，她只能向好友们求助。

“这就是给你下套啊。”李真把脚跷在申雅莉的沙发上，把家里最新最贵的指甲油都往手上试了个遍，“我说雅莉，这是欲擒故纵你都看不出来？”

“欲擒故纵？”

“很明显的啊。而且你刚才说，他亲过你了对不对？”

“……对。”

“但是亲过你以后，他又没跟你说他喜欢你，对不对？”

“……是的。”

“他亲了你好几下，跟你说他觉得自己表现得太糟糕，跟你道歉，却没有说下次要什么时候见你，也没说要你当他女朋友，甚至连对你有好感都没说，这是什么意思还不明显吗？一、他很胆小，觉得你太优秀了，不敢告白。但 Dante……这一点基本上可以排除了。二、他喜欢你，但不想主动，想让你主动。三、想和你玩一夜情。”

最后一个答案让申雅莉的心都抽了一下。她摇摇手：“一夜情，怎么可能呀，哪有人一夜情还要专门为人下厨的，也没必要等这么久啊。”

“我说雅莉你也太低估自己了，要看看你现在是什么身价，在圈内是什么口碑。他在接近你之前，肯定对你要做一点调查吧，只要稍微用那么一点儿心，都会听过你用钱抽男人耳光的光辉历史。所以要攻克你，只能用柔情攻势对吧？”

“这年头人们的想法真奇怪，做这么多居然只是为一夜情吗？”

“一夜情只是随口说的，现在男女关系也不一定是单纯的一夜情或恋爱关系，可以是介于这二者之间的，可以是介于朋友和爱人之间的，可以是所谓的 lover，互相体验激情，在一起生活却不用对彼此负责……也可能是西方最流行的 partner 关系，住在一起，做所有情侣做的事，像家人一样，但随时可以离开对方……对啊，Dante 国籍不是在西班牙嘛，外国人都很开放的，搞不好就打算跟你建立非男女朋友的暧昧关系吧。”

一旁用手机刷微博兴趣缺缺的丘婕忽然伸出手，做出了希特勒发号施令的标志性动作：“错了，西方人真结婚以后才是最讲忠贞的，毕竟他们信仰宗教，在上帝面前发过誓，这就让他们完全不把出轨当成是一件列入考虑的事。不过，如果没有明确说清你们的关系，这说明他很可能是个种马。”

申雅莉始终没敢告诉她们，他说了一句“我不想你回去”。她太了解这两个女人的性格，只要告诉她们，一个会冷冷地说“这男人想要的东西已经很明显了，你自己看着办”，一个会热血沸腾地说“这种贱受就该让个渣攻来收拾他”。

其实，暧昧期的恋爱最好不要告诉任何人。尤其是告诉闺密以后，她们多半会跟追连续剧一样，等候下一集的精彩剧情，如果不发生点什么，好像就对不起她们。这样的结果往往弄得自己心乱如麻，患得患失。然而，偷偷在意一个人是那么寂寞的事。如果不告诉别人，每天仅仅和对方说几句话，或者看看和他有关的东西，就会像把整个撒哈拉沙漠的沙子都放在一个沙漏里，让它们缓慢地流下，堆积的感情完全无法得到抒发。长此以往，总有一天会因为与对方交流的一个眼神、喝醉时失控的情绪而做出傻事。就像 Dante 第一次送她回家那样。

他连续几天不联系她，令她也有点心慌。李真和丘婕各自忙自己的事时，她偷偷掏出手机刷了一下微博。接着就在一片眼花缭乱的信息中看到了他的头像。

Dante：二十七小时没睡，头好晕，好像有点发烧，但图还差一点，还是先撑会儿吧。(晕)

原来这几天他都是在忙工作……可是，这种撒娇的口吻是怎么回事？她一头雾水地点开评论，果然底下粉丝们言论肉麻得让人打哆嗦，她点开他的私信，打下一行字："大建筑师，不要太辛苦了啊。"接着又一如既往地把全句都删掉。

"雅莉，你对着手机傻笑什么？ Dante 找你了？"

李真的声音吓了她一跳，她关掉那个对话框："哦，没，没，我看到好笑的微博。"

周六的晚上，汤世来家里接申雅莉。他坐在宽版商务车上等候她，他标准的身形套着格纹英式双排扣西装，还是老样子，一丝不苟地扣上每一颗扣子。车开动以后，艾灵顿公爵的爵士乐响起，汤世目不斜视地看着前方："今天晚上很漂亮。"

她毫不客气地收下赞美，实际却没有对当天的打扮很上心，只是把鬈发弄得更有层次了一点，配上保守的红唇黑裙、金色大耳环和镶嵌有珠饰的包包。长裙是微露香肩的不规则剪裁，没有刻意修饰身材，但若隐若现的曲线有着知性的含蓄美。对于任何陌生的商务场合，这是绝对不会出错的穿着。这一身打扮直到抵达举办宴会的酒店大厅，她都一直颇为满意。

等他们进入电梯，他看看手机："Dante 可能已经到了吧。"

她听见心跳明显加快了："不错啊，好久没看到他了。"

“这小子总是装成一副彬彬有礼的样子，这种场合多半又会变成焦点，让人看着真是不顺眼。”他似乎很喜欢明贬暗褒地评价 Dante。

“我记得你说他以前曾经颓废过。那是因为什么呢？”

“情场失意吧。传言说是因为大小姐，但他否认了。谁知道他呢。”

“大小姐……”

“嗯，Paz Cruz，你可能没听过，她和她哥在西班牙很出名，就像贝克汉姆夫妇在英国——啊，这样比喻好像有点不对。不过，虽说他们都是上流社会人士，大小姐的性格却非常叛逆，经常和克鲁兹老先生吵架……”说到这里，电梯门叮的一声响了，他抬头看着人群某一处，指了指那个方向，“看，那就是她了。”

其实申雅莉第一眼看见的人是 Dante。他就是这样的男人，仅仅是一个背影都相当出类拔萃。然后，她看见了挽着他手臂的金发女子。女子穿着黑色羽毛上衣和亮片长裙，系着与一辆好车等价的金属皮革宽腰带，脚踩铆钉装饰的金色高跟鞋。当她拽着 Dante 在人群中走来走去，羽毛跟黑凤凰羽一样翩翩起舞，高跟鞋连同飘扬的金发也在厅堂里璀璨闪烁。在场的所有女性宾客里，她的打扮最张扬，却没有丝毫违和感。甚至站在十多米开外的地方，都能想象她走过时，空气中会留下怎样一股奢华而迷人的浓香……

“那就是 Paz Cruz 小姐，我给你引见一下。”汤世把手抬起来，示意申雅莉挽住自己。

她却头一次面对同性时会有些退缩：“他们好像在忙，我们先……”

“没关系的。”汤世并不是很细心，强硬地把她带到了那群人面前。

申雅莉是在国外走过无数次红地毯的天后，什么美艳的、高挑的、气场十足的女人她都见过。连和安吉丽娜·朱莉拍照，她都没有丝毫的怯懦。可是，Paz 转过身，用那双美丽的绿眼睛看着她时，她的视线还是无法与对方相撞。她听见汤世用西班牙语介绍她给这个金发美人。Paz 朝她伸出手，开心地说：“Nice to meet you,I'm Paz.”她有着梦露式的沙哑嗓音，态度却随性友善，没有一点名媛架子。

申雅莉终于知道自己的胆怯来自哪里了。她看了一眼旁边的 Dante，与 Paz 握了握手，也简短地进行了自我介绍，就假装去接侍应生端来的鸡尾酒，把交谈的机会留给了汤世。不管是李真的警告、丘婕的鼓励，还是那天在 Dante 家看似情深的小意外，都不能改变一个事实——Paz Cruz 是他的女友。而她也确实被这男人耍了。

“雅莉，你来了。”Dante 朝她笑了，但只是炫耀个人教养的社交式微笑，眼里再也没有那个晚上的迷恋。

她紧握高脚杯，忍了很久才没把酒泼到他的脸上。她回应了他一个淡漠的笑：“Dante 先生，晚上好。”

这是一个相当憋屈的夜晚。申雅莉几乎没和周围的人打招呼，只和汤世有交流。她觉得汤世这人非常够义气，因为那么多人找他，他却始终没有冷落过自己，只要有人靠近，就一定会把她介绍给对方。有个外国人夸她漂亮，他连连点头，犹豫了一下才假装无知地说“对了，你男朋友会介意我把你带过来吗”，她才隐约察觉他的言外之意，于是只笑不语，转移了话题。果然没过多久，他又把问题绕到了男友上面，她笑了：“汤副总，你在为难我。公司和经纪人都不让我恋爱，怎么还老让我招呢。”

“这么说，你有男友了？”

“你猜猜。”

“你这么漂亮，肯定有。”他一手插在裤兜里，一手端着红酒，已经很久忘记了要喝。然后他低下头，在她耳边悄声说：“偷偷告诉我。”

“好吧，这是不能说的秘密。”

“这么说，真的有了？”

她笑了起来，露出亮晶晶的牙齿，一头蓬松的头发烘托着自然的笑容：“没有。”

“吓了我一跳。”他轻轻拍拍胸口，转而有些怨念地看着她，“等等，没有男友怎么会是不能说的秘密呢？”

她拨了拨头发，一脸很为难的样子：“就像你说的，这么漂亮的人，没有男友的话，人家搞不好会认为我心理有问题。”

不出所料，他一副胸膛中枪的抽气模样，拍拍胸膛，假装被她的自恋吓到。

“哈哈哈哈，开玩笑的。”她摆摆手，表情变得认真了一些，“感情这种东西到底是要看缘分。我工作比较忙，如果找男友，对方一定得是我很喜欢的人才可以。目前还没遇到这么一个人。”

看见他眼中再次浮现欣赏的神色，她心中其实并没有太大成就感。多亏父母给了她漂亮的外貌，从小到大喜欢她的男生就不少，只是学生时代性格凶悍，最后结局就是和追求者变成哥们儿。之后几乎整个少女时代都把一颗心扑在了希城身上，眼中再也没有装下过任何人。希城不在了，和形形色色的人打过交道，发现女人的爱情是安全感的索求，男人的爱情是责任与征服欲的满足，二者在某种意义上来说是完全不同的。只要一个女人够漂亮，够温柔，会几道拿手菜，其实并不需要什么能力与智慧，甚至不需要说话，都可以得到异性的青睐。她不再是不懂恋爱为何物的年纪，又是最会散发个人魅力的大明星，吸引一个男人不是那么困难的事。可是她不懂，为什么自己明白的一切道理，到那个男人身上，都变成了一团谜?

几分钟前 Marco 也来了，给了自己妹妹一个大大的拥抱后，就开始流连花丛，从那以后，Paz 就一直和 Dante 在一起。她略微观察了，在场没有几个人不喜欢 Dante，他看上去永远都是那么温和的样子，优雅的微笑，漂亮的嗓音，就连遇到不解问题时轻轻耸肩的模样，也让人觉得和他交流毫无负担。他身边的 Paz 更像是没有城府的交际花，一直很热情洋溢，又有现代女性的强大气场。两人虽然是不同人种，站在一起却非常般配。

申雅莉扯着嘴角，淡淡地笑了。真是个傻子。从一开始，红色的警报就一直在响。朋友像亲爸妈一样叨念着，让你要小心他，别让自己受伤。心里明明知道她们是对的，他是错的，到最后却在他和朋友之间把最宝贵的信任给了他。人是如此不自爱，不重视对自己推心置腹的人，却总是想去探索会让自己受伤的危险禁地。

三个小时后，酒宴上的人渐渐少了，年长的人开始回家，年轻人将聚会地点转移到楼上的迪厅。汤世把申雅莉也叫了上去。转眼间，男男女女都在舞池里挥舞起了胳膊。因为是高级 VIP 派对，这个晚上在场露面的人除了 Fascinante 的员工外，都是名流人士，看见申雅莉最多惊喜，并不会失去理智地乱叫。DJ 是个穿休闲西装的美国白人，舞池的另一边是英国黑人鼓手和贝斯手，除了他们外，里面还有四分之一的人都是外国人。冷色调的光线打在人们身上，把男人的白衬衫和女人们的米色皮包都照成了荧光色。Dante、Paz、汤世和另外几个人在座位上玩游戏，他们面前围了几个站着跳舞的漂亮女生，申雅莉却站在女洗手间门口没有出来。

她看见 Dante 左胳膊被 Paz 吊住，右手食指中指夹着烟摇骰子，摇好以后和对面的女生玩大话，露出被难住的表情咬了一下下唇。女生显然被他这动作迷倒了，得意地报出一个数字，他却笑着把烟衔在嘴里抽一口，对着旁边吐出烟雾，打开了骰子盒。

之后女生的尖叫声连她都能听到。旁边的人起哄着把酒递给女生，他却按住那杯酒，倒了一半到自己的酒杯里，示意对方随意就好。

看见这一幕，申雅莉越来越气，低低地骂道："贱男人，不要脸。"

过了许久，汤世四下看了看："申天后人呢？半天没回来了。"

"I was wondering that too. She's been to toilet for ages." Dante 心不在焉地用英文回答，以便旁边 Paz 的朋友能听懂。

"我听说大牌演员其实没什么时间娱乐，她可能害羞吧。"和他玩游戏的女生说道。

可是话音刚落，他们这一桌的男人连带周围桌子旁的人们全体坐直了身子。Dante 也有所察觉地抬起了眼睛，结果看见一个披着豹纹敞领披肩、穿着黑色短裙的女人从他们旁边走了过去。高跟鞋也是豹纹的，红底，起码有 13 厘米，她穿着它们却如履平地，还有时间撩拨瀑布般的黑色大鬈发。所有男人都在看她，却没一个敢上去搭讪。Dante 见过的美女太多了，但在这种美女如云的地方，一上来就镇住全场的还是五根指头都能数出来。他看见那个女人走了几步，转过头来朝他们的方向笑了笑，大红的唇角扬了起来。Dante 呆了一呆，旁边的人叫他也没听见。

她加快脚步走回来，再次带动所有人的目光，接着在汤世身边坐下，说出来的话却让众人绝倒："走错桌了。"

"……你这是去哪里换衣服了？"汤世目瞪口呆。

"之前那一身不好在这里玩吧。"见他一直在发呆，她按住面前的骰子盒，"我能加入吗？"

"好好……"话是这么说，他却和其他人一样，眼睛一直没从她身上挪开过。

二十分钟后，舞池里的人变得越来越多。一群娇柔女孩子故意跳性感的贴身舞，也有相貌艳丽的女性手臂举过头顶，把罗马风的手镯摇得闪闪发亮。她们的手指插入鬈发，发梢像是有生命的弹簧一样在灯光下抖动，吸引来了一些男性短暂的青睐，但还是无法阻止他们最终把目光投射到舞池旁——申雅莉只是静静地站在那里，无聊地端着酒杯发呆。许多男人是为了近距离看她，许多女人把舞跳得如此卖力，也是为了让男人们少看她一眼。DJ 发现了她，让人把聚光灯打在她身上，切了一首 Billboard 的常胜冠军舞曲。她平时被拍多了，这会儿反而想一个人静静，然后转身躲开了聚光灯，重新回到黑暗中。那个说演员平时不娱乐的女孩是正确的，申雅莉并不是很会在这种地方享受，她只觉得自己特意去打扮一番有些愚蠢。毕竟无视才是最大的蔑视，她这样做了，只说明了她太在意 Dante。

可是，她是申雅莉，哪怕她只是叹一口气，也会变成茶余饭后的话题。跟她们一桌的一个男人看她离开舞池，酸溜溜地说道："啧啧，申雅莉得多么身经百战，才能练成今天这个样子。"

"What do you mean by that？" Paz 能听懂一些中文。她转过头去，不解地看着他。

"I mean, she looks pretty experienced." 他嘲讽地笑笑，接着说下去，"with many, many, many men."

Paz 转过头，宝石般的眼睛望向他，好像是真心在询问难题："Do you know why does a man call a sexy woman bitch？ Because he's got an erection without confidence. I thought this only happens in Europe. It seems to be a worldwide tradition, Indeed."

这时 Marco 过来了，声音冷不丁地在她身后响起："How about rich confident sexy men？"

她连头也没转，就平静地阐述道："It is a truth universally acknowledged, that men in possession of good fortunes, are useless creatures with genitals."

"Wow wow wow." Marco 像被警察逮住的逃犯般举起双手，湛蓝的眼中闪过惊恐之色，"I'm sorry Dante, I've got a crazy sister.[10]"

一般 Dante 都不会放过对 Marco 落井下石的机会，但这一回他只是淡淡地说了一句"It's OK"，就继续把目光留在试图消失的申雅莉身上。Marco 看看他，又看看被许多男人锁定目标的申雅莉，摸着下巴笑了。当申雅莉终于穿过舞池想回到卡座上，几个外国人终于放下了顾忌，过去把她围了起来。但不出五秒，申雅莉钻了出来，

⑽ Paz："你是什么意思？"

无名男："我的意思是，她看上去经验很丰富，和很多，很多，很多男人。"

Paz："你知道为什么一个男人会管一个性感的女人叫婊子？因为他勃起了却又没自信。我以为这只会发生在欧洲，事实上它是一个世界性的惯例。"

Marco："那富有自信的性感男人呢？"

Paz："有钱的男人都是长了生殖器的废物，这是一条举世公认的真理。"

Marco："哇哇哇。很抱歉，Dante，我有个疯妹妹。"

那几个外国男人也尾巴般继续跟着她走。尤其是带头的年轻金发男人，身材挺拔，鼻梁高而秀气，似乎有日耳曼血统，直接挡在了她的面前，真诚到甚至可谓卑微地对她说话。她双手交叉在胸前做出了“No”的手势，摇了摇头，也不多看他一眼就走了。即便是在闪烁的灯光下，也能看出金发男人眼中露出有些受伤的神情。

男人这种生物非常奇怪。如果一个女人被一个男人拒绝，其他女人会对她同情，并一起唾骂这个男人。但如果一个男人被一个女人拒绝，其他男人看见他被甩心里会很爽，还会一起争夺这个女人。所以，当那么帅的男人都被申雅莉甩了以后，其他不敢靠近的男人居然都被激发了战斗欲，轮番靠了过去。

Dante终于放下手中的酒杯，走下舞池。可是他还没迈出脚步，汤世已经抢先一步，过去当了护花使者，把她一路护送回来。很显然，汤世就是那个看见其他男人被她甩了觉得很爽的典型，微笑着望着她：“真不愧是天后。刚才和你说话的老外是我们公司在德国的项目经理，你不知道平时有多少小姑娘对他飞蛾扑火求翻牌，面对你他紧张得话都快说不出来了，你为什么完全不理人家？”

她不紧不慢地喝完一整口酒，对他弯了弯眼睛：“连话都没说过就靠近表示好感的男人，你觉得他是喜欢我哪里呢？”

“对你一见钟情了呀。”

她扑哧一声笑了出来：“汤副总，忽悠人不好。你是男人，比我更清楚男人在这种地方搭讪女人是为了什么。”她刚一说完，就看见Paz对她竖起了一个大拇指。

“那是对一般女性而言，我觉得任何男人不管在任何地方遇到你，都不敢只有玩玩的心态。”

她耸耸肩，笑容带着浅浅的醉意：“那是他们的事，我不是很关心。我不喜欢夜店的环境。”

“这么说，想要约你出去吃饭，也不能在这里提出要求，对不对？唉，我要被拒绝了。”

她勾着头斜眼看他：“我为什么要拒绝你？我们又不是在这里认识的。”

“真的假的？你可别玩弄我，我和Dante那种放纵的男人不一样，从来不在夜店泡妞的，所以承受不住被甩的挫折，心脏特别脆弱啊。”

但申雅莉不吃他这套，只是回应着客气地笑，没有给他任何承诺。这时，一个喝醉的女生端着酒摇摇摆摆地走过来，指着他们慢吞吞地说："呀，你们两个这算是情窦初开，当众秀恩爱吗？"

汤世喝了一口酒，挑衅地说："就秀恩爱了怎样？"

这下不仅那女生，其他人也"哟哟哟哟"地起哄，喝高的年轻男生甚至嚷嚷着"求婚求婚快求婚"。汤世无视了那些人的吵闹和推搡，伸出手护住她的肩，拿过骰子盒想和她玩游戏。

这时，申雅莉的手忽然被人握住。她还没反应过来，一股强大的力量已经把她从汤世身边拉开。她愕然地抬头，看见了 Dante 冷漠俯视自己的脸。心里的火气从一开始就没抒发过，她皱着眉用力甩开他。他被拒绝的手在空中停了片刻，竟直接握住她的手腕，把她强硬地从座位上拖了起来。

"你发什么神经，放开我！"

她使了所有力气想要从他手中挣脱，但第一次知道，这个男人力气居然这么大。她没有一点反抗能力。他拖着她往门外走，所有人都察觉到这里不对劲，自动让开一条道。而不论她怎么拍他的手，他都没有给予任何反应，自始至终保持着沉默。最后他把她拖到室外无人的地方，她总算在他放松的时候把手抽了出来。只是第一次被人这样对待，这个过程太恐怖了，她惊魂未定地握着手腕，怒道："你到底想做什么啊？"

"这话应该是我问你。你想做什么？"他转过身平静地说着，但眼中有明显的怒意。

"我不明白你的意思。"

"你为什么让汤世抱你？"

"我让他抱我？刚才有多少人在起哄你没看到吗？他不过是想要保护我而已，这是一个男人最基本的绅士风度，这都有错吗？"见他睁大眼，她无奈地笑了，"再说，我现在单身，又对他有好感，就算他是想抱我，我默许了又如何？"

他明显愣了一下："你对他有好感？"

她没有回答，是不知如何回答。微量酒精和夜晚的感性令她情绪控制力差了很多，反应也越来越迟钝。久久看着这个男人的面容，她抿着嘴唇，眼眶渐渐发热。她用力咬紧牙关，鼻尖酸涩，红着眼凶狠地和他对峙。

"你对汤世有好感？"他再度逼问。

"对。"这一回她毫不犹豫地回答道，"你是不是觉得被耍了？但没办法，像你这种男人，用来调调情玩暧昧可以，真的要谈恋爱过日子，谁会选你啊。哦不，Paz会选你。”

他愕然地看着她。看见他的表情，她情绪上觉得爽极了，心里却更加难过了：“怎么，我说错了吗？你玩过那么多女人，等别人开始逢场作戏的时候，反而接受不了了……”

他脸色发白，额头的青筋都微微凸起了。还没等她说完，他已抱着她的双肩，垂下头一口咬在她的嘴唇上，像是恨不得要把她这张讨厌的嘴狠狠咬破。可听见她吃痛的闷哼声后，他却再咬不下去，在一次沉重的呼吸后，转而辗转吸吮起她的唇瓣。

但没维持多久，她推开他，气得浑身发抖：“你要再碰我一下，我……”她说不下去了，只是攥紧拳头在他的胸膛上使劲捶了一下，转过身浑身发抖地站了几秒，没头苍蝇般转回来，又补了一拳。

她想起了希城的脸，希城纯净青涩的笑容，认识这男人以后他给自己的温柔，他和希城格格不入的复杂，和今天毫不留情的背叛。这个男人，他自己恶心就算了，为什么要和希城长着同样一张脸？是他把希城玷污了，把她和希城的回忆玷污了。像是胸腔被重石击中，她的背微微勾着，带着哭腔提高了音量：“我警告你，我有自己的生活，你以后不要再来找我了！”

她不顾高跟鞋带来的痛感，一路跑回去拿走自己的东西，让汤世把自己送回家。

第十四座城 告白

很多时候，
当你非常习惯一个人的气息，
其实潜意识里已经把他当成了你的家人。

从 Dante 那里逃脱后，申雅莉试着和汤世接触。他们一起吃过几次饭，每一次送她到楼下，他总是会用深情款款的眼神目送她离去。第三次约会上汤世车的时候，他像变魔术一样从后座拿出一捧粉玫瑰和钻石手链递给她。她收下了玫瑰，却没有要钻石。他试图强迫她收下，她只说了一句话：“我只收男朋友送的昂贵礼物。”就让他乖乖收好钻石，并且对她更加热切。人就是这样，对不爱的人总是可以做到得体理性、充满女神气息，可以把对方抓得牢牢的，甚至能猜到他提出交往的大概时间范围。相比在 Dante 那儿再三失控，她还是喜欢与汤世相处的自信感。

这个周五晚上的约会结束，汤世按照惯例开车送她回家。两人一路上聊得很投缘，她也很放松，懒懒地躺在靠背上。汽车在几个红绿灯处停下来，他都会向她投去暧昧又有些局促的眼神，这个晚上也因为这种奇怪的气氛而变长了。车停在她家楼下后，他们简短地聊了几句，她先用一个平淡的话题结束了对话，把手放在车门上："那，我先回去了。晚安。"

可她刚一转过头，却感觉到手被他握住。他认真地看着她："当我的女朋友好吗？"

她想了想说："好的，我考虑一下。"

她刚想抽回手，汤世却用力握紧她的手，掌心炙热："雅莉，可能说出来你会不信，我活到现在，除了高中的初恋，这是第一次有娶一个女人的念头。拜托，请你一定一定要好好考虑。"

对他提出这个要求，她并不觉得意外，但比她想的早。她眨眨眼，笑了起来："这真是我的荣幸，我会好好考虑的。"

其实这个问题她早就已经考虑过了。汤世的条件不是她的追求者里最好的，有比他有钱的、有魅力的、长得好看的人，但像他这样洁身自好的男人几乎已经绝种。他唯一的缺点就是古板，但古板也让他的工作态度相当严谨。所以，这个男人是最好的结婚对象，她打算考虑后再给他答复。见他把手收回去，却还是心事重重的模样，她轻轻握了一下他的手腕："不要想太多，即便我不答应你，像你这样好的男人也会被别的好女人珍惜。要知道，群众的眼睛是雪亮的。"

"可是我只想要你。我等你，多久都等。"

她下了他的车，缓缓地穿过花园，进入自己家中。周五是家里做大扫除的日子。清洁工早已离开，客厅因干净整洁而空空如也，沙发上除了一些公司转交的粉丝礼物、快递盒子，还有一捧鲜艳的红玫瑰，都被有条理地堆在一起。她忍不住笑了起来，没想到汤世会这么贴心，约会当日还让人送花到家里。虽然她最喜欢的花是风信子，但这世界上没有一个女人能抵抗得了俗套的红玫瑰。杜穆里埃在《蝴蝶梦》里曾说过：自然界中生长的野玫瑰像是披头散发的女人，粗糙又轻浮；被摘下来精心包装后，却变得神秘又深沉。这是一种难得摘下来还更加漂亮的花。

她抱起那一捧红玫瑰，发现里面没掺杂多余的植物，完完整整一片深红色，比看上去还要大很多，把她的怀抱完完全全填满。她笑着凑过去对它嗅了嗅，发现里面有一张卡片。这些日子汤世送过她不少鲜花，但从来没有写过卡片。她有些惊喜，刚想打开来看，却收到了一条汤世发来的手机短信：“这周末我和公司的几个同事会去三亚玩两天，你要不要一起来？”

她单手回复道：“你跟同事去玩，叫上我不好吧？毕竟我都不认识他们。”

“没什么不好，他们都是跟着老婆孩子一起去的。除了 Dante，他是一个人去。如果我不带人，就要和他搞基了。你要救救我。”

她先是笑喷了出来，但很快又开始恍惚。其实她和汤世没确定关系，不适合一起出远门，可一想到那个人也会去，就很没出息地动心起来。她晃了晃脑袋，打下一排字：“哈哈，我很乐意当女英雄。可是我的行程太满了，演员你懂的，没人权啊。”刚想按下发送键，花里的卡片却掉在了地上。她蹲下来捡起那张卡片，翻过来随便看了一眼，却发现上面只写着三个字：“对不起。”

署名是 Dante。

整个人凝固了有十多秒，她没能反应过来这个卡片的含义，只是盯着它发呆。这算是什么意思呢？告诉她“把你玩了真是对不起”还是“我有女朋友还亲你真对不起”？她把那捧花连带卡片摔在地上，把刚才的短信删了一半，留下了第一句。

“这男人很快会知道，不论他做什么，都无法影响我的生活。”没多久，她在电话里如此对李真说道。

“可是，你这么说就已经证明你不开心了，何苦专程去三亚和他碰面呢？万一他听说你要和汤世一起去，把那洋妞女友也带上，在热带雨林里来个激情海岛夜，气死的还不是你自己？”

“我说李真，你的思想怎么就这么龌龊呢？”

“都是成年人，我哪里说错了。你那是新欢，腻歪程度肯定不如别人的旧爱，要秀恩爱，还是等和汤世稳定恋爱了再说吧。”

“不，我要传达的信息是，不管 Dante 再怎么贱，我该恋爱还是要恋爱，该开心还是要开心——”她提起一口气，咬牙切齿地吐出三个字，“走着瞧！”

然而事与愿违的是，周末去机场和汤世会面时，其他人都到了，她却没有看见 Dante。她找了半天没找到人，但又不方便直接问汤世，只好四处打量干着急——她开场白都想好了，甚至连场景设定也想好了。没过多久，她听见身边的汤世正在通电话：“什么，你不来了？为什么啊？画图纸……哦，是那个项目啊，可两天也没什么……

好吧好吧，真是服了你这工作狂。不过你还不知道跟我来的人是谁吧？你可是认识的。你等等。”

他挂断电话，开了手机照相机对着她：“来，笑一个。”

她原本正在翻包包，此时略微惊讶地抬起头，拍下的照片眼睛睁得大大的。在她阻止未遂的情况下，他把这张照片发了出去，对她笑笑：“放心，是 Dante。”

第一次发现汤世还有点强迫症，她欲哭无泪地换了登机牌。到三亚的时间不长，但磨人的是进安检到抵达酒店这个复杂烦琐的过程。等人到了酒店，她疲惫得只想早点睡觉，早点过完整个周末，早点回去工作，完全没心思玩。半夜，她在梦中被一声响亮的门铃叫醒。爬起来的时候身体已经散架，走到门外，汤世的声音传了进来：“雅莉，海鲜夜宵一起去吃吗？”

“不去了……我好累……”

一边说着一边拉开门，看见外面两个男人，瞬间呆滞住了。她看看 Dante，又看看汤世，又看看 Dante：“你……Dante 怎么来了？下午不是说不来的吗？”

汤世一脸无奈：“他说改变主意了，还是想来放松一下。”

Dante 朝她微笑：“Hi.”

她重新看着 Dante，也朝他礼貌地微微一笑：“Hi.”

其实他们并没有太久没见面，之前除了对他反感与恨，也不再有其他的感觉。心中一直想着，就这样放弃了吧，算是倒了八辈子霉遇到人渣，早点忘记才是成熟的做法。可这一刻，她只觉得特别想念他，想到几乎要当场流下眼泪，之前想好的开场白也忘得一干二净。把自己变得那么卑微的感情，似乎她一生也只发生过一次。

第一次发现这样的感情，是在高中的一个寒假。那个阶段，她和希城的感情还不稳定，两人因为很小的事情闹分手，一直没说话。最后她主动道歉，让他过来看自己。那时才过新年，他原本在外地探亲，一听见她这么说，就飞了回来。她原本以为自己会像电影里演的那样，尖叫着扑过去吊住他的脖子，让他抱着自己转三圈。但事情完全不是这样。他来她家那天刚下过大雪，他穿着一件黑色风衣，个子高高的，看上去比实际年龄成熟很多。他的鼻尖有些发红，头上还有雪水刚刚干涸的痕迹，像是经过漫长而疲惫的旅途才抵达她家。和他面对面的刹那，她觉得闹过分手后他变得有些陌生，却又如此令人怀念。他们都没有任何表情。她低低地喊了一声“希城”。他也没反应过来，看着她发呆。她终于埋头钻进他的怀里，默默地让眼泪融在他的风衣中。

直到十多年后的今天，她还深深记得，当时他身上除了他自己的味道，还有冬季风雪陌生的味道。这样的味道让她觉得莫名难过起来。那一个短小的瞬间，她改变了很多，她懵懂地意识到，可能以后自己再也无法和别人在一起了。

很多时候，当你非常习惯一个人的气息，其实潜意识里已经把他当成了你的家人。

第二天下午，三亚的海岛被阳光照成金色。海滩上，穿着比基尼和泳裤的人们在沙滩上留下一道道脚印，脚印又迅速被海浪抚平。远处雾气中的海呈现出深蓝色，近处的海湾是浅青色，海浪却又是白色，像一块漫无边际的白边渐变旗帜在风中抖动。海风吹动了椰子树，它们扭动着裙边，随音乐摇摆。几座木制的海景房从热带雨林上方探出个头，彩灯勾勒出它们屋顶的轮廓，门口也高高挂着“度假”的招牌。人工泳池藏匿在绿色植物中，如同藏在沙漠中的宝石蓝绿洲。在这样具有异域风情的地方，申雅莉居然看见了容芬和蔼可亲的微笑。

“你跟我说身体不舒服，周末两天抽不出空，原来就是跑到这里来了啊？”

真是穿着道袍都撞了鬼。她捂着嘴开始咳嗽，但对方不耐烦地把她的手挪开。她皱皱鼻子，孩子般抱歉地笑了：“容导怎么也来这里了？我请你吃饭。”

“还不是看你不在，就给自己放个假。”

申雅莉最擅长的就是看别人演技是否真实。那短暂的一秒内，容芬的咧嘴笑让她知道对方心中有鬼，但她还是佯装不知转移了话题。然后，她们在酒店旁边的白色庭院里坐下，刚好遇见下楼的汤世。

“你说去海边，我以为你去游泳了，没想到还在这里啊。”汤世换上了有笑脸太阳和椰子树的沙滩装，比平时的气场弱了不止一点点，不过因为一身都是抢眼的翠黄色，显得又傻又可爱。

“你这身衣服真是太亮了。”她朝他伸出大拇指。

在一旁买酒水的Dante也跟着过来，端着一杯鸡尾酒坐下。他没有汤世那么有情趣，穿的还是短袖衬衫。也不知是否因为有了墨镜的隔离，哪怕他在大太阳下坐着，整个人看上去也是冷冷淡淡的：“汤世，你怎么不选个凉快点的地方度假呢？例如非洲。”

汤世大方地把胳膊伸在阳光下晒，一脸惬意："来一身古铜色的肌肤吧。某个久居欧洲的白雪王子不能理解这种狂野男人味。"

一听见那个"白雪王子"，申雅莉稍微呆了一下，立即想起了希城以前的外号。她偷偷看了一眼 Dante，发现自己并不能看见他的眼睛，只好迅速转移视线，衔着吸管喝椰子汁。

此时，身穿露肩热带红裙的异国女歌手站在话筒旁，为四周用餐的客人沙哑地哼唱歌曲。歌曲有英语的、法语的、意大利语的，都是二十世纪六七十年代流行的懒洋洋的爵士乐。音响开得响亮，令抒情乐回荡在整片海湾。服务生身穿白衣，端着白盘，为客人们添上美味的海鲜。在这里，万物的心跳都变得缓慢，光看看度假者们的肤色和神情，就能猜到他们来这里有多久。过了一会儿，汤世的同事们也过来坐下来和他们聊天。一群人坐着聊了两三个小时，肆无忌惮地挥霍着周末的时光。申雅莉并没有太多机会与 Dante 直接对话，但偶尔话题绕到两个人身上时，他们也会若有若无地与对方说上几句，再转移到其他人身上。从一开始，他就没有问过她和汤世现在是什么关系。或许对他而言，最好的处理方法就是淡然处之，就和任何她接触过的成熟男士一样。

如果不是这一次度假，她和 Dante 大概也不会再有联络。等度假结束，他们之间那点插曲也将不了了之吧。每次想到这里，她就觉得胸口像被重石压住，没了玩乐的心情。被人看出了走神，也只能快乐地笑着，说自己懒得连大脑都不运转了。汤世和他的同事们说要去游泳，她以怕晒黑为借口说晚上再游，就独自回房休息了。

随着夜晚降临沙滩，大海变成神秘到有些可怕的蓝黑色。近处的酒店附近却越来越灿烂：海景房上的彩灯越发明亮；金橙色的灯光从椰子树下方射上去；人工泳池中的水变成波光粼粼的深蓝色；圆形白凉亭上有金光点点；昏暗的灯光把外国歌手的影子拉得很长；盛放海鲜的桌子上点亮了荷灯般的小小烛台……申雅莉换好玫红色的比基尼，系好后颈上的带子，用配套的同色丝巾缠住腰际，披上浴衣，打开门和汤世打了个招呼。汤世一看见她，眼睛竟不敢直视，有些结巴地说："我们……下去吧。"

两人走到了泳池旁，金色的探照灯在水底照出一团团光晕。它们和椰子树下的探照灯交相辉映，让这个丛林中的泳池有了一丝旖旎的气息。她重新理了理头发，进入了泳池，游了一会儿，她回头疑惑地说："怎么不下来？"

“我是旱鸭子。”

“没事，我也不会。”她朝他招手，“就当是玩水。”

汤世犹豫了一下，跟她一起下了水，在泳池中最浅的台阶上和她并排坐下。泳池里的水很热，她舒服地把整个身体浸泡在水里，坐了一会儿就有些坐不住，划了划水说：“试着游游看吧。”

“不要了，我小时候被水淹过，所以有点怕水。”

“那边写着最深的地方才一米六，你那么大个子怕什么？”

“真的不要，我畏水，你游吧，我看你游。”

她不甘心，试着拽他，他挣扎了一下却一把把她拽到身前：“泳池里可是很容易发生奸情的地方，你生拉我一起，就不怕我对你做坏事？”

眼见他马上就要低头来亲自己，她推开他，笑了出来：“得了，你连游泳都不会，还想做坏事。”

“被看穿了。”他一脸悲痛，“这样吧，你等我，我去买个救生圈再来陪你玩。”

看他从水里爬到岸上，申雅莉有点无奈地抚额。那一身特意练过的腱子肉套个救生圈……想到这个场面，她就觉得特别好笑，盘算着一会儿如何逗弄他。她试着在水边游了几米，果不其然，沉了下去。泄气地用双脚踩在水底，她又反复试了几次，最后一次浮起来的时候，看见水池中央一个男人正在教女友游泳。男人并不是帅哥，但单手抬着女友腹部、专心指点她的样子实在有点帅气。她看了看岸边，完全不见汤世的背影，只好坐在浅水区的地方，靠着扶梯发呆。

过了一会儿，她打算再游一下，从水中台阶上站起来。可是，后颈上的比基尼系带挂在了扶梯栏杆上，蝴蝶结被拽得很松，又被拉成了个死疙瘩。她吓得脸都白了，用手提住系带，险些走光。她左顾右盼，蹲到水里，藏在无人留意的角落去解那个疙瘩。可是疙瘩缠得太紧了，她连手都举酸了还没能解开。好不容易出来玩一回居然还遇到这种事，关键这动作实在是有点……这时，有人从旁边的扶梯上下来，挡在她的面前，提住了她后颈上的结，熟练地把它解开，又重新递到她手上：“我帮你挡着，你系吧。”

她讶异地抬起头，看见了头发有些湿的Dante。

“好。谢谢你……”她埋下头，脑中一片空白地系带子，“对了，你怎么会在这里？”

“我一直在岸上。”

这么说，刚才汤世和她拉拉扯扯的场景都被他看到了？可他依然没提这件事，只是用双手撑在她的身体两侧，用宽阔的身体把她包围住。心里知道他是在帮她遮挡视线，但是，他靠得这么近……平时看不出来，Dante 脱了衣服怎么跟泳裤模特似的？那胳膊，那肩，那臀部和后背中间凹陷的曲线……

“雅莉，你居然不会游泳。”他在她耳边轻轻这么说着，声音明明不大，却让她听得头皮都麻了。

“谁说我不会了？我会的！”

她系好带子，脸红心跳地推开他，双脚往后一蹬，就往池中心游过去。刚才那一幕让她太混乱，她说什么也要坚持游下去，离他越远越好。尽管这一次游得比较远，但她最终还是沉了下去。这一回惨了，脚也来不及放下去，踩不到底，难道自己游到了深水区？她惨叫一声，身体往前扑倒，准备着迎接喝池水的悲惨结果。

结果是，她没扑到水中，反而扑到了一个人身上。那个人妥当地搂住她的腰，这一下让她安心了不少。她摇摇湿漉漉的脑袋，狼狈地抱住他的脖子，上气不接下气地说道：“吓死我了，吓死我了……”

“都说你不会游泳吧。我教你好了。”

再次听见 Dante 的声音，她眨了眨眼，看了看他们现在的状态，吓得脸色大变，猛地推开他，却因没站直又一次沉了下去。再度被他捞起来的时候，她已经头晕目眩了：“我、我还是上岸去吃烧烤吧，肚子饿了。”

几乎是落荒而逃一般，她挣脱他，吃力地一步步走回岸边，随便套上浴衣就走了。周围的景色都像是珠宝设计师的杰作：探照灯是恒久的钛合金，海面是与天等大的黑曜岩，热带植物是翡翠精工饰品。站在这里，就好像自己也都被框在了明信片的七彩中。可没过多久，微暗的沙滩上，自己的影子旁边又出现了另一个高大的影子。她转过头，看见他擦拭着头发，若无其事地走在她身边。

“我和你一起。”他转过头来，微微一笑。

从来到三亚再次见面，他就一直保持着沉默，不多问任何事。他这样的性格总令她焦躁不安，她多么想问他“你那句写在卡片上的‘对不起’究竟是什么意思”，可这种话一旦说出口，就像是针戳泄气的皮球，完全失去了为自己抗争的机会。刚好这时汤世也出现了，一米八几的个子挎着个救生圈，他看上去没有一丝底气不足，反倒像是夹着盾牌的斯巴达勇士。见他们都出来了，他也不再回游泳池，加入了他们的烧烤活动。三个人在海景露天餐厅坐下来，看见独自在沙滩上散步的容芬，便把她也叫了过来。几个人买了一些食物和啤酒，吹着海风，点着蜡烛吃东西。申雅莉、Dante和汤世都饿了，一语不发地吃，只有容芬一直喝酒，他们怎么劝也不听。

几杯啤酒下肚，容芬脸开始泛红，打着酒嗝，口齿不清地说："知道我为什么要一个人来这里吗？我前夫真是个贱男。明明是他先劈腿，还一个劲儿来缠我。他知道我对他余情未了，我……我不是喜欢他，我就只是喜欢他那张脸而已。可是他利用我。我好不容易狠下心把他打走了，你猜猜看他怎么着？他把小三叫到了片场，当面给我难堪啊！"

没一个人敢接着她的话说下去。她又往喉咙里咕噜咕噜灌了几口酒，红着眼睛呜咽："关和，你这恶心的东西，明明是你对不起我，还叫小三来闹场，让她骂我是泼妇。我是泼妇你是什么？你是什么！"

"容导，别喝了……"申雅莉挡住她的手，试图阻止她继续灌酒，"或许那小三不是他叫的，是她自己要去的呢？"

"不，你别替他说话，谁都别替他说话！这男人什么时候轮到她来心疼了，她算老几，我容芬只要钩钩手指头，她立马就从娱乐圈滚出去！但我才不和这女人斗，我要亲自灭掉关和，让他知道，他负的是什么人……"她自说自话半天，另外三个人更加鸦雀无声。她趴在桌面上又喝了几口酒，缓慢地眨了眨眼，满眼醉意地看着申雅莉："雅莉，你和Dante已经在一起了吧？"

申雅莉的心抽了一下，连看一眼Dante都不敢："没有啊，怎么可能。"

"呵呵，你又撒谎。"容芬醉醺醺地把手机倒着拿起来，又翻过去，没头苍蝇一样在上面乱摁了几下，翻了大概一分钟有余，才把它举起来，在Dante面前晃了晃："你看，她喜欢你。"

汤世一把抢过手机，快速扫视上面的聊天记录。Dante也因好奇凑了过去。

——我说雅莉，你不是喜欢Dante吗？怎么今天下午跟李太子在一起，现在又给了汤世手机号码？我有点被你弄糊涂了。

——阿松只是小孩子调皮。Dante长得帅，人又温柔，没有女生会不喜欢吧。不过这样的好男人一般都是有主的，所以真不要想那么多。

——这么说，你还真是喜欢Dante？

——他有女朋友了啊。

汤世看着手机屏幕上那几条短信，冷笑一声："原来是这么一回事啊。"

"容导这是断章取义。我、我不喜欢Dante。"申雅莉急于辩解，混乱地说道，"对不起，我之前确实对他有意思。但那是在和你接触之前，现在我已经……"

这时一阵海风刮来，摇曳着沙滩上的椰子树，几乎将杯中的蜡烛也吹灭。烛光明灭，令汤世的眼镜镜片也闪烁不定。容芬似乎察觉到自己说错了话，酒醒了大半，只是紧张地看着他们。

汤世像是在极力压抑自己的怨怼，用质问的眼神盯着她："已经怎样？"

都这么大的人了，怎么还会上演这种幼稚的闹剧。申雅莉从椅子上站起来，拉住汤世的手："你跟我来一下，我单独和你解释。"

汤世一脸怒容，站了起来。可他脚还没迈出去，Dante那不大不小的声音已经传入他们耳中："我没有女朋友。"

申雅莉猛地低下头，惊讶地看着Dante。她想让他再说一遍，但一看见身边的汤世，话到嘴边又咽回去了。汤世看看她，又看看Dante，重重地甩开她的手，大步离开桌子。她追过去，在丛林中拦住他的去路："等等，你怎么说生气就生气。那是好久以前的事了。"

"别自欺欺人，刚才你们在游泳池里做什么我都看见了，我要亲你你就推开，Dante碰你，你就一脸春心荡漾？"

"你这么说，真是太没礼貌了！"

"我哪里说错了，你根本就是把我当备胎吧！"

"我和他、跟你，都压根没开始过，哪来的备胎？"

"申小姐，你真够意思，跟我来这里，却跟我兄弟搞上了，我怎么就没早点发现你是这种女人？"

"我都说了多少次，我和他没有关系！我以前对他有过好感，难道这辈子就要吊死在他身上不成？你说话怎么这么难听！"

……两个人吵了很久，最后不欢而散。申雅莉气得一路踢着石头走回去，还不小心把脚趾磕了，痛得龇牙咧嘴。她在桌子旁边坐下，用怒极的目光在容芬身上扎了几刀。

容芬充满歉意地站起来："雅莉，对不起，是我喝多了乱说话。我先走了，不打扰你们……"

等容芬走远，她把手机拍在桌面，发出"砰"的一声响："现在你满意了？多亏你的挑拨离间，我和汤世闹翻了。"

这情形真是难堪。本来都在 Dante 面前胜了一局了，结果又丢脸丢到外太空去。他随便撒个小谎，自己和汤世就闹成这样，他和他的女友却还是感情稳定甜甜蜜蜜。一想到这里，她只觉得心里又难过又愤怒，却无处发泄，只能站起来冷冷说道："托你的福，我被甩了。我先走了。"

"我没有挑拨离间。"他平静地说道，低下头来点了烟。烛光照亮他轮廓分明的下颌，却令她看不清他的表情，"我只是实话实说，我没有女朋友，我是单身。"

"撒谎！"

"你也把我想得太差劲了。如果有女友，怎么还可能来追你？"

像是自远处而来的海风灌入了耳中，侵入大脑，搅乱了所有的逻辑。她语无伦次地说道："你追我？你怎么可能追我？"

"都这么明显了，你觉得还要怎样才算追？"

大脑已经一片混乱了，但她还是尽量让自己维持清醒，理智地考虑所有他这样做的动机："你跟董事长和柏天王的关系这么好，就算是为了投资电影也与我无关。你应该不缺女人，更不缺钱……我知道了，你是在跟别人打赌——赌了什么？"

他无奈地看着她笑了一下，欲言又止了很长时间。到后来，笑容越来越苦涩，他却始终保持着静默，任凭烟头往下蔓延出一截灰白。远处的海涛是奔腾起伏的丘陵，塑料球漂浮物在海边上上下下。海洋在星光下放射出银白光点，丛林中高大的椰子树拔地而起。他却无法欣赏这一刻的美景，掐灭了烟，拿起酒店房间门卡站起来："我送你回去。"

"等等。"她从桌面上拿起包包，"你给我的理由就是'送我回去'？"

"我喜欢你。"

"……什么？"她的声音变得很小，好像是怕说大声了就会听错。

"申雅莉，我不相信你的脑子真的这么笨。不，笨的人是我。因为我明知道你不懂如何爱一个人，却还是会被你折磨。我想跟你保持距离，但我做不到。到现在这个程度，我是否有女友你觉得还重要吗？别说我没女友，就算真的有，只要你钩钩手指，我也会和她分手。”明明说着很过分的话，他的语气却依然是淡淡的，带着一丝已经放弃的绝望，“我就是这么蠢，我还是喜欢你。”

申雅莉完完全全变成了一块木头，看着 Dante 连眼睛都忘了眨。他刚一转身，她整个人就趴在了桌子上，抱着脑袋出神——她刚才听到了什么？但是心跳太乱，大脑也无法思考了。她什么都听不进去，只能听见风声和海浪声。她晃了晃脑袋，追着他去了沙滩：“等等，你在乱七八糟说些什么？”

“我现在心情不太好，别再问了。”

“我也喜欢你。”

他愣了一下，脸上先是有淡淡的喜悦，然后又露出了苦笑：“申雅莉，我关注你太久了。你压根就不懂爱。”

“我不懂爱？”她被他说得一头雾水。但他没有再说话，也没有转过身，只是伸出手来，牵住她的手。她有些慌了：“要懂尊重女性，我可没答应你什么，谁允许你牵手了？”

“那你就一边走一边想，是否要我继续牵着你。想好了再告诉我答案。”

总觉得哪里不对，但又说不出哪里不对，只能判定为他说得似乎没错，她开始认真思考起来。可是逻辑思维似乎与她是仇家，已经被她全面清扫。他走得不快，但她的细跟鞋在沙滩上走还是有些困难，她加快脚步跟上去，低着头露出自己都不曾察觉的笑意。他的手指交叉扣住她的手，宽阔的掌心里有他微热的温度。心就像是一个小小的杯子，早已装不下过多的情感，从心脏流向身体的每一个角落。这种即将溢出的、满满的喜欢，几乎就要化作热泪，从眼里流出来。但她无法给他回应，她不知道自己一旦给了他回应，是否就会再一次摧毁他们的关系。这样已经很满足了，她害怕再有任何的改变。

夜晚的海滩寂静得只剩下了海浪声，这里只能依稀看见远处小小的人影。

他低下头，脸颊往一旁偏了偏，直接吻住她。她听见自己清晰的抽气声，心跳停了一下。随着他拥抱自己的动作，抚摸长发的动作，搂紧自己的动作……心在剧烈跳动的同时，甚至会隐隐刺痛起来，就好像海浪也冲入了她心里。不知是不是置身于大海前方的缘故，她能在他的唇舌间寻觅到海洋的味道。

两人嘴唇略分开一些，她推了推他的胸口，气息不稳地说：“在这里你说会不会被人看到……”

刚说出来就察觉自己说错话了，这种话怎么可以在这样暧昧的度假村里说呢？这不是变相让他说出那句“我们回酒店继续吧”吗？正想着如何挽救，他却微微一笑：“刚才冲动了点，对不起。我们就这样散散步吧。”

“好。”

忽然感到了被人小心翼翼呵护着的感觉，近似于那个人曾经对自己的无条件的宠爱。看见他的侧脸，她终于忍不住走过去，紧紧抱住他。在他回抱自己的同时，喜悦已经上升到了顶点，她闭上眼，把头埋在他的胸前。他的心跳声离她如此近，一下一下，与涨潮的浪涛声融为一体。

这一刻，Dante 除了高一些、肩膀宽一些，完全和希城少年时的触感重合了。

还记得有一年冬天，希城带她去小镇里的奶奶家玩，他们与穿着厚大衣裹围巾的乘客一起走出车门。车顶上铺着些许枯黄的落叶，火车顺着铁轨，伸展到远处的大石桥下。当它再次启动，他牵着她的手，和她往站台外走去。列车高速行驶，把他们远远抛在小小的站台上。她回头看了看过来的路，它蜿蜒在山的一侧，像是非常曲折，但看向列车驶去的方向，那里只有两条蓝色轨道笔直地劈向远方，交会在视线的尽头。当时她忽然觉得，这两条轨道便是自己与希城人生的道路。

事实上，站在铁轨的一端看向它伸展的方向，人们总以为它们会在视线的尽头相交，可真正走到那里才会知道，两条轨道其实是两条平行线。她忘记了这种错觉，只觉得跟希城在一起，像是每天都捡到一颗种子，每天都可以播种，可以收获，可以看见各种各样新绽放的花朵。她想一直这样跟他走着，一直延续他们的初恋，去探索更多的故事。可是，因为两个人永远的分别，她的初恋就这样戛然而止了。

现在回想这段记忆，要说遗憾，肯定还是有的。但就这样吧，希城，我现在已经有了新的恋人，尽管爱上他是因为你，但我已经决定要把过去忘记。不能再犯曾经的错误，让 Dante 也受伤。我会好好爱他，让他知道，我配得上他的爱。

想到这里，她还是觉得有些失落。因为她知道，这辈子自己都配不上希城的爱了。

第十五座城

真 实

成长的代价，大概就是错过。
因为在最年轻最灿烂的年华，
我们往往还没学会怎样去爱，
就遇上了那个会爱一辈子的人。

第二天在去机场的路上，看见正在交谈的申雅莉和Dante，汤世视若无睹地从他们身边走过去。Dante试着叫他，他也只是留下了略带嘲意的一眼。几天后，申雅莉在李真和丘婕的怂恿下，打电话给汤世道歉，但电话接通后就听见那头传来了女人娇滴滴的声音："你的Bra不好看，我的才好看，汤总说了他喜欢黑色。"另外几个女人叽叽喳喳闹成一团。申雅莉震惊了片刻，迅速说道："我就是来问问你这两天忙什么，但好像你确实很忙，那咱们晚点再联系吧。"汤世冷淡地"嗯"了一声，就直接挂断了电话。

把事情告诉李真和丘婕后，申雅莉有些憋屈："我是不是做了什么很过分的事……"

李真翻着床头的时尚杂志，耸耸肩：“得了吧，少自恋。你想想看，你们才交往了多久？如果因为被女人伤害开始憎恨女人，应该去搞基，干吗还同时跟多个女人胡搅蛮缠。他没你想的那么痴情啦。”

“真真女王，你要不要这么犀利！”丘婕朝她竖了个大拇指。

“说得也是。”申雅莉长吐一口气，“那我也可以安心和Dante好好发展一下了。”

李真停了一下翻杂志的动作，忽然把杂志合上：“对了，你和Dante现在是什么状况？”

申雅莉把头埋入被窝：“幸福得要命。”

“你确定没把他当成顾小受的代替品？”丘婕回应的是一脸的不信任。

“我想不到这么多，每天只要和他结束通话就不想睡觉，第二天收到他信息就什么也不想做……怎么办啊，我完蛋了。”

“这么喜欢？这对我们一姐来说还真少见。”李真扬了扬眉，“想跟他上床吗？”

“哇，你别问她这么重口的话题，会被杀掉的。”丘婕捂住李真的嘴，却被她打开了手。

申雅莉正想要扔枕头砸她，刚好收到一条Dante的短信：“莉莉，晚上我带你去路特斯吃法国菜吧，那里的白葡萄酒很正宗。”

她看了半天，把手机举起来给她们看：“我该怎么回？”

李真看看短信，认真地说道：“路特斯啊，那不是在一家超五星酒店下面吗？一般酒店的套都不好吧，你问问他套套是你带还是他带。”

“李真，我要和你同归于尽！！”

虽然知道她们只是在拿她开玩笑，可一旦玩笑的对象变成了Dante，申雅莉心中就有说不出的别扭。或许是因为以前恋爱坚决不会考虑最后一步，所以随便她们取笑也不会介意。可和Dante发生那样的事……自己真的有考虑。她考虑了很久，还是忍不住问道：“Dante把用餐的地点定在酒店下面，是那个意思吗？”

李真扬了扬眉：“你认为他打算请你吃完浪漫的法国料理后，把你送到酒店房间，放你在床上，哄你睡觉，然后自己睡在地上直到天明吗？”

丘婕跟着认真地点点头：“这是韩剧。”

申雅莉顿时成了哑巴，李真推了她一把，戏谑地说：“得了吧你，这时候还装良家妇女？你看 Dante 那身材，那小腰板儿，那长腿，啧啧，早就想要如狼似虎地把人家扑倒了吧……”

焦躁不安的一个下午过去，申雅莉整理了心情，乘车去了市中心新区最繁华的地段。

路特斯法国餐厅所属大厦泛着器械的光泽，矗立在骇人的高楼群中间，刺破越来越稀薄的淡蓝天空。从这栋楼里进进出出的人，都是商务人士和穿着昂贵高跟鞋的动人女性，半数以上都是西方的商人。在电梯里大家都沉默而笔直地站着，脸上都挂着没有表情的面具。申雅莉并不喜欢在这种场所约会，换成跟别人见面，她会觉得对方多少有点装腔作势。可约会对象是 Dante，她就觉得他特别有品位、特别优雅，就是这么没原则。

所幸路特斯餐厅环境浪漫，有沿路的松柏盆景和窗外的落日。一入夜，窗外的建筑群都镶满了钻石般，倒映在透亮的落地玻璃窗上。Dante 已经在订好的座位前等候，她走过去拍了拍他的肩，他抬起头，对她微微一笑：“莉莉。”

听见这个称呼，她有短暂的恍惚——曾经希城也这样叫她。她不再记得希城的声音，只记得他如此叫自己名字时的感觉，还曾经孩子气地搂着她说“莉莉，这名字真可爱”。这一刻，这种感觉非常不妙地与曾经的记忆重叠了。她反复告诉自己，这是一段全新的恋爱。Dante 和希城是不一样的人，不可以再多想过去。快速调整好情绪，她在他对面坐下，拿起菜单：“来了很久了？”

“没有，不过有些想喝酒了。我先点一杯酒。Jerome，麻烦再给我一份酒水单。”领班似乎和他关系很好，两人笑着聊了几句。他低头看酒水单：“莉莉，你喜欢什么酒？偏果味一点的，还是辛辣一点的？”

“果味一点、甜的吧。”

他看了看酒水单，对领班说道：“Leon Beyer Gewurztraminer。”

没过多久，侍应生把白葡萄酒拿过来，用干净的白布包住瓶身，给他看名字和年代。他看了一眼，刚想点头，她却摇了摇手：“我也要看。”酒瓶送过来以后，她歪着脑袋看了看最下面的一排字，试着念了半天也没能念出来，只好说：“这是德语吧？”

“是的。”侍应生彬彬有礼地答道。

“德国的葡萄酒……能好喝吗？”

“这是德语，但它生产在法国阿尔萨斯。”Dante 指了指最上面的“Alsace”，

“它的祖籍在意大利北部的小村庄，葡萄的名字是Traminer，后来经过演变，才有了德语的名字Gewurztraminer，带有芬芳的意思，所以味道是比较甜的。”

侍应生对他露出钦佩的笑容，背着一只手，用另一只手握住瓶底，倒了少量在高脚杯中让他们试酒。她看了Dante半天，张了张口，本来想说“你是从什么时候开始研究葡萄酒的呢”，看见他投来的疑问目光后，说出口的却是：“我觉得你穿粉衬衫应该也蛮好看的。”

“粉衬衫？还从来没穿过。”他微笑着说道，“既然莉莉喜欢，下次试试看。”

他们吃了很长时间。被领班说成是“我们招牌时令菜”的牛骨髓和柠檬浸玉米，前者腻得让人无法下咽，后者酸得人牙齿都快脱落了，以至于他们完全忘记了之前的美味蜗牛与沙拉。每次侍应生来问食物如何，他们都会说不错，实际底下大部分时间都在讨论那道菜有多重口，然后笑成一团。没有人提到在沙滩上的牵手与拥吻，但临近用餐结束，申雅莉也开始紧张起来。

走出餐厅，一起进入电梯。她还在矛盾到底该如何进行话题，他却按了地下一层的按钮。她目瞪口呆地看着他，他回应了她一个友善的笑。之后他让司机开车送她回家。到她家门口时，他在车上吻了一下她的脸颊，轻声说：“晚安。”然后目送她离去。

她在二楼看着他扬长而去的车，不敢相信当日的约会就这么结束了。

不仅这一天如此，第二天也一样，只不过他按她的意愿穿了粉衬衫。得到她的赞美后，他连续一个星期都穿了各种款式的粉衬衫。他对她如此体贴入微，推门时会顶着门等她先过，带她到全新的地方一定会耐心解说，到餐厅坐下来会帮她拉开椅子……太多的温柔和退让令他散发着无情无欲的优雅，反而让她有些不知所措。有一次他开车带她出去买夜宵，晚上天气骤然降温，她又不愿意关冷气。无奈之下，他只能把后座上的外套搭在她的身上。她捧着热腾腾的豆浆，把自己裹在他宽大的外套中，看着他的侧脸小声说：“Dante，我发现你真的很君子。”

“怎么说？”他专注于开车，没有转过头。

她这回学聪明了，不再多说，只是笑着摇摇头。如果是希城，一定会有些窘迫地板着脸说“那是肯定的，我这是对你负责”。她原以为Dante会给出类似的答案。可是，他沉默了一会儿，却淡淡笑道：“莉莉，你知道经商画大圈和画小圈的原理吗？”

她摇摇头。他在空中画了几个小圈：“画小圈出笔快，收得也快，圆了这一个，你可以迅速卖掉项目再进入下一次投资，赚得不多，但风险很小。”然后，他又在空中画了一个大圆：“画大圈格局大很多，投得多，速度也慢。我确实十年磨一剑，但霜刃未曾试，不代表我就是君子。”

她哈哈笑了一下，原本想说你这比喻真奇特，但再深入细想，竟一直陷入胡思乱想的旋涡。更要命的是，他的衣服上充满了熟悉的古龙水香气。她缩了缩脖子，让自己整个人都躲进大衣中——怎么会这样？跟这个男人在一起，连他的衣服都显得比自己大很多。

夏季转眼过去，初秋的降温让申雅莉患上了流感。李展松从剧组取景回国后一直被她无视，这一次总算有机会乘虚而入，一天跑她家三四回，就是为了给她送一点食物或药品。而且，他自己明明还是个孩子，却摆出大人的架势照顾她。她打开他送来的袋子，里面居然装满了浣熊饼干和大白兔奶糖，她对此略感无奈，只是把东西放在家里，然后去剧组拍戏。最后几天带病工作，演技自然不能完全发挥。看她身体不好，导演也没有责备她，只是劝她早点回家休息。她却拒绝了，说自己在旁边休息就好。然后，她拿着手机坐在一边，看着浅辰和其他人演对手戏，又时常低头看自己的手机———如既往的，没有男友的任何消息。

如果不是打算约会，Dante 很少主动联系她。她不懂他所谓的画大圈是什么意思，只是在彼此越来越远的距离中感到不安。她特意留意过周边的人，李真最近交了一个新男友，是搞时装设计的帅哥，虽然打扮比法王亨利三世还要花枝招展，但能看出来心眼不坏，对她的真心也显而易见。只要两人空闲着，就一定会彼此发短信，李真发着发着眼角就会挂上甜蜜的笑容。因此，她经常觉得她和 Dante 两个人恋爱只是自己的错觉。

这种感觉在生病以后更加明显。再多的体贴也无法掩饰两人距离疏远的事实。或许自己死了，他都会是最后一个知道的人。手机联系人里，“Dante”早已设在快捷拨号的父母之后，铃声也换成了最唯美的钢琴曲。可这首曲子几乎从来没有响过。她看着那个名字很久，掩嘴咳了两声，最后捂着头把手机调成了飞行模式。

这个时候，片场外停了一辆枣红色跑车，四周的老房子如同穿着褶皱礼服的人，无精打采地在街道边站成两排。一扇扇破旧的窗户像是礼服上的补丁，被隔板连在了一起。住在老城区的居民们盯着这辆车，眼中没有羡慕，只有对这包着闪光皮囊的发动机的不可思议。Marco 把手搭在方向盘上，把墨镜往下拉了拉，看着因为身体不适不住咳嗽的申雅莉："下车吧，公主等着你去拯救呢。"

Dante 打开车门下去，军士立正般站在旁边，却没有前进一步。不远处的申雅莉接过经纪人递来的胶囊和水，仰头把药吃下去，又扶着脑袋压抑着声音咳嗽。他看着她的侧影，忽然紧紧皱着眉，合上了眼睛。车里的 Marco 打了个响指："别浪费时间，要得到女人的心，就要在她最虚弱的时候……"

Dante 重新拉开车门，一腿跨入前座，坐下来"砰"的一声关上门："走吧。"

"……你是怎么回事？"

"开车。"

"喂喂，我可是你的上司，不要把我当成司机使唤，OK？" Marco 瞪了他一眼，却很快留意到他望着申雅莉的眼神，释然地笑了，"哈哈，你又爱上这女人了。"

"没有！"他坐直身子，难得激烈地否认，"我只是不想被传染。"

"哦，是吗？你碰她了？"

"……什么？"

"我说，你们在一起也有一段时间了吧，做到哪一步了？"

看着对方像被按下暂停的影片般静止，Marco 把墨镜重新推到鼻梁上："你根本连碰她都不敢。"

他吹了个响亮的口哨，把跑车"嗖"地开出去。秋阳把漫长道路上的痕迹都洗涤一空。车轮碾过的地方，混凝土的道路已被岁月打磨成骨灰白，野草从破裂的细缝中伸出了头。Dante 把头靠在靠背上，张开大手按住眼角两边的太阳穴，盖住所有的阳光。

晚上申雅莉的感冒更加严重，导演让她回家休息几天，等病痊愈了再回去杀青。吃过药后她觉得昏昏沉沉的，却无法入睡，打到一半的短信"我生病了，过来看我好吗"也被删掉，她只能躺在被窝里，一边吃大白兔，一边看着呆呆像只死乌龟一样趴在盒子里晒灯光。

"臭呆呆，你怎么这么迟钝。迟钝大王，真可恶。"她带着浓重的鼻音自言自语着，再看看手机，依然没有收到任何消息，她抱着枕头，连灯都没关就睡着了。

接下来，她做了很多个梦。在梦里，她一会儿变成女主角陈晓，一会儿变成 Cheryl 演的大学生，一会儿变成看剧组拍戏的路人甲，但整个梦境中，佐伯南都始终是同一个人——她不知那是Dante演的佐伯南，还是与顾希城非常相似的佐伯南。梦中的电影拍到了最后一幕，她一个人走在下着大雪的街头，依稀觉得自己再往前多走几条街，就能看见佐伯南。但越往前走，街景就越陌生。渐渐地，她在庞大的交叉路口停下来，任由行人车辆与自己擦肩而过。街上的楼房看上去很陈旧，广告牌上的油漆也脱落了，满满的灰色毫无生机，又被沉凝的大雪粉饰。她伸出双手去接空中的雪，渴望要见那个男人一面。可是，有一个声音在她耳边这样说："别找了，你喜欢的人已经死了。"她难过地坐在堆满积雪的长椅上，低声哭了起来。哭着哭着她觉得累了，就睡了过去。再度睁开眼的时候，阳光普照大地，积雪融化，她微笑着迎接新一天，却想起他已不在这个世界上的事实。

泪水溢出眼眶的同时，她呜咽了一声，干涸的喉咙也开始发痛。这一回是真的醒了。她从噩梦中挣脱，拍了拍胸口——吓死了，原来只是梦。她坐起来，让紊乱的心跳平定了一些，看看时间已过晚上十一点，想去给自己做点吃的，却晕得连下床都做不到。她无聊地打开手机，却看见上面出现了十多个未接电话，都是"讨厌鬼"打来的——那是几个小时前她给Dante改的名字。她刚想看看最早一个电话的拨打时间，手机却再一次振动起来。

她接听电话，那边传来："喂。"

不知为什么，委屈的感觉瞬间汹涌而来。她猛地坐起来，掀翻了床头柜上的面膜盒："我不想和你说话！"

"开门。"

她疑惑地走到玄关，竟然真的透过猫眼看见了Dante。她拉开门，皱眉说道："保安是怎么回事，居然会放你进来。"

他板着脸，完全没有笑容："怎么不接我电话？"

被他这样一凶她反而愣住了。过了好一会儿，她终于发怒了："你一直对我这么冷淡，现在我不过几个小时不回你电话，你就跟我闹脾气？我刚生病的时候你到哪里去了！请你现在就离……"

话没说完，人已经被揽到一个沉重的拥抱中。他似乎用尽了全力在抱她，紧得好像骨头都会被勒到散架。她听见他在耳边急促地呼吸，听见他语调不稳地说道："下次不要让我这么担心，我真的以为你出事了。"

她半晌没回过神来：“我、我只是感冒……”依然来不及回话，他已把她打横抱起，放在卧室的床上。紧接着雨点般的吻落在她的额上、眉上、颊上，已令她十分混乱，最后一个毫无防备的深吻更是瞬间夺走了她的呼吸。他与她十指紧扣，过度的激情令彼此的喘息声都开始战栗。

吻到一半，她却突然别开头，把手挡在他的唇上：“别，我感冒了，不想传染给你。”

他怔了一下，眼角荡漾开了宠溺的温柔：“没事，我不介意。”他握住她的手指，在她每一个指尖上细细地亲吻：“晚上有吃饭吗？”

她老实地摇摇头。

“厨房有材料吧，我去给你做一点东西吃？”

他刚站起身，察觉到衣角被人拽住。她紧紧攥着不放手：“晚点再吃，你留下来陪我。”

“好。”

他微微一笑，脱掉外套在她身边躺下，张开怀抱把她严严实实地封锁在怀中。也不知是否因为正在感冒，她再也不生气了，只觉得浑身都暖暖的，幸福得一直流眼泪。她把脸往他的颈窝里钻了一些，偷偷擦掉泪水，深深呼吸着他身上的味道，是淡淡的、温润的、盛夏植物般的清新气息，但一瞬间，她开始紧张起来，这味道竟与希城身上的是那么相似。

没过多久他低下头，对她露出睡意蒙眬的笑：“你看上去一点都不困，精神真好。”

“我当然困了，不过要洗了澡才打算睡觉。”

“生病这么严重，就不要洗澡了吧？”

“那可不行，我有洁癖。不过我现在确实有点累，你先去洗好了。”

他埋头浅笑着看了她几秒钟，用手指刮了刮她的鼻尖，就翻身下了床。她懒洋洋地躺在床上，告诉他沐浴露、洗发露、护发素和浴巾的位置，目送他的背影消失在房门外。几分钟过后，她精神抖擞地弹起来，蹑手蹑脚地走向浴室的方向，确定那边哗哗水声已持续响起，就悄声飞奔回卧房。

她在他的钱包里找到了西班牙的 ID 和驾驶执照，上面写着西班牙语，但她还是能认出一些内容，例如他的全名是“Dante Chow”，出生年份比希城早七个多月，身高比希城高 3.5 厘米，Chow 应该是粤语中“周”的拼法，这么说来他父母可能是香港人，与希城就更扯不上关系。除此之外，他的钱包里装着几张美元、欧元和英镑的纸钞，还有几枚不同面值的欧分硬币、两枚两欧元的硬币、一张写着西班牙名字和电话号码的便签、不同国家的信用卡、娱乐场所的会员卡等等。

后来她打开他的手机，小心翼翼地翻看他的手机短信和联系人。然而，里面只有一连串陌生人的名字、不明来路的通话记录、早在认识她之前很久与别人发的短信。她忽然觉得她就像一个闯入他生活的陌生人，却偏偏自以为是，喜欢偷窥别人隐私，甚至希望他成为希城的替代品。如果 Dante 知道她的真实想法，一定会愤怒到把她甩了。她把手机切换到主界面，终于打算放弃，却不小心碰到屏幕上的微博客户端。她告诉自己，这是最后一次，翻过了就不再翻了。许多条未读私信提醒让她不敢打开信箱，只能翻看关注的人和粉丝。遗憾的是，他没有偷偷关注过任何人，粉丝则因为数量太庞大，也没有任何查询的意义。

打开“账户管理”之后，她在上面发现了另一个账户——“asdfasjfdlajfl”。这账号没发过任何一条微博，但点开关注的用户，她看见了一长串熟悉的姓名。其中，第一个名字就是“电池哥秋风扫落叶蛋疼了无痕”。看见这个名字的瞬间，她的心狠狠地抽痛了一下。不断往下翻，里面全都是他们高中、大学的同学。如果没记错，上次同学会上有一个老同学还说“那个名字一串乱码的人到底是谁啊，关注了我们所有同学但又不现真身”，然后有人开玩笑说“不会是希城的灵魂吧”。

这一刻，她只觉得手指克制不住地发抖，脑袋一阵阵发晕，因为神经压迫，眼睛不断被亮白的光占据。她把手机放回原位，躺在床上用被子把自己紧紧包裹住。

过了几分钟，Dante 也洗完澡从浴室里出来了。有汽车在柏油马路飞速驶过，声音透过隔音窗户传进来，已经几乎变成了蚊鸣。过道里的灯都关着，他正在用浴巾擦拭湿漉漉的头发，身影被灯光勾勒出深刻的轮廓：“莉莉，我没带换洗的衣服，明天只能穿同一套了，你可别嫌我脏。”

申雅莉用双手捂住眼睛，逼迫自己不要在这时候感情用事，但泪水还是从指缝间流出。她迅速用手背擦掉眼泪，狼狈地把头埋到被窝里蹭了一圈，提起精神对着他的方向开心地说道：“好。”

很久很久以前，她与希城一起去他奶奶家做客。奶奶在厨房里为他们做饭，无论如何都不让他们进厨房，她大老远就能闻到糖醋排骨香喷喷的味道，却只能和希城在客厅里看他祖父母年轻时的旧照。奶奶有大而美丽的眼睛，笑起来酒窝浅浅凹陷。爷爷是一个冷峻的军人，长着与希城极其相似的瘦削脸型，但散发出的气质与希城截然不同。她在爷爷的脸上寻找希城的蛛丝马迹，最后皱皱鼻子说“你爷爷比你帅多了”。希城笑着没说话，给她看了另一张照片。照片上是老年的祖父背着祖母爬楼梯的背影。他说：“几年前奶奶买菜时犯了痛风，爷爷找到她，然后把她背回了家。街上刚好有摄影师路过，就把这一幕拍下来并发了照片给他们。”

照片上的祖父母都佝偻着背，看上去动作迟钝缓慢，如此苍老，如此不起眼，却触动了申雅莉的心弦。她看了一眼爷爷黑白的遗照，又在全家福里圆溜溜的小脑袋堆里迅速找到最可爱的一颗，对着那大眼睛的小包子弹了弹，如此说道：“小朋友，你奶奶真幸福，真希望你有遗传到你爷爷的优良基因。等我老了以后，你也要这样对我，知道吗？”她并没有得到小朋友的回答，但放在沙发上的手被人十指相扣紧握，再也没有放开——当时她绝对不会猜到，那之后没多久，自己就用最荒唐的理由放开了它。

这一刻，看着不远处他在光影中的轮廓，她恍然意识到，一切的一切，都不过是十年前的陈旧回忆。

人的生命并不像我们所想的那样漫长，几个十年过去，一生也就结束了。错过顾希城，是她有生以来最后悔的事。

可成长的代价，大概就是错过。

因为在最年轻最灿烂的年华，我们往往还没学会怎样去爱，就遇上了那个会爱一辈子的人。

珍宝

思念一个人过了头，其实有很多后遗症。
例如哪怕是开心的事，也会因为压抑过多的伤感，
而变得只会流泪。

Dante在大雪中停下车，看着马路对面的街景。

路灯照亮街道，雪水在灯光中略微融解，一路延伸到远处。所有的奢侈品店被擦得锃亮发光，串联在一起变成了璀璨的项链，缠绕着大厦丛林的根基。飘落的雪花令它们看上去充满贵气，却也令它们变得更加孤高而不近人情。在那些店面中央，有一张最显眼的巨幅海报，海报上的女星把手臂搭在豹纹毯上，肩上裹着雪白的皮草，大鬈发海藻般落在皮草上，嘴唇饱满而贵气。正中央的品牌Logo后面写着“魅惑口红系列”。但少有路人讨论这款大牌口红，目光都聚焦在代言人身上。

Dante看得如此出神，导致李真和丘婕发现他很久都没有察觉。她们两手空空地从女装店里出来，身后的保镖双手拎满了袋子。李真不可置信地摇摇脑袋：“Dante盯着雅莉的海报看了多久了？我看疯的人不是只有雅莉吧……”

“单身狗表示不喜欢这种恋爱的酸臭味。”丘婕淡定地玩手机，索性不去看这深陷爱情的男人。

终于，Dante撑开鳄鱼头手柄的伞，进入一家顶级珠宝店，那里面站了另一个女人。寒冷的冬天，行人们都匆匆而走，可路过这家店橱窗的人，都会禁不住转头，往里面多看两眼：女人胳膊上挎着鳄鱼皮灰色包包，她正用空出来的手对着各色戒指指指点点。金色鬈发中分朝向两边，低头时头发下坠，她则会把头发往脑后拨弄，露出芭比般的脸庞。她回头朝男人一笑，一头金发衬托出男人黑发的神秘内敛。金碧辉煌的灯光中，Dante和Paz看上去如此般配，简直是旧式电影中罗马街头的慵懒贵族。发现他们正在挑选的东西是首饰，李真和丘婕都诧异地张大嘴。

一个小时后，申雅莉收到了一条来自丘婕的彩信。因为家里信号不好，她很久都没打开照片，只好发短信去问对方发了什么。丘婕的回话是：“你看了就知道了啊，我解释不清楚。”她想，要么是网站上一些乱七八糟的图片，要么就是《火影忍者》中男二号和他哥哥不得不说的往事，所以把它丢到口袋里让它慢慢下载，继续用铲子翻锅里的菜。时间卡得刚好，几道家常菜刚端上桌，钥匙拧动锁的声音就响了起来。她脱掉围裙，一路小跑到门口，等对方打开门，把双手藏在身后。

“亲爱的回来啦！”看见他面容的刹那，她笑了起来。

他看上去却很累，有气无力地点点头：“嗯。”

她把藏在身后的筷子拿出来，再把夹住的花菜用手接着送到他嘴边：“来，啊——”

他愣了一下，眨了眨眼，才把那口菜吃了下去。她的眼睛睁得大大的，一脸期待地看着他：“怎么样？”

“……很好吃。”

她像是刚刚被贴上小红花的小学生，骄傲地挺起胸脯，扬起下巴：“这是最普通的一道，还有更好吃的。你别看我平时不下厨，我下厨就是大厨，不比你差。快进来。”

她把男式拖鞋踢到他的面前，朝他勾了勾手指。但径直往餐厅走了几步，都没听见后面有任何动静，她回头疑惑地看了他一眼，见他还在玄关呆呆地站着，头也渐渐朝一边歪去。暖色的灯光照在他瘦削的脸颊上，却照映出一种冷冰冰的轮廓。他的眼神空虚，嘴角似乎有一条略微往下的弧线。这几天他工作特别忙，一直在公司加班，一定是经历过了不开心。她连筷子也没放，就转身飞扑到他怀里，紧紧地抱住他。对于她这样突然把他扑倒的行为他早已习惯，所以并不会去询问她原因。她笑得像是偷吃了糖果的坏孩子，一个劲儿往他怀里钻，享受着幸福到奢侈的时光。

从发现他的微博关注了电池哥以后，她并没有问过他任何有关的问题，也没有旁敲侧击地让他承认自己就是顾希城。她知道他一定对自己有所顾忌，毕竟两个人那么多年没见，当初自己又是以那样现实的理由与他分手。不是不好奇他为什么经历了空难还没有死，可回想他在海滩上那有些绝望的告白，她大概明白了他的想法——他还爱着她，想和她重归于好，只是对她信任不够。所以，她从来不催他，耐心等他坦白。

手机短信提示音又一次响了起来，她却连看都没看一眼，只是拉着他的手，把他拉到餐桌旁，按着双肩坐下，再用汤匙舀起汤里的肉丸子，送到他嘴边："尝尝这个。"

他低低地"嗯"了一声，把肉丸子吃下去。她坐在旁边，看他的脸被肉丸子撑起了一个小小的包，又咀嚼着慢慢把它吞下去，不由自主微笑起来。从他们相恋以后，她做了多少傻事呢？盯着他发花痴、无原则地为他奉献、只要他呼唤自己就一定有空、发短信一定回、主动找他太多次、重色轻友、为了他放所有人的鸽子……这些都是情场菜鸟才会犯的错，她轮着一个个犯下来，一个都没漏下。可是，希城还活着——每次一想到这个事实，她就完全没有任何理性可言，恨不得二十四小时都看见他，恨不得把自己所能给的一切都给他。这种程度的喜欢，就算他说"申雅莉你现在从窗子跳出去"，她大概也会言听计从地说"好的，我是先跨左脚还是右脚呢"。

他吃到一半，余光察觉到了她目不转睛的注视，转了转眼睛，故作惶恐地往旁边缩了一下。她扑哧一声笑出来，把椅子往他的方向挪了一些，双手缠住他的胳膊，牛皮糖一样黏在他身上。

"来。"他夹起一个肉丸子，送到她的嘴边。

吃下丸子的同时，只要一意识到"在喂我吃东西的人是希城"，眼角就又一次无法控制地湿润起来。

思念一个人过了头，其实有很多后遗症。例如哪怕是开心的事，也会因为压抑了过多的伤感，而变得只会流泪。

因为不想在她家中留下烟味，饭后他披上风衣，把打火机和烟盒拿到阳台上，在寒冷的空气中点燃了烟头。她看着他的背影，看上去是如此孤单。

她在他的身后徘徊了很久，最终还是没有走上前去与他对话。她拿起几颗李展松送的大白兔奶糖和手机，一边吃着一边帮他熬桂圆银耳粥。这时他刚好抽完烟，走进厨房。她把大白兔糖纸丢到垃圾桶里，拿起一包食材的说明书佯装阅读。他看了一眼桌面上剩下的大白兔，笑了：“这么晚还吃糖，不怕长蛀牙？”

“不怕蛀牙，就怕长胖。”她拿起大白兔，心跳如擂鼓，“对了，大白兔你知道吗？这个在国外没有的吧。”

“有的。只要你能想到的中华美食，唐人街都有，只不过供货慢一点而已。”

“原来如此，现在交通真发达。不过，大白兔唤不起你的任何童年回忆吧，这种奶糖可是陪伴着我们长大的。”

他笑着摇头，很狡猾地什么都没说，只是静静看着她熬了一会儿粥，就把大衣穿好：“我要走了，明天还要早起。”他凑过来在她脸上吻了一下，“我明天再来看你。”

她舀起一些银耳：“等等，我看你最近脸色不是特别好，给你熬了点补身子的粥，学了很久呢，喝一点再走吧。”

“嗯。谢谢。”

他按照她的意思留了下来，乖乖地坐下来喝粥，但话比之前更少。时钟的“嗒嗒”声令家里显得异常安静。他喝完粥，把碗收到厨房，帮她洗干净，拿好伞准备离开。

“Dante.”她在玄关抓住他的手，“今天下这么大雪，就不要走了。”

“你家离我公司太远，我也没带衣服来，还是回去睡。”

她特别舍不得他，握紧他的手：“可是，我想你留下来。”

“留下来，我睡哪里呢？”

他们唯一一次睡在一起是上次她生病的晚上。那次她病成那样，他大部分时间都在照顾她，两人都没有机会乱想，但这一次不同。她绞尽脑汁，终于给了一个很不明智的答案：“客房，我帮你找被子。”

他低低地笑出声，挣脱她的手，在她的额心弹了一下：“我经常觉得你成熟又有思想，可你说话又时常像个小孩子一样。把男朋友留在家里过夜，你认为会什么都不发生？”

被他这么一说，她耳根忽然发热起来。她低下头，紧锁着眉，眼睛执拗地看向其他地方，脸颊却也连带着渐渐变红："不都是男朋友了吗，发生什么也没什么吧？"

他眼中有惊愕一闪而过，但很快被满满的笑意取代。他的声音毫无杀伤力，眼角却洋溢着成熟男人独有的风流韵味："这算是莉莉的邀请吗？"

"什、什么邀请啊，我只是假设，假设而已。"

"就是说，你不介意和我……"他故意没把话说完。

她的头埋得更低了，憋着气摇摇脑袋。

"我知道了。"他重新走进来，一边解风衣扣子，"那个你有的吧。"

"啊？"

他做了一个撕东西的动作。她歪着脑袋，认真观摩他的动作，还是没能理解他的意思。他跟着她一起把脑袋歪过去，然后笑了笑："防止生宝宝的东西。"

她涨红了脸："我怎么可能有这种东西？！"为什么希城现在变得跟李真一样，可以用如此平静的口吻说如此大尺度的话？

"那我下楼去买？"

她张大嘴，根本说不出任何话。原本就已经羞得无地自容，谁知他又低下头来，在她耳边悄悄说："还是说，莉莉喜欢直接的？"

其实他没有错。他们现在在交往，都是成年人，不大可能一直这么禁欲下去。两个人也没有走到要结婚生子的程度，安全措施的话题不可避免。可是，她总觉得他没安好心。

"你还是回家吧。"这是她的最后发言。

"我逗你的。看你反应这么大，真可爱。"他揉乱了她的头发，"既然你有这个意思，那我明白了。改天吧，我会把一切都准备好，让那一天变得很特别。"

他这几句话依然说得平平淡淡，但她听得心惊肉跳。直到他离去后很久，她都没能从那种糊涂的状态中走出来。过了几乎半个小时，她终于想起之前收到了几条短信，然后打开手机。看了看里面的内容。看见预览图和上面那句"这是刚才我和李真在维多利亚购物中心拍的"，她的眼睛眯成了一个紧张的弧度，手指颤抖地把那张丘婕发来的照片放大。然后，她用手心捂住了嘴唇，眼睛闭了起来。

——"我没有女朋友。"

——"我只是实话实说，我没有女朋友，我是单身。"

——“莉莉，这几天公司要加班，所以我不能每天都见你，但我会给你发短信打电话的。”

只要是他说的话，她全都相信。自从发现他是顾希城之后，她对他更是一点怀疑都没有。哪怕他不打电话来，她也会告诉自己他是在工作，或许是开会，或许是画图纸，或许是在计划新的工程。她不愿意做太黏人的女友，因此从来不多问。有一些疑问，她也自动忽略不去在意。例如年少无知的顾希城或许会为了她守身如玉，最后一步一定要在结婚之后才发生。可是现在的他早已不像当年那样单纯，他有过私生活非常混乱的时期，两人在一起几个月，如果不是今晚她的主动，他也从来没有碰她的意思。这能说明什么呢？原本她以为他是重视自己，想要回到最初的状态，但现在想想单纯的人应该是她。

看着照片上对着 Paz 露出微笑的希城，她嘴角轻扬，笑容嘲讽——这才是你不肯碰我的真正原因，对吗？

可是，现在这样的状态——几乎每天的碰面、无微不至的照顾、睡觉前固定来电中那句温柔的“晚安，莉莉”，又算是什么呢？

第二天中午午休的时候，皇天集团餐厅的 VIP 包间中，李真把显示着那张偷拍照片的手机丢在桌面上：“虽然我不想说出来伤害你，但事实你若不接受，以后会被伤得更深。你被玩弄了，认命吧。”

“……为什么？”申雅莉浑身僵硬。

“这事实不是摆在眼前的吗？ Dante 快要和这 Paz Cruz 结婚了，婚前当然想来个大解放，和别的女人玩一玩。很不幸的，你就是被他选中的那一个。”

“我……我不认为他是在玩。因为他没碰过我。”

“雅莉，你清醒一点，你不都说了吗？他昨天晚上说了要把你们第一次弄得很特别。这不很明显了，他早就有准备。你等着吧，一旦你们发生关系，他就会溜之大吉，然后和那女人结婚。”

李真一向心直口快，很多时候也会直接过了头而伤人。她说的每一句话都刺中申雅莉的要害，令申雅莉完全无法开口反驳。仿佛所有力气都被抽干了，申雅莉苦涩地说道：“他不喜欢我？”

李真无奈地叹了一口气，轻轻说道：“一个男人如果真爱你，会给你婚姻。不论口头上怎样甜言蜜语，只要他娶的人不是你，那就不是真爱。”

申雅莉觉得自己快要崩溃了，把脸埋在双手掌心里：“可是，我和他那么多的过去，还顶不过一个认识几年的女人吗？”

“什么意思？”

“他是希城。我在他手机上发现证据了。”

李真看着她呆滞了很久，皮笑肉不笑地拉拉嘴角：“原来 Dante 就是顾希城？”

申雅莉埋着脑袋点了点头。

“原来他们真是同一个人……”李真长叹一声，“那他就是回来报复的。”

“报复”两个字黑水般排山倒海袭来，让申雅莉喘不过气来。她握紧桌面上的杯子，又松手把它放下，强撑了一脸的笑：“复仇？他为什么要复仇？”

“再回想一下，当初你是因为什么甩掉他的？”

申雅莉怔住了。希城没死的喜讯让她已经完全忘乎所以，导致她连十年前不堪回首的记忆都彻底抛在了脑后。

——“你身上这些东西是谁买给你的？”

——“哦，白成浩的儿子。”

——“这些东西以后我会买给你，离他远一点。”

——“都上过床了，你要我怎么离他远一点？”

到现在，他用力拍桌那一下剧烈的声响都如此清晰，像是会击碎她的耳膜一样。

——“申雅莉，你发什么疯？！”

——“你激动什么呀，这不是很正常的吗？”

——“是我从来没了解过你，还是你变了？你喜欢的根本不是我家里的钱，怎么到现在就……”

——“没错，刚开始我喜欢你是和你的家庭没有关系，毕竟那时候我也不了解你。可是和你熟悉以后……这么说，你要我真心喜欢上你，而不是你的钱、你的家庭，那你倒是说说看，你有什么地方值得我喜欢啊？”

年少无知时总以为自己是万能的，不愿给别人带来麻烦，也不想让人看见自己脆弱的样子，所以才会肆无忌惮地伤害自己喜欢的人。而过了这么多年以后，那些话就像是一把双刃剑，以十倍的杀伤力重新刺入自己的胸膛。她痛苦地皱眉：“可是，他不是这种人。”

“人在经过生死以后总是会改变的。而且，雅莉，站在他的立场上来看，他其实并没做错。他只不过是把你对他做的事重新对你做了一遍。而且这一回，你也没像他那样差点丢掉性命。”

看见申雅莉愁眉不展的模样，她又有些于心不忍，拍拍申雅莉的肩：“当然，我也不觉得他会这么做，我们还是私底下再调查一下，肯定能找出他不肯说出实情的原因。”

李真办事的效率绝对是申雅莉认识的人里最高的，没有之一。这话放下后的当天晚上，申雅莉正换好衣服，打算去男朋友家里。李真就打电话到她家中，开门见山地说道：“Dante 的公司是叫 Fascinante 对吗？”

“是啊，怎么了？”

“这个公司的总裁叫 Pablo van Cruz，是西班牙名流克鲁兹家族的继承人。他的长子叫 Marco van Cruz，Fascinante 的副总裁，他的女儿，也就是那个和你男人一起去买戒指的金发芭比，是个模特，对继承家业似乎没有什么兴趣。这个家庭的女主人在生第三个孩子的时候去世了，从此以后总裁克鲁兹先生就很少回家，只把孩子丢给家里的用人照顾。克鲁兹先生一直未续弦，直到前年，才娶了一个年轻的华人老婆。他们相差了整整三十岁。”李真隆重地说道，“也就是说，再差多一点当爷孙都可以了。”

她半天没听出个所以然：“这与希城有什么关系？”

“我在想，如果说 Dante 真是他们家的未来女婿，会不会是他们家里的人对亚洲面孔都很感兴趣？不然不会老爹找了一个华人老婆，女儿还要嫁个华人女婿吧？”

“我还是没听出来你的意思。”

“我还没说到重点，这华人老婆的样子，怎么说呢，就是外国人特别喜欢的那种类型。黑黑瘦瘦，方脸高颧骨，细长眼，总之和我们的审美基本是相反的。她的名字也看不出点名堂，叫 Ann Zhang。你懂的，在国外，华人的名字都叫什么 Jack Liu，Jessica Sun，James Chen，Steven Wang……完全没辨识度，谁知道谁是谁。”

“所以？”

“所以我认真地看了一下她的照片，发现她长得很像一个人。你看一下我发到你手机上的照片。”

申雅莉打开手机，看见了一张非常眼熟的面孔，可半天也没想起来在哪里见过。又因为照片上是个肤白大眼的亚麻头发日系小美女，她过了半天才迷茫地说道：“这两个人算是……”

“是同一个人。头发染回了黑色，没再戴美瞳贴双眼皮贴，皮肤是紫外线烤箱烤黑的，颧骨是用胶原蛋白针打高的，你看照片，她就只有颧骨在灯光下闪亮滑嫩得跟新生婴儿一样，其他地方都是一片毫无光泽的焦炭——第一次去巴黎走秀之前，经纪人就让我往颧骨上注射这玩意儿，以符合当地人的审美，当时我宁死不屈，保住了我秀气的瓜子脸，不然就像她一样，折腾得跟个玻尿酸做的吕燕似的。”

“真美人，说重点，我马上要出门。”

“我说了这么半天，你还没认出她是谁？”

“没有。”

“那晚上回来我们再继续这话题，不然待会儿你可没法和你男人和平共处了。”

“好，我们回来说。”申雅莉用耳朵和肩膀夹住手机，开始穿鞋，“不过，我还是得感慨一下，不管过多少年，你的洞察力都还是如此惊人又刻薄，真是什么都逃不过你的法眼。”

李真一声冷笑，相当得意地做出总结性发言：“姐姐这叫火眼金睛。”

沿江的一条街附近有一片空地，那里曾经有一个幼儿园和居民小区，它们被大片高楼包围着，显得十分弱势。如今房屋已经被拆迁，新盖起的半成品中透露出微弱的灯光。冷雾沿河弥漫，穿透了那些还在修建的赤裸钢架和黑森森的塔吊，静悄悄地飘向尽头的高楼脚下，令那栋高楼显得越发摩登闪亮。申雅莉抬头看向恋人居住的豪华公寓，首先映入眼帘的，却是被两栋大楼夹住的狭小夜空。

时间过得太久，她已经忘记了小时候夜空的模样。但这些年每次抬头看天，总会发现它的面积变得更小了一些。就好像是梦想与纯真，随着当年的孩子一天天长高变大，它在视野中占据的地位也在一天天变小。

她顺着这条路，一直走向他家里。他并不像以往那样伏在桌前画图，或者像小男孩一样抱着 PSP 打游戏，而是有些颓废地靠在沙发上，拿着遥控器麻木地切换电视台。彩色的光打在他的脸上，让他看上去比平时苍白很多。她在他身边坐下，手背亲昵地摩挲着他的脸颊："这么无聊，一个人看电视？"

他躺在沙发上看着她，比平时的文雅多了一些慵懒，还有她不是很愿意承认的性感。他没有回答她的话，只是握住她的手，放在唇边轻轻吻了几下。她被他专注的眼神弄得有些害羞，不自然地抽了一下手："吃饭了吗？"

他像个乖宝宝一样摇头："等你一起。"

"我去厨房看看有什么材料啊。"

"不用，我已经准备好了。"他翻身下了沙发，在她额上吻了一下，径直去了厨房。

她在沙发上坐了片刻，身体被抽空般无所依托。这种空虚的感觉近日经常发生，而且越来越强烈。她按捺不住跟去了厨房。他没有开吊灯，只有金黄的灯光从洗碗池旁边照出来。这个背影曾经无数次出现在各式各样的美梦、噩梦中。但不论是怎样的梦，醒来以后剩下的感觉也只有一种——从"原来是梦啊"到"又是梦"到"这一辈子都只能做梦了吧"。

她小跑过去，从背后抱住他。身体被她撞得摇了摇，他伸手揉了揉她的脑袋："我有一份礼物要给你，先去餐厅等我。"

"不去。"

"乖，快去。"

她心不甘情不愿地松开手，闹着别扭回到了餐厅，眼睛却一直没从他身上离开。他背着她不知道在弄些什么，她只能听见酒水流动的声音。很快他把餐厅的灯也关了，端着一支蜡烛和两个杯子走过来，把它们放在餐桌上。蜡烛把两个人的脸映成了柔和的颜色，她有一种过生日的感觉。两个高脚杯里装了一半红酒，杯口一圈围了厚厚的白色颗粒，看上去就像是雪花落在杯子上一样。此时此刻，"雪花"和红葡萄酒在烛光中闪闪发亮，漂亮得像精工制作的珠宝艺术。

"这是你想出来的？"她喜悦地看着那两个杯子。

"你没见过这个？这是圣诞用的，可能在非基督教国家很少见吧。"他端起杯子，"圣诞节我可能有事要出差，不能陪你。今天算是提前过圣诞了。"

只有一个星期就到圣诞节了，他居然到现在才告诉自己。他是临时改变的决定，还是早就计划了？她的心情忽然复杂起来，脸上笑得勉强："是这样啊。"

"来，祝我的莉莉明年会更漂亮。"他朝她举起酒杯。

“明年？”她端起高脚杯，终于忍不住皱了皱眉，“你到新年也不回来？”

“现在还不确定，如果不回来我会告诉你。”

心情更加复杂了，她想问他打算去哪里做什么，但是心里也清楚，不管真正的理由是什么，他告诉她的答案都会是她想听的而非真实的，于是只能端起酒杯和他碰杯。喝下红酒的同时，一些砂糖沾到了她嘴边，是甜的味道，却苦涩到了心里。喝完酒以后，他站起来朝她淡淡笑了，然后绕到她身边坐下，把一个包装好的小礼盒递给她：“对了，我还有圣诞礼物要送你。”

“但我什么都没准备……”

“没事，我的那份，等我回来你再补送就好。先看我的礼物。”

她点点头，把上面粉色的礼品带拉开，撕开了包装纸，里面深红牛皮首饰盒和露出一半的意大利语让她愣了一下，她加快了拆包装的速度，看见上面眼熟的 Logo，整个人都傻掉了。

“看看喜不喜欢。”他对着盒子扬了扬下巴。

里面装的是什么，其实已经不是很重要了。因为这个品牌的高级珠宝店，就是他与 Paz 在维多利亚购物中心去的那一家。

第十七座城 雪夜

她不愿意再多思考，
只是看着他的车发动开起，开向与她背离的方向，
消失在十二月寒冷的雪夜中。

打开首饰盒看见里面的东西，申雅莉的第一反应是自己在拍电影，因为那是一整块完整的红钻，旁边镶有一圈碎钻和红尖晶石，在烛光下璀璨得不似真实。这颗钻石就是三个月前出现在报道非洲采矿新闻中的那一颗，成品两周前才出现在时尚杂志上，全球有能力购买它的人屈指可数。可是，把它从首饰盒里拿起，她却意外地发现它不像宣传海报中那样是一枚戒指，而是与黄金连成了一条项链。

“这……这是南非之心二世？”

似乎读懂了她的心思，Dante 把红钻拿出来，放在她锁骨下比了比：“我觉得带颜色的钻石还是比较适合戴在脖子上，所以请人把它改成了项链。”

喜悦的感觉被冲走了大半。没有什么东西比这枚钻石更能收买女人，如果用它来向她求婚，对象又是他，她会哭着用力点头。可是，他却如此不屑一顾地把它改成了项链。她试着含蓄地提醒他：“亲爱的，这颗钻石太高调了，我不大可能戴着它在公共场合出现。我没有结婚，戴着它出去，记者会写乱七八糟的新闻。”

他浅浅地笑着，牵着她的手，把她带到卧房，在黑暗中打开落地灯。暖昧的灯光点亮了两人的脸，他把她推到镜子上前，直接解开她的衣服扣子。她吓了一跳，潜意识想要后退，但反抗的动作却被自己强压下去。他没打算经过她的允许，只是姿态强势地脱掉她的衣服，就好像是在处理自己的东西：“男人送女人钻石，可不是为了给别人看的。”

当连衣裙落在地上，她被脱得只剩下内衣时，他清楚地看见她的嘴唇在发抖，这和他预期的反应不大一样。他原以为她会激动地让他为她戴上项链，可直到他轻松地解开她的文胸扣，她的表现也只是越来越紧张，害怕得眼睛都闭了起来。这样的反应让他莫名地感到焦躁，但他没有表现出来，只是沉默地为她戴上项链。然后，把她转过去，对着镜面。镜子里赤裸的女子戴着“南非之心二世”，却是一脸快要哭出来的表情。

“不愧是以美貌闻名的女人。这条项链真配你。”他衣冠楚楚，很有风度地避开敏感的地方，对待艺术品一般欣赏地看着她。

单身的男人送女人钻石通常只有两个目的，求婚或者上床。他却什么都没做。

以前的希城也从来不会吃她豆腐。如果希城送她钻石却什么都没要求，她不会觉得奇怪，反而还会理直气壮地享受他的温柔，还会自恋地说：“我知道，你这是讨好未来老婆嘛。”但现在跟他在一起，她找不到以前的安全感了。他明明对她很好，她却没有一刻不感到担心。

在他这里摔了个大跟头，回家以后她一直心神不宁，导致接到李真电话都没反应过来对方的话：“现在想起是谁了吗？”

“啊？”

电话那头留下了长长的叹息声，李真无奈地补充道：“我说照片上那女人，没想起来她是谁，对吧？提醒你一下关键词：白风杰，李董。”

申雅莉出神片刻，渐渐地，记忆的片段像被撕裂成一条一条的布匹，被这两个名字黏合起来。

许多新人和圈外人都有一种思维定式，就是觉得女艺人拼的就是厚脸皮。他们认定了在这圈里谁敢脱，谁敢潜规则，谁就能红。总有那么一部分人为自己做好思想工作，决意要抛弃所有尊严和清白去搅脏水，认定了这样的代价一定能换得以后的成功。当初的张安娜也一样，她一路过关斩将，消灭了竞争对手进入皇天集团，在三线明星的圈子中混了近一年，赶上了公司年会。那天晚上，她穿着一条火红塔夫绸深 V 裙，直接坐在李董的大腿上喂他喝酒，李言把她推开，呵斥道："像你这样耍心机的艺人永远出不了头，看看申雅莉，她才是你们这些新人女明星应该学习的榜样。"第二天，她就被钦点炒鱿鱼了。

这样的傻瓜时不时会出来一个，因此申雅莉并没有记住她。让她记住张安娜的，是李真指着下眼皮认真点评的一句话："她右眼的假睫毛是植村秀的，左眼是 Benefit 的，而且号还不一样大，这简直就像是左右脚穿不同色的袜子一样让人无法忍受，我好奇她是不是把所有的打扮时间都放在了半透明红裙下白皙皮肤上的古铜色 Nubra 上。"之后丘婕摇头说了一句"我觉得是个女人都会怕被你看，你这毒舌受就是欠调教"，更加加深了申雅莉对她的印象。再之后没多久，她变成了白风杰的玩伴。她没能诱惑成李言，却挺对白风杰的胃口。他们风流快活了一段时间，他带她盛装出席各种上流社会的宴会，最终在李展松的生日派对上画下句点。申雅莉也去了那次派对，白风杰一看见她就被迷晕了头，再次对申雅莉展开猛烈追求，压根忘记了自己带了个张安娜。

回忆了一下这个人的过去，申雅莉迷茫地说："好像从阿松生日过后，张安娜就不见了，对吧？"

"这之后她移民西班牙，变成了现在这样，嫁给了克鲁兹先生。因为她实在没什么名气，克鲁兹家族里的风云人物又是那对兄妹，媒体也就没有大张旗鼓地宣传这件事。"

"这个张安娜，应该不是很喜欢我。"

"何止不喜欢，以我对她这种类型女人的了解来看，应该是嫉妒厌恨至极。所以，她找了个同盟，一起来向你复仇。"

"你是说……希城？"

"对。"

"这不可能，绝对不可能。"

"这话你都跟我说了多少次了，他如果真像你说的那么好，就不会骗你自己在工作，实际却跟Paz两人出去。雅莉，不要再傻了。难道你要等顾希城把最坏的事都做尽，才肯承认他确实已经不是你用回忆美化过的初恋男孩了？"

"他能做什么坏事？我也没有什么可以让他报复的啊。"

她自知已经完全没了逻辑，内心深处也有了答案，只是不愿意承认和相信。可是李真一点也没留情，单刀直入地说："最好的情况，是他骗你爱上他，然后再甩了你让你心碎；不好的情况是他让你身败名裂，彻底毁掉你的名声和星途；最坏的情况是两者皆有。"

"他不是这样的人。而且，我当演员这么多年，除了白风杰那件事是个疙瘩，还真是一直坦坦荡荡。我不怕被揭露什么。"

李真提起一口气，似乎想要再进一步说服她，但大概猜到现在说什么都没用，只是有些疲倦地说："你出道这么多年，应该清楚要让一个女星彻底完蛋有多少种方法。到底是要你那死去的爱情，还是要后半生的事业，你自己琢磨。"她顿了顿，原本想挂电话，但越想越生气，激动地说："是，或许你牺牲了自己能博取他的同情心，能像乞丐一样讨回你们的爱情。可你确定这是你怀念的那一份初恋？记住，你没欠他什么！在他'死去'这么多年里，你没有哪一天不在想他，没有哪一晚睡安稳过，说难听点，你都到这年龄了还没结婚，和这男人也脱不开干系！"

被如此中伤，申雅莉终于有些恼了："李真你别这样说我，你比我大，不一样没结婚？这年头还像我爸妈一样觉得女人该几岁几岁结婚，你的钱不是自己赚的吗？你还活在上个世纪吗？"

"我不结婚是因为我不想结婚，我为什么不想结婚还要解释吗？"

申雅莉的心脏忽然一紧，知道自己说错话了。

"因为我总遇到人渣，而且被这世界上最烂的男人骗过。"李真的反应果然一如既往强悍无比，好像那个结婚前被花花公子骗走又打胎的女人不是她。这让申雅莉更加难受了，想狠狠抽自己几个嘴巴子。李真却顾不上这么多，继续刚才的话题："申雅莉，有时你真是让人恨得牙痒痒的，你简直是这世界上最幸运的女人，长得漂亮，事业有成，追你的好男人快从皇天集团一楼排到顶楼了，你却还在这里矫揉造作想你的初恋。你初恋有考虑过你的感受吗？他如果真爱你早回来了！要再这样傻下去，就算哭到死我也不会再管你！给我理智一点！”最后一声斥责结束，对方狠狠挂断了电话。

申雅莉听着听筒里的“嘟嘟”声，蓦然把它放回座机上，忽然清醒了。

第二天她照常和 Dante 发短信联系，但人很早就去了公司。她把阿凛单独留下，避开了顾希城的身份，大致跟他说了一下现在的状况。他静静地听完她的描述，大大咧咧地坐在落地窗前的沙发上：“雅莉，为什么这一回你给我的感觉是，你很害怕？”

申雅莉愣住，一时间给不出答案。

他端起茶杯喝了一口茶，端详着她，那样的眼神让她想起孩童时期让她请家长的老师。她更加紧张了，错开他的视线，维持缄默。他放下茶杯，身体往前倾：“老实回答我，你是不是和 Dante 拍了床照？”

“啊？”

“你拍了？”他的瞳孔微微紧缩。

“没没没，当然没有！”

“没有是指没拍裸露的照片，还是完全没拍过？不，只要没裸露就没关系。Dante 的名声很好，哪怕你和他的恋情曝光，传出去也不会是丑闻。就算你们拍过睡在一张床上的照片，我也可以帮你挡住。但这一点你必须如实回答我，你没有裸露的照片在他手上，对不对？”

申雅莉的脸白了。她想起了前一天晚上在 Dante 家里发生的事。他脱光了她的衣服，在她的脖子上戴了“南非之心二世”。原本一直猜不透他不碰她的原因，现在想想，或许他的目的根本不是要和她发生什么，而是……她心如擂鼓，声音略微哆嗦：“可能……有。”

“是什么样的？”

她大致跟他描述了一下那个场景。听完以后阿凛长叹一声，用手撑住额头：“雅莉，你怎么会这么不小心啊。我都告诉过你多少次，你恋爱我不会管你，但是不可以到男人家里去。你们要真想亲热，把他带到你家或者你订宾馆，不允许他把手机带到房间里。保密工作一定要做好，绝对不可以拍照。”

她不愿再多解释，压低了声音说：“对不起。”

“事不宜迟，现在就去把那张照片买下来。”

“他不会卖的。”

“这世界上百分之九十五的事都是可以用钱解决的。解决不了的，只能说明是钱的数目还不够大。先跟他谈谈。”

“行，我和他谈。”

突然怀疑信赖的人的痛苦绝不亚于被背叛的痛苦。可是李真说得对，她不能再傻下去。现在的希城并不只是想报复，张安娜这样做或许也有别的目的。唯一的可能性就是利益。或许他更能为人类创造文明价值，但在商业价值上，她并不比他弱。她决定让之前感性柔弱的自己见鬼去。

晚上她请人在家里做了一桌丰盛的大餐，自己也下厨做了几道菜，把他请到家里好好吃了一顿。吃饭的时候，她若无其事地说：“亲爱的，如果有人找你买我的照片，你会开什么价？”

他夹菜的动作停了一两秒：“我不会卖。”

“如果给你这么多呢？”她伸出三根手指。

“不卖。”

“这么多呢？”她又换成五根。

他干脆不回答了，缓慢地摇头，喝了一口汤。这样的反应让她内心焦躁得如度炎夏，但她还是拿出公事公办的态度，把双臂交叠在胸前，身体往前倾：“不管别人给你开什么价，我都翻倍。”

他终于抬眼看了她，眼中的情绪平静如水。这样不为所动的反应让她更加确定了，他那天确确实实拍了照。仿佛被混着冰碴的水从头上淋下，她把发抖的手藏到了桌下，从容地微笑：“考虑一下吧，两倍不是小数目。”

他终于笑了出来，相比较她的不自然，他露出的是发自内心的笑：“对不起了莉莉，不卖。”

当晚申雅莉就打电话给了阿凛。她觉得自己快要崩溃了，手指绕着电话线缠了好几圈：“阿凛，这方法行不通，找其他方法吧。”

阿凛冷冷地说：“除了这方法，就只能找人做了他。但如果他早有此目的，照片早就给幕后人了，做了他也没用。我再想想还有没有其他方法。”

申雅莉闭上眼睛，满眼金星。两个人沉默了很久，她坐直起来，呼吸了一口新鲜空气：“我想到了。在电影里加入一幕一模一样的场景。”

阿凛吃了一惊：“你是说，让别人误以为剧照外泄？”

她在黑暗中看着未知的方向，思路清晰了起来：“是的，不过换成跟浅辰的对手戏。原版的遮住关键部位，删减版遮住肩膀以下的镜头。这样一来，如果照片流传出去，就说原本是有大尺度的，但是考虑到审核通过问题就删除了。”

“好主意！”他打了个响指，“不过……这样还是会有裸露的照片，而且现在电影快上映了，会来不及。”

“来不及就加到DVD里去，或者说这是删减镜头，让他知道电影有这样的场景，就算把照片公开，也不会达到之前想要的效果，所以可以趁机再次掏同样的甚至更高的价格买下这些照片。如果到那时他还不愿意，我就当是为艺术和票房献身了。”

“唉，雅莉……我不是很擅长安慰人。”

“我没关系，现在重点是想办法把损失减到最小。如果他们真打算报复，不会只留这一手。明天你们开个会商量一下，危机公关得做好，准备应对好任何状况。刚好电影快要上映了，如果他们在这期间行动，就给大众一种我们正在为电影制造话题的感觉。”

“好！”

“对了，如果我们成功把这一幕加到电影里，先联系这个珠宝品牌的公司试试，尽量把这笔赞助费拿到手。他们如果知道我不穿衣服戴他们的项链拍电影，会大力配合的。”

“雅莉……”阿凛欲哭无泪。

“相对于能花钱买到的东西，人们更容易厌恨自己投入感情的东西——这不是你告诉我的吗？放心，我不会有事的。”

接下来三天内，皇天集团就和珠宝商谈妥了这件事，支付剧组一半的赞助费用，联系了浅辰，火速增加了侯风在镜前为陈晓戴项链的一幕。在Dante那边有什么动静之前，申雅莉一颗高悬的心就无法完全放下。她暂停了与他的见面，他那边意外的沉默让她更加担心。可她还是坚持高强度的工作，配合剧组参加访谈节目、宣传活动，大力推广将在平安夜首映的《巴塞罗那的时廊》。

转眼年关将至，世界的节奏加快了数倍，犯罪率上升，股市乱跳，娱乐八卦格外热闹，就连皇天集团的大厅都变得像证券交易中心一样，只剩下一片忙碌和喧哗。令人虚脱的一日过去，夜晚笼罩着黑压压的楼群，远处数码购物中心上方挂着的电子日历，上面显示着：12 月 23 日。几片薄薄的雪从楼与楼的夹缝间落下，无声融到路边的人工土壤里。申雅莉独自开车回家，从上高架到下高架花了整整一个小时。她困得一塌糊涂，把车停在车库那一刻，有一种死而无憾的快感。她戴好手套，卷起风衣袖子，踩着高跟皮靴，踏上铺满薄雪的水泥地。在夜色雪光中，她看见了站在路灯下的男人，情绪又一次紧绷起来——这是她认识他以来，第一次觉得面对他会辛苦到无法忍受。

“你怎么来了？”她的语气相当冷漠，充满了警惕，“你不是出差了吗？”

他抽出了一些原本插在口袋里的手，她却下意识往后退了一些，如同一个被陌生男子搭讪的新娘的本能反应。他觉得有些好笑，拿出一个厚厚的信封递给她：“我只能给你这些了。”

她狐疑地接过它，打开往里面看了一眼，又看看他，把里面的东西取了出来。然后，她为那些照片的数量与场景感到惊诧：在家门口的、拍摄外景时穿着戏服的、在国外酒店的、戴着墨镜在商场的、搂着丘婕脖子揉她脑袋的、挽着李真走向美甲店的、坐在楼梯上的、打哈欠的、趴在桌上睡着的、微笑的、大笑的、一脸阴险坏笑的、斜眼瞪人的、穿着比基尼戴着大草帽的、叉腰鄙视人的……所有的所有，全是她的照片。她心情乱到了极点，还没翻完就抬头说道：“我要的不是这些，在你家拍的那张呢？”

“在我家拍的？”他锁眉想了片刻，把手机打开——照片上的她扎着马尾正在做饭，只有一个专注的侧面，“你是说这张？这张我没洗。”

“你知道我说的不是这个。”

“那是哪张？我们在你家的合照挺多的，但在我家几乎没有。”

她的声音冷了下来：“你想要什么直接说吧，别卖关子了。”

他也警惕起来：“我不懂你的意思。麻烦你说清楚。”

“你还要装是吗？那咱们就把话摊开了说。就是你送我钻石那晚上，你把我衣服脱了拍的照片。”

雪光中，他的眼中有明显错愕的情绪，但也只是一闪而过。他淡淡地笑了：“在你眼中，我是会做这种低级事情的人？”

随着她沉默地盯着他的时间加长，他的心也凉了下来。其实现在的申雅莉就是个虚张声势的纸老虎。她不敢再向他暴露自己更多的缺点，所以故意放低了声音，每个字都说得清清楚楚：“Dante，我们在一起的时间不长，你还不够了解我。我可是为了进娱乐圈，为了前程，把初恋男友甩掉跟小开跑掉的女人。那时我还在上大学呢，现在都过了十年，你以为曝光一张我就会害怕吗？你闹得越厉害，我的电影票房越高。”

她看见雪花在路灯下旋转飘摇，落在他黑色的刘海上。他静默地看着她，始终没有说话。终于，她用沙哑却凶狠的声音说道：“你有什么目的直接说，别继续惹我。和我作对，只会两败俱伤。”

“我现在是很后悔来惹你了。”他指了指那个信封，“今天过来就想把这些东西还给你。还有，我们分手吧。”

他说得太过云淡风轻，导致她停了几秒才反应过来。她心凉透了，却一脸无所谓地耸耸肩：“分就分吧。”

“那我走了。再见。”

他刚转过身，她就在后面自言自语般说道：“我觉得真的挺有意思的。都分手了，我却还不知道你的姓。我们这真叫恋爱吗？”

“你还记得周叔叔和杨阿姨吗？我爸去世以后，我到西班牙跟他们住一起，移民时过户到他们家，所以护照上是姓周。”他背着她，淡漠地说道，“至于我的真实姓名，你早就知道了不是吗？”

最后一句话重石般狠狠击碎了她的面具。她在他的背后红了眼眶，但还是死死咬着嘴唇不让自己哭出来：“你还在恨我，这次回来就是想报复我，对吗？”

“可能吧。”他径直走向自己的车。

“希……”

她还没叫出口，手机铃声就响了起来。看见屏幕上显示的名字是“李真”，她犹豫了一下还是接了电话。然后，手机里传来李真连珠炮般的声音：“雅莉，我刚才看到一条一周前的新闻，怎么 Dante 后天要和 Paz 结婚了？到底是怎么回事啊，你看过这条新闻没有？”

大概长时间的忙碌令她感到累了。她不愿意再多思考，只是看着他的车发动开起，开向与她背离的方向，消失在十二月寒冷的雪夜中。

不管怎么说，申雅莉觉得自己的情况还不算太糟。因为最近她很忙，忙到抽不出时间来为分手悲伤。她甚至连思考 Dante 真实想法的时间都没有。第二天从早赶通告到晚，她和阿凛坐车去参加《巴塞罗那的时廊》的首映。她按下车窗，看见繁荣热闹的街景，想起分手前 Dante 说过，国外的圣诞节和国内过法不一样，那时候街上是没有人的，交通工具也基本都停了，大家都在家里做圣诞大餐，就像中国的春节一样。而西方人对待春节反而像亚洲过圣诞一样，喜欢到外面凑热闹。春节期间，中餐厅总是会爆满，而且大部分都是外国人。近些年来，平安夜早已成了第二个情人节。看见街上挽着恋人胳膊偷笑的女孩子，那样的表情是如此自然，让申雅莉想起之前网上一个很火的帖子《为什么说申影后演不来爱情戏——点评烂片〈忘不了〉》，其言语之刻薄，句句诛心，可她确实没办法自然地演出热恋的样子。其实她不是不懂感情，只是遗忘了。因此，她对《巴塞罗那的时廊》其实也不是特别有信心。

在首映式中发言结束，她在大剧院中坐下，身边坐着容芬、浅辰、柏川、Cheryl 等等电影主创。一堆乱七八糟的电影宣传片放了大概有半个小时，所有的灯才忽然熄灭了，黑色的大银幕上出现了几行白色的小字：

皇天影业投资有限公司出品

Fine Empire Pictures Presents

导演：容芬

Directed by Fen Rong

画面变成刺目的白色调，观众们都眯起了眼睛。一个留着短发的女性面带微笑，出现在银幕中央。她身后的巴士风挡玻璃外是西班牙的华丽街景，她朝着镜头的方向鞠了个躬，彬彬有礼，吐字清晰地说：“你们好，我是这次即将陪大家进行八日西班牙豪华游的导游。我叫佐伯江南。”

镜头依然停在她脸上，但游客们议论纷纷，一个东北汉子的声音响起来：“导游，你的名字怎么听上去这么像日本名字啊？你是日本人？”

“不，我是中国人，我的名字也是中国名字呀。因为出生在浙江，所以给自己取名‘江南’。”

“我说的是你的姓，你不是姓什么佐伯吗？你一个好好的中国人，在欧洲当导游，怎么给自己取了一个日本名字？”

“先生是日本人，我嫁给他以后就随他姓了。”

随着她的答案说出口，游客们的讨论声骤然停止。她看上去很平静，对这样的状况习以为常：“我和我先生是在这里留学认识的，我们都很喜欢西班牙。那么，我把这次的行程跟大家说一下……”

一个年轻女孩的声音响了起来：“导游导游！你先生姓佐伯，那名字是什么呀？”

“南。”说出这个名字，从她的眉梢到眼角，都漾满了温柔，“南方的南。”

她拿起导游话筒，在司机身后坐了下来，开始向游客们进行讲解。随着镜头拉向风挡玻璃的方向，她的声音逐渐变小，钢琴曲逐渐变响，地中海风情的美景一览无余。以直升机拍摄的场景再放远一些，伴随着暗金色的阳光，安达卢西亚的建筑泛黄积木般占据了银幕。当音乐响到最辉煌最忧伤的时刻，大银幕正中央，手写字体一笔一画呈现于观众眼前：

巴塞罗那的时廊

A Time Cloister of Barcelona

时廊

南，有一个男人走向了我。他出现以后，
我的生活发生了很大的改变，我告诉自己，这就是终点。

大银幕右下角出现“1999”又淡淡消失。在巴塞罗那一所大学校园外，一群欧洲女孩从书店里出来，她们与一个进图书馆的黑发男子擦身而过，都朝他投去了长时间的注目。镜头切换到男子侧面时，观众席里有人低声说道：“天啊，这是谁，好帅。”

“其实也还好，这种程度的帅哥演艺圈很多啊……”随着镜头在他身上停留的时间拉长，观众顿了顿又说道，“好吧，确实挺好看的。主要是气质很好。”

浅辰往后探了探脑袋，在申雅莉耳边小声说：“哈哈，一姐夫要红了。”

周围的人都知道他们在一起的事。每次分手其实最棘手的事不仅仅是伤心，还有要面对朋友说“什么，分手了？为什么啊”的尴尬场景。她只是轻轻笑了两声，继续看电影。

在鲜亮发光的欧美尤物衬托下，书柜前女子的背影显得有些单薄，黑发在阳光的照耀下是有些反光。佐伯南有片刻的失神。这时她的朋友推了推她的手，她头发的光泽随着抬头的动作摆动，明亮的微笑是夏季的第一抹阳光。耐不住朋友的催促，她抽出一本媒体专业书，抬头看了他一眼就匆匆走了。他看了一眼她选的书，又看了看自己买的书，发现是同一本。

开学的第一堂课上，他们再次相遇。她坐在他身后和一个西班牙女孩聊天。从对话中得知，她是刚从中国转学过来的，非常喜欢西班牙。那个西班牙女孩傻傻地问道："你认识南吗？他是日本人，也许你们可以当朋友……"

年轻男孩很会用面瘫武装自己，他看上去完全没有反应。她也只是和和气气地笑着："朋友不用刻意交，随缘吧。"

就这样，南和陈晓在同一个系，却一直没有说话。他从来没在图书馆看见过陈晓，也很少在校园里遇到她。她出勤率不高，总是下课后就收好东西离开。

两人的第一次对话是在学校圣诞前夕的派对。那天红裙黑发的陈晓美得不可方物，无数外国男生找她搭话，但都被她带有距离的微笑拒绝。南是典型的日本男生，谦逊，好面子，面对白人又有一点点自卑，不敢贸然和拒绝了一堆西班牙人的陈晓说话。二十分钟后，有人拍他的肩。她微笑："你是日本人吗？"

"啊，是，是的。"南说话都有些结巴了，"你怎么知道？"

"我听过你说日语。我也在选修日语。"

"真的？"南的眼中透出喜悦。

"嗯哼，但是我几个星期没上日语课，现在就要挂掉了，想请你教我，可以吗？"

"当然可以！"

佐伯南一整个晚上心情都很好。派对结束后第二天，他发邮件给她，可过了三天她都没有回。他又发了几封过去，甚至开始问"需要我帮忙日语吗"，还是没有回音。直到十二月最后几天，她才姗姗回道："对不起，前段时间我在忙别的事，你有 E-mail 吗，我把日语作业发给你。"

他的脸上露出了失望之色，但还是答应了她的要求。再次上网查邮箱，他发现里面有十多个文档，而且都不小。打开一看，竟然全都是日语作业的原件，上面还有日期。

最早的一个时间是开学后两周，邮件里她只短短写了三个字：“お願い[11]。”也就是说，她从开学以后一直没有写作业。他提醒她就算现在交也太迟了，等了很久都没有回答。他只能努力模仿初学者的语法，花了一个通宵才全部写完。第二天她倒是回复得很快，但也只有简单的道谢，之后就再也没联系他。

转眼间，电影中的季节从寒冬切换到初春。木兰树苍翠繁盛，它的花朵悄然绽放。银幕上出现大片嫩绿的草坪，校园附近的小住宅上方有青烟升起。画眉鸟低空飞过草坪，从一对与美景充满违和感的中国情侣身边飞过。男生好脾气地拉住陈晓的手：“我也是没办法呀，我和她出国之前就在一起了，这次回去两方家长都逼着我们结婚，谁知道她会一直缠着我。好了好了，对不起啊宝贝，不要生我的气。”

“我早告诉过你，我无法接受男人用情不专，你滚蛋吧！”

周围人的眼神让男生有些恼羞成怒：“叫我滚，你怎么不想想你自己做得也不好呢？天天朝我发脾气，把我当保姆加电饭煲，自己却连饭都做不好……”

欠了这么多日语作业，出勤率不高的原因一下浮出水面。眼见他们一路拌着嘴走过来，佐伯南躲到他们看不见的地方。

“没那么大的兴趣，还选修什么日语？第一次作业都不做，为什么不换别的选修课？她居然好意思主动联系你，让你帮忙写所有的作业，真是太失礼了！当然，会去帮她写作业的南也是蠢透了。”事后，好友如此指责他。他却没有说话，只继续认真写论文。

几日之后，她一个人从教学楼走出来，看见他正在花园旁边看书，朝他挥挥手：“嘿，好久不见。”

他微微一怔：“你还记得我的名字吗？”

她假装认真思索，眯起了一只眼睛，被大人教训的孩童一样，愧疚地看着他。他笑了：“佐伯南。南方的南。”

随着佐伯那张清瘦俊逸的脸渐渐淡出，镜头切换到了塞维利亚的西班牙广场。银幕右下角出现了数字“2012”。佐伯江南带着旅游团一一介绍景点，当年还叫陈晓时脸上的顽皮不见了，只有成熟、稳重如水一般的不卑不亢。Cheryl 演的女大学生似乎很喜欢她，一直缠着她问各式各样的问题。

---

(11)日语，意为“拜托了”。

“导游，你先生人怎么样呀？你们结婚那么多年，感情一定很好吧？”

“他是最好的丈夫，也是我见过的最温柔的人。”

“真是太好了，我也觉得你好像很幸福。果然找个好老公对女人来说很重要！”

这时，一个才痛骂过日本的四十来岁男人讥讽地说：“小姑娘你就信她吧，既然丈夫好，为什么让她当导游天天操劳？日本的风俗不是女人待在家里，男人出去工作吗？”

女学生“哦”了一声，有些窘迫地说：“可、可能是她丈夫没在西班牙呢，他可能在日本啊。”而后转眼看了一下江南，“他在西班牙吗？”

江南把右手中的导游旗放到左手，低垂了头。再次抬头时，她脸上已只剩了平静的微笑：“我在哪里，他就在哪里。”

晚饭时，爱幻想的女学生找她要南的照片。她说身上没有他的照片，下次吧。这让那个愤青中年男子又一次有机可乘：“小日本不都是又矮又丑嘛，她当然不敢给你们看啦。”

没过多久，几个中年男子喝多了酒，忘乎所以地开始大吵大闹。在西方，吃饭时不可吵闹是最基本的餐桌礼仪，他们这番言行举止不仅让当地人不喜欢，连同行的游客们都禁不住皱了眉头。但大家都不好去提点这几个醉鬼，只好埋头默默吃饭。一直刁难陈晓的男人指了指身边的椅子：“江南，你过来！”

江南放下刀叉走过去，在他身边坐下：“怎么了？”

他把酒杯往身边一搁，正襟危坐，但额上流汗，脸颊发红：“你看看你，你是哪根筋不对，嫁什么地方人不好，非要嫁日本鬼子。小日本侵略我中华领土，签订《马关条约》，南京大屠杀，抢我钓鱼岛，而且长得又矮又丑，你嫁给他们不是吃饱了撑的？”

江南有些震惊，可导游最忌讳的就是和旅客犯冲，哪怕对方肆意评论自己的私生活，她也不能动怒。她只是忍气吞声地低着头，敷衍地说着：“是，你说的都没错。”

看见她如此顺从，男人更来劲了，用力拍了一下桌子，摆出平时上班时的领导样子：“而且，日本男人对女人特别糟糕，在日本，女人洗澡都要用男人用过的水，有客人来了女人还要跪在地上磕头。你怎么会这么笨呢，好好的中国人不嫁，偏要热脸贴冷屁股嫁给鬼子……”

一个年轻男子的声音响起：“大伯，你可以住嘴了。人家导游小两口的感情生活关你什么事？”

男人莫名其妙地抬起头，看见的是一张年轻而桀骜不驯的脸——浅辰饰演的侯风出场了。他拉住陈晓的胳膊，把她从那男人身边拽起来：“这种恶心人的游客你还理他做什么，明天就报公司把他从我们团里踢出去。我帮你作证是他没素质。”

女学生也站了起来：“就是就是，人家老公是搞动漫产业的，又不是军阀，大伯你这样对导游太过分了，要给她道歉！”

其他游客也开始指责这男人太没礼貌。侯风把江南拉到自己身边坐下，却酷酷地什么都没说。她心中有感激，但不知如何表达，只是轻抚他妹妹的头发：“小朋友，吃饱了吗？”

“嗯，吃饱了！”小女孩很有精神地回答。

侯风把嘴里的食物咀嚼后吞下：“话说回来，你老公真不愧是留过学的，会让你出来工作。你们是属于共同奋斗的夫妻吧？”

“其实他也很传统，喜欢女主内男主外。”

“那你们可有得争了。”

“也不是。他没了。”

他切牛排的动作停了一下，视线终于转到她身上：“没了？”

她强笑了一下，闭眼努力收回即将流出的泪水，抬头看着上方，总算忍着没有哭出来：“嗯，他过世了。”

他惊诧地看着她，一时间好像不知该如何回应。她打开自己的钱夹，看着里面陈旧的黑白照片，温柔的笑容蔓延在南的清秀脸庞上，像是十多年前所有的记忆都停留在了这一刻。眼眶始终是红红的，但她最后还是让自己坚强地笑了出来：“已经九年了，都淡了。所以，不用安慰我。”

这一幕没有放任何音乐来煽动观众的情绪。可是，因为影片里的申雅莉眼神太过悲伤，观众席已只剩一片死寂，不少年轻女孩偷偷掉了眼泪。

只有申雅莉本人一直不在状态。她只看得到江南钱夹里的黑白照。其实这个细节是她提议导演加进去的，因为九年来，她的钱夹里也一直放着这么一张照片，只不过因为怕被别人发现，她把它藏在了一张信用卡下面。不管遇到怎样的事，她总是有把它拿出来看一看的习惯。她一直跟李真、丘婕说不要提希城，因为自己决定忘记他，她也如此告诉自己，可是，真正不愿意忘记的人还是她自己。

接到《巴塞罗那的时廊》剧本时，她一直觉得这个故事比她本身的经历惨多了。因为她还有事业，有好友，有可以期盼的东西，而陈晓她什么都没有，她只能一次次带领不同的人游览西班牙，重复走着那些曾经与南走过的路。可经历过这一整天，她才发现原来悲剧并不等同于悲惨。凌晨时她给希城发过三条消息。第一条是：“你大老远从西班牙跑回国，就是打算这样玩这么一出？你以为我真的会在意吗？笑死人了。”第二条是三点一刻发的：“希城，我最后问你一次，你真的打算和我分手？”第三条是三点半发的：“我还是当你死了。”

直到现在，他一条都没回。

当有一天，那个最重要的人突然从生活里消失，你觉得对方只是暂时离开，也一定在世界的某一个角落深爱着你、想着你、等着你。实际上，这个人可能只是选择了没有你的生活而已。要让我们接受这个事实是如此困难，因为从某种角度来说，从出生起我们就是被放弃的生命——被母体放弃，离开子宫。人的天性就是没有安全感，因此，没人甘心被放弃。

申雅莉是聪明的人，但也是不理性的。她一边在感性的这一端想着他有苦衷，一边在理性的这一端想着，放弃吧，你的爱情也不过是一段平凡而现实的故事。

已经不愿意再当祈求感情的人，但一看这部与他合演的电影，她又会想他想到湿了眼眶。

2003 年 2 月，SARS 突袭中国，非典病毒开始向中国周边国家扩散，引发了全球的关注。电视台新闻都报道着国内最新消息，坐在电视机前的江南一脸愁闷。才打了一个电话到家里，父母和蔼的声音与身后婆婆的严厉批评形成鲜明对比。婆婆说她跪姿不对，腰板不直，还用折扇打她的腰，关掉了电视机。她四望着环境：榻榻米、木屐、洗手钵、石灯笼、被月光沐浴的日式庭院……眼中露出了陌生寂寞的情绪。

穿着和服的婆婆和一群三姑六婆聊天，还不时挑剔她几句。她耐着性子照婆婆说的话去做，直到佐伯南穿着笔挺的西装下班回家，说了一声“我回来了”。她站起来，眼睛亮了许多。但刚好这时客人也要回家，婆婆凶狠地把她拽住，批评她失礼，让她跪在地上，额头和双手贴着地面送客人出门。所以，真正和自己丈夫说上话，时针已经指向了十二点。回到卧房后，她开门见山地说道：“南，我没有办法忍受继续待在这里了。对于你的母亲和你的家庭，我已经努力试着去忍耐、去习惯。但这是极限了。”

他思索了许久：“……我明天再去和她说说。”

“不用。你和她谈话的次数都有一百次了吧。”她正襟危坐，像是谈判一样望着他，“现在我给你两个选择：一、我们离婚，我回中国；二、你和我搬出去住。”

他比之前更矛盾了，但刚才出去应酬完回来，看上去还有一些醉意：“我们明天谈吧。”

“好。”

她也没再勉强他，只是起身更衣准备睡觉。可是刚站起来，他也跟着站起来，从背后将她紧紧抱住：“老婆，其实你知道我离不开你。”

拍这一幕时申雅莉并不知道顾希城的表情。直到这一刻看着影片，她才看见了他眼中的痛苦与悲伤。他将脸颊贴在她颈窝时的表情，与多年前她提出分手时一模一样。洒落在他们身上的月光是如此冷寂，好像全世界就只剩下了这两个人。

“那之后一年，他就病死了。”

江南的声音响起的同时，画面也渐渐暗淡，又切换到了2012年阳光灿烂的直布罗陀海峡。海风吹乱了她的短发，让眯起的眼睛看上去格外漂亮。她望着一望无际的深蓝海洋，用事不关己的语调说：“他是单亲家庭，又是独生子，没办法离开他的母亲。但他又是不愿意表达自己情绪的人，所以一直憋着不告诉我，只是天天出去喝酒解闷。他酗酒过度加过度操劳，有一天突然病倒，送到医院去抢救却已经来不及了。”

“怎么会突然这么严重？”侯风皱眉说道。

“我当时的态度太坚决了。他很害怕我回国以后不回来，又不愿意一直这么和母亲僵下去，所以一直过得不开心。日本人的亲情其实是很淡的，他妈说翻脸就翻脸，只要他在外住一天，她就不认这个儿子。他觉得不开心，一直背着我吃抗抑郁的药。他的死，其实心理占了很大因素吧。”

说到这里，婆婆尖锐的声音在耳边响起：“都是你，都是你这女人害死了南！他的葬礼你也别想参加！”她用手压住被风吹乱的头发，深深吸了一口气，苦笑着说：“算了，不说不开心的事了。”

可是，刚一扭头，她就被侯风抱住。她错愕地往后缩了一下，对方却非常强势。侯风拍拍她的背，严肃地说：“其实你心里很难过吧？我可以暂时当你的出气筒。”

她疲惫地笑了："哪有会主动抱人的出气筒？"

"我自营自销的。侯风牌。"

"哈哈哈哈，你不要犯二了啊。"她笑了出来，把他推开，"好了，谢谢你。你看这里天气这么好，谁有心思缅怀过去啊，大家聊聊天而已。"

接下来一个多小时，影片都在讲述江南与侯风陷入恋情的过程，同时穿插着西班牙的风景胜地镜头。西班牙本身已经很漂亮，经过电影后期的处理，在大银幕上更是犹如神话传说中的世界。他们背着其他游客偷偷牵手，从大教堂附近乘坐马车绕城而行。古城里的鲜花无处不在，他摘了野花佯装旧式绅士送给她。白色山城的雨天里，他们试着在橄榄树下躲雨，却被淋成了落汤鸡。他坐在长椅上绘制图纸，她从旁边经过，却被他一把搂住腰按在了腿上。

"我不会再放你一个人在外面。我要带你回国。"他以几近命令的口吻对她说道。

后来镜头拍摄到了巴塞罗那，"上帝的建筑"圣家堂在银幕中央旋转。它长近百米，宽六十米，整体呈现米色，是学院派的新哥特式建筑。与它相比，巴塞罗那所有的建筑都渺小如蚁。下方的侯风牵住江南的手，与她一起在巴塞罗那的大街上漫步。可是从她的眼中看去，街道总是会被回忆的画面洗旧，一切又回到了十多年前。侯风说了什么她听不见，她只看见自己与佐伯南坐在格拉西亚大道的花坛旁，进行着初次的告白。他在轻风中吻了她，身影如水墨画般浅淡，他贴着她的嘴唇说："结婚以后，我们有一辈子的时间恋爱。"她平静地闭着眼，嘴角却天真地扬了起来。记忆中的画面野草般滋生，他们远离了喧闹的城市，坐在只有两人的蜿蜒小道上，除了他们再没有任何人来过的痕迹。他牵着她走在这个完全静止的世界，哪怕一直只是露出沉默的微笑，也像走过了漫长的一辈子。

看着陈晓与佐伯南的过去，申雅莉也看见了自己少女时期傻傻的影子，不忍地别过视线。

这一天过后，江南变得很沉默，她随着侯风回了国，两人在一起一年多，关系平淡却稳定。只是不巧的是，侯风向她求婚的那一天，刚好是她与佐伯南的结婚纪念日。她并没有答应侯风，而是找借口一个人去了南的家乡，日本北海道。

黎明时天还未亮，大雪混着大雾淹没了世界。她穿着厚厚的大衣，脸被冻得通红，推开树枝穿过一片森林，松树枝上挂着的积雪掉落在地。镜头中呈现的是一片完整的雪坡。蓝灰色的天和白色的雪混在了一起，已分辨不出谁是谁。远处的森林穿上了蓝白色的外衣，置身于此，短发在风中草叶般舞动，她做了一场雪国的梦。世界由冰蓝与灰白组成，万物早已死去。唯一活着的颜色是红色，那是她滚动着泪珠的双眸。她吸了吸鼻子，没有说话。但立体音响已播放出她沙哑的独白：

“南，有一个男人走向了我。他出现以后，我的生活发生了很大的改变，我告诉自己，这就是终点。毕竟你已离去九年，是时候整装准备迎接不同的旅途了。你会祝福我的，对吧。

“可是，你知道我为什么要当导游吗？

“因为只有靠这种方法，我才能一直重复走我们走过的路。这样走着，我发现自己比以往更有动力，就这样快乐地活下去。终有一天，我也将死去，而我最好的坟墓，是写满了与你的回忆的天空。”

她的声音虽然沙哑，却格外地平静。电影院里许多观众吸鼻子抹眼泪，申雅莉却只是面无表情地看着影片中悲伤的自己。银幕上镜头渐渐拉远，她的身影变得很小很小。呼啸的风卷起大片大片的雪，让整个画面都变成了模糊的白色。影片最初时悲伤的钢琴音乐响起，伴随着迟钝的节拍，每一次节拍声响起，都闷闷地敲击着听众脆弱的心房。终于，画面以极其缓慢的速度变暗，回归了短暂却漫长的黑色。

银幕右下角新的数字出现：2013。

圣家堂下方聚集着来自世界各国的旅游团。江南带着新的一批中国游客也出现在这里。她指着圣家堂，拿着扩音器，用非常认真的态度向大家介绍：“各位，这就是西班牙最伟大的建筑，高迪的作品——圣家堂。它是联合国的世界遗产，从 1884 年就开始动工，一直修到现在，你们抬头可以看到的，还是未完成品，现在请大家随我来……”

这时的音乐换成了 R&B 风的 *Empire State Of Mind*，在这样阳光璀璨的盛夏，在这拥挤热闹的人群中，在这些魔幻怪异却异常引人注目的建筑中，一个个穿戴清凉的拉丁年轻人如此鲜活快乐，令电影的基调变得十分现代，好像观众也会随着这个步调走向欣欣向荣的明天。直至这一刻，巴塞罗那，这座以运动、艺术与美景闻名的南欧名城，才被导演赋予了原始的颜色——张扬、明亮的五彩斑斓。

城市里刷着“Barcelona City Tour”新漆的敞篷双层巴士无处不在，游客们戴着墨镜惬意地坐在上层， 大笑着欣赏格拉西亚大道上的美景。巴约之家的线条奇特，充满了大自然的气息，就像由动物骨骼和花瓣绿叶拼接而成。

花坛旁边的街道正在施工，行人和留学生坐在树荫下休息。格拉西亚大道变成了一条时间的回廊，每一个角落都写满了过去的故事。路过花坛的时候，江南眼角的余光看见了熟悉的影子。她转过头，错愕地在诸多情侣中看见了大学时的自己。那时的自己还留着长发，喜欢扁嘴生气。这时她正在等着什么人，脸上还写着俏皮和不耐烦。

身边有人停下脚步，她向上看去。南穿着纯白的衬衫，低头朝她微笑着，她先是假装生气，待他开始担忧，才终于破功大笑起来。她站起来，抱住他的脖子，踮脚送上了青涩的吻。

江南看见这一幕，眼中透露着惊喜与欣慰。她看着他们牵手离开花坛，在长长的时廊中渐行渐远，才终于不舍地转过身，招呼游客们跟紧自己，因为马上就要去这场旅途的下一站了。

她仰头对着巴塞罗那的晴空，露出了九年来第一次发自内心的笑容，朝和那两个人相反的方向大步走去。这时，镜头慢慢上升到阳光灿烂的高空，音乐也停了下来。

没有任何独白。但是，观众们都想到了江南说的那句话："我最好的坟墓，是写满了与你的回忆的天空。"

灯光亮起，影片结束了。音乐变成了最初极度忧伤的钢琴曲，大银幕上开始滚动字幕：

制片人　柏川　Dante

导演　容芬

领衔主演　陈晓（佐伯江南）- 申雅莉

侯风 - 浅辰

佐伯南 - Dante

林西西 - Cheryl

…………

第十九座城

遗忘

谢谢所有你教会我的东西。谢谢你教会我怎样去爱。

谢谢你给我的，所有的记忆。

尽管我们再也不会见面了，但我会永远，永远记住你。

从影院观众的反应来看，这部影片会大获成功。其实这样的演戏方式令申雅莉感到不安，有一种隐私被暴露在大众眼中的感觉。她一边想着以后该如何应对采访，一边脱离剧组自己开车回家。

车停在交通灯前，白雪轻落在风挡玻璃上，周围的噪音小了一些，雨刷钟摆般规律地上下，发出“唰唰”的声音。掏出手机查看短信箱，顾希城还是没有回信。人到晚上难免感到敏感，外加刚看完一部伤感的电影，她控制不住，拨了他的电话，最终得到的回应只是：“您拨打的电话没有应答，请稍后再拨。”

她绝望地打了一行字：“如果我和你一样死了，你会不会花哪怕一秒的时间想我？”原本打算删掉，但因红灯变绿，后面的车不耐烦地长鸣了一声喇叭，她吓得手一抖，居然把消息发出去了。

她脸色苍白地把车开到商场门口，打开应急灯，重新补写了一条消息：“我跟你说笑呢，别介意。”可仔细想反复无常似乎更糟糕，于是把手机丢到后座，开车回家了。像是失去了目标，她开车的速度比平时慢了很多，而且还因走神开错方向好几次。在路上手机一直在响，没有一个是他打的，所以她一个都没接。真的太累了，她只想回家好好倒头睡一觉。

对她而言，思念早已变成一种习惯。哪怕他已重新出现在她面前，残忍地撕碎她所有的幻想，连一点点的余地都没留下，再次看见他的时候，她还是会想念他——这种情感只会永不停止地折磨她，令她筋疲力尽。

太过贪心的人是自己，是时候休息休息了。不管现在的他变成了什么样，他始终给过她最美的初恋。知道他还活着，她该感谢命运，怎么可以顺着人的本性得寸进尺，奢望他再回到自己身边？他要结婚，就应该祝福他，因为她比任何人都更希望他幸福。

刚进家门，很快就听见有人疯狂拍门的声音。门是不锈钢材质的，但被门外的人拍得嘭嘭乱响，像是马上就会被拍散。她被吓得魂飞魄散，到门前看了看猫眼，居然看见了顾希城焦急的脸。他大喊：“申雅莉，开门！你再不开我报警了！”

她还是不敢动。但没过多久，他真的掏出手机打算报警。她吓坏了，赶紧打开门。对视的瞬间，两个人都傻眼了。他上下打量着她，愕然说道：“你没事？”

她有些尴尬：“怎么，你还希望我有事？”

他驼色的风衣上沾满了雪粒，表情也因为过度寒冷而僵硬。他盯着她看了很久，好气又好笑，最终只说了一句话：“没事我就走了。”

突然闪现的预谋让她都被吓了一跳，大脑中仅剩的理智不断告诉她停止，可整个人还是不受控制地、冷静地疯狂了：“等等，你进来一下，我有事要告诉你。”

“什么事不能在外面说？”

她微微一笑：“太冷了。你进来十分钟，说完就走吧。我也困了，想早点休息。”

他漠然地换了拖鞋走进来，仿佛是第一次来她家一样，严谨地坐在客厅的沙发上。看她到厨房为自己泡茶，他皱眉说道：“不用了，明天我还有事，得早点走。”

“什么事这么赶，结婚吗？”她回客厅把茶壶放在桌子上，把玩着手机。

他没说话。

“希城，其实有件事我一直想告诉你。”

她在他身边坐下，相当诚恳地望着他，留了短时间的沉默。她看上去比平时无助了很多，这样的态度让他不由得卸下了防备，神情也放松了一些。她朝他靠近了一些，抬头用水汪汪的眼睛看着他：“希城……”

他眨了眨眼，有些慌乱地移开视线。这时，她拉住他的衣领，猛地凑过去吻上了他的唇。

他瞪大眼看着她，压根没想到会被偷袭，而且她搂着他的脖子，试图吻得更深入。他心如擂鼓，原本应该推开她转身就走，可他从来没见过她如此示弱的模样，想要回应她的冲动占据了整个身体，大脑开始混乱了……

就在这时，“咔嚓咔嚓”两声响起，警钟般把他敲醒。他还没来得及撤退，她已经先发制人站到一边，用最快的速度在手机上按了几下。他狐疑地看着她：“你做什么？”

停止，停止啊。自己到底在做什么，难道真的已经疯了？心底一直有个声音在这样制止着她，但她的心智还是被恶魔占领了：“你有我的照片可以，我有你的照片就不可以？顾希城，这回你真的惹怒我了，等着完蛋吧。”

“你什么意思？”他越发警惕了。

“只要你做了什么让我不开心的事，我就把这些照片发给你的未婚妻。上面可是有时间的，如果她知道结婚的前一天你还在我这里，会怎么想？”她把手机藏在身后，得意扬扬地笑了，“我早说过，你玩不过我。你使的那些把戏，十年前我就用过了。”

他也跟着站起来，表情冷峻得有些可怕。两人的身高差给了她无形的压迫感，她握紧手机后退一步，脸色发白：“你做什么，你拿我手机也没用，这些都自动在云端备份了，没有密码你是删不掉的。”

“拍这种没底线的照片，你很开心是吗？”

他冷冷地笑着，忽然弯下腰来把她扛在肩上，径直朝卧室的方向走去。她真的被吓着了，用力捶打他的背，惊叫道：“你做什么，放开我！放我下来！”

他把她扔到床上，把她掉落在地上的手机捡起来，塞到她手里：“你接着拍。”他脱掉自己的外套，拉开领带，随手往后一扔，就直接覆到她身上，吻上了她的唇。

她的呜咽声消失在猛烈的吻中，裙子被掀起来的瞬间，她的哭声他没有听见。房间里一片漆黑，她能听见的，也只有金属皮带扣碰撞的声音、布料破裂的声音。

他再次把她落下的手机放到她手里："申雅莉，你是会装，还号称演艺圈中最干净的女人。来，我再做点更干净的事，你接着拍。"

她已经连声音都发不出来了，手机再一次掉了下来。他右手握紧她那只松动的手，左手抬起她的腰，作势要侵犯她。看见她不断往后缩，似乎真的害怕了，他的气总算消了一些，淡淡说道："知道错了吗？"

她缩在床头，说不出话来。

"我不管你自以为有多强悍，不要再试着激怒男人，对你没什么好处。"他松开她往后退去，翻身下了床，可是人还没站起来，她已从身后抱住了他。

从他们分手以后，她一个人做了无数次思想挣扎，逼迫自己要冷静，不能再感情用事。不论是朋友还是关心她的人，都把她摆在了与他敌对的位置。就连这个晚上，她都在逼迫自己放弃他。可这些从来都不是她真正想做的事。她只想和他在一起。

她把头埋在他的背上，眼泪把衣服湿了一片："不要走。"

他的身体僵了一下，然后就没了反应。她更加用力地抱住他，咳了两声，哽咽着说："希城，回到我身边……求求你，不要再走了……"

话永远也说不完，她太怕他会再次离开。顾希城忽然转过来握着她的手，把她重新压倒在床上，雨点般的吻落在她的脸颊上、嘴唇上、脖子上，一路向下。他把她的衣服慢慢褪下，但她没想过要反抗，直到他在她耳边低声说："你听好，我们之间已经没有可能了。这样你也无所谓？"

她没有说话，只是紧抓住他的衣襟，不住流泪。

进入她身体的那一瞬间，他皱了一下眉，隐约觉得有些不对，但也并没有多想。他手掌扣住她的后颈，带有报复意味地、深深地吻着她。她在他的怀里浑身发抖，哑掉的初生婴儿一样毫无防备。这样的反应是他完全没料到的。他的心莫名绞痛起来，可是一想到她曾经做的事，想到她之前的卑鄙无耻，想到母亲最后一次见自己时失望的眼神，所有的动摇又都烟消云散。

少年时他一度认为，他们的第一次会是在新婚之夜。十来岁时他也是个傻孩子，曾经幻想过她穿着婚纱的纯洁模样，幻想着她用期待又害怕的眼神和自己亲吻，幻想过新婚夜里自己亲吻她熟睡的脸，幻想过她起床后望着自己的幸福的眼神……

冬季的凌晨是最为凉意袭人的时刻。天空透过卧房窗帘的缝隙，在地板上投下一条深灰色的光条。地上一片狼藉，被子垃圾般和申雅莉的内衣堆在一起，价格不菲的连衣裙被蹂躏得如同破布，钱包里掉落的硬币散了一地。顾希城坐在沙发上，将烟掐灭在装着烟头小山包的水果盘里。他掏出打火机再次点燃一根烟，将所有尼古丁吸入肺中，麻痹着每一根能被触动的神经。他年少时幻想的新娘正躺在床上昏睡，头发蓬乱，赤裸的手臂抱着被子，身体缩成一团。她的眼睛红肿而紧闭，眼角的泪痕蜿蜒至枕头上。

这就是他们的第一次。

顾希城吐出最后一口烟，把又一根烟在那堆歪歪扭扭的烟支尸体上掐灭，起身弯腰拾起地上的领带。然后，他在一堆硬币里看见了一个铝制的小环。他眯了眯眼睛，把它捡起来转了几圈——这怎么看都像是个易拉罐的拉环，而且样式很旧，是外拉式的，现在已经很少有饮料公司会用这种不环保的拉环了。

脑中忽然浮现他与她曾经愚昧的订婚对话。但他转而自嘲地笑了一下。怎么可能，这是不可能的事。这肯定只是哪个易拉罐公司生产的旧式产品。他再过几个小时就要结婚，不能再浪费时间，现在就要出发。可越是这么想，脚就越像被钉住一样无法挪动。五分钟过后，他大步走回床边看着她沉睡的脸，不知为什么心情有些焦躁。刚想把她揉得乱七八糟的被子理一理，手却被她打开。她翻了个身，即便是熟睡中也浑身紧绷，皱着眉继续缩成一团，好像很不舒服。他把手放在她的额头上试了一下，没发烧。他拿起她床头的睡衣，想替她换衣服，却看见床单上的一抹红色。

他不确定地揭开被子。

确定那是血迹后，他第一反应是她的例假来了，但他知道她的例假周期不是最近。想想昨夜一整个晚上她孩童般的生涩反应，还有他即将占有她的前一刻，她眉宇间奉献生命般的决绝……他呆滞地维持着原状，许久许久……

手机铃声响起时，申雅莉还在昏沉地睡觉。窗子大大开着，车辆的嘈杂声和手机铃声混在一起，刺激着敏感的耳膜，演奏着一场惊悚恐惧的交响乐。接过电话的赤裸手臂暴露在空中，被圣诞节的冷风吹得隐隐作痛。她一时间并不能回想起发生了什么，只觉得黑色的绝望支离破碎地充斥着身体。电话那一头的声音却是如此年轻喜悦：“雅莉姐，昨天首映结束后你怎么那么快就走了？后来打电话给你，你也没有接。《巴塞罗那的时廊》实在太好看了，这是你所有电影里我最喜欢的一部……”

说话的人是李展松。他和她的所有影迷一样，会在她新电影上映的第一天就去电影院认真观看。“这是你所有电影里我最喜欢的一部”，也变成了他的口头禅。在她看来，他就像是漂亮的小动物，十分讨她喜欢，她却永远无法回应他想要的感情。她把手机调成扬声器状态，切换到手机桌面上，但没有一条短信、一个未接电话来自顾希城。环顾四周，她的衣物已经被叠好放置在床头柜上，屋子也被打扫过，房里的烟味也被大开的窗扇带走了许多。他走得如此无声无息，如果不是身体依然钝痛，她找不到他来过的痕迹。

她打开手机上的浏览器，提起一口气，在搜索栏里输入了“Paz Cruz 婚礼”。按下搜索键原已耗尽所有的力气，网速却因为通话干扰信号变得格外缓慢，这让她更加紧张了。随着网页打开进度条一点点向后推，她的心也越跳越快。这时，李真的电话切了进来。李展松不曾留意到电话这头申雅莉敷衍地回应，只是兴致高昂地继续说：“你不知道这部片今天反响多大，好几个电视台都在报道它。雅莉姐，你太棒了。”

“阿松，李真打电话给我了，可能有事，我晚点再回你。”

“哦，好……”

她挂断了他的电话，接通了李真的来电：“李真，怎么了？”

“顾希城结婚了。”

短短的一句话，令她大脑空白了一阵子：“你等等。”

“好。”

她重新把手机切换到浏览器，搜索结果已经出来了。12月25日的新闻里出现了“西班牙模特 Paz Cruz 与著名建筑师 Dante 于今日举行婚礼”的标题，标题旁边还有预览新闻图片。图片上的 Paz 晒了一身古铜色皮肤，穿着高贵典雅的无袖雪白婚纱，有着近似凯特王妃的优雅。她眉开眼笑地朝镜头挥着左手，右手挽着的新郎穿着完美剪裁的白色西装，眉眼清秀，笑容内敛，站在美艳的新娘身边气场却毫不逊色。申雅莉的脸上全无血色。这位英俊的新郎，前一个晚上，还和她在这张床上……

“我看到了。”她给了李真答复。

“我知道你现在肯定很难受，这时候告诉你这个也不合适……但是雅莉，你一定得现在跟我去国际贸易大厦一趟。顾希城和 Paz 马上要去那边参加婚礼宴席，丘婕现在已经在那里等他们了。”

申雅莉的脸色更加难看了：“她去那里做什么？”

“昨天她就一直在电话里跟我骂顾希城，说：‘雅莉可以嫁给其他男人，但顾希城这人渣败类，就只能等着雅莉一个人，他不守，我让他这喜事变成丑事！’她已经被气疯了，手机关了，你现在赶紧收拾一下，我们直接在那边见。”

“她怎么会知道 Dante 就是顾希城的？你告诉她了？”

“……对。”

申雅莉揉乱了头发：“你怎么会告诉她这种事！李真，你真是……你要气死我！丘婕也是要气死我，我这边已经乱到不行了，她到底要给我添多少麻烦？！”

“唉，昨天我也是一时气愤，就忍不住告诉她了，但我没想过她和你与顾希城都是老同学，看着你们俩分分合合，肯定比我还要生气，所以……”

“算了算了，我现在马上过去。”

挂断电话以后，申雅莉把手机扔在床头，正准备下床穿衣服，却看见床头柜上有一张字条。拿过来看了看，上面只有四个字：“忘了我吧。”

原本眼睛已经肿得快要睁不开，这一刻又开始发胀发热起来。肉体像被搅拌机捣碎，与床上的被子黏合在一起，与这个灰色的世界完全融合在了一起。扩散在每一寸肌肤中的，是再也找不到自我的痛苦。她屏住呼吸，把脸用力地埋入双膝中，绷直了身体。

前一夜才经历过一次精神崩溃，第二天却依然有这么多烂摊子等着自己去收拾。经过这样的折磨，再是天生丽质的女人也好看不起来。厚厚的妆盖不住浮肿的容颜、疲倦的双眼，漂亮的衣服也藏不住身体的摇摇欲坠。抵达宴会现场后，申雅莉戴上了墨镜，冷漠地推开所有的记者，抓住丘婕的手腕把她拖到一边：“回去。别在这里丢人。”

“雅莉？”丘婕错愕地瞪大眼，转而愤然说道，“你来得正好，今天我们就和那人渣拼了！”

申雅莉打断她：“拼什么？拼丢人吗？”

丘婕怔住。

“今天我不想看见他，你也别替我丢人了。你和他闹，亏的是谁？你还当自己是当年的高中生？在这里和他闹事，这丑闻够你黑五年！现在就跟我走。”

丘婕快哭出来了：“可是，雅莉，你不会觉得不甘心吗？这十年你都是怎么过的，你看看他……他回来就这样骗你……”

“你走不走？不走我走了。”

刚一转身，丘婕就跟了过来，委屈地说：“我真的替你感到不值。”

进入电梯以后，申雅莉才低低说了一声：“没什么值不值的。知道他是这种人以后，我也不用像以前那样自责了，对我来说未必不是好事。”

很快到了负一楼。随着电梯门沉重地打开，她们看见了四五个穿着正装的男人，但谁都没想到，站在中间的人，居然正是一身白色的顾希城。申雅莉胸腔内的血液在沸腾，但她只是平淡地说道：“走吧，我的车在C14。”

她径自绕过他向停车场走去，李真不带善意地看了顾希城一眼，也跟着她走过来。他只是低着头，没有追上来，也没有出声挽留她。原以为这种状况已经很糟糕，但没想到丘婕居然提高音量开口大骂：“顾希城，你知不知道这么多年你死得无声无息的，雅莉一直在给你上坟扫墓？我觉得你这种男人还是适合化成灰躺在坟地里，活着只会招人恶心！”

申雅莉觉得更加尴尬了，走过去拉住丘婕：“别说了，走。”

丘婕却猛地把她的墨镜取下来，更加义愤填膺地怒道：“你看看她！你看看她的样子！她到底是欠你什么了，你要这样对她？这下你满意了是吗，你想把她也逼死是吗？！”

申雅莉就像刚被毁容的人一样低下头，躲避着旁人的视线：“丘婕，什么都别说了，走啊！”

可是，失去墨镜的那一瞬就像失去了最后的保护，她用双手捂住脸，身体痛苦地颤抖，呜咽着蹲了下去。不仅是顾希城和身边的男人，丘婕也被她的反应吓呆了，变得不知所措起来。高跟鞋声急促地响起，李真冲过来扶起申雅莉，呵斥道：“丘婕，现在最伤害雅莉的不是这男人，是你！现在就走，不然我没你这朋友！”

“是是，是我的错，雅莉，对不起，是我太冲动了……”丘婕也跟着扶住申雅莉。

终于，顾希城往前走了一步：“莉……”

“不要靠近她！”李真紧紧地抱住申雅莉的肩，忽然暴怒起来，她指着顾希城，激动地说道，“顾希城，我警告你，不要再靠近她！这辈子都别出现在我们面前！”

申雅莉蜷缩在好友的怀抱中，已经失去了所有自我保护的能力。她只想逃离这里，逃到一个没有任何人的地方去。

“英国？”

“那种鬼天气，你带个失恋的人去，是想让她更郁闷吗？”

“法国？”

“那种离西班牙这么近的地方，还有肉麻的浪漫气氛，那么适合谈恋爱的地方，你确定？”

“夏威夷？”

“大姐我谢谢你啊，雅莉和那人渣就是在海边互相告白的。”

“南非？”

“丘小姐，你要知道，非洲的女性 75% 以上都有过被强奸的记录，剩下 25% 都是被食人族吃了。所以那里只有强奸犯和受害者。”

“……妈呀，真的假的？”

“当然是假的。”

“呼，吓我。我就说我去过那里都没出事……”

“你当然不会出事，应该说从你手下逃过一劫的非洲男同胞都非常幸运。”

“……”丘婕的忍耐终于到达了极限，白眼一翻，把世界地图往前面一推，抱着双臂靠坐在沙发上，“要去哪里你自己想！”

顾希城结婚后的第二天，申雅莉精神很糟糕。李真和丘婕都觉得她一时半会儿恢复不过来，所以商量着带她出去旅游。此时，李真翘着小指头，跟戴珐琅护指套的娘娘一样，翘着才做好的小指指甲，拈起那张地图，猛地指向正中心某处一个点：“就这里了。爬山，越高越好，这样等她累到不行的时候，就会想‘妈呀，活着真好，人生真美好，失恋算什么’。”

丘婕撇撇嘴，对李真竖起大拇指。

她们火速订好机票酒店，安排妥当行程后，直接让人把机票送到申雅莉家里。然后，很快接到了申雅莉的电话：“这几天我要配合公司宣传电影，去不了，你们去吧。”

之后，丘婕以卖身给阿凛个人使唤半年的条件，换来了申雅莉的假期。

三人坐在开往机场的轿车里，李真和丘婕坐在两边，申雅莉坐在中间。前座的靠背里装着一本商务杂志。只要有杂志，李真作为模特的惯性就是习惯性地打开翻一翻。她抽出那本杂志翻开了第一页，里面赫然呈现的流线型建筑让她和丘婕都眼前一亮。

“这商务写字楼真攻，是哪个公司做的啊……”丘婕眨眨眼，凑近了一些看，却看见下面闪闪发亮的“Fascinante”，脸色大变，把杂志合了起来，认真地说，“近看觉得这风格太西式了，不喜欢。”

李真清了清嗓子，也转移了话题：“说到这个，我觉得西方人的思维模式和我们差别真大。丘婕你有没有和老外发展过？”

“没呀。怎么，你有过？”

“什么男人我没KO过。”李真贱贱地摇摇手指，“不过，跟你说个很经典的事。当年我在法国认识了一个音乐制作人，蓝眼睛，长得特帅，说的英语还带着浓浓的法式腔调，又有情调，又浪漫。我俩刚认识没多久都对彼此有好感吧，我们吃了一顿饭以后，他明显对我很有好感，约好了第二天再次见面。然后你知道发生了什么事吗？”

“你们上床了，然后他跑了？”

李真推了一下她的脑袋：“胡扯！我像是会做这种脑残事情的女人吗？”

“那是……”

“第二天他跟我说，李真小姐，好消息！迪拜的海滩Club录用了我，我就要去那边当DJ了。半年就回来，所以这半年我们保持电邮联系吧。”她扬了扬眉，用洋人说中文的奇怪腔调微笑说道，“然后，他就去Dubai了。阿联酋，Dubai哟。”

“啥啥啥……啥？你是说，他为了去迪拜当个打碟的，放弃了你这大美女还有音乐人的工作？”

“对。”

“妈呀，他是疯了吗？”

“所以我说了，西方人的思想我们理解不来。在他们眼里，金钱和地位真的就只是生活需要而已，更重要的是享受人生吧。”

“这就是传说中的野兽派。他不理解什么叫工作赚钱养老婆吧。”

“你认为国内的男人赚钱就真是为了养老婆？他们只是想多赚钱泡妞。打个比方说吧，我遇到了两个大牌制片人，都是先追雅莉不得，然后转来追我，如果雅莉追到手了，搞不好他们会一脚踏两船。”

“呀，好雷人，他们就是欠收拾嘛。”

这时，一直戴着墨镜的申雅莉打断她们：“我去前面坐吧，这样你们讲话也方便一点。”

丘婕和李真愣了一下，不约而同地点点头。申雅莉下了车，在大雪中裹紧大衣，提着自己的包坐到前排缩成一团。后座的两人一脸内疚，都担心自己是不是说错了话，可是看着申雅莉的背影，她们只能对望一眼，无奈地叹气。申雅莉明白她们的动机。她们是想告诉她，作为一个成年女性，一定要学会高姿态和无所谓，道理她都懂。得知顾希城和Paz也是今日回西班牙后，她更加大彻大悟了。

小时候看见的世界是美丽而繁华的，实际真正踏进去，才发现它的每一个角落都长着无形的荆棘。一旦进入这个世界，许多少年时代的美好都会变质，要么变成了易碎的泡泡，要么变成了尖锐的利刃。她从车内看见窗外模糊视线的雪和苍白的天——当年的希城就是易碎的泡泡，早消失在了十年前的天空中。

他们还在同一个城市的最后一天，最后一次，她如此纵容自己去想念那个顾希城。

曾经上学的时候，他们都还处于文艺少年的状态，也都曾经给对方写过信，上课传过纸条。后来随着人的成长与忙碌，信息技术越来越发达，电子邮件取代了书信，短信取代了纸条，随后又被微博微信取代。那些带着纸张墨水气息的过去已经一去不复返。这一回，她在去机场的路上有很长的时间，可以让自己静下心来给他写一封信。她从包里拿出纸笔，将它们垫在厚厚的杂志上。她垂着脑袋，写下：亲爱的希城。

刚写下这几个字，眼泪就再也忍不住，毫无防备地冲出来。她偷偷擦掉泪水，仰头调整了一会儿情绪，又接着写道：

亲爱的希城：

现在说这些或许会太晚了，但我们从来没有机会正面交流过，所以，还是决定给你写这一封信。不管十年前的我有多么伤心，多么害怕爸爸生病，那都不是你的错。在我最绝望的时候，我不该这样武断地自己做决定，这样既不尊重你，也不尊重我们的感情。当时我应该把所有实情都告诉你，然后我们一起想办法。

所以，对不起。

你是除了父母外唯一把我当成珍宝对待的人，可我却一直如此幼稚又自私。我对你造成的伤害，这十年里已经加倍地反弹到了我的身上。这么多年里，我没有一天完完全全开心过。所以，即便你不报复我，我也得到了报应。我向你发誓，这一切都会改变的。我也会改变——或许你再也不会看到了，但知道你还活着，今后的日子里，我一定会比以前过得开心、坚强。我发誓。

我们最终还是没有走向幸福的结局。我们不能再对此做出任何改变，但她一定会爱着你，和我一样多。我也确定，像你这样美好的人，一定会过上最幸福的生活。

谢谢所有你教会我的东西。

谢谢你教会我怎样去爱。

谢谢你给我的，所有的记忆。

尽管我们再也不会见面了，但我会永远，永远记住你。

并不是很长的信。

写完了一整封信，她发现连以前最爱说的“我爱你”都没有写。信纸上的字迹因为汽车颠簸而歪歪扭扭，她抬头看着窗外的雪景、熄灭的路灯、被飞速推到后面的树木……不知过了多久，才和两个好友一起下了车。丘婕小声问道：“是写给顾希城的信？”

她点点头，重新看了一下那封信，把它揉成一团，扔在垃圾桶里。丘婕的吃惊并没维持多久，因为心中清楚，她这封信不是写给Dante的，而是给顾希城。

她裹紧大衣，穿过大雪，走入机场。

Dante，还记得当初试镜的时候，导演叫我演给死去九年的男友打电话的场景吗？不知你是否记得，当时我说的第一句话就是“忘了我吧”。在圣诞节早上你离开我家之前，你也在我的床头留下了这句话。现在，我答应你。

同一时间，Marco开车把Paz和顾希城送到机场的另一个入口外。他看看正在后座补妆的妹妹，又对着顾希城摇摇头：“为了自己爱的女人可以利用其他女人。这样的做法其实我不是很赞同。”

“彼此彼此，她不也在利用我吗？”

顾希城淡淡一笑，拉开门下了车。扑面而来的冷空气带着特有的气息，刺激着他的嗅觉，令呼吸也比平时困难了一些。飞机场的大厅被冰冷的玻璃隔挡，向两边延伸，最终与高速公路融合在了地平线上。他把行李从后备厢提出来放在地上，等候着艳丽而慵懒的妻子。他站在正门前停留了一会儿，仰头看着轻盈落下的漫天飞雪。这一瞬间，他禁不住深深吸了一口气，像是缺氧多年的囚犯走在了自由的苍穹下。积雪覆盖了金属玻璃身躯的建筑，堆积了一座白色之城。

还记得他们在好友婚礼上的初遇。那时的花瓣就像这一日的雪，纷纷扬扬地扰乱了他的视线。他在那片花瓣雪中看见了十年后的她。她身上穿着顶级的定制礼服，比起当年小女生简单的漂亮，多了许多优雅的韵味。可是，她接到花束时肆无忌惮露出笑容的样子，还和高中时一模一样。

有客机冲入高空的隆隆声远去，冬季的呼吸是冰冷的。

他沉默地看着下雪的天空，一遍又一遍地想起与她凝视的每一个瞬间，通红的眼睛眨也不眨，泪水无声地溢满了眼眶。

第二十座城 瞬间

如果他们之间的距离是一道方程，
五位数的物理距离是一个不变的常数，
那么心理距离上的未知数只会随着时间的推移，越来越大。

申雅莉原本以为，与Dante分手又目睹他结婚是地狱，却没想到这不过是地狱的某一层。因为与李真、丘婕旅行爬山途中她摔了一跤，回来还患上了重感冒。娱记把她脸色苍白颠簸的样子描述为“疑似怀孕”，在年关这种人们最爱兴风作浪的时段，引发轩然大波也是必然的事。阿凛的电话几乎被打爆，李总亲自把她叫到办公室训话，李展松什么都不懂的安慰令她更加沮丧。还有什么更糟糕的呢，都一起来吧。她这么想着，四十天后，便发现自己的月事没来。

以前没有这方面经验，但从周围好友与环境中多少能了解，这时候最该做的事，就是去买验孕棒，然后和家人朋友商量该如何处理。但她没有勇气。验孕棒肯定不能自己去买，那么该叫谁去？阿凛？李真？丘婕？妈妈？无论告诉哪一个，她都会被对方杀掉。她能想象丘婕带黑手党开飞车到西班牙、戴着墨镜摇窗伸枪把顾希城击毙在巴塞罗那街头的画面。经过漫长的思想斗争，她决定把这件事放一放，先参加李真的生日派对。

圈内的人都知道，李真的生日是一个隆重的日子。李真之于这座城市，就像是阿尔比特罗之于尼禄时代的罗马。她每一次生日都会举办盛大的聚会，描绘出奢侈糜烂的镶钻画卷。她的姐妹们曾经说过“李真的生日就是我们的相亲日”，她们提前两周就开始减肥，花昂贵的价格去买一件轻薄的晚礼服，就是为了投资聚会上与高端男士的浪漫邂逅。当然，最赚的人还是举办者——又卖了人情，又赚了赞助商、广告商和电视台的钞票。对此，李真冷笑着说：“为自己创造工作机会却不与男人暧昧的女人才是最后的赢家(12)。”

这一年，她与著名时尚杂志合作，把宴会举办在地标性海派文化的聚集区中。当夜色降临在室外的人工草坪里，路灯像篝火中最后跳跃的火星，照亮了黑暗中美丽佳人们身上的白金钻石。当晚李真在来来往往的宾客中周旋，申雅莉携经纪人助理到场，熟练地摆好各种姿势让记者们拍照，随后也跟着进入了聚会场地。申雅莉的女人缘还是一如既往地好，刚进去接过几个男士递来的酒，就被一群喜爱她的女模特包围起来。

“雅莉姐，你今天好漂亮啊。你怎么不早点来，等得我们好心慌。”

“你不知道人家是大牌吗？真是的，大美女都是最后到场的！”

“雅莉姐，你这晚装在欧洲都还没上市吧，我想尽一切方法都没搞到这套衣服，真是羡慕死我了……”

一群女孩个子很高，穿得很成熟，站在闪光灯下都是毫无生气的完美雕像，但一开口说话，就暴露了自己的年龄。没过多久，其中一个大眼睛的女孩就按捺不住不满，小声说：“雅莉姐，你对G.A.girls那几个女的怎么看？”G.A.girls是炙手可热的国民偶像女团，成员的平均年龄不到二十岁，但每个人都身家过亿。

“挺漂亮的呀。”申雅莉笑盈盈地回答。

“啊，我也觉得挺漂亮的。”女孩面露尴尬，扁了扁嘴，“我就是不喜欢她们的领队。还号称明美人呢，哪里美了，就知道到处勾搭男人。”

---

(12)修改自阿梅利亚·埃尔哈特的名言：“为自己创造工作机会的女人将会赢得名利。”

申雅莉笑了起来，没有回答。有一个人开了口，另外一个尖下巴女模也不再掩饰了：“刚才我们坐车过来的时候，我在路上遇到一辆敞篷跑车，那车‘嗖’的一下就蹿过去了。从车上下来个一身海军蓝的男生，妈呀，我当时就想，他要是也去参加李真的生日派对就好了。结果刚一进来，我真的就看到他了。”

大眼睛女模推了她一把：“那是你傻，连太子党里的 Jake 都认不出来，就认得那几个穷光蛋的男模，真厉害的名模谁会和男模搞在一起啊。”

“是是是，我有眼不识泰山。进来以后我真是特想认识他，我对他一见钟情了啊。可是他一直在和明苒苒说话，我瞬间失恋了。更悲剧的是，明苒苒和他套近乎，只是为了勾搭李太子。”

“瞎扯，人家明美人可聪明了。她两个都没打算放下，想让他们为争她打起来，所以现在八面玲珑着，两手都在抓。你看，她现在不就在做这档事吗？真搞不懂，她们公司那么多帅哥她不理，为什么偏偏要去勾搭皇天集团的太子爷。”最后一句话明显是说给申雅莉听的。

申雅莉没搭话，顺着她所指的方向看去。果然，穿着海军蓝的 Jake 正在和明苒苒说话，看上去很殷勤。明苒苒喜笑颜开地回应着，但眼神飘忽，时不时地会和旁边一身雪白的李展松搭话。

大眼睛女孩的嘴都可以挂油瓶了：“李太子对她根本没兴趣。他一直在玩手机。”

刚说完这句话，申雅莉的手机就响了一下。她从晚宴包里掏出手机，屏幕上赫然写着：雅莉姐，你什么时候到？

申雅莉觉得压力山大，把手机藏起来。Jake 推了推李展松的胳膊，指向她的方向。她扭头过去，但没过多久，脑袋后上方就传来了年轻男生的声音：“你来了居然也不告诉我。”

“我这不是在和这几个姑娘说话嘛，你先去和你朋友玩，我晚点过来找你。”

“你到了就好。”他放慢了语速，像在故意拖延时间。或许是因为太久没有看见她了，他显得有些拘束，随便指了一个方向：“那、那我到那边等你？”

她还没回话，明苒苒和 Jake 也走了过来。明苒苒看了李展松一眼，又看了一眼申雅莉，露出礼貌又不卑不亢的微笑：“原来太子爷和申天后认识。”即便是在幽暗的聚会里，她的肌肤也像是能发光一样白嫩。一张瘦削的小脸我见犹怜，是无论哪个年龄段的男人都喜欢的类型。她的家境不错，自身条件又好，入行的过程干净且顺利。申雅莉觉得她和李展松还挺般配。

申雅莉笑了笑：“皇天里有谁不认识太子爷呢。”

在外人面前，她一向都给足了这小子面子，没想到他完全不买账：“你这话是什么意思？”

申雅莉更加放圆滑了态度，微笑着说：“我的意思是，阿松你是我们李总的儿子，又是皇天股东，大家都认得你，而且都很喜欢你。”

他皱了皱眉，栗色刘海下的眼神有些焦躁不安：“你这么说，搞得我们好像很陌生一样。”

她瞪了瞪漂亮的眼睛：“夸夸你就嘚瑟，你咋不上天？眼里还有没有我这个姐姐啦？”

Jake 虽然和他差不多大，但比他会玩多了，搂住他的脖子说：“阿松，你怎么可以这样和雅莉姐说话？一点礼貌都没有！快给人家道歉，小心人家不理你，那可够你难受的了。”

刚才他的态度还好，现在好哥们儿来了，脾气和怨气反而上来了：“我为什么要跟她道歉？她这段时间一条短信都没回我，打电话也不接。现在还想打发我走。”

申雅莉早就知道这少年的中二期还没过，也该习惯才对，但看见明苒苒和周围女模们惊讶的眼神，还是觉得有点受不住。自己这把年纪了，实在不想和小孩子玩。她搜寻到李真和丘婕的身影，清了清嗓子大声说：“李真，你刚才找我什么事？”

李真转过头来，一眼就看出了情势，快步走过来挽住她：“我借一姐用一下。雅莉你快来，这边有几个赞助商想和你聊聊……”

终于脱离困境，接过李真递过来的酒，申雅莉长吐一口气：“小孩子真可怕。”

“其实，我觉得你跟太子在一起没什么不好。”

“咯咯咯……啥？！”申雅莉差点被酒水呛到。

“我附议。”丘婕认真地点头。

申雅莉用纸巾擦嘴：“你们是不是头脑不清醒了？”

李真拍拍她的背，语重心长地说道：“现在相差二十岁的姐弟恋都不稀奇了，你和他这算什么呀。太子爷喜欢你很多年了，你跟他在一起不会受伤的。而且，小男生的爱情很炽热，可以修补你那颗被顾希城伤害的心。真的，考虑一下。”

申雅莉扭头，看了看颀长俊俏的李展松，吓得捂住胸口：“不行，我接受不来，感觉跟和自己儿子谈恋爱一样。”

李真完全被她打败了：“雅莉，姐姐，你没这么老好吗？你难道从没想过，你俩在一起会有很多好处？”

“什么好处，可以提前体验当妈的感觉？”

“这就是好处。”丘婕递来她的手机，上面是李展松把西装搭在肩上、仰头半裸的照片。

李真闭上眼，沉重地点头：“没错。又干净，又性感，这种好肉，你真的不想尝尝味道？”

申雅莉再次喷酒。她辛苦地咳嗽半天，气若游丝地说：“其实，我有一件事想告诉你们。”

“你已经尝过了？”

“如何？求细节。”

已经对这两个损友彻底无奈，申雅莉无视她们的话，提起一口气，吃力地说：“我四十天没来那个了。”

原本以为她们会惊讶后悲伤愤恨，她把头埋得很低，等待着劈头盖脸的指责。谁知等来的答案却是……

丘婕眨眨眼：“太子爷的？！”

李真倒抽一口冷气：“这么快这么准？妈呀，弄得我都对姐弟恋蠢蠢欲动了。果然男人就是要年轻的好，高质量啊……”她自个儿感慨了半天，看见申雅莉越来越难看的脸色，夸张的表情终于渐渐地从脸上褪去，取而代之的是堆了满脸的干笑：“雅莉，你别告诉我，你和 Dante 没做过防护措施。”

“只有一次而已，我没想到……”

“一次！如果不做防护，一次中的可能性也不低啊，你不知道事后吃药？”李真急得快要哭出来了，“四十天，这下完蛋了。你现在打算怎么办？”

申雅莉盯着某处发呆了很久，摇摇脑袋，按住额头：“我不知道。”

“顾希城这个人渣！既然不打算负责，就不要让别人有任何怀孕的可能啊！”丘婕低低咒骂着。如果没有人在，她大概已经把杯子摔在地上了。

李真相对冷静一些，压低声音说："这么说吧，打胎很伤身体，可能终生不孕。但如果生下来，你后半生想找个好男人就比较困难了。而且这两种选择，无论哪种被媒体发现，都会对你的事业有巨大影响。你可要想好了怎么选择。"

经她这么一说，申雅莉的压力更大了："我不知道……真的不知道。"

"李真你真是一点都不会说话。"丘婕瞪了李真一眼，把申雅莉拖到旁边，"咱们往好的地方想啊。如果你不要这孩子，以后的生活不会有太大影响，你还是一姐，还是超级天后。但如果有这孩子，你就要开始当妈妈了，事业可能会受到影响，可是有个可爱的孩子陪伴，以后再也不会觉得孤单了……哪种生活才是你想要的呢？"

虽然丘婕极力把事情描述得十分美好，但申雅莉知道，李真说的才是真话。她摇摇头："还不一定是怀孕了呢，过了今晚再说吧。"

她自以为很乐观，也认为自己可以做到无所谓，但真正听见她们的安慰，还是觉得很郁闷。

她只觉得，这座城市是一片荒废的工业区，高楼是摩天的天然气储气罐，朝着夜空吐出白色的尘雾。尘雾是星辰，扩散到了四面八方，直至再也看不见。深夜广播电台里经常有向主持人诉苦的异地恋男女，他们的语调总有看破一切的惋惜与悲伤。而现在，她与那个人相隔的距离，又何止是几座城市。那是半个地球。他们在截然不同的国度里，过着截然不同的生活。当她筋疲力尽的时候，他依然神采奕奕；当她的车穿过拥挤的城市，他在人烟稀少的欧式街道上寻找灵感；当她独自一人起床，他已经拥着妻子入眠；当她周围的人讨论着谁赚的钱更多怎样走得更高，他的朋友们在聊着非洲与东欧受苦的穷人；当她的世界关注着飞速增长的经济和负荷不起房贷的老百姓，他的世界关注着失业率、足球赛、斗牛和艺术；当十一月到来，她和朋友讨论着光棍节该怎么过才热闹，他才从万圣节的鬼怪派对中解脱……

如果他们之间的距离是一道方程，五位数的物理距离是一个不变的常数，那么心理距离上的未知数只会随着时间的推移，越来越大。内心深处像是住了一只小小的恶魔，它在不断告诉自己，如果真的有他的孩子，似乎也没什么不好。毕竟以后再也不会见面了。如果身边有一个小小的生命能够继承他的血脉，代替他陪在她身边……会这样想的自己真是糟糕透顶。这个晚上她喝了很多酒，每次仰头饮酒时，她都能看见黑色的夜空。每到这个瞬间，她都觉得已经和星空融为一体，抑或是，自己已经被这块黑色的牢狱吞噬。

李真从人群中回来时，申雅莉已经醉到站不稳，伏在丘婕身上胡言乱语。李真过去拉开她们俩，低声说：“雅莉，你做什么，怎么喝这么多？”

申雅莉靠在她的肩窝，有气无力地说：“我感觉我一辈子都要被这男人害死了……第一次恋爱是跟他，第一次牵手是跟他，第一次拥抱是跟他，第一次接吻、第一次发生……他却就这么走了。这么多年，我就是个悲剧……最悲剧的是，我有了他的孩子，但他再也不会回来了……”

“胡说什么，现在都还不确定吗不是，你怎么就这么悲观。”李真先是严肃地指责她，却与丘婕同时意识到她话中的不对劲，“什么，你说你和他是第一次？”

“雅莉，你第一次是跟顾小受？你不是吓人吧，那之前你你你……你是那个……”

她们听不到她的答案，因为她醉到失去知觉了。

一夜过去，阳光含蓄地铺上天花板，在角落处拐弯，盖满了墙壁。一阵短暂而刺激的腹痛让申雅莉撑开了沉重的眼皮。她眯着眼睛，尚未看清周围状况，想伸手去摸床头上的手机，但发现那里什么都没有。她揉揉眼睛坐起身，发现环境高雅而陌生：这是一间乳白色的卧房，浴室的门与书桌都是玻璃制的，上面有人鱼的雕刻，看上去比昂贵的油画还有艺术价值。玻璃桌上放置着一台还在闪烁的电脑，似乎主人离去后没多久。她刚想下床看看电脑上的时间，下身异样的感觉却令她脸色大变。

从下床到洗手间的短暂时间内，她想了很多。包括前一夜的醉酒和这段日子的狼狈。当白昼到来，理智重新回到身上，她扪心自问，自己究竟想不想要顾希城的孩子？答案是否定的。可是，如果真的怀上了，她会把孩子生下来。她不能把他们的错误强加在无辜的孩子身上。

站在十字路口思考时，人们时常会不知所措。等有一天找到答案却可能发现，之前的疑虑不过是多此一举。因为，还有另一条阳光大道就在不远处。原来床上的肚痛和前一日的烦躁，都是例假来之前的正常反应。申雅莉开心得几乎哭出来。她在包包里翻到了卫生巾，清洁工作做好后就想打电话给丘婕、李真。但手机刚一打开，发现有三条短信，第一条是阿凛发的：“今天通告我都给你取消了，好好在家休息吧。”第二条是李真发的：“雅莉，我们让李太子送你回去了。你该好好恋爱一场，忘记那个讨厌的人。”第三条是丘婕发的：“雅莉，当你看见我这条短信的时候，你应该已经把嫩嫩的阿松吃了，记得向我们分享食后感想。”

她迟钝地发现，除了内裤，自己身上只穿了一件真丝睡裙，里面是真空——到底发生了什么事？这是哪里，李展松的家？正在惊诧状态，李真又发了一条短信过来：“雅莉啊，如果你追着一个人跑太久，觉得疲惫了，不如想想，或许对的人就站在身后。只是你从来没想过要转身看一看。”

申雅莉下意识转过身，看见的却是凌乱的床铺，还有墙上一幅巨大的海报。她有点受不住李真大白天的文艺，摇着脑袋回短信：“我转过身看见的是我自己的海报，你的意思是，我这是注定孤独终老吗……”

她眨了眨眼，没继续打字，再次抬头看那幅海报。海报上的她依偎在阳光下的海滩旁，鬈发略微凌乱，全被拨到一边，她手里提着一个饮料杯，慵懒地微笑着，眼中写满了深邃、迷人和自信。不管这是不是真正的她，都无疑是最美的她，也是她最希望维持的模样。

这时，门把声响了，有人走了进来。她转过身，看见年轻的男孩子招呼服务生将早餐推进来。桌布会吸收阳光般白净明亮，银制刀叉与装着鲜榨果汁的冰桶同样闪闪发亮。李展松刚看见她，飞奔到电脑旁边，用身子挡住她的视线，把上面的大学论文文档关掉，只留下当日股市收盘数据。他转过身，故作从容地笑了：“你醒了。”

“我们……昨晚没做什么吧？”她拨弄着长发，让它们挡住睡裙的吊带。

“你认为呢？”他眼神挑衅，侧着头露出坏坏的微笑，“雅莉姐，我也是男人。”

“所以，就是什么都没发生对吗？”

李展松眨了眨眼睛，有些迷茫：“为什么？”

她找到沙发上叠好的衣服，背着他把外套披在身上：“会发生什么，那是小孩子做的事。既然你都说了你是男人，那就会非常有男子气概地把姐姐照顾好，对不对？”

原本想要欺负人，却被反将一军，李展松有些郁闷，但还是乖乖地低下头，轻轻点了点脑袋。她扣好扣子，绕过沙发走到他面前：“对了，我的衣服是女佣换的？”

“你怎么知道？”

“因为妆也卸了，这不大像是你会做的事。”

他心不甘情不愿地看了她一眼：“好吧，反正我是没办法整你的了。”

她脸上绽放出了甜蜜的笑意："阿松，谢谢你。"

这是他第一次看见她素颜的样子，很清纯，和上妆后完全不同。再这样一笑，他觉得自己的心跳都快把胸腔炸开了。他板着脸，一副自以为冷酷的模样："谢什么谢，本来我是想吓唬你的，不要随便给我发好人卡。"

她没再继续说什么，探过头看向窗外。这一天才刚开始，外面的世界虽然寒冷，却被冬阳镀上了一层充满生机的金色。楼下是这座城市最繁华的地段，咖啡厅的铬合金柜台反射着刺眼的光，穿着鲜艳制服的人向路人递送着传单，绿色的出租空车夹在各路私家车之中。上班族和学生们拿着早餐，从地铁站大量涌出来，并分散流向每个交通灯、每条笔直的长街、每座拔地而起的摩天大楼。

她忽然发现十年来，她错过了许多生命中的美好。

是时候了。从牢笼里走出来，走到崭新的天空下。

几日后的晚上，一家五星级酒店的 VIP 江景双人房中摆着西餐推桌，一个年轻女生和李展松一人坐在一头，身影被摇曳的烛光衬托得油画般美丽。女生穿着衬托丰满线条的深 V 曳地大红长裙，李展松一头凌乱的黑发被撩到一边，衬着他小巧的脸，露出一边摇滚风的耳钉，令他显得美丽又叛逆。女生小声而柔弱地对男生说："今天，今天能和你一起吃饭，我真是太开心了。因为，外面都流传你是很傲慢的男人，实际上……"

李展松双手交叉叠放在桌面，像一只即将捕猎的狼。他张了张口，刚想开口说话，没锁好的房门却"哐当"一声被踹开。女生用嫩嫩的声音叫了一下，捂住耳朵。他的眼睛陡然睁大，看向门口气势汹汹冲来的申雅莉。申雅莉也穿着曳地晚装，但不是大红深 V，而是黑色的露背高级定制款。中分的大鬈发彰显了漂亮的大眼睛，那张脸连女人看了都挪不开眼。她一出现，他对面童颜巨乳的红裙女神被衬出了一身山寨气息。所以，李展松也理所当然地看着她，眼中露出惊愕之色。

遗憾的是，这个美丽的女人却不懂维护形象，瞪大眼睛指着那男人愤怒道："你这个不要脸的男人——"她左顾右盼，最终从床上抓起一个枕头，对着他的脑袋就是一阵猛砸，"不要脸，不要脸，不要脸，居然带她来这种地方！"

他被她打得几乎喘不过气来，站起来抓住了她的手腕："我和女人开个房你都要管？”

“你爱和谁开房和谁开房去，但不准打她的主意！因为女人只要和你说话都会怀孕！”她像是被蜘蛛黏了手一样甩开他，拉着身边女子的手，把她拽起来，“你以后再靠近我妹，我就找人把你做了！”

“……你妹？”他一脸茫然。

“你妹？”柔弱的女生一脸快哭的表情。

“是啊，我就是说你……”她转过头看了女生一眼，被速冻一样呆住了。

他抱着胳膊，一脸挑衅地看着她。她的上嘴唇微微抬起，露出些许雪白的牙齿，然后轻轻放下女生的手，悄声转身走掉。

“达妮，想知道你妹在哪儿，是吗？”

听见他的声音，她猛地转过头：“你说！”

他痞痞地坏笑着，掏出钱包，抽出一张蛋糕师的名片递给她：“你妹妹今天也二十二了，其实，不如买几根蛋糕插在蜡烛上送给她。”

她认真地点头：“嗯，蛋糕插在蜡烛上，这是个技术活儿。”

旁边的女生和周围的人噗的一声笑出来。他哀号一声，捂住头转过身去：“对不起，我又背错台词了……”

在一片哄闹的笑声中，他委屈的样子反而让人更忍俊不禁。她也笑了出来，戳戳他的手臂：“没背错没背错，蛋糕是条状的，蜡烛是块状的啊，哈哈哈哈。”

“雅莉姐，我恨你。”他居高临下地看着她，眼神更加委屈了。

这里是电影《黑桃皇后》的拍摄现场，也是李展松当日拍同一个场景的第九次NG。其中有六次都是在申雅莉转过头这一瞬间出了差错。而且对他这种非演戏专业的明星而言，会犯的错绝大部分是忘记台词，所以大家经常刚一进入状态，就要面对太子爷苦不堪言的漫长沉默。这些事情都是剧组群众早就预料到的。但令人感到意外的是，太子爷的态度一点都不傲慢，每次NG过后反而会向周围的人道歉，然后认真琢磨重新拍摄。这一幕再次NG之后，导演觉得他已经到极限了，于是放大家休息一下。他生不如死地对天长叹一声，倒在了宾馆的床上。申雅莉一边啃苹果，一边递给他另一个苹果：“累不累？”

“男人，不怕累。”

明明看上去就像是个犯错的学生一样，却非要装硬汉。这让她不由觉得想笑：“拍戏会不会耽搁你写论文？”

他的背明显一直：“我，我觉得这苹果还挺好吃的，你在哪里买的？”

她笑了一会儿，撑着下巴歪头看他：“阿松好像还挺成熟的。”

“也不看看我追的是什么女人。”他得意扬扬，笑得邪气。

“嗯，比同龄男孩子成熟很多啊。”

“同龄人……”他的表情停滞了一下，笑容渐渐从得意转成强笑，“果然，在你眼中，我就是个不懂事的小孩吧。”

“阿松，你年纪确实不大。”

就像这一刻，明明受伤却又想要掩饰的样子，不是孩子是什么呢？可是，这样简单纯粹的个性，让她觉得有些心疼。对大人而言成熟是完成时，青涩是过去时，后者明显不如前者。但人类总有着呵护弱小的本能。如果能做什么，她想要让这个孩子开心一点，不愿让他受伤。因为她轻易地看透他，在他身上看见了过去自己傻傻的影子。她的眼睛弯弯，留给了他鼓励的目光：“可是这不影响我们阿松的魅力，不用担心。”

“真的？”

“真的。”

“那，那我是说如果，如果你喜欢上我，会考虑当我的女朋友吗？”

“什么傻问题，如果喜欢上，当然会了。”

他什么都没说，只是用力地握紧双拳，像是任何一个青春年少的男孩子一样，喜怒都形于色，脸上写满了“必胜”。因为喜欢的人一句话就从谷底飞到天堂，这样的表现也非常孩子气。可是，她并没有撒谎。她有认真考虑姐妹们的话，觉得整理人生重新开始，和阿松认认真真谈一场恋爱，未必不是一件好事。

《黑桃皇后》是一个欢快的故事：女主角达妮离婚后变得不相信爱情，而且恋妹情结还与日俱增。男主角嘉瑞是个年轻的赌场大亨，和她妹妹曾经是同班同学，两人是称兄道弟的好哥们儿，达妮却误会嘉瑞喜欢自己妹妹，所以只要他靠近妹妹，她就会化身为翻滚的刺猬，把他扎个遍，还说了“不想被可怕的大姐误伤就离我妹远一点儿”这种威胁的话。殊不知嘉瑞从高中时就已开始暗恋她，每次接近妹妹，其实都是为了找和她搭话的借口。

两人欢喜冤家的戏份占了大半，电影的拍摄过程非常轻松。好的演员拍戏会把自己代入影片，所以当初拍摄《巴塞罗那的时廊》时的压抑和悲伤被扫荡一空，这部片子带给她的情绪只有欢乐。而且，随着拍摄时间增加，她和李展松的关系也越来越好，大家也看出了李展松被她迷得神魂颠倒。因为他们的个性都阳光又开朗，大家私底下都认为他们是最搭的姐弟恋，希望太子能早日抱得美人归。

《黑桃皇后》第一场吻戏发生在男主角的告白之后。达妮和一个男人去赌场时撞见了嘉瑞，她看他身边跟着的人不是自己妹妹，心里还是泛起了一阵酸涩，所以没有搭理他。后来他把她单独叫到赌场一楼大厅的角落，逼问她那是什么人，她连正眼都不看他，说："与你无关。"他相当激愤，悲怒交加地说出"我喜欢你"，不顾她的惊讶，拥她入怀，霸道地吻了她。

但是，这只是他们当天的第一次接吻。第二次发生在戏外。

那天晚上，导演请整个剧组去吃海鲜，他们并排坐在一起，和大家聊着同平时一样的话题，却在餐桌下一直牵着对方的手。李展松的个性是非常讨人喜欢的，他虽然年纪小，但幽默感十足，一个晚上逗得大家直笑，申雅莉更是笑得直不起腰来。

电影《十一罗汉》中，乔治·克鲁尼与妻子茱莉亚·罗伯茨离婚后又回来与她共用晚餐，知道她有了新欢，他说："Does he make you laugh？"她的回答令人印象深刻："He doesn't make me cry."

——他能逗你笑吗？

——至少他不让我哭。

申雅莉已经很久没有这样肆无忌惮地大笑了。这样的笑容是发自内心的，而且是来自这么多熟人朋友。只是，在所有喜悦包围她的时候，那个人的脸忽然出现在脑海。那是与阿松完全不同的，淡然如水的温柔容颜。这一瞬间，周围的声音消失了，一切都像无声的电影一样，缓慢而沉默地进行着。她的笑容也消失了，停留在脸上的，是孩子被告知没有生日礼物般的失落。

但是，这只是愉快夜晚中短暂的几秒钟。只是悠长人生中，一个微不足道的瞬间。

她很快又重新笑了起来。

第二十一座城

烙印

要做到不卑不亢，我觉得首先要学的不是如何面对羞辱时淡然如水，
而是学会在面对赞美时不欣喜若狂。
当肯定的声音对你来说变得不再重要的时候，否定也就不重要了。

一年后，他又重新回到了这座城市。

他穿过西部的老城区，经过一条因工业污染而废弃的河，走向河对岸正在拆迁的老房子。几个痞子正在工地里无所事事地闲逛，望向他的眼神带着几分挑衅。他目不斜视地走向那片老旧的住宅区，视线中的一切回忆重叠，形成了颓然的对比。这是他高中毕业前住了十多年的家。从很小的时候父母创业成功，他们就搬来这里，住在六楼，尽管有两百多平方米，中间曾经还有一片很大的楼中花园，但还是需要爬楼梯上去。他记得父亲体力一直不好，爬这楼梯总是会累到气喘吁吁，经常被母亲指责缺乏锻炼太没用。后来上高中了，他交了女友，那个女孩也很讨厌他家的楼梯，理由是“楼

梯太宽要走的路太多”。然后，她就会像小孩子一样耍无赖，跳到他的背上，非要自己背她上去不可。当时他还是个爱闹别扭的小鬼，嘴上经常像母亲指责父亲那样说她身体素质差，却特别依恋她搂在自己脖子上的手臂。那是他的初恋，是他第一次如此毫无保留地去爱一个女孩。

如今的他已经是个成熟的人，忘记了耗尽热情为一个人付出的感觉。自从皇天集团前几个月的大事件发生，他一直和她保持着邮件联系。那样陌生而礼貌的沟通方式让他更加确定，人成长后，确实会逐渐失去爱人的能力。小时的他们年少不知愁滋味，为赋新词强说愁，变着法子证明自己爱对方可以直到海枯石烂。当时他们是如此简单，以至于看不透那么多年以后，彼此会变成现在这样的关系。

原来，分手后两个人的关系，比陌生人熟悉，却比朋友陌生。

他握紧口袋中的钥匙，走到家门口，想要打开房门，却被一旁塞爆的邮箱夺走了注意。他换了一把小钥匙，走过去把那个爬满黄色铁锈的邮箱打开。上百张明信片从里面掉出来。卡在信箱口的一封多余的明信片背面有他熟悉的绘图：深绿色的橄榄树山林里，白色建筑堆积的小巷蔓延至视线的尽头，一个西班牙老头拄着拐杖从小房屋里走出来，白山羊跑遍这条长长的小巷。明信片的右下角写着这个地方的名字——Mijas。

他有些愕然地把明信片翻面，然后看到了被蓝色墨水写满的明信片背面：

希城，我现在正在西班牙的“白色山城”米哈斯，跟剧组一起为我的新电影《巴塞罗那的时廊》取景。这部电影的情节我已经在直布罗陀写给你了，你记得要认真看哦。很喜欢这座小镇，真不敢相信在欧洲也会有这样具有民族风情的世外桃源。而且，它的主色调是白色。每次看到白色，我总是会想起你。看到雪也会想起你。因为在我心中，你是白色的。在我身边时是如此，离开我以后更是如此。

没有落款。相比其他泛黄的明信片，这张明信片很新。他蹲下来，随便翻了一个邮戳时间是十年前的明信片。字迹很潦草，干涸的水痕把一些字都弄糊了：

你说世界上有没有天堂？如果我也去死，是不是就可以看到你了？你一定在笑话我对不对？因为如果我死了，只会下地狱，对不对？你这不负责的男人！你就这样把我扔下自己去死，要我以后一个人就这样过一辈子吗？！

八年前的明信片是这样的：

希城，我现在正在乐山大佛脚下哦，猜猜我在这里做什么？宾果！在旅游！你不知道，乐山大佛真的好大啊，我们居然可以在他的脚指甲盖上放麻将桌打麻将，我觉得这真是个好点子，要知道这里可是春暖花开阳光明媚……对了，我谈恋爱了，你现在是不是很后悔离开我？哈哈，后悔也没有用，因为我已经是别人的女朋友了。对不起啦希城，我不爱你了，谁叫你这么绝情。但我不会忘记你的，放心好了。

他又随便找了一张七年前的明信片：

失恋啦，被甩啦。因为对方想结婚，我不想。这也是没有办法的事，女演员的事业第一啊。所以我跟姐妹们跑到香港来购物了，在这里都还要写明信片，你说我忙吧，其实我也真是够闲的。你说，为什么在这种嘈杂的地方我都会想起你呢？难道我已经养成了走到哪想你到哪的习惯？我把这个想法告诉丘婕，她说我好恶心。

五年前的内容：

最近工作越来越辛苦，都没什么时间出去玩了。这次依然是跟剧组一起出来，在韩国和他们合作新的电影。我没想到自己在韩国人气也会这么高，真是有点意外。对了，有个好消息，我又拿奖了。现在圈内人都称我为皇天一姐，这称号霸气吧。你以前有没有想过，自己的女友会走到今天这一步？你有没有感到骄傲呢？

四年前的内容：

最近结婚的女明星越来越多了，然后我也理所当然成了大众的催婚对象。家人催得更厉害。其实我之前有和一个企业家相处过，怎么说呢？还是和以前一样，对方很想结婚，我还是没法过自己心里那一关。人为什么一定要结婚呢？和一个以前毫无交集的异性成立家庭，天天待在一起讨论着怎么过日子，光是想想都觉得乏味。传宗接代也是框框条条又没意义的行为。如果是为了有人照料、有人做饭，不如请厨师、保镖、司机、私人医生。反正我的经济能力允许自己这么做。可能是年纪大了真的有点往灭绝师太的方向靠拢了，反正我对结婚没兴趣。一辈子自由自在的不是挺好的吗？

三年前的内容：

都说一个人衰老的表现，是开始忘记最近发生的事，反复回想多年前发生的事。这两年我就是这么个状态。总是会想起我们高中时的一些事，像是以前给你写情书，结果被班上的同学当众念了出来，然后你还因为我骗你和我怄气。那时的事，真是想想都觉得挺傻的。如果让我现在去做这些傻事，肯定是做不出来了。但最令人怀念的，恰好是这一份再也回不来的单纯。希城，不管是你曾经来到我的身边，为我停留的时光，还是给我留下的所有回忆，这些都是我最宝贵的财富。真的很谢谢你。

两年前的内容：

最近不知是怎么了，总是会梦到你，然后醒来的时候枕头湿成了一片。心理医生说我是工作压力太大，所以总是会想起最令自己难过的事，也就会日有所思夜有所梦。他建议我放下过去往前看，不然抑郁症会加重。希城，你知道吗，我还是希望自己能淡忘你一点。毕竟生活不容易。

最后的几张是拍《巴塞罗那的时廊》时从西班牙寄出的。可是每多看一张，他的胸口就会更闷痛一些。零碎的刘海垂下来，在光影中挡住了他的眼睛。

这次回国他并未打算长久逗留，只想在观众席里看看这一晚的金龙奖颁奖典礼，然后直接飞回巴塞罗那。自从一年前把她伤成那样，他就更加确定自己不是可以给她幸福的男人。听说她和皇天的太子爷在一起了。那个男人比她年轻很多，但似乎对她好到羡杀所有女性。他们在一起以后，她在镜头前明显比以前开心，笑容多了，言语幽默，眼神也恢复了以前的活泼大方。

她的笑容是他最害怕失去的东西。他打开手机，凝视着屏幕上她的近照，哪怕她微笑的对象不是自己，他也想要守住它。所以这一次，不会再有靠近，不会再有交集。

对皇天集团而言，一年后的金龙奖颁奖典礼是一个莫大的福音。不仅仅是因为影帝影后均是皇天的艺人，还因为在这之前，集团中无数明星隐私遭到曝光，几乎有点知名度的艺人都受到丑闻的冲击，被推到了舆论的风口浪尖。虽然并未像前次股东涉嫌贩毒那样令公司几乎摇摇欲坠，但这一次流出的大量视频与照片源自海外网站，国内短期内完全无法控制，迄今未能得以平息。

这次风波中，受害最严重的是偶像剧《赛车女郎》中的女主角。这位女艺人被曝光的是成名前与某已婚著名运动员的不雅视频，因为她一直走的是清纯路线，大众对这样的事实无法接受，更有不少人揣测她与该运动员发生关系是在他结婚以后。后来连运动员的太太都出声斥责她，说她“不知廉耻”，此后舆论几乎一边倒，让她身败名裂。事件发生后，她一直没有进行任何公开活动，直到七十余天后的一个早上，她被人发现在跑车中烧炭自杀身亡。前一天晚上，她在微博上留下过一句话：“我知道解释已经无用。他们都告诉我，坚持下去，总有一天一切会好起来，可是……唉。”下面全是铺天盖地的谩骂。

事件闹得最大的是柏川和浅辰。他们的许多合照也被同期曝出，大部分照片中两人举止亲昵，牵手、拥抱，一看就知道不是普通朋友关系，而且两人疑似正在同居。无数粉丝心碎，恶意攻击纷沓而来，两个超级巨星变成了“死基佬”“恶心的同性恋”。但与此同时，又有无数女粉丝对这一消息欢欣雀跃，大力支持他们，并声称“我爱柏川，也爱浅辰，他们俩随便哪一个被女人抢走了我都无法接受，在一起最好了，永远在一起”。所以相对自杀女星的一面倒，他们只能算是饱受争议，情况好了很多。消息传出后，柏川不受任何影响，照常完成工作、参加活动，对任何采访都避而不答。浅辰则从家里搬出，推掉了所有公开活动，甚至连柏川都不见。遇到记者采访，他也只会搬出惯例态度哈哈大笑着说：“没有这回事。”没过多久，柏川成为《星闻风尚》杂志封面人物，以标题“柏川：我和浅辰不是暧昧不清的关系，我们早已结婚领证”结束了这一争议话题。之后，他破天荒地开通了微博认证，只发了四个字的内容：“小辰，回家。”上百万的转发评论什么样的留言都有，但大部分还是女性的调侃，诸如“小辰，你家柏川喊你回家吃饭”，“在一起，在一起”，“我又相信爱情了”……

这次风波中，走漏的内容都不是从皇天内部传出的，但这些艺人无一不属于皇天旗下。目前警方依然在调查中，迄今为止没有结果。柏川和浅辰是这次风波中结局最好的两个人，到底是因为这个年代人们对同性恋的偏见已经降低了不少，两人结婚木已成舟的消息也让他们得到了不少祝福。但其他明星，尤其是女性在精神和事业上同时受到的伤害就非同小可了。除去自杀的女星，不少皇天女星陆续透露了轻生的想法。

唯一没有受到任何影响的女明星只有一个，就是申雅莉。

对无数人而言，这是意料之中，也是意料之外的。因为申雅莉虽然出道资历深，付出了无数的心血，但她在名誉之路上走得太顺利，即便挂有“演艺圈头号白莲花”的称号，还是有不少人认为她这个普通家庭出身的女性不可能光凭实力走到今天这一步，说历史清白，不过是保密工作做得好而已。这一次风波过后，她的认真、自爱、努力，更是得到了大众的肯定。这一次金龙奖颁奖典礼上，她凭借电影《巴塞罗那的时廊》中出色的表演再次摘下影后桂冠。她提着裙摆走上红地毯的那一瞬，数百道闪光灯同时打亮。她的希腊式长裙奶油般雪白闪亮，她的香气杜鹃花般撩人。她事业有成，人生顺利，一如既往是星光大道上最有魅力的女性。

她站上领奖台，接过颁奖人递过来的小金人，还未发言，台下就响起如雷的掌声。她忍不住笑了一下，而后平静地说道：“经常听见别人说‘不要在意别人的看法，不然会活得很累’。大部分人对‘别人的看法’的理解，似乎都是反对的声音。但我自己有一点不同的观点。要做到不卑不亢，我觉得首先要学的不是面对羞辱淡然如水，而是学会面对赞美不欣喜若狂。当肯定的声音对你来说不再重要，否定也就不重要了。例如你喜欢别人说你聪明，那你就一定会介意别人说你愚蠢。想要不介意别人说你愚蠢，那首先要告诉自己：或许我并不是特别聪明的人，但我会努力。一直用这个方法激励自己，我觉得很有效。它令我心如止水，也让我不再去在意很多以前令我难过的事情。现在我把这个方法分享给大家，尤其是给今年受到小小挫折的朋友们。人生还很漫长，我们都要一起并肩走下去。”

说到这里，她举起小金人，眼中有水光闪烁，但没有像第一次领奖时那样哭得狼狈又青涩。她含着眼泪却没让它流下来，反而露出了微笑：“谢谢你们。”

露天颁奖台上星光万丈，四周人头攒动，倘若站在四周的高楼大厦中探头往下看，只能看见一片人群的海洋。那些以颁奖典礼为中心向周边扩散的路口像大海的分流，时刻都有车辆如水流动。而响亮长久的掌声是海浪，响彻夜空，将她包围。过去数年的努力更是浪潮，在这一刻被推到了最高峰。她享受着此时的掌声，从未有哪一刻如此感慨自己是如此幸运。

皇天负面事件集中爆发以后，她也曾提心吊胆过，害怕自己与白风杰的过去被曝光，也怕自己辛苦经营的事业就这样毁于一旦。但也正是在那一段时间里，她想通了很多事情。例如，她一直以为自己讨厌演艺圈，不喜欢演员这个看似光鲜实则不受尊重的职业。所以当时她为自己找好了退路，如果她与那名自杀女星一样跌入谷底，就干脆退圈转行当建筑师——可真正开始想象变成建筑师的情景时，她突然觉得自己憧憬的建筑是如此的陌生。虽然背台词很乏味，剧组加班总是累到让人崩溃，但演戏早已变成了她的生活、她的生命。而建筑对她来说，更像是业余爱好。她对这个准备感到迷惑了。

没想到的是，明明已经做好了狠狠跌倒的准备，这件事却从头到尾与她没有关系。因此，当风波渐渐平定下来，她发现过去的自己真是饱汉不知饿汉饥，太在意人生道路中错过的几个秀美的景点，而忽略了沿途更加灿烂的风景——是的，她已经从过去中走出来了。对命运赐给她的一切，她都充满了感恩之情。

如今的人生，已经不能再完整。所以她也不会看到，自己那么爱过的男人正在观众席里，神色淡然地看着她，为她的荣誉鼓掌到手心发痛。

影帝得主是柏川。他先于申雅莉领奖，正在后台接受记者们的采访。顾希城难得回国一次，他打算和柏川叙叙旧再飞回西班牙。但柏川实在忙得不可开交，只能发短信让顾希城再等等。顾希城走向申雅莉领奖后去的相反方向，但没想到的是，他避开了申雅莉，却没能避开浅辰。才嘘寒问暖几句，他就被浅辰拖到颁奖台后方的房间中。

浅辰找了个椅子让他坐下："你都这么久没回来了，柏川那家伙居然还让你等他，我帮你去催他。"

"不用，我在这里等。"浅辰明显没听进去他在说什么，大步流星走出门去。他发现在室内手机没信号，直接走到走廊上去翻看手机。但没多久，他听见身后传来了一个熟悉的声音："小浅，你怎么这么二，柏川的小金人怎么可以往地上搁呢？就连我侄女儿都知道这种东西得放桌子上……"

心跳停了一拍，顾希城警觉地抬起头。可是来不及了，申雅莉已经走过来了。她摇了摇手中的小金人，走到门口本来想开口再指责他两句，却没在里面找着人，反而瞥到角落有一个高高的人影。她随便看了一眼，目光就再也无法从那个男人身上挪开。

来来往往的都是打扮耀眼的明星，这个晚上所有的光辉全部凝聚到了荣誉的颁奖台上。他站在微弱的光线下，穿着一身庄重而严肃的黑色西装，就像伦勃朗擅长绘制的光影肖像画，四分之一的侧影陷入黑暗，因而显得轮廓异常分明。他抬头的眼神有那么零点几秒的惊愕。两个人视线相撞的刹那，时间也滞留了那么片刻。

曾经在脑中试演过两个人重逢时的场景。她一度以为要么自己会狠狠扇他一个耳光，要么就是作践自己哭着扑到他的怀里。总而言之，一定是惊天动地的。毕竟自己把最多的爱和最痛的恨都给了他。可现实与戏剧相差太远了。从几个月前他以"雅莉，不知最近你过得怎么样"为开头写邮件给她，他们之间所有的冲突都奇迹般地化为乌有。她对李展松的事只字未提，只是大致说了一下自己生活很顺利，买了新车，搬了新家，电影也有望得奖，然后再回问他的近况。他同样没有提自己的婚事，说的大部分是工作近况。他们礼貌而疏远地和对方通信，好像两个人不曾在一起过，他也不曾在结婚时冷漠地转身过。

所以，此时她能做的，只是露出了更加吃惊的表情，笑道："你居然回来了。"他顿了顿："才刚到两天，不过很快又要回去了。""啊，好不容易回一次国，真可惜。"她斟字酌句，尽量不让自己听上去太热情，或带有赌气意味。"因为那边还有工作。"他温和地笑了，"恭喜你得奖，影后。"

"谢谢啦。"她得意地摇了摇自己的小金人，又把影帝的奖杯拿起来，"我得找找浅辰去。"

"在这里等等吧。他刚才来过，现在去叫柏川了。""也行，那我们先进去坐着？"

“好。”

两个人进入房间，一人坐在沙发一侧，有一句没一句地聊天。申雅莉到底是出道多年的名人，可以自然地找到话题，而且可以让他们在外人看来就是久别重逢的好朋友。顾希城就显得不那么健谈了，大部分的时间都只是静静地看着她，听她说话，最多敷衍地回答是或否。这样的状态让人疲惫。时间过去得越久，她就觉得越辛苦，但这从她的外表完全看不出来。她只盼望浅辰和柏川早点来。

可是，当浅辰和柏川真的到来，她又矛盾地感到失落。和他们聚在一起聊了几句，她就以要赶通告为由离开。顾希城友善地和她告别，没再做过多的挽留。她在颁奖典礼现场又耽搁了十多分钟，后来在阿凛的催促下才匆匆离开。坐上车以后，她一直在回头看颁奖场地，不理解为什么自己有些不舍。这或许就是所谓的“不甘”。哪怕已经不再爱这个男人，不打算和他再有过多来往，却憎恨他比自己洒脱——没错，她已经不爱他了。她不会去爱一个伤害自己的人。

当晚凌晨三点她都没能入眠，只能躺着玩手机。看见手机邮箱中出现“Re: Re: Re: Re: Re: Re: 雅莉”的标题，她一下从床上坐起来，打开邮件。果然是他发来的，内容比以往要简明扼要得多：“雅莉，我明天晚上八点飞巴塞罗那。如果你没什么要紧的事，下午我们一起吃顿饭吧。”

她环顾四周，新居尚处于黑暗中。早春开的花已在窗台上凋谢，干枯的花瓣像带着褶皱的碎布，在夜风中零散地飞舞。玻璃容器中种植的风信子却仍然旺盛，与绒毯似的苔藓、湿润的泥土混合在一起，散发出浓郁的植物香气。大概命运与个人的喜好息息相关，她一直喜欢风信子，原本只是喜欢蓝紫色花朵的高贵，却从没关心过它的花语。直到最近，她才从一个剧本中得知，它的花语是悲伤的爱情、永远的怀念。这用来描述以前的自己与希城是多么合适。最后一次见面吧，让他们的告别有个好结果。

第二天她选在国际机场附近的餐厅和他见面。但天公不作美，连最后一天的天空都是一副愁云惨雾的嘴脸。抵达餐厅的时候，外面已经下起了阴雨。餐厅里只有寥寥两三桌人，他带着不大的行李箱坐在窗前等候着。或许是天气影响了她的心情，这一天她连伪装情绪的力气都没有，略显疲惫地和他面对面坐着，各自向服务生机械地说出想点的菜。

用餐的时候也很无聊，她像是个在老师面前吃饭的小学生，除了盘中的菜什么也看不到。这家餐厅的菜又符合了机场黑暗料理的定律，让她觉得下咽都困难。好好告别果然是不可能实现的，整个过程她就记得饭有多难吃，气氛有多窘迫。吃完饭以后她看了看时间，说："还有四个小时才起飞，我不方便去人多的地方，你先自己去把行李托运了吧。"

"没事，我没带液体，东西不用托运。""那我们先在这里等着？"

"嗯。"

拜托你，放过我吧。她欲哭无泪地靠坐在椅子上，脸上有了不耐烦的表情。他的反应很敏锐，看了看表说："我还是把行李箱托运了吧，然后刚好进去买点东西带回西班牙。"

她也察觉到了他的敏锐，有些尴尬地戴好墨镜："算了，我陪你一起。"

"没关系，我自己去。"

"我陪你去。"

他笑了："真的不用……"她没来由地火大起来："真那么客气，今天就不该约我出来吃饭，既然都叫人出来了，哪有让我先走人的道理？你是不是在国外待久了，傻到在国内怎么做人都不会了？"

他有些愕然，但还是侧过头，笑意更深了一些："知道了。影后教训得是。"

这一天她穿着低调的灰色大衣，看上去并不显眼，除了托运处的工作人员，没有人认出她。把一切繁杂的手续解决完毕，她送他一起去安检处排队。队伍链条松懈的齿轮般缓缓挪动，排队的有半数以上都是外国人，前面的西班牙人和后面的四五个印度人把他们夹在了中间。她头一次发现，在机场纵使有再多的话想要说，也会发不出一个字来。她只能无声地垂头玩手机。

"你居然还留着它。"

他突然响起的声音吓了她一跳，她抬起头，对上他很近的脸孔，又匆促地低下头去："你说什么？"

"乌龟。"他指了指她的手机。

这才想起她的手机背景是呆呆。但如果不是他说出来，她都快忘记了呆呆是和他一起买的。她应了一声，随口说道："现在长大了不少。"

"我的那只笨笨也还在，也长大了。"

他拿出自己的手机，翻出一段视频给她看。非常喜剧的是，笨笨虽然比以前大了不少，但它还是改不掉钻牛角尖的习惯，整个视频从开始到结束一直在往前冲，跑路速度快得不像乌龟，冲到墙角以后又卡在了角落里撞来撞去。她忍不住笑出声来，接过他的手机，想重新放一遍，却不小心碰到手机的 home 按钮。然后，视频关了，出现在眼前的是他的手机桌面——她的照片。

“哈哈，你真是忠实粉丝。”其实心里已经酸涩得有些疼痛了，但她还是硬撑着开玩笑。

等了很久也没有得到他的答案。她下意识又抬头看了他一眼，没想到却与他的视线相交。再次躲开他的视线，她懊恼得想要当场转身逃跑，理智又告诉自己不能这么做。可他一直不说话，她也没有任何勇气再找话题。过了一会儿，在前方热情洋溢的西班牙语的环境中，她听见他的声音清晰地在耳边响起：“还记得高中时你写过情书给我吗？你在信里对我说，你喜欢我。”

她的眼睛陡然睁大。“那时候我知道你是跟丘婕一起整我，但也知道那封信里多少都有一点你自己的感情。我不知道你喜欢我的成分有几分，谎言有几分。只是从那以后，我就彻底完蛋了。因为太喜欢你，所以之后我做了很多错事，甚至连你父亲的身体状况也没有调查过。对不起。”

她背对着他，完全不知该如何回头面对他。

“我知道这些话不该告诉你，可我觉得如果不说，以后肯定会后悔。”他停了停，声音更加低沉了一些，“雅莉，我离婚了。我这辈子只爱过你一个人，以后也不会再爱上别人。”前面的西班牙人正在递交护照给安检员看，她的脑中只剩下一片空白。他把自己的护照也拿出来，语气比刚才轻松了许多：“对了，你比以前更漂亮了，气色也不错。知道你现在过得幸福，我也就放心了。”

安检员检查过他的护照和机票，他接过来，然后笑着揉了揉她的脑袋：“就到这儿吧，我走了。到了我会发邮件给你。”

被揉乱的刘海在他松手后盖住了她的视线。他触摸过的地方留了烙印般微微发烫，隐隐作痛。她告诉自己，她已经不再爱这个男人。只是她不知道，为什么还是这样难过。即便闭上眼睛，他温柔的笑眼、他的告白也一直徘徊不去。她微垂着头，依稀听见他的脚步声远去。最终，她鼓起勇气再次抬头，只能看见他的背影逐渐消失在人海中。

第二十二座城

亲密

如果说初恋像是一朵生长在泥土里含苞待放的花，
那他们的花早已在盛开之前被剪掉，
插在一个名为“回忆”的花瓶里。
如今十多年过去，这朵花早已枯萎，只剩下了死去的枝干和花瓣。

机场里人来人往，申雅莉不知道自己在原地戳了多久。安检员催促了四五次，她才反应过来自己挡住了别人的路。她快步走向机场外，冷空气中有雨水淅沥坠落，灰色大雾笼罩的城市水粉画似的虚幻。这样的雨景和高中时那一场雨实在太相似。在那场雨中，她任性地抱着膝盖蹲在路边哭，却真的把他等来了。可现在不同了，她不能再停下脚步，不能再哭，只能贴着机场的落地窗沿路往前走，却不知到底要到哪里去。

脚踢到了路边的钢管，她差点摔倒在地，还好手扶住了墙壁，才总算站住了脚。但脚上的剧痛让她不得不停下来。雨珠浸入她的衣服，寒意渗入肌肤。意识到自己状态很不好，她在一辆大巴士后面蹲下，努力让自己平静下来，告诉自己没事，难过只是暂时的，你已经不再爱那个人了。他的谎言你一句也不要信。他只是不想你好过才故意这样说的。可悲哀的是，这一刻，她相信他多过相信自己。

自少女时代起的回忆是锋利的武器，与他刚才温柔的告白融成一体，扎入她的内心深处。鼻腔被泪水堵住，连呼吸都变得困难。用力吸气却被呛了一下，她咳嗽起来。结果咳着咳着，咳嗽声变成了哭声。这一年来辛苦修建的坚强堡垒坍塌了。再没什么东西可以保护自己。

这时，有人握住了她的手。

她浑身僵直，小心抬眼看了一下眼前的人。不敢相信出现在眼前的竟是他的面孔。她惊讶得话都说不清楚了："你，你怎么没走……"

"过安检的时候我看你反应不大对，就跟出来了。"他叹了一声，用食指关节擦去她的眼泪，"果然，又哭鼻子了。"

她这才回过神来，难堪到涨红了脸，却没法狡辩一个字。他却不再追问理由，只是转过身来，拍了拍背："来，我背你。"

"不。"她断然道。

"你脚崴了吧？如果我扶你走，别人很快就会发现你了。我背你的话，你可以把脸藏起来。"

"你赶紧过安检，我一会儿就可以自己回去。"

"对，你得快点，不然我可能会误机。你今天没叫车来吧？我先背你去打车，然后就得回去。"

她实在拗不过他，只能趴到他的背上。他背着她，一路小跑过马路。雨水落在他们身上，她把头埋在了他的肩头，紧紧拽着他的衣服，又怕被他发现，只敢拽住一小块布料。现在，只想靠着他一会儿，哪怕只有几分钟也好。

很快，他把她塞到了出租车里："你住哪里？"

她报出了自己的住址，他弯下腰对司机重复了一遍，司机点了点头，并没发现任何异样。她握紧双拳，张开口，压抑了很久，控制住自己没说出挽留的话："那你一路平安，到了西班牙再联……"话没说完，他已经甩手关上门。她怔了怔，看他绕车门离去，一颗心完全沉了下去。

但很快的，另一边的门声响起，他拉开门在她身边坐了下来，然后把门关上。她惊讶地看向他：“……你做什么？”

“送你回家。”他往前靠了靠，“师傅，麻烦开车吧。”

“不行的，这里坐车到我家要一个多小时，你送我回去会误点。”

“不会。”

“什么不会，肯定会的。国际航班要提前三个小时过海关啊。”

“我坐商务舱，有专用通道。”

“可是……”

“没事，不会耽搁的。”

一路上她都在催促司机快一点再快一点，司机被她闹得不行，抱怨“长得像大明星，怎么性子这么急”，弄得顾希城几次失笑。终于他们到她家，她让他就坐这辆车回去，他却付了钱让司机原地等着，说五分钟就下来。她看看时间，急得想把他推回车里，但他还是从容不迫地说不会有事，坚持送她回家。然后，他又不顾她的反对，去厨房取了冰块到客厅。

“你这是做什么？”

“帮你冷敷。”

他用保鲜袋把冰块包起来，在她面前蹲下来，脱掉她的袜子，把冰块覆在她的脚踝上。她拦住他的手：“顾希城，你到底还打不打算回西班牙？现在已经过了六点！”

“现在回去也来不及了，明天吧，商务舱可以免费延误一天。”他回答得毫不在意，并且出去让出租车司机先离开，然后回来继续帮她冷敷。过了几分钟，他把东西全部收拾好，她看着他的背影面无表情地问他：“你到底想做什么？”

长久得不到他的回答，她觉得自己的耐心也被磨尽了：“你当初那么坚定地要结婚，怎么不到一年就离了？又想报复我？”

“不是的。”

“那你想看我过得很不好？如果你不出现，我没有一点不好！”

“不是的。”

“那一定还有什么目的。”

“不是的。”

“你到底想要什么！”

他始终没有回头，只是站在水池旁，声音不甚清晰地传过来："你只管自己过得好就可以，不用介意我在想什么。我向你保证，我不会再伤害你。"

她眼眶发红地看着他："你也伤害不了。只有我在意的人，才能伤害我。"

他手上的动作停了一下，拧上水龙头，平静地轻笑了一声："再好不过。"

她为顾希城订好酒店，礼节性地留他在家里吃饭，没想到他同意了。家里其实没有什么菜，她只好临时打电话叫送菜服务。但他拦住了她，自己去超市买菜。最后演变成了她在客厅里背台词，他下厨做饭给她吃。

繁枝茂叶划破深蓝的天，盘绕在她家房顶上。客厅的墙壁吸收了水晶吊灯的金光，她坐在同色系的沙发上，身上穿着柔软质地的淡绿长裙，手里端着一杯深红浓郁的酒。她脸颊发红，一边打着酒嗝，一边哽咽地说道："郭主任，我没醉，我在这家医院工作了这么多年，杨曼杀人的秘密我不敢告诉任何人，但四年前那孩子的事你还记得吗？这事儿，我提起来就心痛啊。"

她的眉头紧皱，眼神看上去很悲痛，还用拿着剧本的手捶了捶胸口。到这里她好像忘词了，又看了看剧本，本想继续背下去，却看见了走过来的顾希城。她有些尴尬地放下剧本："做什么？"

"饭做好了。我打扰你了吗？"

"我马上就来。"

"好。"他眼中充满笑意地看了她一会儿，随后回到餐厅。

她继续拿着剧本练习，但一直不在状态。总是会想起金龙奖颁奖典礼上发生的事。容芬终于靠《巴塞罗那的时廊》赢得了七项大奖，其中包括最佳女主角、最佳电影和最佳导演。关和拍的电影只拿了一个最佳音乐奖，被她打击得溃不成军。颁奖典礼结束后，申雅莉在后台看见了这对冤家。关和像被主人扔掉的小狗一样低垂着头，说："我只是想和你站在同样的高度，这样才不会被别人非议。但事实说明，我不是你的对手，你赢了。"

容芬冷冷地说："是你劈腿在先，现在却把话说得如此动听，因为想从我这里捞到好处吧。"

"我从来没有劈过腿！是你听信流言，听信媒体，仅凭一张合照就相信了别人的话！是你从来没有相信过我！"

“哈哈，那你退出娱乐圈啊，放弃现在所有的一切，我就相信你。”

当时申雅莉也和容芬一样，觉得关和是个演技极好的男人。可就在一个小时之前，申雅莉看见了微信推送的最新娱乐新闻：关和召开了新闻发布会，说因为私人因素，要转行做投资，因此宣布正式退出演艺圈，再不涉足。

不知道现在容芬是否决定原谅关和，但申雅莉知道，她没有哪一刻不爱着这个男人。在娱乐圈这种处处充满诱惑的地方，已经有一个童话故事的结局等着她。

这个晚上申雅莉背台词的效率很糟糕，她总是忍不住一次又一次地回想这件事。周围的朋友一个个都得到幸福了，她真为她们开心。可自己呢？厨房中传来餐具碰撞的声音。第二天开始，那里又会空无一人。她不奢求重新再与顾希城走向圆满，只是想要忘记过去，再重新得到一份真诚的爱情。可是，人和人到底是不一样的。上天已经给了她这么多好处，不可能再圆满她的爱情。明明已经想得很透彻，但当他真正再度出现在她面前，泪水还是盈满了眼眶。她做贼般深深埋下头，轻手轻脚抽出纸巾擦眼，连吸鼻子都不敢大声。可是，没过多久，还是有一只手轻轻搭在她的肩上。她浑身都僵硬了。顾希城蹲下来，又抽了一张纸，拭去她的泪水：“我知道，你只要看见我就会很痛苦。”

她用力摇头。

“别担心，明天我就会走。”他自下而上望着她。

她连摇头的力气都没有，眼泪断线的珠子般大颗往下落。他的手往前伸了一下，但还没碰到她的胳膊，停了停又收了回去：“我不知道该做什么才能弥补自己犯的错。对不起。”

视线都被哭花了，连带他的面容也变得模糊起来。她用双手覆住脸，哽咽地说：“希城……”

这一声呼唤叫得很轻，但让他的心比刀割还痛。他坐在她的身边，小心而用力地把她抱在自己怀里，随时做好被她反感推开的准备。可是她既没有回应，也没有反抗，只是靠在他的颈项间泣不成声。他却不知该怎么安慰她，只能轻吻她的发丝、她的额头。可是他吻得越多，她哭得越厉害。他心里更加难受了，干脆低下头去堵住她的嘴唇。她倒吸了一口冷气，两个人的唇齿间有了泪水的咸味，但还是没有反抗。他的呼吸逐渐粗重，搂紧她深深吻了下去……

一夜过去。初夏的清晨依然凉意袭人。申雅莉的卧房中，唤醒顾希城的不是梦境，而是前一夜拥抱她时愧疚而心疼的记忆。他蒙眬地睁开眼睛，然后，看见了依偎在自己怀里沉睡的申雅莉。他还记得天亮前把她抱上来时，她的眼睛已经肿得睁不开了。现在即便闭着眼，也能看出她的眼睛依然是红肿的。已经连续两次了。每次和她发生关系，她都是哭着睡着的。他恨自己的不自持，但又不知道还有什么解决方法。他拨开她黏在脸颊上的头发，小心翼翼地在她的额头上留下轻吻。她有些迟钝地咂咂嘴，低声喊着："老公，让我再睡一会儿……"

这个称呼让顾希城呆住了。他往四下看了看，发现了桌子上相框里的照片。终于，他恍然大悟。难怪她这几个月对什么都不在意，难怪她会回他的邮件，如此平和地和他聊近况，难怪现在她能和他和平共处——那是因为，她真的已经不在乎了。而前一夜的哭泣，或许只是一场向过去告别的仪式。可是，他们还是做了不可挽回的事。

他的目光无法从那张照片上挪开。照片上，她和李展松笑得像是两个孩子。李展松穿着黑色的礼服，站在草坪里，把她横抱在臂弯。她雪白的婚纱顺势落下来，长长地拖在地上。

远处房屋中传出维修机械的声音，混着清晨鸟的啼鸣，像是海洋涨潮的涛声。他闭上眼睛，只觉得头痛顺着太阳穴一直蔓延到眼皮下。在羊齿植物的烘托下，风信子排成队列怒放在阳台上。一阵风拂过，又吹散了些许风信子的花瓣。她感受到那一丝凉意，伸手搂住他的脖子，一颗脑袋都钻入他的颈窝。他绷直了身体，目光涣散地看着天花板，黑色的碎发在枕头上散开。

不知等了多久，她才醒过来，沙哑地说："几点了啊……"

"七点二十。"

"噢……那可以起来了。"

她还没坐起来，他已先于她坐了起来。她也裹着被子慢腾腾地坐起来，孩子气地用手背揉眼睛。他静默地看着她每一个动作、每一个神态变化的细节。她拨了拨自己的头发，歪着脑袋看着他，眼睛一直眯着："你好像醒得挺早？"

"嗯。"

"好吧，晚一点我要去赶通告，不能陪你去机场了。我找人送你？"

"不用，我自己去。"

“也好。”她点点头，揉着眼睛，往四下探看，“我不太好出去。你去帮我买一杯咖啡和早餐吧。”

“好。”

“谢谢。”

他下床披上外套，下巴朝着桌子上的照片偏了偏：“对了，照片不错。什么时候拍的电影？”

“那不是电影。”

说出这句话，她察觉到他的动作有短暂的停滞。他没有接话，像是在等她的答案。她握紧衣角，最终还是吃力地说出了那句话：“那就是我和阿松的婚纱照。”

这一回他停滞的时间更久了一些。但到底他也只是不带感情色彩地说道：“你结婚了。”

她笑出声来，没有回答。他也没有期望她给出答案，只是背对着她，沉默地穿裤子。室外的机械维修声变轻，拉裤子拉链的声音因此变得特别清晰。他的背影与高中时走在她面前的初恋背影重合了，却有着更宽的肩、更高的个子、更饱满的肌肉。那时候她还在偷偷单恋他，每次看见这个背影，都只会心跳加速，害羞又期待，畏畏缩缩地不敢靠近。记忆中这样的背影，总是伴随着校园的花香和芬达汽水的清凉味道。可是这一刻，除了阳台上植物不甚明显的香气，能闻到更多的却是纸篓中飘出的荷尔蒙腥味。她侧过头，看了一眼满地的内衣裤和凌乱的安全套包装纸，突如其来的窒息感令她不得不闭上眼睛。

他离去以后，那股独属于希城的气息竟比人在时还要明显，像是已经随着他们的亲密举动渗入了她的身体里。越是想要忘记，就越会记得前一个晚上的所有细节。他们一整个晚上几乎没有停过，大部分时间都是他带着深深负罪感地亲吻她。到现在，身上的每一寸肌肤都被他触碰过、亲吻过，导致现在只要一想到他，身体都会代替她记忆他的存在。是自己过于疏忽，卸下所有防备去迎接他，才会变成这样。她想要逃避，却完全无处可逃，只有像鸵鸟一般把头埋在被窝里。

她比谁都明白，他们早已回不到过去了。如果说初恋是一朵生长在泥土里含苞待放的花，那他们的花早已在盛开之前就被剪掉，插在了一个名为“回忆”的花瓶里。如今十多年过去，这朵花早已枯萎，只剩下了死去的枝干和花瓣。彼此都明白，早该换上新生的鲜花了，可不论过去多少年，她还是没能放弃，宁可就这样守着它的尸体，直到有一天它彻底风化，变成空气中的尘埃。

两个月后，时尚活动刚结束，李真把申雅莉和丘婕拖到自己家中，指着杂志上巨幅意大利品牌广告说：“我喜欢这个。”

海报拍摄的是黑白的罗马广场，上百个包包和行李箱被堆成了斗兽场的形状。十九世纪中叶的火车站中，两个模特儿穿着布质连衣裙，手里拎着该品牌的方形包包走下火车，一边对着车上的女性朋友摇手道别，一边朝着歌剧院走去。李真拎起这个牌子的短吻鳄皮包：“就因为这个广告，我买了这个。”

“其实你看不看都会买的。”申雅莉用发箍把头发全部推到脑后，用倒满卸妆油的棉团在眼睛上压出两团黑色，看上去就像在 COS《魔兽世界》的女熊猫人。

“不，我是说这里。”李真把厚重的杂志抬起来，往马桶盖上一扔，指着火车里的女模特，就是申雅莉。申雅莉看了一眼自己在杂志上的样子，没觉得有什么奇怪的。丘婕也凑过来观摩那张海报，咂咂嘴说道：“确实啊，看这照片，就像是她正在经历什么猥琐的小幸福。”

申雅莉把卸妆棉扔到垃圾桶里，嘴角抽了抽：“明明就是普通的微笑好吗！”

“其实，你没发现最近她整个人都很奇怪吗？有时候会毫无理由地傻笑，有时候会莫名其妙地捶自己的脑袋……雅莉，你是不是压力太大了？”李真还穿着晚礼服，妆一点没动，与旁边穿着日漫同人内裤的丘婕形成鲜明对比。

申雅莉不理解她们在说什么，继续对着镜子卸妆。卸到颈部时，她拨开头发，伸手去拉背后的拉链。可动作刚进行到一半，丘婕惊呼一声：“雅莉，你这 bra 后面是怎么回事？”

“嗯？”她不解地扭过头去。

丘婕拽着她的文胸，对李真挥挥手：“你看，这里居然有个小圆洞，像是被烧出来的。”

李真也走过来垂下头观察起来。申雅莉愣了一下，拽紧自己的衣服转过身去，摆摆手：“没事，不小心弄坏的……”

李真敏锐地眯起眼：“是烟头烧出来的。”

申雅莉又想捶自己的脑袋了。早上出门的时候走得太急，一时找不到和晚装同色的文胸，就直接从沙发上拽了这个起来。她完全忘记前一天晚上这个文胸被扔在地上，又被希城的烟头烧坏的事。此刻，她只有假装不知情地说：“是吗，我先看看。”

另外两个人明显不相信她的话，都斜着眼睛看她。她手忙脚乱地拉了一会儿衣服，放弃挣扎：“好了好了，就是你们想的那样。”

那两人脸跟四川脸谱似的，转瞬露出灿烂谄媚的笑容。丘婕率先说：“是什么人？多高？帅不帅？多大了？”

“差不多一米八几，比我大一点点，长得还可以……”

“这男人是什么样的性格？”

“比较温和，脾气好，看上去还挺稳重的……唉，其实我也不是很了解他。”

“他是做什么的，和你现在是什么关系？”

“他是做，做设计的。我们就只是玩玩，不是认真的，所以我觉得没必要说出来……”

两个月前，顾希城回了巴塞罗那，很快又以工作为由回来了。从那次冲动和他发生关系到现在，国际航班他飞了六个来回。只要人在国内，他就会在晚上给她打电话，很客气地询问她的近况。她其实清楚不该和他再有什么瓜葛，但独居的人总是容易在晚上感到寂寞，总是忍不住和他多说几句。一天夜里她疲惫得要命，却无论如何也无法入眠，于是就无聊地去听一些抒情的歌曲，这一下她更孤单了，刚好他这时候打电话来，她随口说了一句“我睡不着”，他不出半个小时就出现在她楼下。接下来，不该发生的事再度发生，而且越来越频繁。她从不让他在家里过夜，理由是不知道李展松什么时候回来。他从未反抗过，总是在完事后就沉默着穿衣离开。除了电话里几句寒暄，他们几乎没怎么说话，相处的时间也就只有那几个小时，全部累计起来其实也就一两天。可她却觉得像是经历了很长时间一样。

她走神的时间太长，李真伸手在她面前晃了晃：“雅莉？”

“啊，怎么了？”

“问你呢，他是做什么设计的？”

“这个很重要吗？”

“很重要。”那两人又异口同声地回答。李真补充道：“这是我第一次听你说‘只是玩玩’这种话。你从来都很清高，是不和男人玩的。”

“以前没经验肯定清高啦，现在不一样了。你懂的。”申雅莉坏笑着，试图转移话题。但显然李真不吃她这套：“快说快说，他是做什么设计的？”

申雅莉张了张口，发现还是没法撒谎：“……建筑设计。”

丘婕用力击掌：“哇靠，莉莉啊，你还真是跟这一行拗上了！你到底是因为喜欢建筑，还是因为放不下那个人渣啊？”

“当然是因为喜欢。”

“哦，还好，我还以为你又和顾希城搞到一起了。不是他就好。”李真总算松了一口气，很快又警惕地压低了声音，“……你不是吧？”

“什么不是什么？”丘婕显然没有反应过来。

随着申雅莉沉默的时间变长，李真有些恼了：“雅莉，你一向是我们的榜样，不会做这种傻事的，对吧？”

丘婕这才后知后觉地尖叫起来：“什么！你又跟顾希城好了？那个死男人不是回西班牙了吗，怎么又回来了？莉莉，你要自爱知道吗？！”

就是因为猜到会有这种结果，所以她一直不敢把和他有联系的事说出来。她摆摆手，故作轻松地把卸妆油倒在新的棉团上：“跟你们说了，只是玩玩的，别这么当真。”

“就算是玩也不可以，那个男人只会伤害你！”

“丘婕，别冲动。雅莉也不是小孩子了，单身女人有需求也是正常的。”李真看着镜子里的申雅莉，抱着双臂，认真地说道，“不过雅莉，你为什么偏偏选他？”

申雅莉耸耸肩：“他那方面很厉害。”

“原来是这样……你吓着我了，既然你想要好的，我给你介绍一个混血男模。”李真神秘地笑了笑，“Ken。”

“Ken？就是那个中美混血？”

“对，圈子里乱来的男人很多，但真正厉害的还是占少数。这个我姐妹亲自试过，她跟我说，爽翻了。而且，他口风很紧。”说“翻”的时候，她居然还真的陶醉地翻了个白眼。

“真的啊，这么厉害？”

“对，你等等，我这就打电话问问。”李真拿出手机，很快拨通了一个号码，“亲爱的，你最近有什么活动会叫上 Ken 吗？你等等，我记一下……”

也不知自己是中了什么邪，这一刻明明什么都没有发生，却很想和顾希城见面。原本以为只是一时冲动，但等得越久，这种欲望就越发强烈。申雅莉匆匆把脸洗干净，重新穿上衣服：“我突然想起来明天早上还有别的事，先回去了。李真，你帮我把那帅哥的联系方式留一下哦。下次找你要。”

没有理会两个好友的惊讶和挽留，她急急忙忙离开了李真家。但怎么都没想到的是，自己头一次主动联系他，他的手机却一直关机。看着出租车在夜晚都市的霓虹中穿行，她忽然意识到刚才做的决定有多么愚蠢。怎么会想到打电话给他？从什么时候开始，自己竟变得如此耐不住寂寞？一颗心空空地沉了下去，她懊恼不已地关了手机。

出乎意料的是，顾希城竟在她家楼下等她。在沉凝的夜幕下，小区草坪旁的矮座路灯摇曳着金色的光，他懒懒地倚靠在门前，少了几分端庄，令她想起曾经背着单肩包靠在校门口等她的少年。她心情复杂极了，连正眼都没给他一下，径直走过去开门。

“原谅我不请自来。我手机没电了。”他眨眼的速度非常迟缓，头发倚在复古石制墙面上。

她并没看出他的异样，只是漠不关心地走入家门。而他逃狱的罪犯般跟进去，迅速把门关上。像是怕被别人，甚至怕被她发现一样，他安静却用力地抱住她，急躁地亲吻她。她推开他：“你喝酒了？”

然而他的吻太急太快，令她没机会继续问下去。她知道应该拒绝，可糟糕的是，这段时间越来越依赖他了。他将她打横抱起，却再也等不到回卧房，直接把她扔到沙发上，无礼地脱彼此的衣服。而后他做的事，也是与之前的温柔截然相反，几乎没有前戏就占有了她。好在两人最后一次发生关系是前天晚上，疼痛并没有让她死过去。她皱眉说：“你喝醉了。”

他将所有的重量都覆在她的身上，想把她囚禁一般，声音却出奇地冷静：“说你爱我。”

“……什么？”

他突如其来的侵犯让她忍不住低哼一声，他却依然保持着之前的漠然：“快说，说你爱我。”

她别过头去，比他还冷淡：“不。”

这样的冷淡并没能维持太久，因为他真的把她弄得很疼。她不愿意让他觉得自己受了委屈，只是紧紧咬着牙关，不到无法忍耐，坚决不发出一点声音。他更加粗暴了，阴沉地命令道：“说！”

她甚至连“不”都不愿再回答，只是倔强地看着其他地方。然而，没过多久，他就看见她的眼睛红了一圈。这种感觉真是糟糕透顶，内心的焦躁令他不知所措。终于他不再试图让她说些什么，只是比以前更加激烈地与她发生极度亲密的行为，把她逼得泪水盈眶。

看见她的眼泪，他像被人抽了一耳光一样，缓缓停下了动作。他吻了吻她的额头，露出了绝望的微笑，声音空荡荡的：“我知道你不爱我了。没关系。”

她侧过头去，觉得这段时间眼泪太不值钱，拼命忍都控制不住。很快，她的脸颊被他扳过来，接连而来的是令人窒息的深吻。明明只是嘴唇的触碰，身体却快被浓烈的感情烧成灰烬。自在机场那次以后，他再也没对她说过“我爱你”。但与他亲吻的每一分每一秒，她仿佛都能听见这三个字。

后来，他没有再试图再度发生关系，只是一直沉默地抱着她。直到天快亮了，他弯腰捡起自己的衣服，背对着她说道：“从今天开始我不会再碰你，但你也别想和别的男人有瓜葛。我会看好你，直到李展松回来。”

“……你没这种资格。”

他对她微微一笑：“不能理解的话，就让谁靠近你试试。”

她皱紧眉头，抱住自己的双膝：“我才不会怕你。”

他扣好最后一颗扣子，看了看手表：“再过几个小时我要回西班牙了，在这里陪你睡着吧。”

本来想说“我为什么要你陪”，但看见他重新坐回自己身边，却一个字都说不出来。他只是撑着额头侧卧在她身边，轻轻拍她的背脊，等她入睡。而她发现自己好像真的变成了小孩，因为只有孩子才会在知道大人即将离去的情况下，更加无法入眠。最后实在没有办法了，她闭着眼，呼吸均匀，假装睡得很熟，如此一来居然真的渐渐有了睡意。半梦半醒间，她听见悄然的开关门声，他在浴室里冲澡的水声，还有他回到房间收拾东西的声音。当他回到床边拨开她的头发，吻了她的额头，她终于醒过来，睁开眼看着他。

“乖乖睡吧，我走了。”他揉乱她的头发，站起来走出门去。

卧房里的灯是关着的，里面一片漆黑，而走廊上的灯却亮着。也许是背光的缘故，他的背影被笼罩在深邃的阴影中。从她的角度看过去，是如此熟悉，如此清晰，却又如此模糊。这让她想起了他飞机失事后，自己因为身体累垮被送入医院的夜晚。当时也有这样一个明亮的走廊和黑暗的房间，他的身影却没有出现在那里。

他从床边走到卧室门口的时间并不长，她却感到了前所未有的难过。多么想翻身下床，送他出去。可是，她没有任何身份与立场。然后，她听见他走出去的声音、换鞋的声音，还有最后关门时“哐”的一声轻响。

只有床单与枕头记载着属于希城的味道。把头埋入被窝里，本以为自己会因为这股味道流泪，可她没有。

看来这真是最后了，已经不会再哭了。原本是这样想的，然而，昏沉的几个小时睡眠过去，当她打着哈欠迷糊地走入浴室洗澡，伸手去捞莲蓬头，却发现它被挂在了比平时高出二十厘米的地方。她呆了一下，往空空如也的浴室里环顾了一圈，突然抱着膝盖蹲下来，放声大哭起来。

8月5日是申雅莉的生日。她提前两天与影迷们开了影友会，生日前一天晚上在江边的大酒店里举办了一个派对，邀请了所有圈内的好友。从早上十点起，她就开始在家里准备，手机上挂着三个微信群，对着镜子漫不经心地往脸上上底妆。微信群里，丘婕故意用一种类似沙丘怪物的嘶哑声音说道：“啊，我受不了了，我连续唱了十一首歌，待会儿还有下半场……这次转型真是太挑战我的嗓门了，晚上还要飞回去参加某个混蛋的派对，看她打扮得漂漂亮亮地来刺激我，今天真是可怜的一天……”

申雅莉放下粉底液，对着手机说：“喂喂，丘婕，你……”

“同感同感，我现在正在商场给她买礼物，差点被粉丝围住。”李真说得漫不经心。

“我谢谢你啊李真，临时抱佛脚。”

“别人的生日礼物我都是让助理选的，知足吧你。”过了一会儿，李真又发了一条，“你们有没有看到丘婕代言那牌子的鸡尾酒系列珠宝？我之前一直以为是修片出来的，没想到实物也这么好看。丘婕肯定有吧，我再买两只我和雅莉一人一只？”

“别啊别啊。”丘婕说得飞快，“他们多送了我几只，到时候带给你们好了。”

李真发了一张戒指的图，然后说道：“这也是红蓝宝石的一种，是 paparuchi 对吧。”

接下来她们对此展开了长篇大论。申雅莉忽然想起了什么，打开抽屉里的盒子，对着顾希城送她的项链出神很久。再翻翻手机上和他的对话框，最后一次对话是四天前。这一回他离开的时间比以往要长，和她对话的频率也减少了很多。她没有跟他提过自己的生日，但如果他还会上国内的娱乐新闻网站，应该也能知道这件事。可是，他什么都没有说。

她心不在焉地化妆、和朋友们聊天，却在某个点看见他上了 MSN。她心里一惊，想都没想就直接点了上线。接下来的两分钟内，她收到了十多条生日祝福，但没有一条是来自他的。十多分钟后，他的头像消失在了在线名单中，变成了灰色。这一瞬，她悬着心，打开微信，给他发了一条消息：“你在吗？”

又过了几分钟，他才回了一个“在”。她试着打了七八种回复，但最终回的只有简单的一句话：“没事，你接着忙吧。”

之后她就再也没收到他的消息。

确实，他没有任何责任和义务去记住她的生日。只是她非常清醒，不会认为他是真的忙到连和自己说话的时间都没有。与男人进行身体上的慰藉本来就是杀鸡取卵的行为，他的各种表现就是热情减退的象征。想到这里，她连计较自己是否吃亏的力气都没有，只是笑了笑，把他的微信、MSN、手机电话全部删除。

为了寻求认同，她在微信上说：“李真，我觉得你是对的。”

“怎么说？”

“享受人生比什么都重要。在一棵树上吊死，那是小女孩的行为。我都这把年纪还满脑子初恋情人，就太幼稚了。”

丘婕插嘴道：“对，不要当大龄萝莉！”

申雅莉大笑一阵：“李真我知道你优良资源丰富，等你给我介绍好男人啊。”

说是这么说，她却从来没想过，当天晚上，李真就挽着一个男人进入了酒宴现场。男人二十一岁，至少有一米八五，黑头发蓝眼睛，紧身白 T 恤包裹着健美的胸肌，黑色工装裤褶皱叠在军式短靴上。这个只会出现在杂志上的 Dandy Boy 是浮夸、精致又时髦的结合体，是那种女人看了会一见倾心、男人看了会嗤之以鼻的典型。李真在申雅莉耳边小声说："这才是我要送你的真正的生日礼物，好好享用。"

这个人就是李真提过的Ken。简短的介绍过后，Ken对申雅莉产生了浓厚的兴趣，一直眼神发亮地追问她各种问题。可不知道为什么，她整个晚上都不是很在状态，总觉得时间过得特别慢，而且觉得聚会很无聊。只有在和李真聊到星座的时候，她才回了回神："雅莉是狮子座，人家都说狮子和水瓶是速配率最高的，所以我俩这么多年来一直是好姐妹。"

她记得，学生时代女同学都很爱讨论星座，一个天蝎座的女生曾经高调地说自己星座和巨蟹座很般配。另一个女生说："呀，你不知道顾希城就是巨蟹座吗？他是典型的巨蟹座呀，温柔得像女孩子一样。"天蝎座女生嫌弃地说："真的？不要啊，那好讨厌，好倒霉哦。"但脸上已经有了难掩的笑意。想着狮子座和巨蟹座好像不怎么配，申雅莉当时还觉得很沮丧，回去上网到处搜索各种破解方法。

这样想想，希城是挺像巨蟹座的。他喜欢在床头堆放一堆电子产品和赖床的抱枕，冰箱永远塞满食物，而且总是可以一个人静静待着，话特别少。其实从小到大她都不是很喜欢太顾家的男生，因为这样感觉会少了一点男子气概，但只要想到希城是这样的，她对"顾家"二字却会有一种莫名其妙的依赖感。只是回想现状，她又忍不住苦笑起来。是否温柔又怎样呢？和她没有任何关系。

活到了这个岁数，再浪费时间就是傻子。要么稳定下来，要么享受人生。想到这里，她就和Ken两人对饮了好多杯。十二点一过，吹了蜡烛，切了蛋糕，然后散场的时候，Ken在她的手里塞了一张酒店的房卡。半小时后，她在豪华江景房里和他会面。餐桌、蜡烛、红酒都准备好了，他走过来拉住她的手，将她牵到床边坐下。烛光中他的眼神比在聚会上更温柔，他确实有一双深情性感的眼睛。而且，气氛营造、调情方式、眼神互动，他都能做到满分，在这个年纪尤为难得。可是，他的嘴唇刚凑过来，她就下意识闪躲了一下。

"怎么了，雅莉姐，不喜欢我这个生日礼物？"

如此亲昵地叫她，却令她防备更重。但是，只要一想到希城对自己做的事，想到他反反复复伤害自己，她就更加确定不能这样下去。当他再度吻上来，她也逼着自己不去闪躲。可是，嘴唇才刚一贴上感觉就不对，对方试着深入以后更是如此。不仅没有一点激情，还觉得很不适应。两个人的舌头总是朝着相反的方向跑，牙齿还轻微碰撞了好几次。好在他很会缓解尴尬，撤离了一些，刮了刮她的鼻子："原来我们申天后真是如传说一样非常洁身自好，连接吻都不是很熟练。"

不是不熟练，是因为Ken和顾希城的接吻方式完全不同。虽然她和顾希城做的都是与情欲有关的事，但他的吻从来都没有带过一丝情欲，反倒总是以呵护她的方式，从最温柔的舌尖开始。一般和他亲吻不到五分钟，她就会灌了迷药般晕在他的怀里。可是Ken……她找不到任何感觉，反而越来越清醒。两人试了好几次，她终于受不了了，推开他，摇了摇头说："对不起，我今天好像不在状态。"

Ken很无语，看着她半天才无奈地笑了："天后啊，你是那种有了男人就玩不了的女人吧？"

"对不起。"她的心情糟糕极了。

"唉，痴情的女人，我明白了。但你要知道，今天晚上不是我的技术问题，像你这种女人，我就算是卡萨诺瓦再世都别想取悦你。"

她无力地笑出声来："知道啦，我不会乱说的。"

Ken还是很体贴地提出要送她回家，她拒绝了三次以后，他也不再勉强。

发动汽车的那一刹那，她有松了一口气的感觉，心情也跟着跌入了谷底。

汽车进入江底隧道，车辆呼啸的噪声不断传出回音。借着光亮，她看见镜子里的自己妆花了，精心做的头发也凌乱了。生日末端把自己折磨成这样，也不知道是图些什么。她叹了一口气，离开隧道，重回星夜之下，在寂静无人的凌晨上了高架。世界是一个巨大的命运齿轮，眼前的一切都是它的零件，以无法控制的机械力量旋转着。当渺小的自己在这样浩大的世界里生存着，她时常不知道哪里才是回家的方向。哪怕抬起头眺望摩天高楼，很可能就能看见她的海报。她依然不知该何去何从。

到家后，她筋疲力尽地把车门甩上，走上楼梯。但不经意抬头，她看见了院前一辆眼熟的车。看了看车牌号，她惊讶得目瞪口呆，走到车窗前往里面看，里面没有人。然后，她在黑色的车窗上看见了顾希城的倒影。没来得及转身，身体已经被人从后面紧紧搂住。

"生日快乐，莉莉。"顾希城在她耳边轻声说道。

"你……怎么回来了？"

通过车窗，她看见了自己几乎要哭出来的表情。怎么会这样，她应该很愤怒或者很开心。怎么会有一种劫后余生的感动?

“本来想第一个当面对你说,你没回来,只能发短信了。但估计短信你也没收到。”

“早上你在机场?”

得到他肯定的回答后,她掏出手机。果然上面有两条未读短信,一条是十点多发的:“我在你家楼下。”一条是十二点整发的:“莉莉,生日快乐。”

她哭也不是,笑也不是,只觉得胸腔和眼眶都热热的。

第二十三座城 逃避

希城，我发誓再也不会爱你了。
可是，我想永远都像现在这样，
和你在一起。

有时候，和一个人闹脾气以后，人们会告诉自己“这种人消失也无所谓”，然后真的若无其事地生活。只是这以后，心情总会被一些小小的事情影响，却不知道为什么这么不开心。直到他再次出现，才会发现，他才是所有快乐的源泉。

他从口袋里拿出一个小盒子，放在她手心：“不是什么值钱的礼物，但还是有一点意义。”

打开包装，空荡荡的盒子里面只装了一块金属材料。她拿起来，不解地观察了半天：“这是？”

“我第一栋建筑作品的第一块材料。优质钢。”见她不说话，他又补充说道，“你别瞧不起它，它以后可是会随着我的升值而升值的。”

她默默地打开压在钢材下面的生日贺卡，上面只写了简单的几个字：“生日快乐，my love.”

她把他带到了家中，第一件事就是搂住他的脖子，主动吻了上去。他有些惊讶，不自在地轻轻推她：“我不会动摇的。我说过不碰你了。”

“你不是说喜欢我吗？”

他愣住，然后微微皱眉：“可是我不想和你婚外恋。”

她攥紧他的衣领，抬头仰望着他：“是吗？”

她在想什么，其实他又怎么会不清楚。他不是她认定的人，她却对他有依赖感。她不愿付出太多，大概是不想心灵上再欺骗丈夫。而事实说明，男人在爱情里所谓的定力和尊严都是过眼云烟，尤其是面对自己喜欢的女人的诱惑时。当她再次靠近，他只能象征性地反抗一下，然后自暴自弃地说：“那就维持这种关系吧。”

她不愿再想自己是否还爱他，她只是喜欢他的体温，他的气味，他在她耳边低低问着她“这样呢”的声音，他拥抱和亲吻自己的方式。每次与他十指相扣，都有一种电流直接顺着指尖击入心脏的感觉。每当被他拥抱，她只觉得整个人都在燃烧。这种感觉跟小时候那种小鹿乱撞的初恋不一样。这是种源自性本能的激情，成熟又转瞬即逝。这一刻，他的一切都太称心如意了，所以离不开他。她不愿承认这是爱情。

一直到天快亮了，两个人才筋疲力尽地停下来，相互依偎着躺在床上。他按照惯例起身穿衣准备离去，她忽然想起上一回他离去后的空虚，还有那个让她哭泣了很久的空浴室，终于伸出手，拉住他的衣角。

“怎么了？”不愿意一个人待到天亮——她说不出口，又怯生生地把手收了回去。他重新回到床上：“我知道了。今天我陪你到六点好吗？”

“嗯……”

看他坐在床边重新脱掉衣服，她在被子底下握紧双拳，期待地望着他。等他重新回到她的身边，她小动物般挪过去，钻到他的怀里，紧紧抱住他：“空调开得好低，好冷。”

他没有“聪明”地提议去关了空调，只是笑着在她额头上吻了一下：“睡吧。”

当他把她完全圈住的时候，她能听到他清晰的呼吸声。忽然觉得，这种幸福感简直胜过了刚才的激情。好想吻他，但心里清楚这样是不对的。她悄悄抬头看了他一眼，没想到却正对上了他的视线。她看不透他眼中的情绪，只知道他很少如此认真地看她。

“莉莉……”毫无意义地呼唤着她的名字，他吻住了她的唇。

这真的只是激情吧。她心动过速，眼角溢出了一点泪花。被他如此拥抱与亲吻，好像，真的快要烧起来了……

希城，我发誓再也不会爱你了。

可是，我想永远都像现在这样，和你在一起。

一觉醒来，申雅莉发现他们没有做防护措施。她很焦急，翻下床去穿衣服。他看着她的背影欲言又止，还是没能说出任何话。这是他们最近的一次接触，也让他第一次感觉自己真正占有了她。在她对着镜子整理头发时，他穿好长裤，赤裸着上身从后面抱着她。他的体温如此炽热，让她的指尖都微微抖了一下。他低下头，用侧脸轻轻蹭着她的脸颊，温柔的声音低低的：“莉莉，我很开心。”

望着镜子里两个人的身影，她的体温也被他带上来了，内心却觉得空虚。她无法敞开心扉和他讨论这件事，只是当天一个人去和私人医生见了面。

再次看见他，她平静地把避孕针的说明书往桌子上一扔，轻松自在地笑了：“我打了这个，以后应该会省很多事。”

原本他坐在沙发上看书打发时间等她回家，听见她的话，所有笑容都凝结在了脸上。他站起来，在阳台上点了一支烟，许久许久，才把嘴上的香烟取下来夹在修长的手指间，冷漠地笑了一声：“不错，以后不用买安全套了。”

没有了最后的阻碍，两人身体上的距离拉得更近了，几乎每日每夜都颈项缠绵。与希城亲密至极的时光，是幸福到连呼吸都会颤抖的。可是，也因为没了这一层阻碍，她觉得对他的感觉更加奇怪起来。好像有什么比以前多了一点点，又有什么比以前少了一点点。

一天晚上，时间还早，她缩在沙发上，拿着手机和堂弟发消息聊天。堂弟问她在做什么。她看了一眼厨房里的希城，确定他的注意力都放在红酒上，才偷偷摸摸地接着回话：“无聊呢，你呢，最近都忙什么？”

堂弟回了一堆颜文字：“才和女朋友分手，沉浸在悲伤中。”

“女朋友？就是上次你在学校门口指给我看的那个？”

“短发的？”

“对对，就是那个。”

“哦，那个不是女友，是炮友。”

她差一点把才喝的水喷出来，捂着嘴咳了半天：“炮友？你不是喜欢她吗，怎么就是炮友了？”

“喜欢也分很多种的好吗，我对她的喜欢，就是炮友的喜欢，才分手的才是我的真爱，这二者之间区别很大的，老姐你都那么大人了，不会连这个都不懂吧？”

她再一次被自己呛住，干咳声总算被希城发现，他端着两杯酒过来，递给她一杯：“怎么了？”

“我堂弟啊，太早熟了，说话真可怕，受不了……”

“申义君？”

“对对，就是他！”

“我印象中他还这么大，”他的手比在沙发靠背的位置，“在读学前班。”

又看了一次堂弟看上去颇为沧桑的熟男言论，她哭笑不得地说：“不，不是那样了，人家现在已经是大男孩了，刚才还在跟我普及炮友和真爱的区别。我记得我们中学的时候完全不懂这些，现在的孩子是怎么了？”

“当时不懂有什么，现在懂不就好了。”他坐下来，若无其事地拿起遥控器，打开电视机。

“什么意思……”她总算把目光从手机上转移到他身上。

“我们的关系不也分得很清楚吗？”他转过头来微微一笑，指了指她，又指向自己，“炮友。”

大脑停机了几秒钟，她攥着沙发上的靠垫就扔向他：“瞎说什么，谁跟你是炮友！”他从容不迫地接过靠垫，还是朝她淡淡地笑着：“不是炮友，那你说说，我是你的什么人？”

2012 年牛津大学的风云词是 Omnishambles，意思是一开始的错误造就之后的极度混乱。没有什么词比它更加符合申雅莉的心境了。她无法定义自己与顾希城的关系，他却能这样精准地用两个龌龊的字概括。她沉默了很久，涨红了脸转身就走：“我不想跟你讨论这个！”

之后一日早晨，申雅莉从顾希城与下属的通话中得知他同时负责了多项工程，她生日前他一直在西班牙加班，并没有什么必要两边跑，只要留在西班牙就可以。越是清楚这一点，与他见面频率的增加就越令她感到焦虑。时间过得久了，被遗忘的往事就像古时欧洲人为节省材料而在羊皮纸上刮掉的字，既神秘，又让人觉得遗憾。直到有一天，它们再度被唤醒，才知道原来打开记忆开关的并不一定是最重要的那个人，或许只是普通的朋友，一张简单的照片，一个冷笑话，甚至只是一行由无关人写下的字。

周一的早上，申雅莉在公司听候阿凛的工作安排，看他找到纸和笔，歪着脑袋把手机夹在耳朵和肩膀间，用签字笔写下联系人的名字和电话。她发现周边用钢笔写字的人已经非常稀少，自己更连笔都不怎么拿了。

看见阿凛写字，她想起当年是如此热衷于模仿希城的字。他成绩不好，字却是出乎意料地漂亮。他的字所有短横都微微往右上倾斜，纤长秀气，但诸如“主”下面的一横、“市”上面一横、“要”中间一横、“左”字靠左边的一撇、“纸”字靠右边的弯提等等，都拉得很长，因此又特别大气飘逸。他还喜欢用细尖的钢笔写字，她受他的影响，去买同类型的钢笔。在文具店发现他那一款钢笔，她开心坏了，偷偷幻想他是否也是在这里买的。新的细尖钢笔要写一段时间字才会好看，但写太久字又会变得太粗导致分叉，她以此为借口找他借了笔。笔杆上还有他手掌的余温，写字时她低着头偷偷地笑了。

这点事申雅莉一直记在心上。晚上回家后吃完饭，希城刚好也过来了，他洗完澡出来，半湿的头发被揉得乱七八糟，更衬得他皮肤白净年轻。她打开手机，找了一条关于工作的长短信，把它和纸笔放在他的面前：“来，你帮我把这个抄一下。”

“好。”他觉得有些意外，但不敢多问，坐在桌旁开始写字。看见他的背影，过去的记忆一幕幕涌入脑海。

看见熟悉的字迹出现在纸张上，看见纤细的字体、长长的撇和横，熟悉又陌生的痛楚无声地扩散在胸口。而当他的沐浴露和洗发香波混着的味道飘过来，她看见他渐干的头发一如既往变得毛茸茸，她是如此想要从背后紧紧抱住他。可她只是不屑一顾地哼了一声：“看来这些年你没怎么写字，高中写的字漂亮多了。”

他的笔尖停留在纸上没有动，留下了一团小小的蓝色墨晕。他轻轻笑了一声：“莉莉还记得我的字。"

听上去就好像是她很怀念那段回忆。她狡辩道："很正常啊，我可是班长，全班同学的字都记得。"

他抬头看着她，试探着握住她的手，像对主人提心吊胆的宠物一样温顺，把她拽到沙发上坐下："我也记得班长的字，是和班长美丽气质一点也不搭配的圆溜溜的字体。就像现在电脑上的幼圆体一样。"

她忽然奓毛了："什么圆溜溜的，我的字才不圆好不好！"

"好好好，不圆不圆。那你写来证明给我看看。"

"写就写！"

她提笔在纸上写了几个字，发现还是喜欢他的字多过自己的。然而，这好像比两人在床上直白的对话还令她感到害怕。和他做爱的次数实在太多了，这段时间只要想到他，她就只记得他炽热的体温、触摸自己身体的手指，还有一次比一次粗重的低喘，从喉咙深处直接发出来的一般。他们很少对话，很少拥抱，连接吻都很少。她逼迫自己把这个人和初恋情人分开。可是……

"莉莉，你的字还是可爱又工整。"他双臂撑在膝盖上，靠过来看她写的字，"不愧是我喜欢了那么多年的女孩子。"

"不准你说后面那句话。"

"好，不说。"

看见他这样宠溺自己的样子，她觉得自己的心情更加复杂了。按之前的"行程表"来看，他们这时候差不多该进卧房进行惯例活动，可她却只想和他再多聊几句，有一点点想挽住他的胳膊，靠近他的胸口，咬他一口，或蹭蹭他的脸颊——意识到这一点后，她再次打住了这种念头。

"对了，好像我回来以后你还没去过我家，要不今晚去我家？"说完以后他像是怕她误会一样，又补充了一句，"可能换个地点会比较新鲜。"

她没经过思考就点头答应了。可惜这段时间她的状态越来越奇怪，刚到他家也不愿意直接和他进卧房，反而以肚子饿为借口打发他去楼下买夜宵。待他穿好鞋，她又以"怕你选高热量的东西"为由要跟他一起出去。他当然什么都顺着她，也尽量不在外面碰她。但在电梯狭小的空间里，看着她长发盖满背部的背影，他终于忍不住了，轻轻揉了一下她的头发："莉莉。"

"嗯？"

"以后跟我在一起就不用化妆了。"他看着她的脸，"你素颜很漂亮。"

她脸红了，匆匆躲开他的视线垂下头去："真的啊？"最开始和他在一起，她都会带着精致的妆，直到他走了才会去洗手间卸妆。这两天她是中了什么邪，居然就这样出门了……

"嗯，我很喜欢你这个样子。"

"再、再说吧。"

她努力掩饰的害羞给了他一点点动力，他微微笑着，牵住她的手。最让人难以捉摸的地方就在这里，其实他们之间还有什么事没有做过呢，她却纠结起是否要回握住他的手这个问题。最终她还是什么都没做，手敏感而麻木地摊开，由他这么牵着。这种可爱的反应令他不由情动。他拈起她的一缕发丝，手指依次穿过她的长发，微微弯腰，勾下头想要吻她。她吓得拧过头去，低声说："不不不……不要。"

这种恋爱模式是怎么回事？他们几时开始变得这么亲昵了？明明和他也就比陌生人熟悉一点，他明明是用来打发时间的道具，是从什么时候开始，他的举止表现就跟男朋友一样了？这是不对的。这男人是见不得光的，如果他的存在让别人知道了，她的声誉算是全毁了。

然而，生活就是喜欢哪壶不开提哪壶。才有这样的想法，电梯门打开，她就看见门口站着妈妈的朋友霍阿姨。霍阿姨居然和顾希城住在一个小区！

她甩掉他的手，去按电梯的关门键。可电梯门被霍阿姨挡住了："雅莉？"

"霍阿姨。"她硬着头皮率先走出去。

"你居然会在这里，太巧合了。"霍阿姨犀利的眼神把顾希城从头到脚扫了一遍，脸上绽开了笑，"哦，知道了，男朋友住这里对吧？"

她摇手："不是不是，他不是我男朋友。"

"这样啊……"

但这样的答案怎么能满足八卦妇女的欲望，霍阿姨拽着她的手就往旁边拖去，用了很大的劲儿朝她伸出个大拇指："我知道，咱们雅莉是大明星，谈恋爱都低调。但我必须得跟你说，这男生很好，一表人才，气质又好。我就爱看他，你眼光真好。"

“哪有，我和他真不是阿姨你想的那样。”嘴里虽然这么说，心里却有一点高兴又是怎么一回事……

“他是做什么的？”

“建筑设计。”

“建筑师？建筑师好！这种男人靠得住，以后结了婚肯定不会花心的，你可要好好和他相处啊，老大不小的，该结婚了……”

“好好，我和他好好相处。但霍阿姨你也知道，我这职业还是比较特殊，这事你可一定得替我保密。”

“没问题，阿姨做人你放心。”

第二天，妈妈和亲戚轮番打电话到家里来，盘问她那个高高帅帅的建筑师男友是怎么回事。在这之前，她不知用“工作第一”为由洗脑家人多少年，才把他们的催婚瘾戒掉，这一劲爆的消息传出来，就等于给戒毒的人重新服了海洛因。她应接不暇地挨个解释，才总算说服了他们，答应他们如果真的发展得不错，就把男友带到家里来。

同一时间，顾希城在办公室里帮两只长大不少的乌龟换了水。它们还是一个懒惰，一个患了多动症。他隔着透明的盒子观察，想起笨笨从最初就爱钻牛角尖，还真的有点像她。他拿出手机，看了看手机背景上她的照片，想起了这几天发生的事：第一个晚上，她没有挽留他，但事后没有再穿衣服下床给自己倒水，单手叉腰摆出送客的架势，而是翻过身去背对着他。他试着去握她的手，她没有反抗，两个人像小学生一样牵着手入睡。第二个晚上，事后她保持原来的卧姿，用复杂的眼神看着他，他伸手去搂她，她乖乖地靠在他的臂弯里，低声说一句“我困了”，然后沉沉睡去。尽管每个早上他们都会各自沉默地穿衣，但之后的每个晚上，他们都会这样相拥入眠。

直到这个凌晨，她睡到了床的另一侧。半梦半醒时，她用力推他的胳膊：“希城，希城，我做噩梦了……”他迷糊地揉了揉眼睛，再次把她抱入怀中，缓慢地抚摸她的头发：“有我呢，不怕不怕。”她呜咽了一声，用力抱住他。他温和地说：“梦到什么了？”她的身体微微颤抖，身上也渗出了冷汗：“梦到你死了……”一下失去了所有睡意，他在黑夜中闭上眼，加重了拥抱她的力道：“莉莉，我会永远陪在你的身边。”她并没有立即回答他的话，又昏昏沉沉地睡了过去。早上，他收拾好一切准备去公司，她一路小跑追出来，站在他身后不说话。他在门口整理衬衫领口，回头看看她，对她微微一笑："我下了班就回来。"她自始至终没有说话，他却从她眼中读出了不舍。

他点了一支烟，打开软件调整剧院建筑构图，却忍不住看了一眼依然亮着的手机屏幕。照片上的她是个多么漂亮的女人。他轻轻吐了一口烟，出神地望着她的眼睛。没过多久，手机振了一下，屏幕上出现了一条新短信，发信人是"莉"。他被吸进去的烟呛住，咳了几声，打开短信。短信只有短短几个字："今晚我有事，别来了。"

只是一个晚上不见而已，他却不由自主地微微皱起了眉，转而投入到工作中去。只有工作的时候，他才会让自己忘记她的面容。但当他完成手里的任务，整个人闲下来，又会打开通讯录快捷名单。他盯着她的名字，几次差点拨通，最终把手机关掉放入皮包里。不可以再找她。她会觉得厌烦。

这时，他的助理敲了敲门："Dante 先生，董事长发了邮件给您，让您检查一下。"

"OK."他吸了一口烟，打开新来的邮件。

上面没有称谓，没有署名，只有一句话："Si no vuelas a ella，te despido."

他愣了一下，含着烟轻笑起来，快速回复了对方，内容也只有一句话："Como quieras.[13]"

晚上十一点，顾希城从公司出来，乘车上了高架。

视野极远处，待拆迁的水泥房是一片灯火中的骷髅堆。窗户是它们的眼睛，电缆是它们湿漉漉的头发。他想起伦勃朗曾为《浮士德博士的悲剧》绘过一张铜版画：浮士德博士站在黑暗小屋的桌子前，桌上摆满书籍、地球仪与报纸，屋内有死人头骨。窗外有鬼影幢幢，射入夹杂着恶魔符文的光芒。博士被光芒吸引，站起来握紧双拳望着它。只要凝视这幅画的人，都会把自己代入到浮士德博士的身上，被绝望与最后的一线希望笼罩。

对顾希城而言，申雅莉就是那一线魔鬼射入的光。当年那场飞机事故是操纵了他灵魂的梦魇。那一天，他和母亲一起准备飞向威尼斯。在候机室等飞机时，他一直在想申雅莉，不甘就此放弃，决定留下来重新去找她谈话。因此，才侥幸躲过了飞机事故。

背叛上帝、出卖灵魂的浮士德博士付出了代价，他也付出了失去母亲的代价。

到现在，他也忘不了母亲饱含泪水的愤怒双眼，她压低声音颤抖地对他说："你

---

(13)"如果你不回到她身边，你就被解雇了。"
"请自便。"

要回去找那个势利的姑娘？”

“妈，你先去西班牙，我明天就飞过来找你，我向你发誓。”

“没有明天。现在你爸都死了，你是想把我也气死，对吗？最好我也飞机遇难死了，你才会看清她是个什么样的人！”

他看上去很平静，内心却不冷静，什么话也不说转身就走。听见后面母亲说“你如果真去，就不要认我这个妈”，他也没细想。他知道，母亲火气来得快去得也快，只要第二天乖乖地飞过去向她认个错，她就不会往心里去。

谁又会知道，这是母亲对他说的最后一句话。

飞机失事以后，他心如死灰，彻底断了对过去生活的幻想，最终他还是独自去了西班牙。她是否会觉得后悔，会怀念他？他不是不好奇，只是再无力关心。

尽管如此，十多年来，他从来没有恨过她。一刻也没有。

只是恨自己。

高架拉出有条理而利落的线条，把凌乱的街道连在一起，构成了一种未来主义的形态。轿车在这样庞大的支架中穿梭着，他不想回到自己空荡荡的高级住宅中。还是决定去偷偷看她。于是，当他的车靠近她家附近，他让司机把车停下来，自己步行过去。看见她家楼下的跑车，他已经开始察觉情况不对，但真正看见拥抱她的男人时，他还是错愕得无法动弹——拥抱着她的男人是李展松。他一直以为李展松不过是个她赶跑他的幌子。

“阿松，你回来才两天，就又要走了。”申雅莉应了李展松一个紧紧的回抱，“我会想你的。”

李展松紧闭着眼，抚摸她乌鸦羽毛般的黑色大鬈发：“雅莉姐，我还是觉得很对不起你……”

他会这样说，说明他已经想开了。不想再从旁人口中听说他得了抑郁症的消息。她松了一口气：“这有什么好对不起的，别往心里去。”

谁都不会猜到，一年前，她差点真的嫁给了李展松。毕竟，姐弟恋很多，姐弟婚却不多。

李展松与Dante最大的区别，就在于他比Dante更像顾希城。那样全心全意毫无心计地付出，在Dante身上已经找不到了。他从不会掐着时间给她发短信，不会三思后再说话，不会欲擒故纵，不会隐瞒与她的关系以留下和其他女生发展的机会……总之，一切“成熟男人”的缺点，他都没有。而且，他不是图新鲜，他真的想要娶她。他们刚在一起，他就向父母坦白了。这也是他们矛盾的开始。

他们约会的时候，他母亲会打电话过来，也不知是故意的还是无意的，总会说一些刻薄的话，例如“你还和那个年纪挺大的女明星在一起吗”“她比我小不了多少吧”“你是想要第二个妈对吧”。只要他们选的地方比较安静，手机里的声音都会一字不漏地传到她耳中。后来，他不再当着她的面接母亲的电话，但每次从他回来后发青的脸色可以看出，他们母子俩又经历了一次大战。随着时间推移，他的母亲察觉到了儿子比她想的坚定，于是对他实行了经济封锁。只是没想到，以他的收入还是可以过上相当富裕的生活。他选择了离家出走，在申雅莉家住了下来。在他暂居的两个月中，他在经济上没有什么问题，精神上的问题却很大。

通常情况下，家庭越富裕，孩子就越敏感、脆弱又爱逞强。李展松每天都不开心，经常出去酗酒，半夜在睡梦中抱住申雅莉流泪。她看出了他的不快乐，也试着想要劝他回家，他每次都硬邦邦地转移话题。终于有一个晚上，他向她求婚了。原本这件事需要再三考虑，但在他拿戒指回家前的一个小时，她还在翻看 Dante 的微博。顾希城回西班牙后微博更得更少，看着那些冰冷的建筑术语，她感觉比任何时候都要受伤。所以当男友拿着戒指跪下，她也只有一个感觉：太累了。

他们先拍了一组婚纱照，准备登记结婚。然而，她却开始质疑自己。她一直坚信结婚是相爱之人修成正果的神圣仪式，而非不快乐之人用以逃离悲伤的道路。如果一个人不开心，结婚也不会带来开心。李展松是这样，她也是这样。在他们拍照的阶段，除非摄影师要求，他脸上鲜有笑容。这样的反应让她想到了《巴塞罗那的时廊》，她不知道，李展松会不会变成第二个佐伯南。

然后，李言亲自来对她说：“雅莉，我一直很欣赏你，我也非常 open-minded，所以即便我太太让我停掉你们俩的所有通告，或是把你冷藏，我都没有答应。我也不会为了她，放弃我旗下最有价值的女演员。我不会用任何手段去控制你和阿松的关系，但我也必须告诉你，由于我的工作性质，让他从小就缺少父爱，他和我的关系表面看上去不错，实际上是很陌生的。他很依赖他的母亲，也很听她的话。我太太就这一个儿子，所以对未来儿媳妇的挑剔程度你可能都无法想象。如果你要和阿松在一起，他们以后会连母子都做不成。在决定和他结婚之前，你最好想清楚：你真的爱他吗？你的爱是否足以补偿他为你所做的一切牺牲？”

她终于知道，他们确实都只是在逃避。他用结婚来冲淡和母亲绝交的痛苦，她用他来逃避顾希城对自己造成的伤害。这样的婚姻，会幸福吗？

恋爱是一种习惯，一个人失恋以后，会凭本能寻找另一个人来弥补空缺。新的激情会让人产生已经从过去走出的错觉，事实是，不过把新人当成旧人重新爱了一遍。在一起以后，新人旧人之间的差异会越来越明显，让人觉得越来越不适应。直到这时才会恍然大悟，自己从未从上一段感情中走出来过。

在经历一段漫长而真诚的爱情之后，没有人可以立即抽身而出。治疗这份伤痛的方式只有一个，就是一个人承受身边少一个人的寂寞，重新适应单身的生活，才有资格与另一个人重新展开新的故事。

令申雅莉意外的是，李展松比她想的要成熟，抑或说，他的承受能力也到了极限。与他促膝长谈一个通宵之后，他抱着她哭了。那之后没多久，他去了美国。她也调整了心态，打算让自己暂时保持单身，重新坚强起来，重新开始生活，直到Mr. Right出现。

然而，伤还没痊愈，她没有等来Mr. Right，反而等来了那个伤她最深的男人。

第二十四座城 记忆

即便无法将爱意说出口，

即便重新开始是如此困难，她也终于坚定了信念。

要一直和他在一起，不管以什么样的形式。

把李展松送走后，她开始不可遏制地想念顾希城。她把自己关在黑暗的小房间里，无数次拿起手机想要发短信给他，但每次看到两人几个小时前的短信记录，她又会莫名泄气地把手机扔到房间的角落，呆坐在床头浪费时间。她不知道他看见了李展松的到来，不知道他也曾试图发短信给她。

接下来的几天里，顾希城没有出现。她绝不可能主动联系他，但他消失后，她除了心烦意乱什么也不能做。她安慰自己想，他大概是回西班牙忙工作了。只是，头脑可以撒谎，心和气候却不能。接下来温度降低了近10℃，大雨倾盆下了两天两夜。乌云黑色的纱一般悬在夜空，张开了巨大的蜘蛛网，即将在下一刻网住城市里的每一栋楼房、每一条街道、每一个行人。

这个雨夜，申雅莉在片场赶拍新电影。她拿着盒饭坐在平房的台阶上，看房檐伤心失控地落泪。黑房群落被涟漪闪烁的河水截断，凹凸不平地蔓延到视野之外。她能隐约看见极远处的城市灯光，勾勒出高大朦胧的建筑群轮廓。冰冷空气摩擦着皮肤，青草被雨洗出了一丝腥气。在密集的雨声中，突然响起的手机铃声把她吓了一跳，导致她没注意看来电显示，就接通了电话。

“喂。”

听见这个声音，她差点惊呼起来：“希城……”

“我只问你一句话。”

尽管下着大雨，他说的每一个字还是如此清晰。仿佛猜到他会说什么，她听见自己心跳声变快，握着手机的手指也变得愈来愈冰凉。在等待他说下一句话的过程中，她坐立了两三次，害怕得想要把电话挂断。

他压低了声音，冷漠地说：“你还爱我吗？”

“你在说些什么？”她反应很迅速，把答案背出来一样，但从说出这句话到之后的很长时间，她都只能听见耳膜突突跳，脑部神经紧张到无法思考。

“回答我。”他命令道。

“这个问题，我们改天再说……我现在还在片场，没时间……”

“有时间解释，就没时间回答是或不是吗？”雨声是沙哑的，和他的声音混在一起，就像上个世纪的电台广播，总是带着薄薄的、陈旧的忧伤。

她迫使自己去思考这个一直逃避的问题，可脑中出现的全是一段段矛盾的记忆。她一字一顿道：“你希望我说什么呢？”

“说实话。”他的语气总算温和了一些。

“实话就是，我不爱你。”

她等了很久，耳边只有碎裂的雨声，那边没有人说话。她又接着说：“我觉得你真的很有意思，假死十年，回来又用新的身份欺骗我……哦对了，和Paz Cruz结婚的事，你是失忆了吗？经历过这些事，你再如此咄咄逼人，让我重新喜欢你，这件事的难度系数会不会太高了？”

他还是没有说话。

她又等了一会儿，心里难受极了，声音却还是冷静的："现在你还有什么问题要问？"

空气充满寒意，随着偶然落上肌肤的雨水渗入骨髓。如果不是电话那边传来了汽车鸣笛的声音，她会以为他早已挂断了电话。这些话会不会太重了？但她早就想对他这么说了。主动挂断电话前，她补充了一句："如果你问我还爱不爱顾希城，我的答案是肯定的。不过，那是十年前的顾希城。"

决意去伤一个人的时候，自己也注定会受伤。可是，在走向相爱的过程中，还是有那么多人不惜付出伤害自己的代价，去刺痛那个珍惜自己的人。她知道，她很可能永远失去他了。如此，一边自我安慰长痛不如短痛，一边难过得连呼吸都觉得辛苦。

凌晨时分，天微微亮，但雨仍然没有停。她疲惫地开车回家，却透过风挡玻璃看见那个人的身影。下车后，她连门都忘记关上，就缓缓走到他的面前。他头发和衣服都是湿的，看上去不开心也不忧伤，脸色苍白如同蜡像。看见他这个样子，她莫名其妙地难过得想要大哭一场。然后，他忽然伸手抱住她，紧紧地。

希城……

我是不是应该原谅你了？是不是该忘记所有你对我做的狠心事？

她这样想着，却完全无法回应他。她终于知道，她不是不愿意原谅他，而是不敢。如果再次陷进去，她一定撑不过下一次的失去。与其让自己痛苦，不如不要爱。

可是，当他低下头吻住她的那一刹那，她还是没能准备好内心不去接受。她条件反射地往后缩了一下，听见心底某一处碎裂的声音。她抓紧他的衣襟，除了心酸，只能感到前所未有的害怕。

这一天在她的生命中烙下了很深的刻印。后来不论过了多少年，她都不会忘记这一个刹那的感受。她记得他穿过自己长发的冰凉指尖，记得他小心翼翼靠近自己的细微动作。

他们还是孩子时，她只知道自己非常非常喜欢他，但在很长一段时间内，却找不到任何依恋的证据。大概当一个人的年纪逐渐变大，就会留意到很多孩子不会留意的细节，也会根据这些细节去认定一个人。这一刻变化的、静止的，所有她可以通过眼睛看到的，关于他的一切，都深深地烙印在了心中。甚至只是他的呼吸声，都可以唤醒她浑身上下最敏感的神经。

可是，李展松的回归令她瞬间清醒了很多。她还是推开了他，他没有防备，又一夜没睡，硬生生地被推得踉跄了一下。

“莉莉。”他握住她的手。

“该说的，我都在电话里说得很清楚，不想再重复第二次。”

有很长时间他都没有说话，只是怔忪地看着她。

人为什么总是一次又一次重复着会令自己后悔的错误呢？这到底是只考虑自己利益的自私，还是过度怜惜自己的自保？不知道自己的原则究竟在哪里，不知道该怎样走下去。她希望能毫无负担地生活，却害怕他再不像从前那样紧握自己的双手。

最终，那只手还是松开了。失去了这个人的温度，手掌很快就被冰凉的雨水淋湿。温度流淌到了心里，让胸膛也变成一片空落落的苍白世界。

他对她轻轻笑了一下，然后转身离去。

之后，他的背影也随着水声，融化在雨雾中。

顾希城再也没有出现在申雅莉面前。心情跌入谷底的两周过后，她才从媒体得知Dante被Fascinante解雇了。Dante对Fascinante的重要性远远高过申雅莉对皇天的重要性，而他被解雇的理由至今仍是个谜。这个消息很快也被电视播出，却只字未提顾希城的行踪。

她很想假装不在意，但是，他消失的时间越长，他出现在她脑海中的次数就越多。她只想过他会难过，却没想过他会就这样消失了。随着时间的推移，她越发感到坐立不安。她频繁地检查自己的短信、微信、邮箱和未接电话，好像每天早上起来最重要的事情就是打开这些东西。当想要给他打电话的冲动越来越强烈，她终于决定，不能让自己长期处于这样混乱的状态，是时候调整一下心情了。她请假一周，打算出国散散心。订票的时候，她看着网上五花八门的城市名称，目光停留最长时间的仍是巴塞罗那。

经过十多个小时的飞行，飞机在巴塞罗那的机场降落。

申雅莉出了海关，取了小型行李箱，便戴好墨镜与公司安排来接她的人碰了头。和几个到机场的海外影迷合照后，她坐上了车。不同于纽约、上海、东京，巴塞罗那没有接踵摩肩的大楼，不是那么嚣张且气势汹汹，也不像南美洲和非洲那样热力四散，连空气都像是煮沸的。街道上只有一座又一座堪称艺术精品的楼房，以及一张又一张快乐的脸庞。申雅莉舒服地靠在车窗上，闭上眼静静地享受放松的假期。

可是，休闲也不过是几分钟的事，电话铃声就响了起来。是当地的号码，她想应该还是公司安排的人，接通以后直接用中文说道："喂。"

电话那头安静了片刻，直到她再度"喂"了一声，一个女声才响了起来："喂，雅莉。"是外国人七拐八拐的口音，连说"喂"都像"way"一样。而说话人似乎还对自己的中文很自信，之后发出一串银铃般的笑声。

申雅莉这才缓缓说道："Who is that？"

"Guess."沙哑又性感的声音就敲响了申雅莉心里的警钟。可能是印象太深刻了，一个单词就足以令她想起一切不怎么愉快的记忆。她迟疑地说："Paz？"

"Smart girl!" Paz Cruz 的欢笑声又一次响起，"My brother has told me that you've come to Spain again. How are you？"

很久没接触英文，申雅莉说出了一句土到掉渣的："I'm fine, thank you. And you？"脑中还替对方回答了"I'm fine too, thank you"。

"Good good, pretty good. Thanks for asking. How many days would you stay？"

"Around one week."

"Brilliant! Would you like to have a drink with me？ I wanna talk to you."Paz 顿了顿，"about Dante."

申雅莉愣住了。他们不是才离婚吗，她想跟自己说什么呢？这时候见面，是否有些尴尬？

察觉这边没回答，Paz 又补充道："Well, if you feel like it. It's all up to you."

"It's OK. I'm free. Let's meet up.⒁"

⒁申雅莉："是谁呀？"
Paz："猜。"
申雅莉："Paz？"
Paz："聪明的女孩！我哥哥说你又来西班牙了。你好吗？"
申雅莉："我很好，谢谢你。你呢？"
Paz："好好，很好。感谢询问。你要待多少天？"
申雅莉："大概一个星期。"

明明是出来散心的，居然又一次被卷入烦心事里去。见面会不会有劲爆的对话？例如对方扔出一句“你是来找我丈夫的吗”，或者上来就给自己一耳光大骂：“你这个小三！”对了，“小三”用英文怎么讲？如果Paz问起她和希城现在是什么关系，恐怕更难回答。是不是还是不要见面的好……在格拉西亚大道咖啡厅等待Paz的过程中，申雅莉一直胡思乱想着。

等待世界末日的感觉并不好受，所以待Paz真的来了，她反倒松了一口气。Paz不是一个人来的，身边还跟着一个身材高挑、黑发绿眼古铜肌肤的南欧美女。

“This is Angela, my Italian girlfriend.[15]”

在Paz的介绍下，两个人礼貌地打了招呼。Paz坐下来，单手撑着下颌说：“So... are you dating Dante now？”

“No, I'm not.”一口否定后，申雅莉笑得有些尴尬，“I don't know... No, it certainly doesn't feel like it. I can't really explain...”

Paz一直听着，直到申雅莉有些结巴，她才更加表示理解地点头：“I know, random sex, isn't it？”

申雅莉差点把刚喝进去的咖啡喷出来，果然还是无法适应外国人的开门见山。她咳了两声，用力摆摆手：“No no no no no！”

Paz和她身边的美女都笑了起来。

申雅莉不由想起前段时间听希城说，东西方人恋爱方式不同。分手之后，西方人放下就是放下了，不会再回头；东方人却非常念旧，经常牵肠挂肚，拖泥带水。看见Paz的欢快笑容，她觉得西方人这一点真好。这种会面要是放在国内，恐怕早就上演新欢旧爱泼咖啡的大戏了。

---

[15] Paz：“太好了！你可以和我喝一杯吗？我想和你说说话。”补充：“当然，如果你愿意的话。这全看你。”

申雅莉：“没问题，我有空。我们见面吧。”

见面后：

Paz：“这是Angela，我的意大利女朋友。”坐下说：“所以，你和Dante现在是在约会吗？”（在英文中，date某人指代恋爱前的暧昧关系，两人可能有性关系，但依然不是男女朋友。）

申雅莉：“不，我没有。我不知道。我感觉不像是在约会。解释不出来……”

Paz：“我知道了，即兴性关系，是吗？”

申雅莉：“不不不不！”

Paz 笑过以后，又继续说：“Well... just let you know, I've never slept with Dante, even though he is my ex-husband.”

申雅莉惊讶地眨了眨眼：“What？”

她没听错吧？希城和 Paz 结婚一年，竟然什么都没发生过？以前也……？

“We've never loved each other. And I know he used to love someone very much.” Paz 耸耸肩，对天翻了个无奈的白眼，“He had a deal with my father. I don't know what exactly the business was, but I can tell you the reason why my father forced me to marry Dante is...”

原本旁边的意大利美女一直在看时间，现在终于站起来，对 Paz 说了一句西班牙语。Paz 点点头，捋了捋她的黑色鬈发。美女垂下头来，在 Paz 饱满的红唇上狠狠一吻，用低沉的声音说了一句仿佛深情又淫荡的话。申雅莉的下巴都快掉下来了。Paz 却一脸无所谓地转过来，微笑地接着说：“My sexual orientation.[16]”

晚上，申雅莉打了一辆出租车，独自来到城郊的小洋房门口。门前的苏格兰牧羊犬蹦了起来，汪汪大叫。她先是吓了一跳，朝牧羊犬做了一个“嘘”的动作，凑过去轻轻说：“狗狗乖，小声一点，不要吵到邻居哦。”原本在想这狗狗能否听懂中文，它竟很快安静下来，转成了小狗一般的呜呜声。

刚好大门打开，女主人的声音传了过来：“Crisp 看到美女，就这么听话？”

和 Paz 进行了一个下午的英文对话，再听见母语，看见开门的亚洲老夫妻，申雅莉感到了浓浓的亲切感。而且，一想到这对夫妻是小时候就和希城共同认识的人，心中就更加觉得温暖了。他们的联系方式是 Paz 给她的。Paz 说，希城还在读书时每个月都会回来看他们。所以，他们知道许多关于他的事。她向周叔叔和杨阿姨问了好，进门换鞋，小声说道：“杨阿姨，Crisp 不是薯片吗？这名字真有趣，又很贴切。起得真好。”

---

[16] Paz：“好了，我只是想让你知道，我和 Dante 从来没睡过觉，纵使他是我的前任丈夫。”
申雅莉：“什么？”
Paz：“我们从未爱过彼此。我还知道他曾经非常爱一个人。他和我父亲有一笔交易，我不知道具体内容是什么，但我可以告诉你我父亲强迫我嫁给 Dante 的原因……”一吻过后：“就是我的性取向。”

“这名字是希城取的，刚买回来的时候，它只有这么大。”周叔叔伸出手，比画了一个小狗的大小。

“真是可爱的狗狗。”申雅莉转过头去，又看了一眼门外伸舌头摇尾巴的Crisp，不由自主眉开眼笑，“而且好像脾气也很好，我很喜欢它。”

“它脾气才不好，现在对你温和是因为认得你啦，平时对陌生人可是很凶的。”

“啊，认得我？”申雅莉一头雾水。

阿姨笑盈盈地看着她：“是呀，希城经常给它看你的照片。雅莉啊，你看我们都多少年没见了，我觉得现在看看，你还是跟希城保存的照片里的样子比较像。电视上似乎要成熟一点哦？来，上楼，阿姨带你去看。”

阿姨用这样平淡的语气说出的事实，令申雅莉心中闷痛了一下。叔叔去厨房准备食物，她跟着阿姨上了楼。这过程中她反复想着这件事，心中的痛感却更加剧烈了。这样看来，哪怕希城来到了西班牙，也依然会经常想起她。不管她对希城怎么看，被如此想念也应该是值得骄傲的事。可是为什么，心里会这样难受呢？

到了二楼，阿姨推开了其中一个房门：“这就是希城的房间，他工作后就搬出去了，但还是会经常回来住。你进去看看，东西我都没动过。”

“好的！”

故意用比平时欢快的语调应答，但进入房间以后，心情还是没能得到缓解。床罩和枕头是他最喜欢的深蓝色。墙角的插板上插有转换插头，电子产品连接线还没拔出来，就已被遗忘在这里。书桌上摆着几张古典音乐的精装CD，烟灰缸是深灰色创意流线型。书桌上方的墙壁上，贴着两张陈旧却价值连城的图纸草稿，分别是他的处女作法兰克福斯利维亚公园和代表作马德里国际纪念碑。一旁的书柜里装满了专业书籍，柜子上方的筒里装着几个图纸卷。她走到桌子旁翻看了一下CD，果然有巴赫的协奏曲。而烟灰缸里还有支被遗忘的烟头，也是抽到一半就被掐灭，烟嘴上有牙痕。

哪怕没人告诉她这是谁的房间，她也知道是顾希城的。

“你的照片他几乎都带走了，只有箱子里还有几张，他也叫我们一起给他海运回国。”阿姨在她身后轻轻叹了一声，“听说你们和好，我们也很开心，他和Paz确实不配是一回事，关键是这孩子一直很喜欢你。我和老周经常说啊，他对你的喜欢，简直就是一种奇迹。”

“为什么……”

其实真正想问“为什么”的对象是自己。想问自己为什么会这样难受，现在不是挺平静的吗？什么事都没有发生，自己到底是怎么了。

“你如果喜欢一个人，能忍住几年不去看他、不去找他吗？如果能忍得下来，我觉得一般都是没有感情了。可他不是，每天看着你的照片，这边还是过着自己的生活……”

很明显，顾希城的记性比自己差。受过他一次伤害，她就一朝被蛇咬，十年怕井绳，再也不肯让他完全走入她的世界。他却还是这么不长记性，已经忘记她当初是如何提分手的了吗？像她这样的人，有什么好。她握紧双拳，微微颤抖地说：“他还是回去了啊，他还是回去报复我了。”

阿姨怔了一下：“报复？你是说他和 Paz 结婚吗？ Paz 没告诉过你吗，他们结婚是因为她爸很喜欢希城，让他们处处看，结果不管多久他们都不来电，我估计 Cruz 先生也快放弃了吧。你要知道，他是希城的大恩人，希城再有才华，没有他的平台，也不可能走到今天这一步。雅莉你也大了，有的事是应该体谅他一下……”

“杨阿姨我懂你的意思，但他做了刻意伤害我的事，都已成事实，是不会再改变了。”

“刻意伤害……我觉得不可能呀。我们都是看着他过来的，刚开始他很伤心，每天都在外面鬼混，也不好好吃饭，瘦得跟皮包骨似的，但他从来没恨过你，以前提到你，压根不让别人说半句不好，又怎么会去报复你呢？何况，他如果想报复早就报复了，干吗还要忍十年？”

“那为什么过了十年，他又突然回国了？”

“这我就不知道了。之前他还说永远不回国来着，不知道他有没有跟你周叔叔说过。你等等，我去问问……”

阿姨说完转身出去。

申雅莉的情绪混乱极了。她在房间里走来走去，目光停在了墙角的四个大纸箱处。纸箱是运输专用，都没有封起来，里面装满了衣服、鞋子、书，以及倒扣的几张照片，上面写着现在国内的家庭住址和电话号码。

她把照片翻过来看，发现那竟然是大一时的秋天，他们在他奶奶家附近沙滩拍的照片。

这曾经是她最不喜欢的一组照片。当时她的相机弄丢了，手机也没电，只能用他的相机来拍照。该相机款式很新，却被她点评为“顾希城没品位的人生中最最没品位的东西”，因为拍出来的照片不仅曝光效果不好，还把她拍得皮肤黑、毛孔大。拍成那种模样，她连用电脑修图的欲望都没有，干脆闭着眼和他瞎拍了一堆人生中最丑的照片。拍完看预览图，她还吐槽说“你也好难看”“我们俩抱在一起简直像两个要饭的”“你的头发被拍得像个鸡窝”等等。他好脾气地解释说“在相机上看是不好看，印出来很漂亮”。她说他是强词夺理。

这也是她完全没想到的事。过了十年她才看到这个相机洗出的照片，而且，确实如他所说的一样。照片上的他们是这样的年轻、活泼，还有着这个年纪再难找到的嚣张；他们对着彼此闭上眼作势要接吻的照片里，她一脸俏皮，小嘴噘得高高的，他却像是王子一般优美地侧着头；他把她抱在怀中的照片里、她看着镜头的眼神是自信、神采飞扬的，他望着她的眼神却受了蛊惑一样，只剩下完全沦陷的深情……

最后几张照片她从来没见过。上面只有她一个人的背影，走在很远的地方，连环画般在沙滩上做着各种各样的小动作。

这一瞬间，她只觉得筋疲力尽，慢慢坐回了床上。

——希城，你知道吗？当我看着这些过去的记忆，最令我感到难过的，不是我们的合照，或是我拍摄你笑容的某一个瞬间，而是这些你趁我不注意时偷偷拍摄的，我的背影。当时我不过是在沙滩上缓缓行走，低着头小心翼翼地不让沙子里的贝壳扎了脚。但看见这些照片的时候，我觉得自己好像变成了你，回到了多年前，透过你的眼睛，看着你最爱的女孩。

那时的她是多么不懂得珍惜，不去珍惜和他并肩漫步的机会。而他把这一组毫无意义的照片洗了出来。

这么多年，他是以怎样的心情在看着它们呢？

她想象不到。也不敢想。

十年了。在他们两个人之间，她以为做自己是很痛苦的事。但这一刻，她却更害怕变成顾希城。

这一回旅行中，申雅莉并未走远。她独自去大教堂观看了哥特式纪念碑、磅礴的彩绘玻璃、华丽精致的圣器室壁画，去大皇宫参观帝王寝宫和名家画廊，又去塞戈维亚修建于 1906 年的餐厅里吃了一顿扔盘子的米芝莲烤猪……六天后，她回国了。但依然没有顾希城的消息。

她怀念起了学生时代，又回到高中母校去转了转。母校依然是重点高中，但被后来层出不穷的新兴学校抢去不少风头，不复当年年年出状元的辉煌。她抬头看见的是翻修过的高中大门、金币般闪烁的黄叶海洋。这是一个无人的秋季周末，落叶覆盖了水泥步道，操场上高一和高二的男生正在进行篮球比赛。学校里是如此安静，除却风声、树声，就只有篮球碰撞和奔跑的脚步声。

空旷的教学楼是时光隧道，漫步其中，申雅莉看见了多年前自己穿着校服进出班主任办公室的记忆。这一刻，心情莫名有些激动，又有些惆怅——三年级十二班的教室，就在前方不远处。正巧一个女学生从里面走出来，她躲在楼梯口，女学生没有发现她，而是对里面的人说："那，哥哥，麻烦你帮我看好这里，我拿了钥匙马上回来哦。千万不要走开，不然我会被老师杀了的。"

有男人清脆而温和的笑声响起："放心，我不会走的。"

女学生用力点点头，朝走廊另一头跑去。直到她的身影消失在尽头的白光中，申雅莉才小心地从楼梯口走出来。最近是怎么了，听谁的声音都觉得像希城……她一边责备自己的恍惚，一边走进十二班的教室。然后，她整个人都呆住了。

顾希城坐在教室的窗边，他正用手背撑着太阳穴，转过头看着操场，并没有发现她的到来。

眼前的一幕是如此熟悉。窗外空气冰冷，阳光却明亮温暖。光从窗口射入，照亮了他对着窗口的脸颊。他高高的鼻子变成了光线的切割线，让他一半的脸被阳光照得干净无瑕，一半湮没在深深的阴影中。被照亮的眼睛微微眯了起来，呈现出透明的琥珀色。另一只沉寂在阴影中的眼眸却意外地透露出忧伤。记忆中，坐在这里的希城总是纯净如同天使，但很多细节她已经记不住了。而现在，这一幕的意义早已远超过了美丽。这是一个用质量再好的单反也拍不出的瞬间，他眼中的水光、他嘴唇轻抿的形状、他内眼角下一颗细小的痣、他皮肤与头发的光泽、他抬头看见她时错愕的眼神……

"莉莉？"他站起身来。

她愣了一下，怒气冲冲地走过去："我可终于找到你了，你居然躲在这里！你最近都去哪里了？"

"我……"

他并没能把话说完，只是低头看着站在眼前的她。大概是这个场景太过熟悉，让人的脑子都变成了一团糨糊。十多年前，他的初恋女友就这样坐在他旁边，一板一眼地为他解题。当时他听不进去一个字，只是撑着下颌百无聊赖地看着她的侧脸。那时他就发觉，她的皮肤比同班的女生白皙，头发乌黑得可以打洗发水广告，只是漂亮的脸绷出了极不相符的严肃表情，让人觉得好笑极了——这家伙居然会是班长，真可笑。可是笑着笑着，却开始担心自己逐渐加快的心跳。

现在，她的脸庞成熟美丽了，但认真的样子一点也没变。他终于缓缓说道："我去了一趟欧洲，然后回来了。"

"真的？我也去了。"

"我知道，可惜没遇到你。"他沉默片刻，"我不知道你在找我。我以为你不想见我了。"

回想起上一次她说了伤他的话，她泄气地低下头去。凉风透过窗扇扬起了两颊的鬓发，这一天不知是怎么了，神经突然变得很纤细。他看上去简直再正常不过，她却总会想起那些他让阿姨悄悄运送回国的照片。这个人难道没有神经吗？为什么要独自做这种傻事，看上去还是如此若无其事？而她更傻，不过吹了吹风，就有点想哭了。像在刻意拖延自己即将崩溃的时刻，她的手指在陈旧的课桌上敲了敲，却加剧了心中的焦躁不安。

克制住啊，不要继续傻了。那么多年的折磨，难道还不够吗？

她抬头看了他一眼，看见他望着自己温柔的眼神，这段时间的思念终于决堤，满溢出来。她扑过去，用力抱住他。他被她撞得退了一步，随后稳固地站住了脚。然后，他张开双臂，把她紧紧地搂在自己的怀中。

就好像是这十多年来的第一个拥抱。

她不由自主轻颤了一下，头埋在他的胸前，小声地说道："希城……"然而，再也说不出来。语言变成了如此累赘的东西。

人病到极限便不会再感到痛苦。如果不是因为这个拥抱，她也不会知道自己早已病入膏肓。

落叶是千万只燃烧的蝴蝶，在校园中掀起秋色的海浪，阳光与树影把校园涂成了浅金与深灰两种颜色。学生们的疯闹声响彻操场，他小心却又紧致地抱着她，手指轻轻摩挲着她的长发："莉莉，今天我坐在这里想了一天，发觉人生好像没有我想的那么长。"

到底需要经过多少年，才能够彻底了解一个人？或许一次彻底现实的分手就可以，或许纠葛一辈子也无法做到。因为不够了解，因为已经那么不小心地让自己受了重伤，所以想要和这个人保持距离。两个人之间的障碍越来越少，自己的防备也越来越少，却还要如此辛苦地提醒自己，不能再跨过去，不可以离她太近，否则就会再也无法走出来。

"怎么说？"她轻松地笑道。

"不知不觉的，已经浪费了十年的时间。"

没错，她并不了解他。但他对她而言，比任何人都要熟悉。是如此让人眷恋的熟悉。

她哼了两声："我可没觉得自己在浪费时间。这十年我做的事可多了。"

"那当然，我们莉莉最能干了。"

终于发现，要重新开始是这样困难的事。她始终无法坦率地说出内心真正的想法："说到能干，你最近丢了工作，无处可去了吧。"

"那莉莉愿意收容我吗？"

她推开他，抬头严肃地看着他："在你找到工作前，可以先住在我那里。但我得先跟你说清楚，我已经下定决心要斩断炮友关系，你别想再进我卧房一步，否则立刻扫地出门。"

"那莉莉留我住在家里的意思是？"

她笑了："我要包养你。"

"……什么？"他以为自己听错了。

"反正你也失业了，现在缺钱吧。我要当你老板，你给我当全职助理，什么都得替我做，除了陪睡。"

顾希城毫不犹豫地点头："好。"

即便无法将爱意说出口，即便重新开始是如此困难，她也终于坚定了信念。要一直和他在一起，不管以什么样的形式。

Paz 说，顾希城有过一个很爱的人。

希望自己永远都是这个人。

第二十五座城 借口

明明这一刻他才是被照顾的人，
他却比任何时候都想要保护好她。

“你的价格是一个月三千。”

“好。”

“你只要没工作，就必须在我的房子里独守空闺，听候我的发号施令，知道了吗？”

“好。”

“不管我做什么，你都不能离开这里，懂？”

“好。”

看看坐在沙发上从容自如的男人，申雅莉完全没有一种成为金主的骄傲感。好歹也是大名鼎鼎的建筑大师，这样对待他真的好吗？不管了，这是他自愿的，她可没强迫过他。

于是，包养与被包养的日子就这样开始了。

他们花了一天时间来整顿家里，让他把自己的衣服和生活用品全部搬过来。除去卫生部分是用人打扫的，其他东西都是由他们一起整理完成：衣柜、鞋柜、书柜、他喜欢用的厨具餐具、卫生间的牙刷剃须刀等等。她的衣柜早满了，于是她像是各自占领地盘的动物一样，和他分出三八线，说书柜你可以多占，但不要想霸占我的衣鞋柜，衣服都装到客房去。嘴上是这么说，她却早把他的领带全部整理好放在了柜子里。他微微笑了，摸了摸她的头："嗯，都听莉莉的。"

"不要这样没规矩。"她一本正经地拨开他的手，把抽屉推回去。但关上衣柜的那一刹那，看见那么多属于他的东西，心里却不可自控地泛起了涟漪。

原来，恋爱和住在一起差别是这样大，让她有了一种完全拥有了他的感觉。这感觉令她自豪，又有一点不愿被人发现的羞赧。这时他抬起头来，吓得她别开头去，但很快又想自己在紧张什么，他现在就是你的所有物，你想让他做什么就做什么。她大大方方地走过去："在看什么？"

"老照片。"他抽出书里的照片。

她接过照片看了很久。那是他们大一入学时的合影。照片有些泛黄，拍的是烈日炎炎的夏天，两个人都被晒得黑不溜秋的，他看上去像是热得不耐烦了，她却不依不饶地挽着他的手，坚持不懈地做了个土土的"V"字手势。她望着它出神："果然是老照片。你的表情怎么感觉跟冤大头似的。"他好像总会把他们的照片带在身边。现在是两个人一起看，感觉都有些惆怅。如果是一个人，那又会怎样呢？想着想着，心里酸酸的感觉又一次袭来。

"没有我的丑，怎么能衬托莉莉的美呢？"

她捏了捏他的脸："不准多嘴。"

他没多嘴，却捉住她的手，闭眼顺着指尖吻了下来。身体微颤了一下，她抽掉手，正想说点什么来制止他，嘴唇却被他轻柔的吻堵住。白天他的呼吸声不像晚上那样沉重，却异常清晰。她轻轻推了一下他的胸口，却完全抵抗不住他的温柔，只能任他坚定到有些霸道地抱住自己，在书桌旁吻了很久很久……

没过多久这个吻就被一通工作电话打断。她接听电话的时候有点心不在焉，不敢多看他一眼。他微笑着继续收拾自己的东西。十多分钟后电话挂断，她意识到所有通话内容都左耳进右耳出了，本来想装作什么都没发生，他却捧着她的脸，想继续刚才的吻。她吓了一跳，别开头说：“顾希城，你忘记我跟你说的话了吗？我说了，不会跟你保持以前的关系！”

“只是接吻，不做别的事。”

“那也不……唔。”

后面的话再度被他堵住。其实中间间断并不久，这个迅速的动作却让她的心狠狠刺痛了一下，并随着吻的加深而牵动浑身的神经。所有理性思绪都被麻痹了，她只觉得幸福。也是，她只告诉他不继续维持身体关系。接吻，应该没关系吧……

不过，从这一天开始，申雅莉就觉得肩上的重任增加了很多。尽管一个月多三千块的开销对她来说不过是皮毛，但家里多一张嘴的感觉就是不一样。以前在外工作总是可以连续不停地进行，如果早上要拍戏，下午没事，第二天只有一组照片要拍，她会跟阿凛说把次日的工作调整到当天下午，然后一直忙到半夜回家，第二天再倒头大睡一整天。现在她却在尽量把工作都安排在白天，哪怕中午无法回家，下午也一定要回去。以前她几乎不在家里吃饭，现在如果不是有要事，她都会尽量赶在吃饭时间之前回家。这种感觉，似乎只有以前还和父母住在一起时有过。而厨房一旦被利用起来，一个房子也就变得像个家了。

用厨房的人当然是顾希城。他在很短的时间内学会了许多中式家常菜，厨艺还特别棒。她觉得自己赚翻了，花三千块就聘了个大厨、司机、园丁、管道家电修理工，还陪吃、陪喝、陪聊天、陪看电视、陪打发一切她觉得无聊的时间……每天回家看见他乖乖地在厨房里忙来忙去，她一直以来的大女人愿望就得到了充分的满足。但不管他表现得多好，她也不会多给他一分钱。她要他就这样属于自己，只为她一个人做事，只对她一个人好，只看得见她一个人。以后等她生病了，他还得照顾自己。以后等她有了孩子，他还得负责给她带孩子……等等，孩子，谁的孩子呢？

当她还陷在自己这些奇怪的妄想中，他已经做好饭端来，用筷子夹起才做好的红烧肉，送到她嘴里。她一时没反应过来，张嘴就吃了。看见她一下下津津有味地咀嚼着，他忍不住笑了。她还没咽下东西不能说话，只是向他投来疑惑的眼神。他揉了揉她的头顶：“莉莉，太可爱了。我挺喜欢喂你吃东西的，就像喂小动物一样。”

她知道希城喜欢小动物，不然笨笨这段时间也不会比以前还要能蹦跶。可是，他竟然说自己老板是小动物！不行，得让顾希城知道他的立场。她清了清喉咙，笑盈盈地说："对了，你一天在家里不会无聊吗？我去买一条狗狗陪你玩吧。"

"现在养狗我觉得太早了。"他一边说着，一边喂了她炒青菜，"以后等有了孩子再养吧，这样孩子就有小狗陪着一起长大了。"

孩子……他居然和自己想到一块儿去了。她若有所思地点头，又蛮横地看着他："等我有了孩子，你也得照顾他，同时照顾孩子和狗，你能行吗？"

"当然，如果小孩和宠物我都照顾不好，还怎么照顾你？"

"怎么说得像是我很难照顾一样？"

他不再说话，只是笑着刮了刮她的鼻尖。

顾希城搬到家里住以后，工作所能带来的乐趣与成就感似乎就比以前少了。而且，周围许多人都问过她是不是恋爱了。申雅莉反思了很久，决定要认真工作，拍好每一部戏，不再受顾希城的蛊惑。

一天晚上，她冷冰冰地跟顾希城交代了自己要背台词，让他不要打扰。他并没有介意，还一副很支持她的样子，然后独自去了书房。可是，她在房间里练习了一个多小时，就忍不住放下剧本，偷偷溜到书房门前。从门缝里能看见他开着台灯在看图纸，不时还在上面标记、画圈，累了会停下来捏一捏鼻梁。她想，他现在心情一定很低落。从国际顶尖建筑师变成失业者，搁谁都会受不了。她悄悄去厨房泡了一壶茶，回到书房前敲了敲门就直接进去。顾希城吓了一跳，把桌上的速写本反过来放好。她留意到了这个细节，但假装没看到，把茶放在图纸旁。

他愣了一下，端起茶杯："谢谢你，莉莉。"

"跟我就别客气了。"她把头探过去，看着他桌面上的图纸，"我真的特别喜欢你的设计风格，每一件都是艺术品。现在工作不顺利没关系，以你的才华，在哪里都能大放光彩。"

她表现得很自然，他却莫名有些紧张。她在他耳边响起的声音如此温柔，头发轻擦着他的脸颊，身上有百合花香沐浴露的味道。因此，连书房都变成了柯蒂斯电影中音乐响起的美丽场景。他很想停下工作站起来拥抱她，但又怕破坏了这一刻的温馨，只能努力集中精力继续绘图。

“我会打扰你吗？”她把头侧过来一些，在很近的地方，用水晶般明亮的眼睛看着他。

“不会。”他看上去是如此平静，心里却早就乱了。

她去墙角搬了一把椅子，准备坐在他身边。谁知这个时候，他的肚子却咕咕响了两声。他尴尬地换了个坐姿，却还是不幸被她听见。她笑出了声，声音始终是轻轻的，像怕吵着熟睡的人一样：“肚子饿了？我去厨房给你下碗面条。”

“等等，不用了。现在很晚了，我自己去做吧。你早点睡觉，明天不是还要拍戏吗？”

“虽然没你做的好吃，但我也会做啊。顾先生这是瞧不起我的手艺吗？”

“不是，当然不是……”

她根本不给他回话的机会，就伸手在他额上弹了一下：“等着，让你大吃一惊！”

她小跑出去了。他看着空空的门口，良久，才用手心撑住额心她弹过的地方，眉头渐渐皱了起来。

这感觉真是一种折磨。既然她爱的是以前的他，那就冷漠一点吧。让他一味付出，让他努力迎合，直到坚持不下去的那一天。可是，口口声声说不爱了，却又对他这样温柔，不会拒绝他的吻。

莉莉，你到底想要什么呢？

心情烦躁极了，他下意识又点了一支烟，细不可闻的叹息化作了长条的烟雾。不知过了多久，手中的烟一分一秒地烧得越来越短，烟雾在金色的灯光下散开，图纸却还是刚才那一张，完全没改变。

“啊，你又抽烟！”

一声低呼响起，门前的申雅莉飞奔过来，拽走他的烟，掐灭在干净的烟灰缸里。她把烟灰缸搬走，换成了刚煮的面条：“现在每天因为吸烟死亡的人比战争时期死在枪口下的人还多，你知道吗？你饿成那样还抽烟，可恶。”

看看她额头上的黑渍和变乱的头发，就知道她不是经常下厨的人。但小小一碗面，营养却特别丰富，因为里面的肉末、鸡蛋、青菜、香菜把面条全部盖住了。闻着浓郁的油香，他一语不发地拿起筷子，开始吃面。她在一旁收拾桌子上的东西，眼睛却在偷瞄他吃东西的表情。看见他大口大口地吃，禁不住背着他咬住下唇笑了。过了一会儿，趁他不注意，她把之前他倒扣的速写本翻过来：“嗒嗒！被我看到了，你的小秘密！”

“啊……”

他站起来想要夺走本子，却来不及。但出现在本子上面的，只是一个屋顶的构图。她纳闷了：“这有什么好藏的……很好看呀。”盘绕着屋顶的浮雕是大片凸出的风信子花卉图纹。她伸手在空中划过浮雕的形状，没看他就说：“快吃，不然面都软了。”

他这才低头又吃了几口，在腾腾热气里点点头：“莉莉，面条很好吃。”

她坐下来，用另外一双筷子夹碎了鸡蛋，又夹起一小块送到他嘴边：“来，你表现好的话，我可以考虑再做一次呢。”

灯光下的申雅莉未施粉黛，鬈发也全部扎到了脑后，让她看上去就像是一个温柔的太太。几缕碎发垂在耳侧，也让她多了几分妩媚。这么多年来，他已经习惯一个人工作，一个人熬夜到天亮了。这一刻她在身边，看着自己的眼睛笑得弯弯的，比任何时候都要漂亮。他开始搞不懂自己了，明明这一刻他才是被照顾的人，他却比任何时候都想要保护好她。

两周后，申雅莉猛地推开房门，刚当上三好学生的小学生般挥舞着手中的剧本：“希城，我接到了魏妃娘娘！”

但房间里空空如也。很难得接到这样好的角色，他竟然不在家。她有些扫兴地坐在他的床上，翻开手中的剧本又看了看——所谓魏妃娘娘，自然不是后宫剧里的某个贤良淑德的妃子，而是最新中美合资的好莱坞 3D 电影《救赎》中的头号反派。

整部电影是随着美国少年主角进行的，他和一名中国大学同学一起到欧洲旅行，在罗马用石板拼制发现了藏宝图，一路穿过阿拉伯国家抵达亚洲，进入中国，与一系列敌人进行斗争，最终遇到了穿着深蓝长袍黑色长发的女 Boss，和她进行一番激斗后，才知道她是被心爱的皇上误解而自杀的魏妃亡魂。魏妃暴躁冷漠、残酷傲娇，一路派遣无数小太监、小侍卫出来干扰主角，哪怕是在阿拉伯也会看见这些中国角色穿越的身影，给观众带来无数悬念。最后她出手和主角对战时，功夫招式也是帅到了极致。即便不是专业人士，都该知道这是个容易大火的角色。

接到这个角色，简直是几年来事业上最大的机遇，可惜她没能第一时间与他分享。她决定先收拾收拾房间，顺便等他回来。希城的房间还是老样子，除了床上有杂七杂八的书和充电器，其他地方总是特别整洁，就连他工作的书桌也是一尘不染。以前见他总喜欢把东西都堆在床头，她总以为是因为他懒，喜欢赖床。可是住在一起后，她发现他比一般人勤快多了，总能在闹钟响起后第一时间起床，并且快速把自己收拾成最体面的模样。可是，他对床却有依赖感，喜欢在床上进行娱乐活动。她问过他理由，他想了很久，不确定地说了一句："大概是床的感觉最像家。"

她晃晃脑袋让自己不要再瞎想他了，手肘却碰到柜子上一本厚厚的书。只听见砰的一声，它重重地砸在地上，一个牛皮纸文件袋从里面掉出来。她蹲下来捡那个文件袋，里面的照片却散了一地。她捡起来一张张翻看，脸色渐渐变得有些难看了：都是她的照片，但和他以前给她看的生活照不一样，是她穿着比较性感的私人照、同以前交往过的男人的约会照片、出道早期出席公益活动时的走光照……很明显，都是狗仔偷拍来的。

她把照片重新装进文件袋，夹入书中放回书柜，然后坐下来努力理性地思考：毫无疑问，这些照片都是希城买来的，而且最早的照片拍摄时间是五年前。一想到他这么早就和这些公司打交道，她就觉得浑身发毛。他们相处的这段时间，她一直以为自己比他强势数倍，但没想到还是处于很被动的位置。

她拨通了柏川的电话，但响了几声，又迅速挂断。不行，不能找柏川。他是皇天集团的股东，在她和皇天的利益之间，他会选择皇天。阿凛也一样。因此，柏川回电话以后，她也只说自己想找浅辰，打错了。但没想到他和浅辰刚好在一起，并让浅辰接了电话。

"一姐！"电话那边传来浅辰元气十足的声音。

"小浅，你新电影进展得怎样呀？"

"凑合凑合，你也知道我第一次投资电影，还是有点压力。"

"有压力？你这么厉害，可千万别有压力。今天晚上有时间吗？出来我请你吃顿饭，给你提前庆祝一下。"

"好！"

"就我们两个哦。"

"咦？你不带上你男朋友吗？"

"我男朋友？"

“对啊，你不带上 Dante 吗？”

“我为什么要带上他？等等，谁说他是我男朋友了……”

“你们不是同居了吗？而且坊间传闻说你俩变成了连体婴儿，二十四小时不分开。”

“哪、哪里来的坊间传闻？！”

“我也不知道……反正最近大家聊到你们俩，都很自然地说是男女朋友。”

“没那回事，我和他是……”把差点脱口而出的“包养关系”咽回去，申雅莉咳了两声，“我和他只是朋友。”

看来最近真该小心一些。再这样传下去，恐怕会出现绯闻。挂掉电话后，她顺手打开微博刷着玩，却发现评论数量突然变成了以前的十几倍。她最后一次更新微博的时间是前天，是在片场睡着时被化妆的照片。但这条微博下的评论却全部变成了满篇的“在一起”。

申雅莉点开大家都在转发的那条新闻，手指尖竟有些颤抖：

> 好莱坞大片《救赎》即将开拍，在敲定申雅莉为女一号期间，她也同时迈开了发展恋爱的脚步。在金龙奖最佳电影《巴塞罗那的时廊》中，申雅莉与 Dante 曾饰演一对以悲剧结尾的银幕情侣，这对情侣在影迷心中一直是一个遗憾。相传十年前当申雅莉刚出道时，Dante 就是她的头号影迷，两人在拍摄过程中擦出了火花，遗憾的是 Fascinante 董事长 Pablo van Cruz 执意要让自己的首席建筑师“奉旨成婚”，Dante 不得不重返西班牙与 Paz 小姐完婚。两人婚后生活同床异梦，仅一年就协议离婚。没想到 Dante 离开 Fascinante，竟是为摆脱西班牙建筑集团巨头的控制、正式追求申雅莉而做出的决定。
>
> 日前 Dante 现身皇天集团，在门口遭到大批记者包围。他否认自己与申雅莉恋爱，并开腔回应追求申雅莉确属事实……

果然纸是包不住火的。没有等回顾希城，申雅莉先去餐厅与浅辰会面了。因为爆出这种新闻，她比平时小心谨慎了很多。看见包得像个粽子的一姐，浅辰忍不住笑了出来：“恋爱就是重感冒啊。”

“居然连我都开始取笑了，你胆子真大。”申雅莉走过去捏住他的脸，“呀，你怎么这么瘦，柏川没喂饱你？”

“喂喂，一姐！”浅辰一脸的愤怒，脸泛起了薄薄的红色。

“来吧，点菜。”

她在他旁边坐下来，点了三文鱼刺身、寿司、烤牛舌、鳕鱼、蒸鸡蛋等等，以及二十个海胆。等服务员把海胆全部端过来，浅辰的脸都抽了一下：“一姐你真重口。”

她丝毫不受影响，正襟危坐：“最近杂七杂八的新闻太多，得用点重口的东西洗洗胃。”

“你是说和 Dante 的绯闻？”

她漫不经心地点点头。浅辰帮她夹了几块刺身，又拌好了芥末和酱油：“你真的没和他在一起？奇怪，我只要碰到他，他就一定会提到你。他和柏川聊得最多的话题也是你。以前他是你的粉丝没错，但从来没有像最近这么频繁，我觉得他是真的陷进去了。”

那是因为他被我包了，生活里除了我就没其他人了吧。申雅莉这么想着，又饶有兴致地问道：“哦？他聊我什么了？”

“聊你的通告。”

“那可真够奇怪的——等等，芥末太多了，好，这样就好了——我只是不明白，既然不喜欢 Paz，为什么又要答应和她结婚？”

“好像是为了收买皇天集团内部的资料。”

这与她在柜子里看见的照片刚好对上号。她凑近了一些，小声说：“皇天集团内部资料？是我的照片吗？”

“不止，上次我听他和柏川聊天，似乎还有其他东西。你等等，我打电话问问柏川。”

“别告诉柏川。”

“你放心好了，他们不会害你。Dante 那么喜欢你，柏川要敢欺负你，他肯定跟柏川拼命。”浅辰坚持掏出手机，不等她再次拒绝，就已打通了柏川的电话。他和柏川嘀咕了半天，把手机开成扬声器状态。柏川的声音传了出来：“雅莉，你终于想到要问了。”

“我有点搞不清状况了。”

“这件事 Dante 不让我说，你回家以后偷偷去翻一翻他的 HSBC 网银交易记录，自然就会明白了。”

申雅莉迷惑地说：“我不知道他的密码怎么办？”

“你登录网银的时候点‘忘记密码’，里面的问题全是和你有关的。”

浅辰总算回过神来了：“……你怎么知道这么多？”

“因为我想盗他的钱给你在南美洲买个岛。”

“……”

其实知道这些线索，申雅莉心中已经大概有了一个结论。她是如此想要知道真相是否与她猜测的一致，但又害怕得到相反的结果。她也不想再知道更多。希城确实做了伤害她的事，可十年前她在他人生低谷期离开他的伤害，绝不会少于那一次。她原本想着他们之间就这样扯平了，或许一切可以从头开始。可是，自己却偏偏发现了另一个线索。

推开家门，顾希城正坐在客厅的沙发上，戴着耳机听音乐、看杂志。看见申雅莉回来，他放下手中的东西，过来帮她把包和外套取走放好：“吃过饭了吗？”

他没有提新闻的事，她也没有提和浅辰聊天的内容。她伸了个懒腰：“我看你房间里的笔筒不够用了，我去网上再买几个。”

“好。”

她把笔记本电脑拿到客厅，在他对面坐下来，在购物网站上点来点去：“希城，我的网银登不上，把你的借我用一下可以吗？”

本来想如果他今天登过一次，待会儿她查询以前记录就不会被发现。谁知他直接把银行卡拿出来给她：“密码是 gxc0429。”

接过的银行卡不是 HSBC 的，她试了一会儿又说：“这个也用不了。”

“试试这个。密码是 syl520。”

第二十六座城 融化

他握住了她放在自己胳膊上的手，在被他触碰的那一瞬间，
她却有些忧伤地皱着眉，轻轻地靠着他。
似乎只要转过头，就能看见还是学生时的他们牵手走在这里。

她呆了一下，接过他递来的 HSBC 卡。登录了网银官网后，她发现近期他没有用过这张卡。然后，查询了过往几年的交易记录，里面出现了频繁的交易记录，最早一起记录在六年前。转账进来的账户大部分是他的另一个账户和国外的大型企业，而他转账出去的账户，则全都是国内各大娱乐公司的缩写，其中有明星杂志、新闻电台、娱乐网站、演艺圈报刊等等，其中几次的用户简直令人不敢相信——皇天集团。但与皇天集团的记录在多年前就减少了。不管是出是入，每一次交易额都是天价，最大的一笔输出交易额的时间是两年前，收账用户名称是 Ann Zhang。

事情和她想的很接近，但交易金额比她想的大得多。最重要的是，这个 Ann

Zhang 让她很迷惘。她退出网银，拿着手机匆匆去了洗手间，拨通了柏川的电话："我看了他的网银，他花这么多钱是买我的照片对吧？我没弄明白。"

"不止照片，还有你的花边新闻。包括皇天最初开始准备用来炒作你的一些新闻。"

"这和你没关系吧？"如果她没记错，交易进行的时期，柏川还不是皇天的股东。

"当然没有，不过我对这些事有了解。那时候赫威集团靠炒新星八卦崛起，李董受到冲击很大，也开始模仿赫威的套路。我劝过他，但拗不过他。过了一段时间他自己就懂了。赫威采用的是把艺人当流水线商品推出的战略模式，他们艺人的辉煌期最多五年，过了就完全被榨干然后冷藏。但皇天都是实力派，采用这种宣传策略只会伤了皇天的元气。当时被李董错误决策弄垮的艺人有很多，你差点也中枪了。还好有 Dante 在，不然影坛要少一名超级天后。"

不明所以地，申雅莉忽然觉得门外的希城离自己很远。柏川停了一会儿，又继续说道："其实你被买下的最大丑闻全是捏造的，还都是国外传过来的。知道谁是始作俑者吗？"

"……张安娜？"

"对，就是一年前皇天集团明星隐私走漏的事件。我找人到欧洲调查，源头是克鲁兹家族，然后去问了 Dante。起因就是张安娜一直想报复。以前白风杰为你甩了她，她又吃过李董的亏，所以她恨你和皇天集团恨入了骨。刚好她把 Pablo Cruz 吃得死死的，让他为自己操纵这一切。Dante 说这件事他很早就知道，但因为你还有把柄在张安娜手里，所以没法告诉我们，也控制不了，他只能尽量保住你。"

"所以他给了张安娜那么多钱？"

"只有钱是没用的，这女人现在不差钱，他牺牲了色相，才稳住那色老头。"

"色相？难道他和克鲁兹先生……"

柏川咳了两声，像是被呛到了："当然不是，是和 Paz Cruz 结婚，因为 Paz 她父亲很喜欢他，想让他当女婿。结果，他们俩又合伙把她爸骗了——据说 Paz 上演了自杀事件，说坚决要离婚。"

"……"

"现在明白了？"

"可是皇天出事的时候，很多事都不是谣言，张安娜怎么会有那么多秘密？"

“她不是和白风杰谈过一段时间恋爱吗？”

“懂了。”白风杰是个败类。

“现在想想，时间还过得真快。”柏川笑了一下，“我和 Dante 刚在国外认识的时候一起喝了几杯，我跟他说国内情势很好，让他回来，他说至亲都过世了，他不会考虑回国。所以后来他突然回来，我还觉得有点奇怪。最近才知道，那就是因为张安娜这件事，他试图在国内封锁消息。”

“结果失败了。”

“嗯。无论在国内怎么折腾，克鲁兹那老色狼都无法过张安娜这一关。最后他还是回去结婚了。”

她双眼不由自主地眯成一条缝。她想起希城和 Paz 结婚前的情景了，她和他分手那晚说的话，几乎完全没给彼此留后路。柏川不知道他们之间具体发生了什么，也不知道这边的她情绪很不稳定，只是继续说：“Dante 看上去是外籍的建筑师，实际现在在国内人脉很广。都是在跑你的事时积累的资源，所以作为好友给你个忠告，这男人你要把握好，因为他已经……小辰，你在做什么？手拿出去，那种鱼是食肉的！不行了，雅莉，我改天再和你聊。”

电话被挂断了。洗手间里只有她一个人的呼吸。

他穿着新郎礼服的时候，原来也是爱着自己的。

他当时所有的冷漠与疏远，原来都仅仅是想要维护她的名誉与前程。

如果不是因为自己放不下，强行挽留他过夜，他大概只会像十年前那样，淡淡地从自己生命中消失吧。

她是多么想要冲出去抱着他大哭一场，向他道歉，保证一辈子都好好对他。但如果真的这样做了，就和十多年前那个任性撒娇的小丫头没有什么区别。她不能再这样对他，不能再这样消耗他的温柔。客厅里的希城很安静，电视机打开以后，她连他的脚步声都听不到。这么多年来，他就是一直以这样的方式陪伴在她的身边。在这个晚上之前，她一直认为自己是一个人，认为是自己坚强地扛过了一切重担，不需要任何人也可以高傲地活下去。而事实是，不管两个人之间的距离有多么遥远，他都一直保护着她，从来没有离开过。

哪怕不流泪，只要人在哭泣，头也会感到晕眩。她在马桶上坐下来，任凭滚烫的泪水流满双颊。但她捂着脸没有出声，不能让他听见。

希城，你不告诉我这一切，是不是因为你知道你的付出会让我难过？

几天后的下午，顾希城在书房里画图时手机响了。他手里要忙的东西很多，还没看名字就把手机开了扬声器。谁知电话那头是熟悉的嚣张声音："希城，晚上同学聚会，记得把你老婆带来啊！不带的话我们可不要你！"

他去关扬声器，但已经来不及了。这些话全都传到了申雅莉耳里，她本来在旁边看剧本，也愕然地抬起头来："这是……电池哥？"

"呀，真是班长，亏你还记得我啊。你不厚道，同学聚会从来不来！要知道丘婕可是每年都来的。对你这种大牌的明星，我觉得最好的办法就是在你影友会时给你挂俩横幅，一写'六亲不认'，一写'忘恩负义'，你选个裱在家里好了！"

顾希城按住电话："莉莉，你别理他，我跟他说就好了。"

"我要去。"

他怔了怔，说："你确定吗？他们会拿我们开玩笑的。"

"没关系。"

最后，她真的和他一起参加了缺席多年的同学聚会。聚会地点是在学校附近的海鲜餐馆，因为人多，天色暗，大家都穿着休闲装，整个浑水摸鱼状，申雅莉、丘婕、顾希城三个名人侥幸地没有被狗仔发现。而事态果然如之前所猜那样，老同学们以"顾希城假死十年""班长变明星缺席聚会十年"为主题讨论了一段时间后，炮火就同时集中在了两个人身上。

"话说回来，你们都结婚多少年了啊，怎么都不告诉我们一声？"

不等申雅莉回答，顾希城已先说道："我们还没结婚。"

"难道真像新闻说的那样，是你单恋班长？"

见他点头，其中一个男同学挽着女同学的肩，对他无奈地摇摇头："顾希城你动作太慢了，我和我老婆大学才恋爱的，现在孩子都会走路了，你俩高中不就恋爱了吗？怎么分分合合又打回原形了？"

丘婕意味深长地摆摆食指："这过程太曲折，都可以写成一本小说了，回头我慢慢和你们八卦。"

电池哥像唱戏一样接道："既然你们还没结婚，那就讲讲孩子的事吧。"

丘婕一掌打在电池哥胳膊上："你正经点行吗？！"

"没小孩？难道顾希城你……"电池哥一脸流氓相，目光从顾希城的脸转移到下面，"你难道有问题？"

大家都被电池哥的样子逗得大笑起来。这俩铁哥们儿从小就很会互相抬杠，顾希城刚想说两句来堵一堵他，申雅莉却抢先搂着顾希城的胳膊说："班长说了算，他没问题！"

大家沉默了大约半秒，然后像炸开锅了一样起哄：

"哇——哇哇，爱的告白！"

"哟，还会帮老公辩解了。"

"茜茜公主你老婆好偏袒你啊，大家都自己人，别装下去了啊。"

"赶紧结婚，赶紧的！"

所有同学都乐翻了，一直拿他们开涮。只有顾希城和丘婕两个人被她这个回答弄蒙了。他看着她，想要从她儿那得到解释，哪怕是眼神暗示也好。但她自始至终都在和大家说笑，正眼也没看他一下。

"安静，安静！都听我一句！"电池哥明显喝高了，站起来单脚踩在椅子上，用筷子敲着碗说，"现在我代表全班同学向班长提问：什么时候我才能当叔叔？！"

众人的目光转移到了申雅莉和顾希城身上。

申雅莉大笑起来："你什么时候有女朋友，我们就什么时候让你当叔叔。是吧？大家喝！"

众人又笑了。电池哥无限委屈："喂喂，欺负我这种万年光棍，你们害不害臊。"

一群人又笑笑闹闹了很久，一个在美企工作独身多年的女同学问道："不过雅莉，说实在的，你们现在到底有没有重新在一起？跟老同学就不要再卖关子了，我们都很想知道啊。"

申雅莉看了一眼顾希城，他尽量让自己淡然处之，但却被那闪烁不定的眼神出卖了。他似乎比其他人都还要迫切地想知道答案。

"我们没有分手过。"她在他的眼中看见了错愕，然后她笑了，"这十多年来，我们一直在一起，从来没有分开过。"同学们都沉默了。她在桌子底下握住他的手，想要得到他的支持："是不是，希城？"

他凝望着她出神很久，最后眼眶红红地点了点头。看见他的兔子眼，她也觉得鼻子有点酸。所幸这时候电池哥拍了一下他的肩，然后用力搂住他的脖子："大男人不会在这时候哭吧，哥们儿金融危机失业的时候没见你哭，老婆一句话你就撑不住了？说好的女人是衣服，兄弟是手足呢？"

难得的是，在众人的起哄声中，顾希城居然有些腼腆，就像多年前收到她的情书时那样。不过，这个晚上第一个真正掉眼泪的是那个在美企工作的女同学。她用纸巾擦擦妆容细腻的眼角，声音略带鼻音："太好啦。我就说嘛，如果你们俩都不能走在一起，那我就再也不要相信爱情了。"

聚会结束后，申雅莉和顾希城在街上悠闲地散步。夜空是尼禄铺开的巨大风帆，以覆盖罗马的姿态拥抱了渐生睡意的城市。星光是夜空的白色流体，落到凡间，凝固了整座城市的冰霜。她挽住他的手，孩子一般贴近他。贴了一会儿，她又不放心地抬头看看他，对他展颜一笑。这个刹那，她的眼睛盛满了星光，全天下最昂贵的宝石都不曾如此美丽。他握住了她放在自己胳膊上的手，在被他触碰的那一瞬间，她却有些忧伤地皱着眉，轻轻地靠着他。似乎只要转过头，就能看见还是学生时的他们牵手走在这里。

"所有的事我都知道了。"她的声音如此细微，就像是轻轻吹了一口气，"知道你为我做的一切，还有你现在已经身无分文的事。"不经意听见他和 Marco 打电话，似乎是他欠了银行的钱，现在已经负债累累了，账户上只有四位数存款。

他没有回答。她安心地靠着他："别担心，你还有我。"

他的声音略带笑意："如果我找不到工作怎么办呢？"

"那我就一直养你。"

"其实，我和 Fascinante 闹得挺僵的，恐怕以后都不会再有公司要雇用我了。"

"没事，你有我。"

这句男人的经典台词，由她说出来是如此顺口又令人安心。申雅莉觉得自己很帅气，像个女人。顾希城也没有感到羞耻，接下来的日子里，真的轰轰烈烈地吃她的用她的刷她的卡，还拿她的身份证去办理各种业务。她对此没有一点想法，因为已经确定了非希城不嫁。对他，她永远会给予无条件的信任。

只是，她的这种自我感觉良好的帅气膨胀感并没有持续多久。

圣诞节前一周，《救赎》发布开机记者招待会，电影主创亮相美国洛杉矶皇家圣弗兰礼堂。申雅莉身着品牌独家定制的深蓝斜肩曳地晚礼服“魏妃裙”，腰部镶嵌的手工碎钻与耳环相互辉映。这一身“战袍”令她十分抢眼，刚抵达现场就谋杀了不少菲林。

发布会将在半个小时后进行，在门外等候他们的是《花花公子》《时尚》《名利场》等大牌杂志赞助的游艇、香槟、红酒和烟花。为表敬业，申雅莉没有带翻译。只是明明事先已经练习过英文，但即将面对那么多的美国记者，她还是觉得压力有点大，觉得像回到了第一次演戏的时候。趁人不注意，她掏出手机发了一条消息给顾希城：“希城，怎么办，我好紧张。”

顾希城立刻回消息说：“别怕，我陪着你。”

她有点感动。现在国内已经半夜了，他还没睡觉，应该在电视机前等看新闻发布会的转播。之前他说要和自己一起来美国，她无论如何都坚持要孤军奋战。早知道就该带他一起过来。所幸导演比较会照顾人，和几个美国人聊了几句，就过来站在她身边：“雅莉，你果然是我们的骄傲，你看你一进来，就变成场内最夺目的女星，那些金发碧眼的白人没法比啊。”

“承蒙导演厚爱，愧不敢当，愧不敢当。”

“呵呵，还是这么谦虚。我看看……招待会还有二十多分钟才开始，来，我带你到处走走，认识认识人。”

她点点头，提着裙子和他在厅堂内转了转，认识了一些好莱坞演员、著名导演、大牌编剧。她全程带着招牌的影后式微笑，只是，当导演把她带向某个赞助商的时候，她的嘴角抽了一下。

“这位是 Marco van Cruz，Fascinante 的前副总裁，西班牙克鲁兹家族的继承人之一。他现在刚抛掉自己的股份离开 Fascinante，投资了一家新公司。”

在导演的介绍下，Marco 朝她举杯微笑，眼睛湛蓝而迷人，迷晕了身边几个好莱坞女明星：“申小姐，Long time no see.”

“原来你们认识。”导演指了指他身边刚刚转过头的男人，“那这位你肯定也认识了。Dante，Fascinante 前首席建筑师，现在是雅希建设集团创始人之一。”

与刻意晒出古铜肌肤的Marco相比，他看上去并没有那么野性，明亮的肤色反倒让人想起他在台湾迪克莱银行斗室中添加的白陶瓷蔷薇。他穿着双扣绒毛西装、纯棉礼服衬衣与商务翘头皮鞋，袖扣是镶钻白金的花朵。从他的面容上，第一眼能看出他的美丽，第二眼能看出他低调的贵气。他朝她微微颔首，伸出手来："申小姐，好久不见。"

她费了很大劲儿去忍耐，才没动手把他的手拍掉。她干笑着和他握手，把他拽到一边去："这是怎么回事？"

"嗯？"顾希城低着头认真倾听她的话，和她靠得很近，眨了眨眼睛。

水晶灯金光照亮他的脸颊，如同照亮了一幅古老家族年轻绅士的画像。他最初用Dante的身份回来，她一度认为他非常有距离感。他看上去是那么魅力四射、光彩夺目，好像与她生活圈里表面华丽实则疲惫不堪的人们完全不同。后来重新接触他，她才知道他不是没有烦恼，只是习惯将烦恼压在了平静的外表下。

像是生怕她唐突了重要人物，导演把她拽过来："雅莉，他们是我们的赞助商。《救赎》最大的场地赞助商就是雅希集团，知道了吧？"

她没理会导演的说教，又一次把顾希城拽到一边去："这是怎么回事，你什么时候去搞了个雅希集团？"

"不止我一个人，还有Marco、汤世和国内的一些建筑公司老总，他们都是股东。不过集团名字是我取的。"他朝她微微一笑，"名字喜欢吗？"

"Marco不是跟他爸做吗，怎么跑出来了？"

"他觉得跟我比较有前途，就公私分明地离开了Fascinante。"

"哦……不对啊，你不是彻底成了穷光蛋吗？不是欠银行钱吗？怎么转眼就……"

"对，现在都还欠着。"

她恍然大悟——所以，欠钱的实质是贷款，贷款的实质是投资新公司去了。隐瞒自己这么多事，真是恨不得当场就掐断他的脖子。她睥睨着他："你真是的，这么大个公司取这种名字。"

"夫妻搭配，干活不累。"

"谁跟你夫妻？谁跟你搭配？"

"当然和你有关系，你可是法人代表。"

“——顾希城！！”她用力掐住他的胳膊，“你还有多少事瞒着我！老实交代！”他痛苦地呻吟着：“有，只有一件了，不过要回国才能告诉你。”

导演惊慌失措地冲过来想要拦住她：“雅莉啊，别，别……”

“让他们去吧。既然要娶母老虎，就要学会承受家暴。”Marco 微笑着摸摸自己的下巴，自言自语道，“我的中文真是越来越精进了。”

经济实力决定家庭地位，这说法绝对不假。新闻发布会结束后，申雅莉就随剧组回国，准备开始《救赎》的拍摄工作，顾希城也总算翻身做主，回自己家住了一个晚上。她不会给他机会逃避现实，追杀到他家，问他隐瞒自己的秘密究竟是什么。他被她逼到窗口，无路可逃，只能苦笑：“不能过些年再告诉你吗？”

“你还想再隐瞒很多年？”

“这件事过些年告诉你，效果会比较好。”他一本正经地说道。

“你是第一天认识我吗？都已经告诉我有这么一个秘密了，还卖关子说要过几年才说。要么不告诉我，要么就别说到一半，混蛋！”

“其实不是什么秘密，只是我工作上的一点计划。你不会感兴趣的。”

“我感兴趣！”

“你真的要知道？”

“对！”

他温文尔雅地笑着，点了点自己的嘴唇：“那就亲我一下。”

她直接把他推到阳台旁边的墙壁上，捧着他的头就狂吻起来。他吓了一跳，趁她侧头的时刻，讶异地唤着她的名字。她毫不客气地袭击他，让他的呼吸也变得急促起来。但很快他就恢复了常态，迎接她的挑战，坏笑着夺走了她的主动权，把她反压在墙上，吻得她喘不过气来。她呜咽着想反抗，双手却被他扣住，身体也被压住，只能被迫接受他热情到有些粗鲁的吻。

这么长时间被她压迫，现在多少要反击一下。发现她的四肢越来越疲软，好像就要晕在自己怀里了，他才放过她，弯着腰，顶着她额头亲昵地说：“我老婆可真凶。”吃了闷亏不说，还被抱怨凶。她一口咬住他的下嘴唇，咬得他闷哼一声。她没好气地说：“这分量够了吧，快说！”

“好吧，这次工程很大，肯定也瞒不过你……”他直接拉开窗帘，推开旁边阳台的门，牵着她的手，走到阳台上。

早就听说这里有大批楼房拆迁的事，不过没想到在一座高楼密集的城市里，出现大片空旷地盘竟会是这个模样——确切说，不是空旷的地盘，那里已经盖好了几栋大厦的钢架，有的用施工布料盖住，有的则没有遮掩。星辰并不温柔，也不悲伤，只是夜之女神散落在天幕上的首饰碎片，向这座城市撒下了遍地的钢铁与金银。她站在高楼上，眺望着比她所在楼层还要高出几十倍的建筑。寒风穿过它们空荡荡的骨架，迎面冰冷了她与希城的肌肤。它们在黑夜中看上去有些可怕，却又像擎天巨兽的骸骨，伟岸而浩大。

“这些是……你们新接的工程？”她不是很确定地说道。

“嗯。”

“你是设计师吧？”

“嗯。”

“你太厉害了。”她转过身去，双手揉揉他的脸颊，“希城，你太厉害了！”

他微微笑着，拨开她被风吹乱的鬈发：“你是我所有努力的原动力，以后等我们有了宝宝，我会更加努力的。我一定会给他们最好的未来。”

不知怎么回事，看见他这么深情的双眼，她反而觉得有些害羞。她涨红了脸，转过身去吹冷风，想要降降温。然而不经意间，她看见那片建筑中一栋半成品上的雕刻花卉。花卉往上攀爬的姿态优雅至极，她能想象得到等它完工的样子。正是因为有了这个雕刻，这栋楼与其他冰冷的玻璃钢铁高楼截然不同，散发着古典的、自然的、充满艺术的美感。这是大建筑师 Dante 的设计风格，她从许多年前就知道。

最令她震惊的是，那些花卉是连成片的风信子。

原来之前他问她喜欢什么花、她数次逮着他画风信子的速写，并不只是为了好玩。再看看其他楼房的构架，都与那栋楼有异曲同工之妙。她观察它们许久，小声说：“难道，其他楼都是这样的？”如果是这样，等它们全部建好，场面的壮观一定无法想象……说完这句话，她出神地回过头去。

星光是融化的冰川，涨了整座城市银色的水雾。

他已经半跪在她面前。

尾声 希望之城

爱不是征服，不是独占，不是冲动，
而是一种流淌在血液中的东西，
让人只要听到这个字，都会想起那一个特定的人。

来年春天。高耸入云的大楼把天空截成多边形，中间透露的青宝石色是漫长春季的预言。大型购物中心一层，影后申雅莉为护肤品代言的海报中，肌肤在散发着珍珠色的光芒。年轻女孩挽着男友购物的时候，都指一指上面的眼霜说："老公，我就要这个。"

水泥大道下方地铁嗡鸣，上方汽车堵得水泄不通。乘坐在交通工具上的年轻人玩着手机上的新游戏，收集到一定金币后，就可以购买最新的角色皮肤"魏皇后"。出租车靠背显示器上放映着《救赎》的预告片，全球上映时间与手机游戏屏保上宣传的一样：8月5日。

相比较这部在美国炒得轰轰烈烈的新电影，国内影迷更关心的是申雅莉闪婚的劲爆新闻。明星结婚向来是有人祝福有人骂，但申雅莉的婚姻是一个例外。她与希城因为地位对等，站在一起十分相配，还共同演过一部电影，婚姻得到了大部分人的祝福。

前往夏威夷的蜜月航班就要起飞。申雅莉笑眯眯地放下手中的娱乐报纸，扭头对顾希城笑了："希城，所有人都觉得我们般配，我也觉得是，我们年龄、身高、外形都是天生一对，连养的乌龟都是这么般配。"

"莉莉，其实乌龟长得都一样。"

"……"这回答太扫兴了，她不依不饶，"那年龄、身高、外形呢？"

"我们是同学，年龄肯定也……好吧，都配都配。"后面的话是被她吓人的眼神逼回去的，他揉了揉她的脑袋，"其实我不介意这些。"

她歪着脑袋思考了片刻，忽然又正了回来，捧着他的手自恋地说："你是不是想说，不论我长成什么样、身材如何、年龄多大，你都不介意？"

"嗯，我不会介意将就着过。"

她呆了一下，用力推了推他的胳膊："哎，你什么意思？！"

像是欺负她得逞，他嘴角微扬，低头看着 iPad 上的时事新闻。最近希城快要爬到她头上去了，总是说一些话来给她添堵。说什么不介意和自己将就过，等等。这话是什么意思？他的意思是，不管她变成什么样，他都可以将就着过吗？只要是她就好了……对吗？

绕了半天，又被他无心说的一句话感动到心都融化了。没出息。

可是，自己又何尝不是如此。人生中最初的喜欢，是在十六岁的细雨里，与他牵手的刹那。当时她怎么都不会想到，那种牵手的感觉，从他离开以后就再也没有过。

校园是一种单纯的颜色，社会是个融入了五颜六色的调色盘——不管是多么美丽的颜色，只要全部混在一起，永远都是接近深灰的暗沉色。在这个灰色的世界里，人与人之间的距离是如此遥远，无缘无故的好是不存在的。如果有一个人无条件地为另一个人付出了许多，那往往是想要得到些什么，爱情也会沦为交易的道具。

失去他的那么多年里，她不是没有为别人心动过。随着社会地位的上升，在她身边的男人档次越来越高，有的家财万贯，有的风度翩翩，有的位高权重，有的胸罗锦绣，有的甚至以上的全部条件都有。在外人看来，比那个傻瓜顾希城优秀的男人太多太多了，而在与他们相识了解的过程中，她曾经数次认为自己重新坠入了爱河。只是，在彼此关系走近后，所谓的“爱”，终究会烟消云散。

爱不是征服，不是独占，不是冲动，而是一种流淌在血液中的东西，让人只要听到这个字，都会想起那一个特定的人。少年时的希城爱她爱得笨拙，从来不会说好听的话，有时还会幼稚地和她吵架，可那种笨拙的表达方式下，藏着太多她一生都再也无法放开的东西。

人在逐步成熟、学会笑看人生后，不论再怎样游戏情场，说再动听的情话，做再奢侈浪漫的事，都不会被轻易伤害。相反，真正会伤害人的，是那些最初最简单的东西。

他不会表达自己，但你知道他动了真心。

所以，十多年来，只有顾希城，只能是这个人。除了他，别人都不可以。

他爱她十年，她用十年来思念他。

飞机在跑道上滑翔，随着嗡鸣声响起，窗外的景象时光般飞速后移，带领他们进入高空。这座城市庞大、高耸的建筑变得越来越小，越来越密。看着窗外的世界，她想起还是孩子时，他们曾经多次走过这些街道。他们是这些建筑的根，在楼与楼之间交织，给予这座城市血液与生命。

那片即将盖起的高楼也很快进入眼帘，她看着它们，故作胁迫地说：“希城，如果有一天你再离开我，我的怨恨一定会堆成一栋大楼，把你压得无处可逃。”

他微微笑了一下，什么也没说，只是握住她的手，和她一起看向窗外。

现在，他比当年那个少年稳重了许多，爱她的方式从青涩的霸道转变成了成熟的包容。他依然高大而英俊，只是皮肤已经不再像当年那样，紧绷光滑到几乎会发光。如今，他笑的时候，眼角甚至有了浅浅的细纹。她第一次如此强烈地意识到，他和她一样，离稚嫩的十多岁已经很远了。他们都在逐渐改变，总有一天会失去巅峰期的光环，变成头发花白的老爷爷、老奶奶，变成街道上最不起眼的老夫妻。可是，她再也不会感到害怕。

因为她有他。而他不是别人，是顾希城。

看见他的笑容，她愣了一下，不知为什么，忽然眼眶变得通红。她靠在座椅靠背上，闭上眼睛假装睡觉。可是，即便闭着眼睛，泪水也湿润了眼眶。他们一定可以一起变老、一起死去的，对吗？她一定不会再失去他，会每天都能与他相拥而眠的，对吗？

以后几十年的日子里，每一天早晨醒过来，她都可以像如今这样亲吻他沉睡的面容，对吗……这些问题是多么遥远，但她想要知道答案的心情又是多么迫切。

尴尬的事情发生了。空姐看见她睡觉，走过来温言细语地说："Dante 先生，请问您太太需要毛毯吗？"

他做了一个"嘘"的动作，小声说："过一会儿再给她拿，她现在刚睡着。"

空姐刚离去，她就把头埋入他的肩窝。本来想忍着不流泪，可在被他抱紧的刹那，她惊讶地睁开眼睛，攥紧他的衣角，泪水还是悄无声息地流了下来。

他知道她在想什么。他也知道她想要什么。

但是亲爱的，你或许一直不知道，即便我在这座城市里修建了那么多的摩天大楼，也根本不够填补没有你的寂寞。

因为从十年前我就已经认命地发现，在这个世界上，我生命里的那个人只能是你。除了你，任何人都不可以。

因为我对你的思念，早已成城。

~ end ~

I can not protect myself from sadness as long as you are in my memory.

However, we have finally ended up with being together, since we noticed that we still love each other.

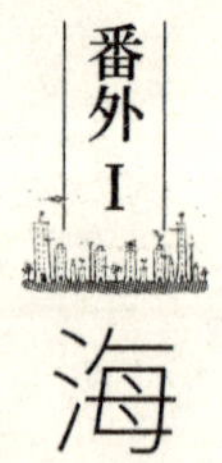

海

转眼间又是一年七月盛夏，申雅莉笑眯眯地坐在自己的先生身边，头倚在他的肩膀上："希城，你下个月有什么安排吗？"

顾希城看着计算机上CAD的构图，心不在焉地吻了一下她的额头，连眼睛都没有离开屏幕："下个月比较忙，有一个在阿根廷的工程需要我亲自去监督，就是这个。"

他的下巴朝着屏幕扬了扬："下个月一号去，十四号回来。"

申雅莉愣了愣，突然想起去年他就跟自己提过这个工程的事。她"哦"了一声，没再继续说话。他这才转过头来："怎么了？下个月有事吗？"

"有一部新上映的电影，我想让你和我一起去看。"

"是几号的？"

"八月……五号吧。"

他抱歉地看着她："对不起，莉莉。这个工程挺重要，去年我们就开始计划了。回来以后一定抽空陪你。"

"好。"

这段时间希城好像越来越忙了，自己创立公司果然是比为别人工作辛苦得多。自己也不是小朋友了，不能太过任性，这件事就不再提了吧。只是，心中空荡荡的感觉，也不知道是落寞，还是寂寞。

后来她又打电话给其他人，问他们八月五号有没有时间。

李真："那天我要去米兰任时装秀评委，亲爱的。慢着，那天是你的生日对吗？那真不好意思，今年没法陪你过了，不过礼物我会先帮你选好哦。"

丘婕:“吃饭?好啊……蛋糕我买还是顾小受买?什么?他不在啊,那我买好了。”

浅辰:“一姐的生日我当然不能缺席,我来!”

阿凛:“既然你没有别的安排,那天晚上让影迷跟你一起过。”

…………

然而,后知后觉的人只有顾希城。当天晚上,他才有些抱歉地在厨房抱住了她:“莉莉,要不你跟我一起去阿根廷吧?”

“我最近大概抽不出时间……”

“可我不想错过你的生日。”

这时候才记起自己的生日,也不知道是突然想起了,还是听别人说了。她有些低落,摇摇头:“没事的,你陪我过农历的就好。”

“真的没事?”

“真的啦!你快出去,难得我下厨一次,再不出去就没吃的了。”

看见希城松一口气的样子,她关上门以后反而更加低落了。长辈们经常说:“不要永远指望男人能对你浪漫体贴无微不至,他追求你的时候伪装成这样,并不代表他真是这样。当他不再把你当女神一样供起来时,也是真把你当自己人的时候。”所以,对于希城逐渐冷淡的态度,她并不是没有做好心理准备。作为成熟的女性,她应该支持他的工作。越这么想,就似乎看得越开了,她心情平静了很多天,直到月底逐渐临近。

会有两周不能见面。从他们复合以后,似乎就没有分开这么长时间过。在他离开前的两三天,她变得比以前黏人多了,在家里不论他去哪个房间,她都要跟着。二十六号晚上,他在家里收拾东西,她在旁边帮忙整理,同时盯着他的脸看。感受到她炽热的目光,他终于忍不住笑了:“莉莉,我连挑衣服都没法集中精神了。”

“可是我舍不得你。”

“我也舍不得你。真希望你和我一起去阿根廷。”

他放下手中的东西,把她搂入怀中,紧紧拥抱了很久很久。

就是这样温柔又充满安全感的拥抱,让她更加确定了,只要和他在一起,付出再多也没有关系。

有他就够了,她不再需要任何更多的东西 。

第二天顾希城去了阿根廷,她把所有的行程全都改了。既然希城不在,过生日这件事也变得令人特别不期待起来。她推掉了当日所有生日庆祝的安排，提前跟着剧组去外地的海边取景拍戏。

很快五号到来，清晨六点她就起床准备工作了。手机上有上百条生日祝福，其中在凌晨正点祝福的人有三个，其中一个就是希城：

“老婆，以后每一年的这一天我都会和你一起过。我爱你，生日快乐。”

“谢谢亲爱的。现在你那里是几点了？在做什么呢？”

回了这条消息，等了两三分钟没得到回答，她直接洗漱下楼坐车去位于海边的片场。

片场的工作人员都祝她生日快乐，她笑着一一应答，然后坐下来让造型师为自己化妆、做发型，自己则是翻着手机回消息，同时等待希城的回答。

夏季的海呈现出深深的蓝，像是浅色天空记忆的倒影。海鸥的声音圆润悦耳，在她的头顶徘徊。她看见希城回了一句消息：“在拿一些东西。你呢？”

“我在海边拍戏。对了，前段时间我看过一个心理测试题，上面说‘看到下面的东西你会想到什么’，‘天空’的答案是‘你一生最理想的对象’。曾经我觉得你是像天空的，可是现在我看到更像你的东西了。”

“那是什么？”

那个测试题里没有大海的选项。所以像大海的人代表什么，她也不知道答案。但是，现在看见海，她首先想到的人就是希城。深邃、宽广、沉稳，占据了她所能看到的所有方向。

海鸥的鸣叫再度响起，汹涌的浪花在海湾起起落落。她抬起头来，想要看一看眼前的美景。

但占据视线的，却是怀中抱着一捧粉色玫瑰的男人。

“生日快乐。”他微微笑着，把那捧花递过来，“莉莉。”

番外II 愚人节的烦恼

某一日清晨，顾希城在朋友圈里发现了某著名公司推出的一种神奇手环，该手环广告声称可以将人的梦境用脑电波传到手环上，在电脑终端上移植成视频文件。他的第一反应是假新闻，于是想也没想就跳过去了。但没过多久，这条新闻被太太转发过来。对方以一种无比惊叹的口吻说道：“希城，你快看，这简直是超越哆啦A梦的发明！你说，这个会不会超级贵啊？”

为了不打碎她的幻想，顾希城回复道：“你怀着孩子，用这种东西对身体不好。等宝宝出生了我再买给你。”

对方莫名其妙地打了一排“哈哈哈哈”就消失了。他没有多想，继续投入到工作中。

过了一个小时，他又收到一条申雅莉发的微信。内容是一个绿色的未读语音泡泡，时间显示七秒钟。但因为收到的时候他看见了“动画表情”四个字，所以知道这并不是一条真的语音消息，于是回复了她一个问号。然后，对方又发了一排“哈哈哈哈”然后消失了。

午饭结束后，他再一次收到了申雅莉转发的新闻：“劲爆！知名男星××出轨内幕，妻子×××接受独家专访！！”

雅莉平时不是爱关心八卦的人，今天是怎么了？他没兴趣点开看，只是把手机放回了桌子上。但太太明显闲过头了，没过多久就发短信催促他赶紧看。他迫不得已点开了新闻，谁知里面一片空白，只有一个对话框：“哈哈，被骗了吧！”点了一下“确认”，又出现一句：“嘿嘿！”再点一下，再出现一句：“点我呀！”他叹了一口气，双击手机的home键，轻轻一推，把窗口强制关闭了。

十分钟后，申雅莉发消息过来：“亲爱的，手点酸了吧？”然后加了一个可怜巴巴的表情。

“……”

“笑死我啦，哈哈哈……”

“……”

他有些担心雅莉的精神状况，所以一个下午都没有再看短信，只是在公司早早把工作完成了。下班进入电梯，有两个女员工进来了，和他打了个招呼，就开始低声聊天。

“话说回来，今天一个给我告白的人都没有啊，看样子我是真没人喜欢了……”

“你当我们还是小孩子不成？人啊，是年龄越大就越不爱过愚人节了。”

“是啊是啊，想我们读中小学的时候，每次过节都会期待好久呢……果然，一个人的心理年龄和他在愚人节开的玩笑数量成反比呢。”

听到这里，顾希城愣了一下：“今天是四月一号？”

“是的，顾先生。连您也没有被愚吗？啊，我突然心理平衡了……”

这样说的女孩子被另一个女孩子推了一把：“心理平衡什么，顾先生的太太可是申天后啊，那么成熟又有魅力的女人，才不会玩这么幼稚的游戏。”

再回望一下手机，里面又多了数个来自爱人的整人短信。顾希城突然有一种扶额的冲动……

电梯门打开的瞬间，手机铃声响了。是申雅莉的电话。接通以后，对方云淡风轻地说道：“希城，你办公室在几楼呀？”

“顶楼。你不是知道的吗？”虽然已经猜到她接下来要说什么，但他还是没有拆穿她。

“我来找你啦。你快下来接我。”

“好，你在哪里？”

“就在你们公司一楼啊。”申雅莉难得娇弱地说道，“我和宝宝都在等你，你快点来哦，爸爸。”

“我马上到一楼。”他往前走了几步，故意等了一会儿，“我到了，你在哪里？”

“哈哈哈哈……”

一阵爽朗的笑声过后，电话被挂断了。再想起刚才那两名女员工说的话——“一个人的心理年龄和他在愚人节开的玩笑数量成反比呢”，顾希城望着天空轻吐了一口气。

他很快回家了。打开门的一瞬间，申雅莉略微惊讶地望着他：“……你怎么提前回来了？该不会是被我那一通电话吓到了吧？”

“不是。今天工作结束了。”

“骗人，你肯定是被我的电话吓回来了。”她戳了戳他的脸，一副小人得志的模样，转瞬惊讶地望着地面，“啊，你钱掉地上了。”

这句话让他想起了十六岁的记忆。那一年也是愚人节，但在班上同学们开玩笑骗人的次数比现在多多了：先是一个同学捂着腿跪在地上说自己腿断了，然后一群人大惊小怪地把班主任叫过来；然后英语老师宣布要临时大考，结果一整天都没消息；再是一个男生给好哥们儿的妈妈打电话，说他跟人打架被校领导通报批评了……全班同学都玩脱了，顾希城觉得他们实在太幼稚，无奈地摇着脑袋走出教室。谁知刚走到教室门口，他就撞到了班长。她望着他，脸红红的，指着地上说：“你、你的钱掉地上了。”

他当然连眼皮也没眨一下，淡淡地说道：“你的钱也掉地上了。”她居然真的傻乎乎地低下头去看。

他一副服了她的表情，伸手在她的额头上弹了一下：“笨蛋。”然后从她身边走过去。她捂着额头，在后面恨恨地喊道：“喂，顾希城！”

……想到这里，顾希城禁不住笑了一下，然后低头看向地面。然后，听见申雅莉大笑了起来：“希城，你真的变笨了！哈哈哈哈！今天一直在上当，从早上被我骗到现在，你难道不知道今天是愚人节吗？”

聪明的男人应该懂得适时装傻。这是他们结婚以后他总结出的信条之一。他恍然大悟地一拍脑袋，反应敏捷地回答道：“那这么看来，我也要惩罚你一下了。晚上不如……”他低下头，在她耳边小声说了一句话。

她眨了眨眼，耳根热了起来：“别想吓唬我，今天是愚人节。你也不能对孕妇这样。”

“知道就好，愚人节快乐。”他在她额头上轻轻吻了一下，小心翼翼地扶着她回到客厅里。

然而，凌晨时分，顾氏夫妇卧房的浴室里传来了一声悲鸣——

“顾希城，不是说好是吓唬人的吗！！你、你……你不准，不准啊……”

回应她的，却是一个温柔而坚定的声音：“莉莉，愚人节已经过了。”

番外III

醋意

“咦，龚子途回国了？！”一天周末，申雅莉穿着睡衣躺在床上，同时依偎在衣冠楚楚的顾希城怀里惊叹道。

顾希城早就洗漱好，穿戴整齐想出门办点事，但败给了她随口说的一句“周末不陪陪老婆吗”。于是，他就这样抱着她看书，成为她的靠枕，让她刷了两个小时的微博。然后，顾希城“嗯？”了一声，低头看了看她的手机：“龚子途不是那个在美国唱歌的华人歌手吗？”

“是他啊，他回国了，重新签约了赫威集团，这消息真劲爆啊。你看。”她指了指微博上的娱乐新闻。

“他不是美籍华人？”

“当然不是，他以前就是赫威的艺人。”

顾希城在苹果商店的排行榜上下载过几首龚子途的歌，对这个歌手的印象就是实力派、唱歌好听、才华横溢。又因为龚子途用的是中文名字，所以知道他是华人，但没想到本来就是国内过去发展的，还是从赫威集团出道的。他有些意外：“他的英文很好，就像 native speaker。”

“因为这小弟弟是留学回来的，综合实力非常强。”说完，申雅莉从床头柜下面抽出一本美国版的时尚杂志，指了指封面。在巨大的杂志标题“RUNWAY”下，年轻男人穿着黑色三件套的晚礼服，系领结，衬衫雪白而簇新，与西服形成了强烈的对比，衣着有一种传统古典的气质。然而，他的发色很明亮，打理得有些凌乱感，还抓了个逗号刘海，看上去不仅不老旧，还有一种结合了新潮的美感。他拥有一双细长疏冷的东方眼眸，轻微下三白让他看上去好像有些薄情，又容易发脾气，很好地为这张小V脸添加了几分雄性的侵略性。

男人并不是一个人出现在封面上的，他还搂着一名英国金发黑裙女模特的腰。一对不同人种的男女站在一起，居然格外地和谐般配。

“这是龚子途？”顾希城有些意外地看了看那张照片，“现在我相信他是赫威出道的艺人了。”

赫威集团是华语演艺圈的三大娱乐公司巨头之一，是皇天集团的强劲竞争对手。但两个公司风格不同，皇天集团盛产地位稳固的天王天后，赫威集团被公认为是“最强的造星梦工厂”，艺人90%都是快消品，时髦值极高，更新换代也很快。他们的共同点就是都很年轻、颜值高。

“不是长相的问题。你看这个。”申雅莉指了指封面男模的右下角几行英文大字。

“二十六岁，七个格莱美。”顾希城若有所思地点点头，“硬实力。”

“而且他的歌都是自己写的。他现在回国，估计国内音乐市场风向要变了。”申雅莉摸了摸下巴，继续看微博上的评论，“希城，真的很难想象啊，这孩子是BLAST以前的成员，还是门面担当，现在混得这么好，居然放弃如日中天的北美市场，回国了。为什么啊，难道真是因为传闻所说的……”

“BLAST？”BLAST是国民度很高的一个男子偶像团体，也隶属赫威集团旗下。但除了和申雅莉有关的明星，顾希城都不太关心，他们的脸他一个也记不住。

申雅莉把杂志举起来，指了指龚子途的脸：“以前萌帅萌帅的，现在这气场，完全就是一个少女粉丝的理想类型啊。这弟弟真的有前途，不枉我曾经那么看好他。”

顾希城揉了揉她的头发，微笑着说：“莉莉，我还有事先出去了，回来再陪你聊龚子途。”

龚子途确实长得很帅，不过娱乐圈从来不缺颜值高的小鲜肉。他知道她只是一时兴起才会关注龚子途那么多，过几个小时就会忘得干干净净，所以也没有太把这事当回事。正如他所料，等他晚上回到家中，申雅莉在客厅贴着面膜做瑜伽，又开始跟他聊最近买的一款新眼影，没再提起龚子途的事。

但没想到一个星期之后，这件事还有后续。

这一天顾希城和几个客户在餐厅里谈业务，刚好碰到了柏川的经纪人高云泽。两个人问候彼此后，顾希城想要回到座位上，却被高云泽叫住。高云泽一副欲言又止的模样："Dante，你是柏川的好朋友，有件事我觉得还是有必要告诉你。"

"怎么？"看高云泽一脸凝重，顾希城有了不好的预感。

"昨天我陪柏川出席活动的时候遇到了雅莉和龚子途。雅莉她……约龚子途参加下周皇天集团的内部派对。"

"莉莉为人热情，应该只是普通的社交邀请。"

"如果只是这样，我就不会告诉你了。"高云泽吞吞吐吐地说道，"她还找龚子途要了一张签名照——她随身携带了一张龚子途的照片，拿出来给龚子途签名了。"

"莉莉是他的歌迷。龚子途不是唱歌挺好听的吗？"

"啊，是这样吗？我还以为你不知道这件事呢，既然你知道就好。"高云泽拍了拍胸口，又想了一会儿，"也是，如果换了别人是应该有点危机感，但Dante你的外形完全是可以走花美男路线出道的，你是典型的明明有颜值非要靠才华吃饭，雅莉嫁给你，完全看不进去任何男人才正常。算我多嘴了。"

"嗯，她什么事都会跟我说的，放心好了。"

顾希城回答得很自然、迅速，但这一整个晚上他都有些心不在焉。哪怕是明星也是有偶像的，这是正常现象。像柏川就是很多很多年轻歌手的偶像。但是，雅莉太漂亮了。她是无数年轻男孩的梦中情人，曾经和小她九岁的李展松谈过恋爱，这让顾希城有点心有余悸。

莉莉是不排斥姐弟恋的。如果只是喜欢龚子途的歌，怎么可能又要签名照，又邀请参加派对？

半夜一点过，怀里的妻子笑靥甜甜地沉睡，似乎做了个好梦。她的如云鬈发散在枕头上，侧脸线条美得不像话。这样的女人，没有男人会不动心的。顾希城相信申雅莉，但他不相信其他男人。

他没有一点睡意，起身看了看微信，刚好在朋友圈刷到了申义君转发的一个小视频："申雅莉打电话给BLAST撒娇，龚子途全场最佳"。附文字加捂脸表情："我姐就是个二货。"

顾希城点开看了看，原来是综艺节目里的恶作剧环节。还是申雅莉对龚子途撒娇的片段。

看完这个小视频，顾希城出神了半晌。原来，他们这么早就认识了吗？他又顺藤摸瓜找到了另一个老视频，标题是“龚子途出道时申影后对他神颜的评价”。从视频的背景和时间可以看出，那是八九年前申雅莉在选秀节目里当嘉宾时录制的采访。当时龚子途刚出道，记者问申雅莉对龚子途有什么看法，她的回答是：“我助理早就抓拍过他的照片，原图没有拉长过，没有加滤镜，但我看到照片真的有被吓到。真人居然可以长成这样。”

因为申雅莉和龚子途都长得非常精致漂亮，加上这些视频，几年前网上居然有过他们俩的姐弟恋 CP 粉。评论里有很多粉丝没有注意到时间，骂博主眼瞎，发了顾希城的照片，说人家老公帅成这样，别瞎配对了好不好。也有部分粉丝觉得申雅莉结不结婚无所谓，不影响粉丝 YY，这年头流行姐弟恋，只要他们看上去赏心悦目就好。

顾希城只看了几个评论，就把视频关掉。

兀自烦躁了一会儿，他开始有点厌弃自己。他到底是怎么了，和莉莉大风大浪都挺过来了，怎么会因为这点小事如此在意？

第二天早上起来，申雅莉发现顾希城正在客厅全神贯注地看杂志，还以为他看到美女，本想走过去调侃两句，但她视力很好，老远就看见他看的是 Runway，翻在了有龚子途照片的头两页上。那张照片申雅莉印象很深：龚子途穿了一件茶色的针织衫，斜斜地趴在雪白的沙发里，枕头挡住了小半张脸，发型更凌乱随性，还有一些扫在眉毛上。这一张照片里他微微笑着，望着镜头的眼神柔情而迷离，跟封面上的气质截然相反。

这张照片正常直男应该不会太感兴趣的。但顾希城神态如此认真，堪称凝视。申雅莉瞪圆了眼，只觉得这个画面诡异得不行了。她走过去，本来想伸手在他面前挥一挥，他却快速翻页，若无其事地往后看。

“我看到了！别想藏！”申雅莉抢过杂志，往前翻到龚子途的照片页，朝他丢去狐疑的眼神，“怎么回事，难道跟柏川当铁哥们儿，连性取向都互相传染了？”

顾希城没有跟她争，只是抬头看着她：“莉莉，我的性取向只会随你的性别而改变。”

一阵新雨刚停，院子里的百合花低垂着头，隐隐的香气溢入客厅。阳光透过窗棂照在顾希城的半张脸上，长长的睫毛半掩着浅棕玻璃珠般的眼睛。他们已经结婚那么久了，但每次他如此温柔地看着她，她都会觉得心脏受到了暴击，以至于她本来想跟他杠几句，也都忘记了台词。她咬了咬唇，低头吻了吻他的脸颊，转身走向玄关换鞋，算是放过了他。

最近，申雅莉从李真、丘婕那里得了一个新的外号，叫红寿莉莉。红寿是金鱼的一种，颜色和申雅莉偏爱的衣服颜色很接近。又因为和顾希城过上甜蜜日子后的她实在太傻了，什么烦恼在脑中都停不了几秒，就跟金鱼一样健忘，因而她们给她冠上了这个外号。所以，顾希城看杂志的小细节对她来说也一样，很快就被红寿莉莉抛在了脑后。

很快，皇天集团的派对当晚，申雅莉总算遇到了拿邀请函入门的龚子途。她还没走过去和龚子途打招呼，李真已经一把抓住她的手，压低了声音才没让自己叫出来："红寿莉莉，奶兔现在怎么这么正？！"奶兔是龚子途粉丝给他起的昵称。

申雅莉惊讶地说："你以前没见过他？"

"见过啊，以前感觉只是小奶狗，现在是活脱脱的行走的生殖器啊！"

申雅莉翻了个白眼："好吧。"

除了希城，她觉得所有男人都跟女人没什么区别。想到希城，她就想到和他前一夜缠绵的种种细节，脸上不自觉露出了羞涩的微笑。希城最近是怎么了，忽然变得跟谈恋爱时一样热情……

她一边满脑子装着希城，一边走过去跟龚子途打招呼。龚子途很礼貌地喊了一声"雅莉姐"，她脸上的笑容也被场内的男人看入了眼里。

"子途，跟我来。"她带他一起进场。

然后，她打了一通电话给助理："我和子途到了，快来门口接我们。"

可是刚一进去，一个高挑的身影就挡在了他们俩面前。她抬眼，正对上了顾希城有些冰冷的视线。

"啊，希城，你怎么也来了……"她按住胸口，惊喜得有些说不出话。

"想我的妻子了，所以来看看她。"顾希城虽然语气像在撒娇，但揽住了她的腰，有些强势地把她半搂在怀里，动作一点也不柔软。然后，他淡淡地看了一眼龚子途，朝龚子途伸出手："子途你好，我是莉莉的丈夫顾希城。"

龚子途微微一笑，和他握了握手：“Dante 老师好，久仰大名。”

虽然是正常的社交问候，顾希城态度也很友善，但申雅莉总觉得气氛有点紧张。她担心地抬头看看顾希城，他却看也没看她，只是继续跟龚子途说：“你刚回国没多久吧，我最铁的兄弟是皇天集团的股东，如果有什么需要帮忙的地方可以找我们俩。”

“没问题，非常感谢 Dante 老师和柏天王的提携。”

“莉莉她有些迷糊，教不了你太多，偏偏还喜欢当老师，要请你多见谅了。”

“我哪有……”看见龚子途笑了起来，申雅莉正想反驳，却被顾希城警告般抱得更紧了一些。

怎么办怎么办，这样的希城虽然有点不讲道理，但有点帅啊……申雅莉努力在心里尝试不要被他的霸道征服。

这时，一个女孩子在他们身后轻而尖声地叫了一下。申雅莉回过头，看见是助理到了。她走过去拉住助理的手，把助理带到龚子途面前：“子途，这是我的助理，她喜欢你好多年了。”

“啊，就是上次雅莉姐说要送我签名照给她当礼物的姑娘……我还记得呢。”龚子途冲助理微微一笑，“明天是你生日吧？生日快乐。”

“是、是、是，真的是奶兔吗？”助理紧紧抿了一下唇，眼泪都快涌出来了，“我从你还是练习生的时候就是你的小迷妹，今天见到你，死而无憾了，呜呜呜……我可以跟你合照吗？我真的好喜欢你……”

“当然。雅莉姐叫我过来，就是为了让我和你合照的。”

“哇，莉莉姐！”助理这下真的哭了，扑过去一下抱住申雅莉，“你对我太好了，我爱你！”

申雅莉发现顾希城看得目瞪口呆，对他招了招手，挽着他的手，轻手轻脚地走到了无人的角落。

“我之前没告诉她龚子途会来，她得高兴死了。”申雅莉伸了个懒腰，感到了助人为乐的快乐。但等了一会儿，却没得到顾希城的回应，她回头看了看他，见他正用一种难以描述的眼神看着自己：“怎么啦？”

“原来你准备这么多，是为了助理。”

“是啊。你不知道，当初龚子途还没出道时，她就已经是奶兔脑残粉了。当年她发了好多他的照片给我，企图洗脑我加入粉丝俱乐部，你说疯狂不疯狂。”

“真遗憾，莉莉没被洗脑成功。”

“喂喂，你在胡说八道什么呢，我亲爱的老公！”她拍了他的胳膊一下。

“跟天王巨星谈谈姐弟恋不是挺好的吗？”

“你又在讽刺我！我们不都说好了，过去的事不要再提啦。”申雅莉很想揉乱自己的头发，最后还是把气发泄在了拍打他胳膊上，“你知道龚子途为什么对粉丝这么温柔吗？”

顾希城摇摇头。

“因为他自己就是粉丝，他是为了女神侯曼轩进的娱乐圈。”

“侯曼轩？赫威一姐？”

申雅莉靠近了一些，小声说：“听说他俩几年前谈过恋爱，后来他被侯曼轩甩了，现在还没痊愈呢。所以，他对粉丝从来都很温柔，因为她们会让他想到过去的自己吧。”

顾希城又摇了摇头，却是在笑着：“我是没想到，你会为了助理做这么多。莉莉越来越善解人意了。”

“不然呢，你认为我会找龚子途要签名照吗？”申雅莉一脸莫名地看向他，把手背放在他的额头上，“我说，你没发烧吧。被顾希城爱上的女人，还可能找其他男人要签名吗？”

“我可没这么说。”顾希城浅浅一笑，完全看不出任何情绪。

申雅莉有些不高兴了：“喂喂喂，你要不要这么自信过度啊。吃准了我非你不可是不是？”

“我也没这么说。”

“混账，你好狡猾！什么都不告诉我！”申雅莉抱着胳膊转身就走。但走了两步又停住脚步，回过头来偷瞄了顾希城一眼：“……你居然都不留我。”

顾希城摇摇头，笑得又无奈又宠溺，抓着她的手腕，就把她拉到了怀里。

“等等等，虽然是夫妻，但还是不要在这种地方抱……”她话没说完，已经被低下头的顾希城吻住了唇。

申雅莉瞪大了眼，脑中一片空白，推了推他，只想尖叫着逃开。但顾希城没有放开她，反倒搂住她的腰，缠绵而深沉地吻着她。

“希、希城，不要啊，呜，我们这是……”她的声音被他吻得断断续续。终于，他停下来，修长的食指放在她的唇上，轻轻地说了一声“嘘”，像哄小孩似的，吻了吻她的额头，等她情绪稍微平定一些，又顺着额头吻到了鼻尖、嘴唇……

希城明明一直都是优雅到有点过分的男人。不管在私底下如何充满激情，在外面他总是一副云淡风轻的样子。和申雅莉出席公共场合的时候，他极少牵她的手，而是让她挽着自己，就像旧时参加舞会的绅士一样。有时候申雅莉还有轻微的不满。因为她是个直性子，当她幸福的时候，会希望自己所有的朋友和粉丝都看到。所以，她经常会期待自己的丈夫能在外对自己更热情一点。她有时候很想抓着他的领子说：“你在家里那种禽兽样呢？拿出十分之一来我都满意了啊！”

但他总是太有礼貌。

这一晚，他还是第一次在人这么多的场合和她做如此亲密的行为。这让申雅莉蒙了一整个晚上，羞了一个晚上，又甜了一个晚上。但她永远不会知道，顾希城的心中早就掀起了数次惊涛骇浪。

而这些惊涛骇浪，只是他在爱她漫长岁月中的几朵小小涟漪。